热风

鲁迅杂文

鲁迅 / 著

红旗出版社

图书在版编目（CIP）数据

热风：鲁迅杂文 / 鲁迅著 . -- 北京：红旗出版社，2023.10

ISBN 978-7-5051-5343-1

Ⅰ . ①热… Ⅱ . ①鲁… Ⅲ . ①鲁迅杂文－杂文集 Ⅳ . ① I210.4

中国国家版本馆 CIP 数据核字 (2023) 第 114276 号

书　　名　热风：鲁迅杂文
　　　　　RE FENG: LU XUN ZAWEN

著　　者　鲁　迅

责任编辑　刘云霞　　责任校对　郑梦祎
责任印务　金　硕
出版发行　红旗出版社
地　　址　北京市沙滩北街2号　　邮政编码　100727
　　　　　杭州市体育场路178号　　邮政编码　310039
编 辑 部　0571-85310198　　发 行 部　0571-85311330
E - mail　498416431@qq.com
法律顾问　北京盈科（杭州）律师事务所　钱　航　董　晓
图文排版　浙江新华图文制作有限公司
印　　刷　杭州巨星印务有限公司
开　　本　889 毫米 ×1194 毫米　1/32
字　　数　230 千字　　印　　张　9
版　　次　2023 年 10 月第 1 版　　印　　次　2023 年 10 月第 1 次印刷
ISBN 978-7-5051-5343-1　　定　　价　38.00 元

目录

热风／坟／华盖集

而已集／三闲集／二心集

南腔北调集/伪自由书/准风月谈

花边文学 / 且介亭杂文 / 集外集

书 信

热风/坟/华盖集

《热风》收录作者1918—1924年所作杂文41篇，本书选录4篇。

《坟》收录作者1907—1925年所作杂文23篇，本书选录10篇。

《华盖集》收录作者1925年所作杂文31篇，本书选录4篇。

随感录三十五[1]

从清期末年，直到现在，常常听人说“保存国粹”这一句话。

前清末年说这话的人，大约有两种：一是爱国志士，一是出洋游历的大官。他们在这题目的背后，各各藏着别的意思。志士说保存国粹，是光复旧物的意思；大官说保存国粹，是教留学生不要去剪辫子的意思。

现在成了民国了。以上所说的两个问题，已经完全消灭。所以我不能知道现在说这话的是那一流人，这话的背后藏着什么意思了。

可是保存国粹的正面意思，我也不懂。

什么叫“国粹”？照字面看来，必是一国独有，他国所无的事物了。换一句话，便是特别的东西。但特别未必定是好，何以应该保存？

譬如一个人，脸上长了一个瘤，额上肿出一颗疮，的确是与众不同，显出他特别的样子，可以算他的“粹”。然而据我看来，还不如将这“粹”割去了，同别人一样的好。

---

① 本篇选自《热风》，最初发表于1918年11月15日《新青年》第五卷第五号，署名唐俟。

倘说：中国的国粹，特别而且好；又何以现在糟到如此情形，新派摇头，旧派也叹气。

倘说：这便是不能保存国粹的缘故，开了海禁[①]的缘故，所以必须保存。但海禁未开以前，全国都是“国粹”，理应好了；何以春秋战国五胡十六国[②]闹个不休，古人也都叹气。

倘说：这是不学成汤文武周公[③]的缘故；何以真正成汤文武周公时代，也先有桀纣[④]暴虐，后有殷顽作乱[⑤]；后来仍旧弄出春秋战国五胡十六国闹个不休，古人也都叹气。

我有一位朋友说得好：“要我们保存国粹，也须国粹能保存我们。”

保存我们，的确是第一义。只要问他有无保存我们的力量，不管他是否国粹。

---

① 海禁：又称洋禁，是中国古代政府为了整顿沿海治安，清理走私，保障社会安定起见，采取的一种禁阻民间人士非经过官方许可，私自出洋从事海外贸易的政策。中国海禁从元代开始，清代到达巅峰。

② 春秋战国五胡十六国：中国历史上的两大分裂时期。春秋战国，分为春秋和战国两个时期。春秋时期，指公元前770年到公元前476年；战国时期，指公元前475年到公元前221年。五胡十六国，自公元304年李雄在汉地巴蜀建立成国（成汉）、刘渊在中原建立汉赵（前赵）时起，至公元439年北魏太武帝拓跋焘灭北凉为止。

③ 成汤：商代的第一个君主，又称商汤。文：周文王姬昌，商末周族领袖，周代尊称为文王。武：周武王姬发，文王的儿子，周代第一个君主。周公：名旦，武王之弟，成王时曾由他摄政，制礼作乐，是历史上有名的贤人。

④ 桀纣：均是历史上有名的荒淫残暴的亡国之君。桀，夏代最后一个君主；纣，商代最后一个君主。

⑤ 殷顽作乱：又称三监之乱、武庚之乱。周武王灭殷之后，封纣的儿子武庚于原殷都，并把殷都附近之地分封给他的三个兄弟管叔、蔡叔、霍叔，让其监视武庚。武王死后，成王继位，周公监国，三叔与周公不和，武庚遂联合东方的奄、蒲姑等国，起兵反周。周公率兵东征，杀武庚，平定叛乱。

随感录六十二　恨恨而死[①]

古来很有几位恨恨而死的人物。他们一面说些“怀才不遇”“天道宁论[②]”的话，一面有钱的便狂嫖滥赌，没钱的便喝几十碗酒，——因为不平的缘故，于是后来就恨恨而死了。

我们应该趁他们活着的时候问他：诸公！您知道北京离昆仑山[③]几里，弱水[④]去黄河几丈么？火药除了做鞭爆，罗盘除了看风水，还有什么用处么？棉花是红的还是白的？谷子是长在树上，还是长在草上？桑间濮上[⑤]如何情形，自由恋爱怎样态度？您在半夜里可忽然觉得有些羞，清早上可居然有点悔么？四斤的担，您能挑么？三里的道，您能跑么？

他们如果细细的想，慢慢的悔了，这便很有些希望。万一

---

① 本篇选自《热风》，最初发表于1919年11月1日《新青年》第六卷第六号，署名唐俟。

② 天道宁论：指天道福善惩恶之说难以凭信。出自南朝梁江淹《恨赋》：“试望平原，蔓草萦骨，拱木敛魂。人生到此，天道宁论！”

③ 昆仑山：中国西部山脉，西起帕米尔高原东部，横贯新疆、西藏间，伸延至青海境内。传说昆仑山中居住着一位神仙西王母。

④ 弱水：古籍中指称多处河流，一般指黑河，是中国西北地区第二大内陆河，甘肃省最大的内陆河。

⑤ 桑间濮（pú）上：桑间是春秋时卫国的地方，在濮水上，相传当时附近男女常在这里聚会。

越发不平，越发愤怒，那便“爱莫能助”。——于是他们终于恨恨而死了。

中国现在的人心中，不平和愤恨的分子太多了。不平还是改造的引线，但必须先改造了自己，再改造社会，改造世界；万不可单是不平。至于愤恨，却几乎全无用处。

愤恨只是恨恨而死的根苗，古人有过许多，我们不要蹈他们的覆辙。

我们更不要借了“天下无公理，无人道”这些话，遮盖自暴自弃的行为，自称“恨人”，一副恨恨而死的脸孔，其实并不恨恨而死。

随感录六十六　生命的路[①]

想到人类的灭亡是一件大寂寞大悲哀的事；然而若干人们的灭亡，却并非寂寞悲哀的事。

生命的路是进步的，总是沿着无限的精神三角形的斜面向上走，什么都阻止他不得。

自然赋与人们的不调和还很多，人们自己萎缩堕落退步的也还很多，然而生命决不因此回头。无论什么黑暗来防范思潮，什么悲惨来袭击社会，什么罪恶来亵渎人道，人类的渴仰完全的潜力，总是踏了这些铁蒺藜向前进。

生命不怕死，在死的面前笑着跳着，跨过了灭亡的人们向前进。

什么是路？就是从没路的地方践踏出来的，从只有荆棘的地方开辟出来的。

以前早有路了，以后也该永远有路。

人类总不会寂寞，因为生命是进步的，是乐天的。

昨天，我对我的朋友L[②]说，“一个人死了，在死者自身和

---

① 本篇选自《热风》，最初发表于1919年11月1日《新青年》第六卷第六号，署名唐俟。

② 这里和下文的“L”，最初发表时都作“鲁迅”。

他的眷属是悲惨的事，但在一村一镇的人看起来不算什么；就是一省一国一种……”

L很不高兴，说，“这是Natur（自然）的话，不是人们的话。你应该小心些。”

我想，他的话也不错。

智识即罪恶[①]

我本来是一个四平八稳，给小酒馆打杂，混一口安稳饭吃的人，不幸认得几个字，受了新文化运动的影响，想求起智识来了。

那时我在乡下，很为猪羊不平；心里想，虽然苦，倘也如牛马一样，可以有一件别的用，那就免得专以卖肉见长了。然而猪羊满脸呆气，终生胡涂，实在除了保持现状之外，没有别的法。所以，诚然，智识是要紧的！

于是我跑到北京，拜老师，求智识。地球是圆的。元质[②]有七十多种。$x+y=z$。闻所未闻，虽然难，却也以为是人所应该知道的事。

有一天，看见一种日报，却又将我的确信打破了。报上有一位虚无哲学家说：智识是罪恶，赃物……。[③]虚无哲学，多大

---

① 本篇选自《热风》，最初发表于1921年10月23日《晨报副刊》的《开心话》栏目，署名风声。

② 元质：元素。

③ 这是当时北京大学哲学系学生朱谦之所宣扬的虚无哲学的一个观点。他在1921年5月发表的《教育上的反智主义——与光涛先生论学书》一文中说："知识就是赃物……因为知识是赃物，所以知识的所有者，无论如何形式，都不过盗贼罢了。"又说："知识就是罪恶——知识发达一步，罪恶也跟他前进一步。……可见知识是罪恶的原因，为大乱的根源。"

的权威呵，而说道智识是罪恶。我的智识虽然少，而确实是智识，这倒反而坑了我了。我于是请教老师去。

老师道："呸，你懒得用功，便胡说，走！"

我想："老师贪图束脩[①]罢。智识倒也还不如没有的稳当，可惜粘在我脑里，立刻抛不去，我赶快忘了他罢。"

然而迟了。因为这一夜里，我已经死了。

半夜，我躺在公寓的床上，忽而走进两个东西来，一个"活无常"，一个"死有分"[②]。但我却并不诧异，因为他们正如城隍庙里塑着的一般。然而跟在后面的两个怪物，却使我吓得失声，因为并非牛头马面[③]，而却是羊面猪头！我便悟到，牛马还太聪明，犯了罪，换上这诸公了，这可见智识是罪恶……。我没有想完，猪头便用嘴将我一拱，我于是立刻跌入阴府里，用不着久等烧车马。

到过阴间的前辈先生多说，阴府的大门是有匾额和对联的，我留心看时，却没有，只见大堂上坐着一位阎罗王。希奇，他便是我的隔壁的大富豪朱朗翁。大约钱是身外之物，带不到阴间的，所以一死便成为清白鬼了，只是不知道怎么又做了大官。他只穿一件极俭朴的爱国布[④]的龙袍，但那龙颜却比活的时候胖得多了。

"你有智识么？"朗翁脸上毫无表情的问。

"没……"我是记得虚无哲学家的话的，所以这样答。

"说没有便是有——带去！"

---

① 束脩：古代学生与教师初见面时，必先奉赠礼物，表示敬意，被称为"束脩"。

② 活无常、死有分：均为迷信传说中地狱的勾魂使者。

③ 牛头马面：佛经传说中地狱的狱卒。

④ 爱国布：在20世纪30年代前后，中国人民抵制帝国主义国家布匹的倾销，提倡用自产土布，故称。

我刚想：阴府里的道理真奇怪……却又被羊角一叉，跌出阎罗殿去了。

其时跌在一坐城池里，其中都是青砖绿门的房屋，门顶上大抵是洋灰做的两个所谓狮子，门外面都挂一块招牌。倘在阳间，每一所机关外总挂五六块牌，这里却只一块，足见地皮的宽裕了。这瞬息间，我又被一位手执钢叉的猪头夜叉用鼻子拱进一间屋子里去，外面有牌额是：

“油豆滑跌小地狱”

进得里面，却是一望无边的平地，满铺了白豆拌着桐油。只见无数的人在这上面跌倒又起来，起来又跌倒。我也接连的摔了十二交，头上长出许多疙瘩来。但也有竟在门口坐着躺着，不想爬起，虽然浸得油汪汪的，却毫无一个疙瘩的人，可惜我去问他，他们都瞠着眼不说话。我不知道他们是不听见呢还是不懂，不愿意说呢还是无话可谈。

我于是跌上前去，去问那些正在乱跌的人们。其中的一个道：

“这就是罚智识的，因为智识是罪恶，赃物……。我们还算是轻的呢。你在阳间的时候，怎么不昏一点？……”他气喘吁吁的断续的说。

“现在昏起来罢。”

“迟了。”

“我听得人说，西医有使人昏睡的药，去请他注射去，好么？”

“不成，我正因为知道医药，所以在这里跌，连针也没有了。”

“那么……有专给人打吗啡针的，听说多是没智识的人……

我寻他们去。”

在这谈话时，我们本已滑跌了几百交了。我一失望，便更不留神，忽然将头撞在白豆稀薄的地面上。地面很硬，跌势又重，我于是胡里胡涂的发了昏……

阿！自由！我忽而在平野上了，后面是那城，前面望得见公寓。我仍然胡里胡涂的走，一面想：我的妻和儿子，一定已经上京了，他们正围着我的死尸哭呢。我于是扑向我的躯壳去，便直坐起来，他们吓跑了，后来竭力说明，他们才了然，都高兴得大叫道：你还阳了，呵呀，我的老天爷哪……

我这样胡里胡涂的想时，忽然活过来了……

没有我的妻和儿子在身边，只有一个灯在桌上，我觉得自己睡在公寓里。间壁的一位学生已经从戏园回来，正哼着“先帝爷唉唉唉”[①]哩，可见时候是不早了。

这还阳还得太冷静，简直不像还阳，我想，莫非先前也并没有死么？

倘若并没死，那么，朱朗翁也就并没有做阎罗王。

解决这问题，用智识究竟还怕是罪恶，我们还是用感情来决一决罢。

十月二十三日。

① 这是传统京剧《空城计》中诸葛亮的唱词：“先帝爷下南阳御驾三请。”先帝爷，指刘备。

娜拉走后怎样[1]

——一九二三年十二月二十六日
在北京女子高等师范学校文艺会讲

我今天要讲的是“娜拉走后怎样？”

伊孛生是十九世纪后半的瑙威的一个文人[2]。他的著作，除了几十首诗之外，其余都是剧本。这些剧本里面，有一时期是大抵含有社会问题的，世间也称作“社会剧”，其中有一篇就是《娜拉》。

《娜拉》一名Ein Puppenheim，中国译作《傀儡家庭》。但Puppe不单是牵线的傀儡，孩子抱着玩的人形[3]也是；引申开去，别人怎么指挥，他便怎么做的人也是。娜拉当初是满足地生活在所谓幸福的家庭里的，但是她竟觉悟了：自己是丈夫的傀儡，孩子们又是她的傀儡。她于是走了，只听得关门声，接着就是闭幕。这想来大家都知道，不必细说了。

---

① 本篇选自《坟》，最初发表于1924年北京女子高等师范学校《文艺会刊》第六期，曾署“陆学仁、何肇葆笔记”。

② 伊孛生：通译易卜生，挪威戏剧家，代表作有《玩偶之家》《群鬼》《人民公敌》等。瑙威：通译挪威。

③ 人形：日语，人形玩偶。

娜拉要怎样才不走呢？或者说伊孛生自己有解答，就是Die Frau vom Meer，《海的女人》，中国有人译作《海的夫人》的。这女人是已经结婚的了，然而先前有一个爱人在海的彼岸，一日突然寻来，叫她一同去。她便告知她的丈夫，要和那外来人会面。临末，她的丈夫说，“现在放你完全自由。（走与不走）你能够自己选择，并且还要自己负责任。”于是什么事全都改变，她就不走了。这样看来，娜拉倘也得到这样的自由，或者也便可以安住。

但娜拉毕竟是走了的。走了以后怎样？伊孛生并无解答；而且他已经死了。即使不死，他也不负解答的责任。因为伊孛生是在做诗，不是为社会提出问题来而且代为解答。就如黄莺一样，因为他自己要歌唱，所以他歌唱，不是要唱给人们听得有趣，有益。伊孛生是很不通世故的，相传在许多妇女们一同招待他的筵宴上，代表者起来致谢他作了《傀儡家庭》，将女性的自觉，解放这些事，给人心以新的启示的时候，他却答道，“我写那篇却并不是这意思，我不过是做诗。”

娜拉走后怎样？——别人可是也发表过意见的。一个英国人曾作一篇戏剧，说一个新式的女子走出家庭，再也没有路走，终于堕落，进了妓院了。还有一个中国人，——我称他什么呢？上海的文学家罢，——说他所见的《娜拉》是和现译本不同，娜拉终于回来了。这样的本子可惜没有第二人看见，除非是伊孛生自己寄给他的。但从事理上推想起来，娜拉或者也实在只有两条路：不是堕落，就是回来。因为如果是一匹小鸟，则笼子里固然不自由，而一出笼门，外面便又有鹰，有猫，以及别的什么东西之类；倘使已经关得麻痹了翅子，忘却了飞翔，也诚然是无路可以走。还有一条，就是饿死了，但饿死已经离开了生活，更无所谓问题，所以也不是什么路。

人生最苦痛的是梦醒了无路可以走。做梦的人是幸福的；倘没有看出可走的路，最要紧的是不要去惊醒他。你看，唐朝的诗人李贺，不是困顿了一世的么？而他临死的时候，却对他的母亲说，“阿妈，上帝造成了白玉楼，叫我做文章落成去了。”①这岂非明明是一个诳，一个梦？然而一个小的和一个老的，一个死的和一个活的，死的高兴地死去，活的放心地活着。说诳和做梦，在这些时候便见得伟大。所以我想，假使寻不出路，我们所要的倒是梦。

但是，万不可做将来的梦。阿尔志跋绥夫②曾经借了他所做的小说，质问过梦想将来的黄金世界的理想家，因为要造那世界，先唤起许多人们来受苦。他说，“你们将黄金世界预约给他们的子孙了，可是有什么给他们自己呢？”③有是有的，就是将来的希望。但代价也太大了，为了这希望，要使人练敏了感觉来更深切地感到自己的苦痛，叫起灵魂来目睹他自己的腐烂的尸骸。惟有说诳和做梦，这些时候便见得伟大。所以我想，假使寻不出路，我们所要的就是梦；但不要将来的梦，只要目前的梦。

然而娜拉既然醒了，是很不容易回到梦境的，因此只得走；可是走了以后，有时却也免不掉堕落或回来。否则，就得问：她除了觉醒的心以外，还带了什么去？倘只有一条像诸君一样的紫红的绒绳的围巾，那可是无论宽到二尺或三尺，也完全是不中用。她还须更富有，提包里有准备，直白地说，就是要

---

① 关于李贺玉楼赴召的故事，参见唐代李商隐《李贺小传》。

② 阿尔志跋绥夫：俄国颓废主义文学流派作家之一，代表作有《萨宁》《狂人》等。

③ 出自阿尔志跋绥夫中篇小说《工人绥惠略夫》。

有钱。

梦是好的；否则，钱是要紧的。

钱这个字很难听，或者要被高尚的君子们所非笑，但我总觉得人们的议论是不但昨天和今天，即使饭前和饭后，也往往有些差别。凡承认饭需钱买，而以说钱为卑鄙者，倘能按一按他的胃，那里面怕总还有鱼肉没有消化完，须得饿他一天之后，再来听他发议论。

所以为娜拉计，钱，——高雅的说罢，就是经济，是最要紧的了。自由固不是钱所能买到的，但能够为钱而卖掉。人类有一个大缺点，就是常常要饥饿。为补救这缺点起见，为准备不做傀儡起见，在目下的社会里，经济权就见得最要紧了。第一，在家应该先获得男女平均的分配；第二，在社会应该获得男女相等的势力。可惜我不知道这权柄如何取得，单知道仍然要战斗；或者也许比要求参政权更要用剧烈的战斗。

要求经济权固然是很平凡的事，然而也许比要求高尚的参政权以及博大的女子解放之类更烦难。天下事尽有小作为比大作为更烦难的。譬如现在似的冬天，我们只有这一件棉袄，然而必须救助一个将要冻死的苦人，否则便须坐在菩提树下冥想普度一切人类的方法去①。普度一切人类和救活一人，大小实在相去太远了，然而倘叫我挑选，我就立刻到菩提树下去坐着，因为免得脱下唯一的棉袄来冻杀自己。所以在家里说要参政权，是不至于大遭反对的，一说到经济的平匀分配，或不免面前就遇见敌人，这就当然要有剧烈的战斗。

战斗不算好事情，我们也不能责成人人都是战士，那么，平和的方法也就可贵了，这就是将来利用了亲权来解放自己的

① 这里借用了释迦牟尼的传说。

子女。中国的亲权是无上的，那时候，就可以将财产平匀地分配子女们，使他们平和而没有冲突地都得到相等的经济权，此后或者去读书，或者去生发，或者为自己去享用，或者为社会去做事，或者去花完，都请便，自己负责任。这虽然也是颇远的梦，可是比黄金世界的梦近得不少了。但第一需要记性。记性不佳，是有益于己而有害于子孙的。人们因为能忘却，所以自己能渐渐地脱离了受过的苦痛，也因为能忘却，所以往往照样地再犯前人的错误。被虐待的儿媳做了婆婆，仍然虐待儿媳；嫌恶学生的官吏，每是先前痛骂官吏的学生；现在压迫子女的，有时也就是十年前的家庭革命者。这也许与年龄和地位都有关系罢，但记性不佳也是一个很大的原因。救济法就是各人去买一本note-book[①]来，将自己现在的思想举动都记上，作为将来年龄和地位都改变了之后的参考。假如憎恶孩子要到公园去的时候，取来一翻，看见上面有一条道，"我想到中央公园去"，那就即刻心平气和了。别的事也一样。

世间有一种无赖精神，那要义就是韧性。听说拳匪乱[②]后，天津的青皮，就是所谓无赖者很跋扈，譬如给人搬一件行李，他就要两元，对他说这行李小，他说要两元，对他说道路近，他说要两元，对他说不要搬了，他说也仍然要两元。青皮固然是不足为法的，而那韧性却大可以佩服。要求经济权也一样，有人说这事情太陈腐了，就答道要经济权；说是太卑鄙了，就答道要经济权；说是经济制度就要改变了，用不着再操心，也仍然答道要经济权。

---

① note-book：英语，意思是笔记本。

② 拳匪乱：指1900年爆发的义和团运动。光绪二十六年五月十七日（1900年6月13日）上谕称义和团为"拳匪"。

其实，在现在，一个娜拉的出走，或者也许不至于感到困难的，因为这人物很特别，举动也新鲜，能得到若干人们的同情，帮助着生活。生活在人们的同情之下，已经是不自由了，然而倘有一百个娜拉出走，便连同情也减少，有一千一万个出走，就得到厌恶了，断不如自己握着经济权之为可靠。

在经济方面得到自由，就不是傀儡了么？也还是傀儡。无非被人所牵的事可以减少，而自己能牵的傀儡可以增多罢了。因为在现在的社会里，不但女人常作男人的傀儡，就是男人和男人，女人和女人，也相互地作傀儡，男人也常作女人的傀儡，这决不是几个女人取得经济权所能救的。但人不能饿着静候理想世界的到来，至少也得留一点残喘，正如涸辙之鲋，急谋升斗之水一样，就要这较为切近的经济权，一面再想别的法。

如果经济制度竟改革了，那上文当然完全是废话。

然而上文，是又将娜拉当作一个普通的人物而说的，假使她很特别，自己情愿闯出去做牺牲，那就又另是一回事。我们无权去劝诱人做牺牲，也无权去阻止人做牺牲。况且世上也尽有乐于牺牲，乐于受苦的人物。欧洲有一个传说，耶稣去钉十字架时，休息在Ahasvar①的檐下，Ahasvar不准他，于是被了咒诅，使他永世不得休息，直到末日裁判的时候。Ahasvar从此就歇不下，只是走，现在还在走。走是苦的，安息是乐的，他何以不安息呢？虽说背着咒诅，可是大约总该是觉得走比安息还适意，所以始终狂走的罢。

只是这牺牲的适意是属于自己的，与志士们之所谓为社会者无涉。群众，——尤其是中国的，——永远是戏剧的看客。

---

① Ahasvar：阿哈斯瓦尔，欧洲传说中的一个补鞋匠，因背负着耶稣的诅咒，只能不停地行走，被称为“流浪的犹太人”。

牺牲上场，如果显得慷慨，他们就看了悲壮剧；如果显得觳觫[1]，他们就看了滑稽剧。北京的羊肉铺前常有几个人张着嘴看剥羊，仿佛颇愉快，人的牺牲能给与他们的益处，也不过如此。而况事后走不几步，他们并这一点愉快也就忘却了。

对于这样的群众没有法，只好使他们无戏可看倒是疗救，正无需乎震骇一时的牺牲，不如深沉的韧性的战斗。

可惜中国太难改变了，即使搬动一张桌子，改装一个火炉，几乎也要血；而且即使有了血，也未必一定能搬动，能改装。不是很大的鞭子打在背上，中国自己是不肯动弹的。我想这鞭子总要来，好坏是别一问题，然而总要打到的。但是从那里来，怎么地来，我也是不能确切地知道。

我这讲演也就此完结了。

---

① 觳觫(hú sù)：恐惧颤抖的样子。

未有天才之前[①]

——一九二四年一月十七日
在北京师范大学附属中学校友会讲

我自己觉得我的讲话不能使诸君有益或者有趣，因为我实在不知道什么事，但推托拖延得太长久了，所以终于不能不到这里来说几句。

我看现在许多人对于文艺界的要求的呼声之中，要求天才的产生也可以算是很盛大的了，这显然可以反证两件事：一是中国现在没有一个天才，二是大家对于现在的艺术的厌薄。天才究竟有没有？也许有着罢，然而我们和别人都没有见。倘使据了见闻，就可以说没有；不但天才，还有使天才得以生长的民众。

天才并不是自生自长在深林荒野里的怪物，是由可以使天才生长的民众产生，长育出来的，所以没有这种民众，就没有

---

① 本篇选自《坟》，最初发表于1924年北京师范大学附属中学《校友会刊》第一期。同年12月27日《京报副刊》第二十一号转载时，前面有一段作者的小引："伏园兄：今天看看正月间在师大附中的演讲，其生命似乎确乎尚在，所以校正寄奉，以备转载。二十二日夜，迅上。"

天才。有一回拿破仑过Alps山[①]，说，“我比Alps山还要高！”这何等英伟，然而不要忘记他后面跟着许多兵；倘没有兵，那只有被山那面的敌人捉住或者赶回，他的举动，言语，都离了英雄的界线，要归入疯子一类了。所以我想，在要求天才的产生之前，应该先要求可以使天才生长的民众。——譬如想有乔木，想看好花，一定要有好土；没有土，便没有花木了；所以土实在较花木还重要。花木非有土不可，正同拿破仑非有好兵不可一样。

然而现在社会上的论调和趋势，一面固然要求天才，一面却要他灭亡，连预备的土也想扫尽。举出几样来说：

其一就是“整理国故[②]”。自从新思潮来到中国以后，其实何尝有力，而一群老头子，还有少年，却已丧魂失魄的来讲国故了，他们说，“中国自有许多好东西，都不整理保存，倒去求新，正如放弃祖宗遗产一样不肖。”抬出祖宗来说法，那自然是极威严的，然而我总不信在旧马褂未曾洗净叠好之前，便不能做一件新马褂。就现状而言，做事本来还随各人的自便，老先生要整理国故，当然不妨去埋在南窗下读死书，至于青年，却自有他们的活学问和新艺术，各干各事，也还没有大妨害的，但若拿了这面旗子来号召，那就是要中国永远与世界隔绝了。倘以为大家非此不可，那更是荒谬绝伦！我们和古董商人谈天，他自然总称赞他的古董如何好，然而他决不痛骂画家，农夫，工匠等类，说是忘记了祖宗：他实在比许多国学家聪明得远。

---

① Alps山：通译阿尔卑斯山，位于欧洲中南部，是欧洲最高的山脉。拿破仑在1800年进兵意大利同奥地利作战时，曾越过此山。

② 整理国故：胡适在1919年12月《新青年》第七卷第一号刊载的《“新思潮”的意义》一文中提出的口号。

其一是“崇拜创作[①]”。从表面上看来，似乎这和要求天才的步调很相合，其实不然。那精神中，很含有排斥外来思想，异域情调的分子，所以也就是可以使中国和世界潮流隔绝的。许多人对于托尔斯泰，都介涅夫，陀思妥夫斯奇的名字，[②]已经厌听了，然而他们的著作，有什么译到中国来？眼光囚在一国里，听谈彼得和约翰就生厌，定须张三李四才行，于是创作家出来了，从实说，好的也离不了刺取点外国作品的技术和神情，文笔或者漂亮，思想往往赶不上翻译品，甚者还要加上些传统思想，使他适合于中国人的老脾气，而读者却已为他所牢笼了，于是眼界便渐渐的狭小，几乎要缩进旧圈套里去。作者和读者互相为因果，排斥异流，抬上国粹，那里会有天才产生？即使产生了，也是活不下去的。

这样的风气的民众是灰尘，不是泥土，在他这里长不出好花和乔木来！

还有一样是恶意的批评。大家的要求批评家的出现，也由来已久了，到目下就出了许多批评家。可惜他们之中很有不少是不平家，不像批评家，作品才到面前，便恨恨地磨墨，立刻写出很高明的结论道，“唉，幼稚得很。中国要天才！”到后来，连并非批评家也这样叫喊了，他是听来的。其实即使天才，在生下来的时候的第一声啼哭，也和平常的儿童的一样，决不会

① 崇拜创作：根据作者的《祝中俄文字之交》（《南腔北调集》），这里所说似针对郭沫若的意见。郭沫若曾在1921年2月《民铎》第二卷第五号发表的致李石岑函中说过：“我觉得国内人士只注重媒婆，而不注重处子；只注重翻译，而不注重产生。”这些话，是看了当年上海《时事新报》副刊《学灯》双十节增刊而发的，该增刊上刊载的第一篇是翻译小说，第二篇是鲁迅的《头发的故事》。事实上，郭沫若也重视翻译，曾经翻译过许多外国文学作品，鲁迅的意见也不能看作只是针对个人的。

② 都介涅夫：通译屠格涅夫，俄国批判现实主义作家，代表作有《贵族之家》《前夜》《父与子》等。陀思妥夫斯奇：通译陀思妥耶夫斯基，俄国作家。

就是一首好诗。因为幼稚，当头加以戕贼[1]，也可以萎死的。我亲见几个作者，都被他们骂得寒噤了。那些作者大约自然不是天才，然而我的希望是便是常人也留着。

恶意的批评家在嫩苗的地上驰马，那当然是十分快意的事；然而遭殃的是嫩苗——平常的苗和天才的苗。幼稚对于老成，有如孩子对于老人，决没有什么耻辱；作品也一样，起初幼稚，不算耻辱的。因为倘不遭了戕贼，他就会生长，成熟，老成；独有老衰和腐败，倒是无药可救的事！我以为幼稚的人，或者老大的人，如有幼稚的心，就说幼稚的话，只为自己要说而说，说出之后，至多到印出之后，自己的事就完了，对于无论打着什么旗子的批评，都可以置之不理的！

就是在座的诸君，料来也十之九愿有天才的产生罢，然而情形是这样，不但产生天才难，单是有培养天才的泥土也难。我想，天才大半是天赋的；独有这培养天才的泥土，似乎大家都可以做。做土的功效，比要求天才还切近；否则，纵有成千成百的天才，也因为没有泥土，不能发达，要像一碟子绿豆芽。

做土要扩大了精神，就是收纳新潮，脱离旧套，能够容纳，了解那将来产生的天才；又要不怕做小事业，就是能创作的自然是创作，否则翻译，介绍，欣赏，读，看，消闲[2]都可以。以文艺来消闲，说来似乎有些可笑，但究竟较胜于戕贼他。

泥土和天才比，当然是不足齿数的，然而不是坚苦卓绝者，也怕不容易做；不过事在人为，比空等天赋的天才有把握。这一点，是泥土的伟大的地方，也是反有大希望的地方。而且也

---

① 戕(qiāng)贼：伤害，残害。

② 消闲：消磨空闲时间。

有报酬，譬如好花从泥土里出来，看的人固然欣然的赏鉴，泥土也可以欣然的赏鉴，正不必花卉自身，这才心旷神怡的——假如当作泥土也有灵魂的说。

论雷峰塔的倒掉[①]

听说，杭州西湖上的雷峰塔倒掉了，听说而已，我没有亲见。但我却见过未倒的雷峰塔，破破烂烂的映掩于湖光山色之间，落山的太阳照着这些四近的地方，就是“雷峰夕照”，西湖十景[②]之一。“雷峰夕照”的真景我也见过，并不见佳，我以为。

然而一切西湖胜迹的名目之中，我知道得最早的却是这雷峰塔。我的祖母曾经常常对我说，白蛇娘娘就被压在这塔底下！有个叫作许仙的人救了两条蛇，一青一白，后来白蛇便化作女人来报恩，嫁给许仙了；青蛇化作丫鬟，也跟着。一个和尚，法海禅师，得道的禅师，看见许仙脸上有妖气，——凡讨妖怪作老婆的人，脸上就有妖气的，但只有非凡的人才看得出，——便将他藏在金山寺的法座后，白蛇娘娘来寻夫，于是就“水满金山”。我的祖母讲起来还要有趣得多，大约是出于一部弹词叫

---

① 本篇选自《坟》，最初发表于1924年11月17日北京《语丝》周刊第一期。雷峰塔：初名黄妃塔，又名西关砖塔，位于西湖风景区南岸夕照山之上，是吴越国王钱俶为供奉佛螺髻发舍利、祈求国泰民安而建，1924年9月倒塌。

② 西湖十景：西湖风景名胜区周围的十处特色景区，包括苏堤春晓、曲院风荷、平湖秋月、断桥残雪、花港观鱼、柳浪闻莺、三潭印月、双峰插云、雷峰夕照、南屏晚钟。

作《义妖传》[1]里的，但我没有看过这部书，所以也不知道“许仙”“法海”究竟是否这样写。总而言之，白蛇娘娘终于中了法海的计策，被装在一个小小的钵盂[2]里了。钵盂埋在地里，上面还造起一座镇压的塔来，这就是雷峰塔。此后似乎事情还很多，如“白状元祭塔”之类，但我现在都忘记了。

那时我惟一的希望，就在这雷峰塔的倒掉。后来我长大了，到杭州，看见这破破烂烂的塔，心里就不舒服。后来我看看书，说杭州人又叫这塔作“保叔塔”，其实应该写作“保俶塔”，是钱王的儿子造的。[3]那么，里面当然没有白蛇娘娘了，然而我心里仍然不舒服，仍然希望他倒掉。

现在，他居然倒掉了，则普天之下的人民，其欣喜为何如？

这是有事实可证的。试到吴越的山间海滨，探听民意去。凡有田夫野老，蚕妇村氓，除了几个脑髓里有点贵恙的之外，可有谁不为白娘娘抱不平，不怪法海太多事的？

和尚本应该只管自己念经。白蛇自迷许仙，许仙自娶妖怪，和别人有什么相干呢？他偏要放下经卷，横来招是搬非，大约是怀着嫉妒罢，——那简直是一定的。

听说，后来玉皇大帝也就怪法海多事，以至荼毒生灵，想

---

①《义妖传》：又名《白蛇传》《雷峰塔》，清代陈遇乾所撰弹词作品。

② 钵盂：僧人的食器。

③ 本文最初发表时，篇末有作者的附记说：“这篇东西，是一九二四年十月二十八日做的。今天孙伏园来，我便将草稿给他看。他说，雷峰塔并非就是保俶塔。那么，大约是我记错的了，然而我却确乎早知道雷峰塔下并无白娘娘。现在既经前记者先生指点，知道这一节并非得于所看之书，则当时何以知之，也就莫名其妙矣。特此声明，并且更正。十一月三日。”保俶塔在西湖宝石山顶，一说是吴越王钱俶入宋朝贡时所造。明代朱国桢《涌幢小品》卷十四中有简单记载：“杭州有保俶塔，因俶入朝，恐其被留，作此以保之……今误为保叔。”另一说是宋咸平时僧永保化缘所筑。明代郎瑛《七修类稿》：“咸平中，僧永保化缘筑塔，人以师叔称之，遂名塔曰保叔。”

要拿办他了。他逃来逃去，终于逃在蟹壳里避祸，不敢再出来，到现在还如此。我对于玉皇大帝所做的事，腹诽[1]的非常多，独于这一件却很满意，因为“水满金山”一案，的确应该由法海负责；他实在办得很不错的。只可惜我那时没有打听这话的出处，或者不在《义妖传》中，却是民间的传说罢。

秋高稻熟时节，吴越间所多的是螃蟹，煮到通红之后，无论取那一只，揭开背壳来，里面就有黄，有膏；倘是雌的，就有石榴子一般鲜红的子。先将这些吃完，即一定露出一个圆锥形的薄膜，再用小刀小心地沿着锥底切下，取出，翻转，使里面向外，只要不破，便变成一个罗汉模样的东西，有头脸，身子，是坐着的，我们那里的小孩子都称他“蟹和尚”，就是躲在里面避难的法海。

当初，白蛇娘娘压在塔底下，法海禅师躲在蟹壳里。现在却只有这位老禅师独自静坐了，非到螃蟹断种的那一天为止出不来。莫非他造塔的时候，竟没有想到塔是终究要倒的么？

活该。

一九二四年十月二十八日。

---

① 腹诽：口虽不言，心中讥笑。

说　胡　须[1]

今年夏天游了一回长安[2]，一个多月之后，胡里胡涂的回来了。知道的朋友便问我："你以为那边怎样？"我这才栗然地回想长安，记得看见很多的白杨，很大的石榴树，道中喝了不少的黄河水。然而这些又有什么可谈呢？我于是说："没有什么怎样。"他于是废然而去了，我仍旧废然而住，自愧无以对"不耻下问"的朋友们。

今天喝茶之后，便看书，书上沾了一点水，我知道上唇的胡须又长起来了。假如翻一翻《康熙字典》[3]，上唇的，下唇的，颊旁的，下巴上的各种胡须，大约都有特别的名号谥法[4]的罢，然而我没有这样闲情别致。总之是这胡子又长起来了，我又要照例的剪短他，先免得沾汤带水。于是寻出镜子，剪刀，动手就剪，其目的是在使他和上唇的上缘平齐，成一个隶书的一字。

---

① 本篇选自《坟》，最初发表于1924年12月15日《语丝》周刊第五期。

② 长安：西安。1924年7月7日，作者应西北大学的邀请，离京前往西安，为该校与陕西省教育厅合办的暑期学校讲"中国小说的历史的变迁"，8月12日返回北京。

③《康熙字典》：清代康熙年间张玉书等奉诏编纂的一部字典，于康熙五十五年（1716年）刊行，共42卷。

④ 谥（shì）法：评定谥号的标准。

我一面剪，一面却忽而记起长安，记起我的青年时代，发出连绵不断的感慨来。长安的事，已经不很记得清楚了，大约确乎是游历孔庙的时候，其中有一间房子，挂着许多印画，有李二曲[①]像，有历代帝王像，其中有一张是宋太祖或是什么宗，我也记不清楚了，总之是穿一件长袍，而胡子向上翘起的。于是一位名士[②]就毅然决然地说："这都是日本人假造的，你看这胡子就是日本式的胡子。"

诚然，他们的胡子确乎如此翘上，他们也未必不假造宋太祖或什么宗的画像，但假造中国皇帝的肖像而必须对了镜子，以自己的胡子为法式，则其手段和思想之离奇，真可谓"出乎意表之外[③]"了。清乾隆中，黄易掘出汉武梁祠石刻画像来[④]，男子的胡须多翘上；我们现在所见北魏至唐的佛教造像中的信士像[⑤]，凡有胡子的也多翘上，直到元明的画像，则胡子大抵受了地心的吸力作用，向下面拖下去了。日本人何其不惮烦，孳孳汲汲[⑥]地造了这许多从汉到唐的假古董，来埋在中国的齐鲁燕晋秦陇巴蜀的深山邃谷废墟荒地里？

我以为拖下的胡子倒是蒙古式，是蒙古人带来的，然而我们的聪明的名士却当作国粹了。留学日本的学生因为恨日本，便神往于大元，说道"那时倘非天幸，这岛国早被我们灭掉

---

① 李二曲：名颙(yóng)，字中孚，号二曲，清代理学家，著有《四书反身录》等。

② 一位名士：指王小隐，1924年以《京报》记者身份去西安，与作者同行。

③ 出乎意表之外：林琴南文章中的语句。

④ 黄易：字大易，号小松，清代金石收藏家，著有《小蓬莱阁金石文字》等书。汉武梁祠石刻画像：在山东嘉祥县武宅山汉代武氏墓前石室中，四壁刻古人画像和奇禽异兽等物，为汉代石刻艺术代表作品之一。

⑤ 信士像：自三国时起，信奉佛教的人常出资在寺庙和崖壁间塑造或雕刻佛像，有时也在其间附带塑刻出资者自身的像，称"信士像"。

⑥ 孳孳汲汲：形容心情急切、勤勉不懈的样子，出自明代刘基《送黄叔旸归金华觐省序》。

了！”[①]则认拖下的胡子为国粹亦无不可。然而又何以是黄帝的子孙？又何以说台湾人在福建打中国人[②]是奴隶根性？

我当时就想争辩，但我即刻又不想争辩了。留学德国的爱国者X君，——因为我忘记了他的名字，姑且以X代之，——不是说我的毁谤中国，是因为娶了日本女人，所以替他们宣传本国的坏处么？我先前不过单举几样中国的缺点，尚且要带累“贱内”改了国籍，何况现在是有关日本的问题？好在即使宋太祖或什么宗的胡子蒙些不白之冤，也不至于就有洪水，就有地震，有什么大相干。我于是连连点头，说道：“嗡，嗡，对啦。”因为我实在比先前似乎油滑得多了，——好了。

我剪下自己的胡子的左尖端毕，想，陕西人费心劳力，备饭化钱，用汽车[③]载，用船装，用骡车拉，用自动车装，请到长安去讲演，大约万料不到我是一个虽对于决无杀身之祸的小事情，也不肯直抒自己的意见，只会“嗡，嗡，对啦”的罢。他们简直是受了骗了。

我再向着镜中的自己的脸，看定右嘴角，剪下胡子的右尖端，撒在地上，想起我的青年时代来——

那已经是老话，约有十六七年了罢。

我就从日本回到故乡来，嘴上就留着宋太祖或什么宗似的向上翘起的胡子，坐在小船里，和船夫谈天。

“先生，你的中国话说得真好。”后来，他说。

“我是中国人，而且和你是同乡，怎么会……”

“哈哈哈，你这位先生还会说笑话。”

---

① 指元兵侵日失败一事。1280年，元世祖命范文虎等率十余万人攻打日本。

② 指福州惨案中事。

③ 此处“汽车”指火车。

记得我那时的没奈何，确乎比看见X君的通信要超过十倍。我那时随身并没有带着家谱，确乎不能证明我是中国人。即使带着家谱，而上面只有一个名字，并无画像，也不能证明这名字就是我。即使有画像，日本人会假造从汉到唐的石刻，宋太祖或什么宗的画像，难道偏不会假造一部木版的家谱么？

凡对于以真话为笑话的，以笑话为真话的，以笑话为笑话的，只有一个方法：就是不说话。

于是我从此不说话。

然而，倘使在现在，我大约还要说："嗡，嗡，……今天天气多么好呀？……那边的村子叫什么名字？……"因为我实在比先前似乎油滑得多了，——好了。

现在我想，船夫的改变我的国籍，大概和X君的高见不同。其原因只在于胡子罢，因为我从此常常为胡子受苦。

国度会亡，国粹家是不会少的，而只要国粹家不少，这国度就不算亡。国粹家者，保存国粹者也；而国粹者，我的胡子是也。这虽然不知道是什么"逻辑"法，但当时的实情确是如此的。

"你怎么学日本人的样子，身体既矮小，胡子又这样，……"一位国粹家兼爱国者发过一篇崇论宏议之后，就达到这一个结论。

可惜我那时还是一个不识世故的少年，所以就愤愤地争辩。第一，我的身体是本来只有这样高，并非故意设法用什么洋鬼子的机器压缩，使他变成矮小，希图冒充。第二，我的胡子，诚然和许多日本人的相同，然而我虽然没有研究过他们的胡须样式变迁史，但曾经见过几幅古人的画像，都不向上，只是向外，向下，和我们的国粹差不多。维新以后，可是翘起来了，那大约是学了德国式。你看威廉皇帝[1]的胡须，不是上指眼梢，和鼻梁正作平行么？虽然他后来因为吸烟烧了一边，只好将两边都剪平了。但在日本明治维新[2]的时候，他这一边还没有失火……。

这一场辩解大约要两分钟，可是总不能解国粹家之怒，因为德国也是洋鬼子，而况我的身体又矮小乎。而况国粹家很不少，意见又很统一，因此我的辩解也就很频繁，然而总无效，一回，两回，以至十回，十几回，连我自己也觉得无聊而且麻烦起来了。罢了，况且修饰胡须用的胶油在中国也难得，我便从此听其自然了。

听其自然之后，胡子的两端就显出毗心现象[3]来，于是也就和地面成为九十度的直角。国粹家果然也不再说话，或者中国已经得救了罢。

然而接着就招了改革家的反感，这也是应该的。我于是又分疏，一回，两回，以至许多回，连我自己也觉得无聊而且麻烦起来了。

大约在四五年或七八年前罢，我独坐在会馆里，窃悲我的胡须的不幸的境遇，研究他所以得谤的原因，忽而恍然大悟，知道那祸根全在两边的尖端上。于是取出镜子，剪刀，即刻剪成一平，使他既不上翘，也难拖下，如一个隶书的一字。

“阿，你的胡子这样了？”当初也曾有人这样问。

“唔唔，我的胡子这样了。”

---

① 威廉皇帝：指普鲁士国王和德意志帝国皇帝威廉二世。

② 明治维新：1868年，日本明治天皇掌握国家政权，结束了德川幕府的统治，实行一系列有利于发展资本主义的改革，史称“明治维新”。

③ 毗心现象：文中是说上唇两边的须尖向下拖垂。毗心，即趋向中心。

他可是没有话。我不知道是否因为寻不着两个尖端，所以失了立论的根据，还是我的胡子“这样”之后，就不负中国存亡的责任了。总之我从此太平无事的一直到现在，所麻烦者，必须时常剪剪而已。

一九二四年十月三十日。

论照相之类[①]

一　材料之类

我幼小时候，在S城[②]，——所谓幼小时候者，是三十年前，但从进步神速的英才看来，就是一世纪；所谓S城者，我不说他的真名字，何以不说之故，也不说。总之，是在S城，常常旁听大大小小男男女女谈论洋鬼子挖眼睛。曾有一个女人，原在洋鬼子家里佣工，后来出来了，据说她所以出来的原因，就因为亲见一坛盐渍的眼睛，小鲫鱼似的一层一层积叠着，快要和坛沿齐平了。她为远避危险起见，所以赶紧走。

S城有一种习惯，就是凡是小康之家，到冬天一定用盐来腌一缸白菜，以供一年之需，其用意是否和四川的榨菜相同，我不知道。但洋鬼子之腌眼睛，则用意当然别有所在，惟独方法却大受了S城腌白菜法的影响，相传中国对外富于同化力，这也就是一个证据罢。然而状如小鲫鱼者何？答曰：此确为S城

① 本篇选自《坟》，最初发表于1925年1月12日《语丝》周刊第九期。

② S城：指绍兴。

人之眼睛也。S城庙宇中常有一种菩萨，号曰眼光娘娘。有眼病的，可以去求祷；愈，则用布或绸做眼睛一对，挂神龛上或左右，以答神庥[①]。所以只要看所挂眼睛的多少，就知道这菩萨的灵不灵。而所挂的眼睛，则正是两头尖尖，如小鲫鱼，要寻一对和洋鬼子生理图上所画似的圆球形者，决不可得。黄帝岐伯[②]尚矣；王莽诛翟义党[③]，分解肢体，令医生们察看，曾否绘图不可知，纵使绘过，现在已佚，徒令"古已有之"而已。宋的《析骨分经》[④]，相传也据目验，《说郛》[⑤]中有之，我曾看过它，多是胡说，大约是假的。否则，目验尚且如此胡涂，则S城人之将眼睛理想化为小鲫鱼，实也无足深怪了。

然而洋鬼子是吃腌眼睛来代腌菜的么？是不然，据说是应用的。一，用于电线，这是根据别一个乡下人的话，如何用法，他没有谈，但云用于电线罢了；至于电线的用意，他却说过，就是每年加添铁丝，将来鬼兵到时，使中国人无处逃走。二，用于照相，则道理分明，不必多赘，因为我们只要和别人对立，他的瞳子里一定有我的一个小照相的。

而且洋鬼子又挖心肝，那用意，也是应用。我曾旁听过一位念佛的老太太说明理由：他们挖了去，熬成油，点了灯，向地下各处去照去。人心总是贪财的，所以照到埋着宝贝的地方，火头便弯下去了。他们当即掘开来，取了宝贝去，所以洋鬼子

---

① 神庥(xiū)：神灵护佑。庥，庇护。

② 黄帝岐伯：这里指《黄帝内经》，我国古代医学典籍，书中以黄帝问岐伯答来阐述医理，是中国现存最早的医学典籍。

③ 王莽诛翟义党：西汉末年王莽篡汉，东郡太守翟义等起兵讨王莽，立刘信为帝，兵败后被"磔尸陈市"；随翟义起兵的人也被屠杀。

④《析骨分经》：医学典籍，明代宁一玉著，文中说是宋代，疑误。

⑤《说郛》：明代陶宗仪所著的文言大丛书，多选录汉魏至宋元的各种笔记汇集而成，共100卷。

都这样的有钱。

道学先生之所谓“万物旨备于我”[①]的事，其实是全国，至少是S城的“目不识丁”的人们都知道，所以人为“万物之灵”。所以月经精液可以延年，毛发爪甲可以补血，大小便可以医许多病，[②]臂膊上的肉可以养亲。然而这并非本论的范围，现在姑且不说。况且S城人极重体面，有许多事不许说；否则，就要用阴谋来惩治的。

二　形式之类

要之，照相似乎是妖术。咸丰年间，或一省里，还有因为能照相而家产被乡下人捣毁的事情。但当我幼小的时候，——即三十年前，S城却已有照相馆了，大家也不甚疑惧。虽然当闹“义和拳民”时，——即二十五年前，或一省里，还以罐头牛肉当作洋鬼子所杀的中国孩子的肉看。然而这是例外，万事万物，总不免有例外的。

要之，S城早有照相馆了，这是我每一经过，总须流连赏玩的地方，但一年中也不过经过四五回。大小长短不同颜色不同的玻璃瓶，又光滑又有刺的仙人掌，在我都是珍奇的物事；还有挂在壁上的框子里的照片：曾大人，李大人，左中堂，鲍军门。[③]一个族中的好心的长辈，曾经借此来教育我，说这许多都

① 语出《孟子·尽心上》。

② 这些说法载于明代李时珍《本草纲目》。

③ 这里均为镇压太平天国运动的领军人物。曾大人，即曾国藩，清末湘军首领，历官两江总督、直隶总督等职；李大人，即李鸿章，清末淮军首领，历官直隶总督兼北洋大臣等职；左中堂，即左宗棠，湘军将领，历官闽浙总督、陕甘总督等职；鲍军门，即鲍超，湘军将领，历官浙江提督、湖南提督等职。

是当今的大官，平“长毛[①]”的功臣，你应该学学他们。我那时也很愿意学，然而想，也须赶快仍复有“长毛”。

但是，S城人却似乎不甚爱照相，因为精神要被照去的，所以运气正好的时候，尤不宜照，而精神则一名“威光”：我当时所知道的只有这一点。直到近年来，才又听到世上有因为怕失了元气而永不洗澡的名士，元气大约就是威光罢，那么，我所知道的就更多了：中国人的精神一名威光即元气，是照得去，洗得下的。

然而虽然不多，那时却又确有光顾照相的人们，我也不明白是什么人物，或者运气不好之徒，或者是新党[②]罢。只是半身像是大抵避忌的，因为像腰斩。自然，清朝是已经废去腰斩的了，但我们还能在戏文上看见包爷爷的铡包勉[③]，一刀两段，何等可怕，则即使是国粹乎，而亦不欲人之加诸我也，诚然也以不照为宜。所以他们所照的多是全身，旁边一张大茶几，上有帽架，茶碗，水烟袋，花盆，几下一个痰盂，以表明这人的气管枝中有许多痰，总须陆续吐出。人呢，或立或坐，或者手执书卷，或者大襟上挂一个很大的时表，我们倘用放大镜一照，至今还可以知道他当时拍照的时辰，而且那时还不会用镁光，所以不必疑心是夜里。

然而名士风流，又何代蔑有呢？雅人早不满于这样千篇一律的呆鸟了，于是也有赤身露体装作晋人[④]的，也有斜领丝绦装作X人的，但不多。较为通行的是先将自己照下两张，服饰态

---

① 长毛：对太平天国起义军的蔑称。

② 新党：清末民众对维新派的称呼。

③ 铡包勉：我国传统剧目，演宋朝包拯奉公执法铡杀侄儿包勉的故事。

④ 这里指晋代文人刘伶等。

度各不同，然后合照为一张，两个自己即或如宾主，或如主仆，名曰“二我图”。但设若一个自己傲然地坐着，一个自己卑劣可怜地，向了坐着的那一个自己跪着的时候，名色便又两样了：“求己图”。这类“图”晒出之后，总须题些诗，或者词如“调寄满庭芳”“摸鱼儿”之类，然后在书房里挂起。至于贵人富户，则因为属于呆鸟一类，所以决计想不出如此雅致的花样来，即有特别举动，至多也不过自己坐在中间，膝下排列着他的一百个儿子，一千个孙子和一万个曾孙（下略）照一张“全家福”。

Th. Lipps①在他那《伦理学的根本问题》中，说过这样意思的话。就是凡是人主，也容易变成奴隶，因为他一面既承认可做主人，一面就当然承认可做奴隶，所以威力一坠，就死心塌地，俯首帖耳于新主人之前了。那书可惜我不在手头，只记得一个大意，好在中国已经有了译本，虽然是节译，这些话应该存在的罢。用事实来证明这理论的最显著的例是孙皓②，治吴时候，如此骄纵酷虐的暴主，一降晋，却是如此卑劣无耻的奴才。中国常语说，临下骄者事上必谄，也就是看穿了这把戏的话。但表现得最透澈的却莫如“求己图”，将来中国如要印《绘图伦理学的根本问题》，这实在是一张极好的插画，就是世界上最伟大的讽刺画家也万万想不到，画不出的。

但现在我们所看见的，已没有卑劣可怜地跪着的照相了，不是什么会纪念的一群，即是什么人放大的半个，都很凛凛地。我愿意我之常常将这些当作半张“求己图”看，乃是我的杞忧。

---

① Th.Lipps：李普斯，德国心理学家、哲学家。

② 孙皓：三国时吴国末代皇帝。

三　无题之类

照相馆选定一个或数个阔人的照相，放大了挂在门口，似乎是北京特有，或近来流行的。我在S城所见的曾大人之流，都不过六寸或八寸，而且挂着的永远是曾大人之流，也不像北京的时时掉换，年年不同。但革命以后，也许撤去了罢，我知道得不真确。

至于近十年北京的事，可是略有所知了，无非其人阔，则其像放大，其人"下野"，则其像不见，比电光自然永久得多。倘若白昼明烛，要在北京城内寻求一张不像那些阔人似的缩小放大挂起挂倒的照相，则据鄙陋所知，实在只有一位梅兰芳[①]君。而该君的麻姑[②]一般的"天女散花""黛玉葬花"像，也确乎比那些缩小放大挂起挂倒的东西标致，即此就足以证明中国人实有审美的眼睛，其一面又放大挺胸凸肚的照相者，盖出于不得已。

我在先只读过《红楼梦》[③]，没有看见"黛玉葬花"的照片的时候，是万料不到黛玉的眼睛如此之凸，嘴唇如此之厚的。我以为她该是一副瘦削的痨病脸，现在才知道她有些福相，也像一个麻姑。然而只要一看那些继起的模仿者们的拟天女照相，都像小孩子穿了新衣服，拘束得怪可怜的苦相，也就会立刻悟出梅兰芳君之所以永久之故了，其眼睛和嘴唇，盖出于不得已，

---

① 梅兰芳：名澜，又名鹤鸣，字畹华，京剧表演艺术家。

② 麻姑：神话传说中的仙女。梅兰芳曾演出京剧《麻姑献寿》。

③《红楼梦》：清代曹雪芹所著章回体长篇小说，通行本为120回，后40回一般认为是高鹗续作。

即此也就足以证明中国人实有审美的眼睛。

印度的诗圣泰戈尔[1]先生光临中国之际，像一大瓶好香水似地很熏上了几位先生们以文气和玄气，然而够到陪坐祝寿的程度的却只有一位梅兰芳君：两国的艺术家的握手。待到这位老诗人改姓换名，化为“竺震旦”，离开了近于他的理想境的这震旦之后，震旦诗贤头上的印度帽也不大看见了，报章上也很少记他的消息，而装饰这近于理想境的震旦者，也仍旧只有那巍然地挂在照相馆玻璃窗里的一张“天女散花图”或“黛玉葬花图”。

惟有这一位“艺术家”的艺术，在中国是永久的。

我所见的外国名伶美人的照相并不多，男扮女的照相没有见过，别的名人的照相见过几十张。托尔斯泰，伊孛生，罗丹都老了，尼采一脸凶相，勖本华尔一脸苦相，淮尔特，穿上他那审美的衣装的时候，已经有点呆相了，而罗曼罗兰似乎带点怪气，戈尔基又简直像一个流氓。[2]虽说都可以看出悲哀和苦斗的痕迹来罢，但总不如天女的“好”得明明白白。假使吴昌硕[3]翁的刻印章也算雕刻家，加以作画的润格如是之贵，则在中国确是一位艺术家了，但他的照相我们看不见。林琴南[4]翁负了那

---

① 泰戈尔：印度诗人，著有《新月集》《飞鸟集》等。他曾到访中国。下文的“竺震旦”是泰戈尔在中国过64岁生日时，梁启超给他起的中国名字。

② 托尔斯泰：19世纪中期俄国批判现实主义作家，代表作有《战争与和平》《安娜·卡列尼娜》《复活》等。罗丹：法国雕塑家，代表作有《思想者》等。尼采：德国哲学家，代表作有《权力意志》《悲剧的诞生》《查拉图斯特拉如是说》等。勖(xù)本华尔：通译叔本华，德国哲学家。淮尔特：通译王尔德，英国作家。罗曼罗兰：法国作家、社会活动家，著有长篇小说《约翰·克利斯朵夫》。戈尔基：通译高尔基，苏联作家。

③ 吴昌硕：名俊卿，字昌硕，书画家、篆刻家，曾任西泠印社第一任社长。

④ 林琴南：名纾，字琴南，翻译家。

么大的文名，而天下也似乎不甚有热心于“识荆[①]”的人，我虽然曾在一个药房的仿单[②]上见过他的玉照，但那是代表了他的“如夫人[③]”函谢丸药的功效，所以印上的，并不因为他的文章。更就用了“引车卖浆者流”的文字来做文章[④]的诸君而言，南亭亭长我佛山人往矣[⑤]，且从略；近来则虽是奋战忿斗，做了这许多作品的如创造社[⑥]诸君子，也不过印过很小的一张三人的合照[⑦]，而且是铜板而已。

我们中国的最伟大最永久的艺术是男人扮女人。

异性大抵相爱。太监只能使别人放心，决没有人爱他，因为他是无性了，——假使我用了这“无”字还不算什么语病。然而也就可见虽然最难放心，但是最可贵的是男人扮女人了，因为从两性看来，都近于异性，男人看见“扮女人”，女人看见“男人扮”，所以这就永远挂在照相馆的玻璃窗里，挂在国民的心中。外国没有这样的完全的艺术家，所以只好任凭那些捏锤凿，调采色，弄墨水的人们跋扈。

我们中国的最伟大最永久，而且最普遍的艺术也就是男人扮女人。

一九二四年十一月十一日。

---

① 识荆：敬辞，指初次见面。

② 仿单：介绍商品的性质、用途和用法的广告性说明书。

③ 如夫人：旧时对他人之妾的称呼。

④ 此处是借林琴南的话讥讽他。

⑤ 南亭亭长，即李宝嘉，字伯元，小说家，著有长篇小说《官场现形记》。我佛山人，即吴沃尧，字趼人，小说家，著有长篇小说《二十年目睹之怪现状》《恨海》等。

⑥ 创造社：文学团体，1921年6月成立于日本东京，活动基地在上海。成员有成仿吾、郁达夫、郭沫若等。

⑦ 一张三人的合照：指创造社主要成员郭沫若、郁达夫和成仿吾三人的合照。

再论雷峰塔的倒掉[①]

从崇轩先生的通信（二月份《京报副刊》）里[②]，知道他在轮船上听到两个旅客谈话，说是杭州雷峰塔之所以倒掉，是因为乡下人迷信那塔砖放在自己的家中，凡事都必平安，如意，逢凶化吉，于是这个也挖，那个也挖，挖之久久，便倒了。一个旅客并且再三叹息道：西湖十景这可缺了呵！

这消息，可又使我有点畅快了，虽然明知道幸灾乐祸，不像一个绅士，但本来不是绅士的，也没有法子来装潢。

我们中国的许多人，——我在此特别郑重声明：并不包括四万万同胞全部！——大抵患有一种“十景病”，至少是“八景病”，沉重起来的时候大概在清朝。凡看一部县志，这一县往往有十景或八景，如“远村明月”“萧寺清钟”“古池好水”之类。而且，“十”字形的病菌，似乎已经侵入血管，流布全身，其势

① 本篇选自《坟》，最初发表于1925年2月23日《语丝》周刊第十五期。

② 崇轩先生：胡也频，别名胡崇轩，中国近现代作家，当时是《京报》副刊《民众文艺》周刊的编者之一。1925年2月2日《京报副刊》第四十九号上刊登有胡崇轩给编者孙伏园的信《雷峰塔倒掉的原因》。《京报副刊》创刊于1924年12月5日。

力早不在“！”形惊叹亡国病菌[1]之下了。点心有十样锦，菜有十碗，音乐有十番[2]，阎罗有十殿，药有十全大补，猜拳有全福手福手全，连人的劣迹或罪状，宣布起来也大抵是十条，仿佛犯了九条的时候总不肯歇手。现在西湖十景可缺了呵！“凡为天下国家有九经[3]”，九经固古已有之，而九景却颇不习见，所以正是对于十景病的一个针砭，至少也可以使患者感到一种不平常，知道自己的可爱的老病，忽而跑掉了十分之一了。

但仍有悲哀在里面。

其实，这一种势所必至的破坏，也还是徒然的。畅快不过是无聊的自欺。雅人和信士和传统大家，定要苦心孤诣巧语花言地再来补足了十景而后已。

无破坏即无新建设，大致是的；但有破坏却未必即有新建设。卢梭，斯谛纳尔，尼采，托尔斯泰，伊孛生等辈[4]，若用勃兰兑斯[5]的话来说，乃是“轨道破坏者”。其实他们不单是破坏，而且是扫除，是大呼猛进，将碍脚的旧轨道不论整条或碎片，一扫而空，并非想挖一块废铁古砖挟回家去，预备卖给旧货店。中国很少这一类人，即使有之，也会被大众的唾沫淹死。孔丘

---

① 亡国病菌：当时的一种离奇论调。1924年4月《心理》杂志第三卷第二号载有北京师范大学教授张耀翔的《新诗人的情绪》一文，把当时一些新诗集里的惊叹号(！)加以统计，说这种符号“缩小看像许多细菌，放大看像几排弹丸”，认为这是消极、悲观、厌世等情绪的表示，并且说多用惊叹号的白话诗都是“亡国之音”。

② 十番：又称“十番鼓”“十番锣鼓”，流行于福建、江苏、浙江等地，由若干曲牌与锣鼓段连缀而成的一种套曲。

③ 凡为天下国家有九经：意思是治理天下有九件应做的事。出自《中庸》：“凡为天下国家有九经。曰：修身也，尊贤也，亲亲也，敬大臣也，体群臣也，子庶民也，来百工也，柔远人也，怀诸侯也。”

④ 卢梭：法国哲学家。斯谛纳尔：通译斯蒂纳，德国哲学家卡斯巴尔·施米特的笔名，早期无政府主义者。

⑤ 勃兰兑斯：丹麦文学评论家、文学史家，著有《十九世纪文学主流》。

先生确是伟大，生在巫鬼势力如此旺盛的时代，偏不肯随俗谈鬼神；但可惜太聪明了，“祭如在祭神如神在[①]”，只用他修《春秋》的照例手段以两个“如”字略寓“俏皮刻薄[②]”之意，使人一时莫明其妙，看不出他肚皮里的反对来。他肯对子路赌咒，却不肯对鬼神宣战，因为一宣战就不和平，易犯骂人——虽然不过骂鬼——之罪，即不免有《衡论》（见一月份《晨报副镌》）作家TY先生似的好人，会替鬼神来奚落他道：为名乎？骂人不能得名。为利乎？骂人不能得利。想引诱女人乎？又不能将蚩尤的脸子印在文章上。[③]何乐而为之也欤？

孔丘先生是深通世故的老先生，大约除脸子付印问题以外，还有深心，犯不上来做明目张胆的破坏者，所以只是不谈，而决不骂，于是乎俨然成为中国的圣人，道大，无所不包故也。否则，现在供在圣庙里的，也许不姓孔。

不过在戏台上罢了，悲剧将人生的有价值的东西毁灭给人看，喜剧将那无价值的撕破给人看。讥讽又不过是喜剧的变简的一支流。但悲壮滑稽，却都是十景病的仇敌，因为都有破坏性，虽然所破坏的方面各不同。中国如十景病尚存，则不但卢梭他们似的疯子决不产生，并且也决不产生一个悲剧作家或喜剧作家或讽刺诗人。所有的，只是喜剧底人物或非喜剧非悲剧

---

① 祭如在祭神如神在：意思是祭祀祖先和神灵时，好像受祭者真的就在面前。出自《论语·八佾》：“祭如在，祭神如神在。”

② 俏皮刻薄：1921年1月12日《京报副刊》发表的尚惜凡的《〈语丝〉的作风》一文中说：“我觉得《语丝》文章的作风有点‘尖刻’、‘俏皮’之味。”鲁迅这里顺笔予以讽刺。

③《衡论》：发表在1925年1月18日《晨报副刊》第十二号上的一篇文章，作者署名TY。它反对写批评文章，其中有这样的话：“这种人（按指写批评文章的人），真不知其心何居。说是想赚钱吧，有时还要赔子儿去出版。说是想引诱女人吧，他那朱元璋的脸子也没有印在文章上。说是想邀名吧，别人看见他那尖刻的文章就够了，谁还敢相信他？”这里是鲁迅对该文的讽刺。

底人物，在互相模造的十景中生存，一面各各带了十景病。

然而十全停滞的生活，世界上是很不多见的事，于是破坏者到了，但并非自己的先觉的破坏者，却是狂暴的强盗，或外来的蛮夷。猃狁[①]早到过中原，五胡[②]来过了，蒙古也来过了；同胞张献忠杀人如草，而满洲兵的一箭，就钻进树丛中死掉了。有人论中国说，倘使没有带着新鲜的血液的野蛮的侵入，真不知自身会腐败到如何！这当然是极刻毒的恶谑，但我们一翻历史，怕不免要有汗流浃背的时候罢。外寇来了，暂一震动，终于请他做主子，在他的刀斧下修补老例；内寇来了，也暂一震动，终于请他做主子，或者别拜一个主子，在自己的瓦砾中修补老例。再来翻县志，就看见每一次兵燹之后，所添上的是许多烈妇烈女[③]的氏名。看近来的兵祸，怕又要大举表扬节烈了罢。许多男人们都那里去了？

凡这一种寇盗式的破坏，结果只能留下一片瓦砾，与建设无关。

但当太平时候，就是正在修补老例，并无寇盗时候，即国中暂时没有破坏么？也不然的，其时有奴才式的破坏作用常川活动着。

雷峰塔砖的挖去，不过是极近的一条小小的例。龙门的石佛[④]，大半肢体不全，图书馆中的书籍，插图须谨防撕去，凡公物或无主的东西，倘难于移动，能够完全的即很不多。但其毁坏的原因，则非如革除者的志在扫除，也非如寇盗的志在掠夺

---

① 猃狁(xiǎn yǔn)：中国古代北方民族之一，又称犬戎。周朝时活动于今陕、甘一带，猃、岐之间。

② 五胡：历史上对匈奴、羯、鲜卑、氐、羌五个民族的合称。

③ 烈妇烈女：古指重义守节的女性。

④ 龙门的石佛：洛阳龙门石窟，始凿于北魏，造像近十万尊。

或单是破坏，仅因目前极小的自利，也肯对于完整的大物暗暗的加一个创伤。人数既多，创伤自然极大，而倒败之后，却难于知道加害的究竟是谁。正如雷峰塔倒掉以后，我们单知道由于乡下人的迷信。共有的塔失去了，乡下人的所得，却不过一块砖，这砖，将来又将为别一自利者所藏，终究至于灭尽。倘在民康物阜时候，因为十景病的发作，新的雷峰塔也会再造的罢。但将来的运命，不也就可以推想而知么？如果乡下人还是这样的乡下人，老例还是这样的老例。

这一种奴才式的破坏，结果也只能留下一片瓦砾，与建设无关。

岂但乡下人之于雷峰塔，日日偷挖中华民国的柱石的奴才们，现在正不知有多少！

瓦砾场上还不足悲，在瓦砾场上修补老例是可悲的。我们要革新的破坏者，因为他内心有理想的光。我们应该知道他和寇盗奴才的分别；应该留心自己堕入后两种。这区别并不烦难，只要观人，省己，凡言动中，思想中，含有借此据为己有的朕兆[1]者是寇盗，含有借此占些目前的小便宜的朕兆者是奴才，无论在前面打着的是怎样鲜明好看的旗子。

一九二五年二月六日。

① 朕兆：征兆，预兆。

春末闲谈[1]

北京正是春末，也许我过于性急之故罢，觉着夏意了，于是突然记起故乡的细腰蜂[2]。那时候大约是盛夏，青蝇密集在凉棚索子上，铁黑色的细腰蜂就在桑树间或墙角的蛛网左近往来飞行，有时衔一支小青虫去了，有时拉一个蜘蛛。青虫或蜘蛛先是抵抗着不肯去，但终于乏力，被衔着腾空而去了，坐了飞机似的。

老前辈们开导我，那细腰蜂就是书上所说的果蠃，纯雌无雄，必须捉螟蛉[3]去做继子的。她将小青虫封在窠里，自己在外面日日夜夜敲打着，祝道“像我像我”，经过若干日，——我记不清了，大约七七四十九日罢，一那青虫也就成了细腰蜂了，所以《诗经》里说：“螟蛉有子，果蠃负之。”螟蛉就是桑上小青虫。蜘蛛呢？他们没有提。我记得有几个考据家曾经立过异说，以为她其实自能生卵；其捉青虫，乃是填在窠里，给孵化

---

① 本篇选自《坟》，最初发表于1925年4月24日北京《莽原》周刊第一期，署名冥昭。

② 细腰蜂：又名蜾蠃，是寄生蜂的一种。它长得像蜜蜂，但是比蜜蜂小得多；头部球形，触角细长，复眼卵形，有单眼三个；腹部七节，腰细。

③ 螟蛉：螟蛾的幼虫。

出来的幼蜂做食料的。但我所遇见的前辈们都不采用此说，还道是拉去做女儿。我们为存留天地间的美谈起见，倒不如这样好。当长夏无事，遣暑林阴，瞥见二虫一拉一拒的时候，便如睹慈母教女，满怀好意，而青虫的宛转抗拒，则活像一个不识好歹的毛鸦头。

但究竟是夷人可恶，偏要讲什么科学。科学虽然给我们许多惊奇，但也搅坏了我们许多好梦。自从法国的昆虫学大家发勃耳（Fabre）[①]仔细观察之后，给幼蜂做食料的事可就证实了。而且，这细腰蜂不但是普通的凶手，还是一种很残忍的凶手，又是一个学识技术都极高明的解剖学家。她知道青虫的神经构造和作用，用了神奇的毒针，向那运动神经球上只一螫，它便麻痹为不死不活状态，这才在它身上生下蜂卵，封入窠中。青虫因为不死不活，所以不动，但也因为不活不死，所以不烂，直到她的子女孵化出来的时候，这食料还和被捕当日一样的新鲜。

三年前，我遇见神经过敏的俄国的E君[②]，有一天他忽然发愁道，不知道将来的科学家，是否不至于发明一种奇妙的药品，将这注射在谁的身上，则这人即甘心永远去做服役和战争的机器了？那时我也就皱眉叹息，装作一齐发愁的模样，以示"所见略同"之至意，殊不知我国的圣君，贤臣，圣贤，圣贤之徒，却早已有过这一种黄金世界的理想了。不是"唯辟作福，唯辟作威，唯辟玉食"[③]么？不是"君子劳心，小人劳力"么？不是

① 发勃耳(Fabre)：通译法布尔。法国著名的昆虫学家、文学家、博物学家，著有《昆虫记》等。

② 俄国的E君：指俄国诗人、童话作家爱罗先珂。

③ "唯辟作福，唯辟作威，唯辟玉食"：意思是只有天子才会为民造福，只有天子才能给民惩戒，只有天子才能享用美食。出自《尚书·洪范》。辟，即天子或诸侯。

"治于人者食（去声）人，治人者食于人"么？可惜理论虽已卓然，而终于没有发明十全的好方法。要服从作威就须不活，要贡献玉食就须不死；要被治就须不活，要供养治人者又须不死。人类升为万物之灵，自然是可贺的，但没有了细腰蜂的毒针，却很使圣君，贤臣，圣贤，圣贤之徒，以至现在的阔人，学者，教育家觉得棘手。将来未可知，若已往，则治人者虽然尽力施行过各种麻痹术，也还不能十分奏效，与果蠃并驱争先。即以皇帝一伦而言，便难免时常改姓易代，终没有"万年有道之长"；"二十四史"而多至二十四，就是可悲的铁证。现在又似乎有些别开生面了，世上挺生了一种所谓"特殊智识阶级[①]"的留学生，在研究室中研究之结果，说医学不发达是有益于人种改良的，中国妇女的境遇是极其平等的，一切道理都已不错，一切状态都已够好。E君的发愁，或者也不为无因罢，然而俄国是不要紧的，因为他们不像我们中国，有所谓"特别国情[②]"，还有所谓"特殊智识阶级"。

但这种工作，也怕终于像古人那样，不能十分奏效的罢，因为这实在比细腰蜂所做的要难得多。她于青虫，只须不动，

---

① 特殊智识阶级：1925年2月，段祺瑞为了抵制孙中山在共产党支持下提出的召开国民会议的主张，组织了一个"善后会议"，企图从中产生由他控制的假国民会议。当时有一批曾在外国留学的人在北京组织"国外大学毕业参加国民会议同志会"，于3月29日在中央公园水榭开会，到会者百余人，他们向"善后会议"提请愿书，要求在未来的国民会议中给他们保留名额，其中说："查国民代表会议之最大任务为制定中华民国宪法，留学者为一特殊智识阶级，无庸讳言，其应参加此项会议，多多益善。"（见1925年3月31日《京报》）作者说的所谓"特殊智识阶级"，当指这类留学生。

② 特别国情：1915年袁世凯阴谋恢复帝制时，他的宪法顾问美国人古德诺（F.J.Goodnow）曾在8月10日北京《亚细亚日报》发表一篇文章《共和与君主论》，说中国自有"特别国情"，不适宜实行共和政治，应当恢复君主政体。这种"特别国情"的论调，成为当时一些人阻挠民主改革和反对进步学说的借口。

所以仅在运动神经球上一螫，即告成功。而我们的工作，却求其能运动，无知觉，该在知觉神经中枢，加以完全的麻醉的。但知觉一失，运动也就随之失却主宰，不能贡献玉食，恭请上自“极峰[①]”下至“特殊智识阶级”的赏收享用了。就现在而言，窃以为除了遗老的圣经贤传法，学者的进研究室主义[②]，文学家和茶摊老板的莫谈国事律[③]，教育家的勿视勿听勿言勿动[④]论之外，委实还没有更好，更完全，更无流弊的方法。便是留学生的特别发见，其实也并未轶出了前贤的范围。

那么，又要“礼失而求诸野[⑤]”了。夷人，现在因为想去取法，姑且称之为外国，他那里，可有较好的法子么？可惜，也没有。所有者，仍不外乎不准集会，不许开口之类，和我们中华并没有什么很不同。然亦可见至道嘉猷[⑥]，人同此心，心同此理，固无华夷之限也。猛兽是单独的，牛羊则结队；野牛的大队，就会排角成城以御强敌了，但拉开一匹，定只能牟牟地叫。人民与牛马同流，——此就中国而言，夷人别有分类法云，——治之之道，自然应该禁止集合：这方法是对的。其次要防说话。人能说话，已经是祸胎了，而况有时还要做文章。所以苍颉[⑦]造

---

① 极峰：旧时官僚对最高领导者的媚称。

② 进研究室主义：对胡适当时主张的一种概括。1919年7月，胡适在《每周评论》上发表《多研究些问题，少谈些“主义”》的文章，稍后又提出学生“进研究室”“整理国故”的口号。鲁迅认为这种主张是诱导青年逃避现实，可参看《未有天才之前》。

③ 莫谈国事律：北洋军阀统治时期，实行恐怖政策，密探四布，茶馆、酒肆里多贴有“莫谈国事”的字条，某些文人也把“莫谈国事”当作处世格言。

④ 勿视勿听勿言勿动：语出《论语·颜渊》：“非礼勿视，非礼勿听，非礼勿言，非礼勿动。”

⑤ 礼失而求诸野：意思是古礼不传，可访于民间。《汉书·艺文志》：“仲尼有言，‘礼失而求诸野’。”

⑥ 至道嘉猷(yóu)：最高明的理论和最完善的规划。

⑦ 苍颉(jié)：传说中皇帝的史官、汉字的创造者。

字，夜有鬼哭。鬼且反对，而况于官？猴子不会说话，猴界即向无风潮，——可是猴界中也没有官，但这又作别论，——确应该虚心取法，反朴归真，则口且不开，文章自灭：这方法也是对的。然而上文也不过就理论而言，至于实效，却依然是难说。最显著的例，是连那么专制的俄国，而尼古拉二世“龙御上宾”之后，罗马诺夫氏竟已“覆宗绝祀”了。①要而言之，那大缺点就在虽有二大良法，而还缺其一，便是：无法禁止人们的思想。

于是我们的造物主——假如天空真有这样的一位“主子”——就可恨了：一恨其没有永远分清“治者”与“被治者”；二恨其不给治者生一枝细腰蜂那样的毒针；三恨其不将被治者造得即使砍去了藏着的思想中枢的脑袋而还能动作——服役。三者得一，阔人的地位即永久稳固，统御也永久省了气力，而天下于是乎太平。今也不然，所以即使单想高高在上，暂时维持阔气，也还得日施手段，夜费心机，实在不胜其委屈劳神之至……。

假使没有了头颅，却还能做服役和战争的机械，世上的情形就何等地醒目呵！这时再不必用什么制帽勋章来表明阔人和窄人了，只要一看头之有无，便知道主奴，官民，上下，贵贱的区别。并且也不至于再闹什么革命，共和，会议等等的乱子了，单是电报，就要省下许多许多来。古人毕竟聪明，仿佛早想到过这样的东西，《山海经》上就记载着一种名叫“刑天”的怪物。他没有了能想的头，却还活着，“以乳为目，以脐为

① 尼古拉二世：俄国罗曼诺夫王朝最后一位沙皇，在1917年二月革命中被推翻。龙御上宾：指皇帝逝世。罗马诺夫氏：俄国罗曼诺夫王朝（1613—1917年）。覆宗绝祀：毁坏宗庙，断绝后代。

口”，——这一点想得很周到，否则他怎么看，怎么吃呢，——实在是很值得奉为师法的。假使我们的国民都能这样，阔人又何等安全快乐？但他又“执干戚而舞”，则似乎还是死也不肯安分，和我那专为阔人图便利而设的理想底好国民又不同。陶潜[①]先生又有诗道：“刑天舞干戚，猛志固常在。”连这位貌似旷达的老隐士也这么说，可见无头也会仍有猛志，阔人的天下一时总怕难得太平的了。但有了太多的“特殊知识阶级”的国民，也许有特在例外的希望；况且精神文明太高了之后，精神的头就会提前飞去，区区物质的头的有无也算不得什么难问题。

一九二五年四月二十二日。

① 陶潜：陶渊明，字元亮，东晋诗人。

灯下漫笔[①]

一

有一时，就是民国二三年时候，北京的几个国家银行[②]的钞票，信用日见其好了，真所谓蒸蒸日上。听说连一向执迷于现银的乡下人，也知道这既便当，又可靠，很乐意收受，行使了。至于稍明事理的人，则不必是“特殊知识阶级”，也早不将沉重累坠的银元装在怀中，来自讨无谓的苦吃。想来，除了多少对于银子有特别嗜好和爱情的人物之外，所有的怕大都是钞票了罢，而且多是本国的。但可惜后来忽然受了一个不小的打击。

就是袁世凯想做皇帝的那一年，蔡松坡先生溜出北京，到

① 本篇选自《坟》，最初分两次发表于1925年5月1日、22日《莽原》周刊第二期和第五期。

② 国家银行：这里指北洋军阀统治时期的中国银行和交通银行，其所发行的纸钞，即下文的“中交票”。

云南去起义。[1]这边所受的影响之一，是中国和交通银行的停止兑现。[2]虽然停止兑现，政府勒令商民照旧行用的威力却还有的；商民也自有商民的老本领，不说不要，却道找不出零钱。假如拿几十几百的钞票去买东西，我不知道怎样，但倘使只要买一枝笔，一盒烟卷呢，难道就付给一元钞票么？不但不甘心，也没有这许多票。那么，换铜元，少换几个罢，又都说没有铜元。那么，到亲戚朋友那里借现钱去罢，怎么会有？于是降格以求，不讲爱国了，要外国银行的钞票。但外国银行的钞票这时就等于现银，他如果借给你这钞票，也就借给你真的银元了。

我还记得那时我怀中还有三四十元的中交票，可是忽而变了一个穷人，几乎要绝食，很有些恐慌。俄国革命以后的藏着纸卢布的富翁的心情，恐怕也就这样的罢；至多，不过更深更大罢了。我只得探听，钞票可能折价换到现银呢？说是没有行市[3]。幸而终于，暗暗地有了行市了：六折几。我非常高兴，赶紧去卖了一半。后来又涨到七折了，我更非常高兴，全去换了现银，沉垫垫地坠在怀中，似乎这就是我的性命的斤两。倘在平时，钱铺子如果少给我一个铜元，我是决不答应的。

但我当一包现银塞在怀中，沉垫垫地觉得安心，喜欢的时候，却突然起了另一思想，就是：我们极容易变成奴隶，而且变了之后，还万分喜欢。

---

① 1911年辛亥革命后，袁世凯攫取权力，于1913年10月就任中华民国大总统。1915年袁世凯宣布恢复帝制，称“中华帝国”皇帝。蔡松坡：蔡锷，字松坡，湖南邵阳人，辛亥革命时任云南都督，1915年12月袁世凯宣布称帝后，他于25日通电宣布独立，起兵讨伐袁世凯。

② 当时袁世凯政府财政困难，于1916年5月12日下令中国银行和交通银行停止其发行的纸钞的兑现。

③ 行市：行情。

假如有一种暴力，“将人不当人”，不但不当人，还不及牛马，不算什么东西；待到人们羡慕牛马，发生“乱离人，不及太平犬”[①]的叹息的时候，然后给与他略等于牛马的价格，有如元朝定律，打死别人的奴隶，赔一头牛，则人们便要心悦诚服，恭颂太平的盛世。为什么呢？因为他虽不算人，究竟已等于牛马了。

我们不必恭读《钦定二十四史》，或者入研究室，审察精神文明的高超。只要一翻孩子所读的《鉴略》，——还嫌烦重，则看《历代纪元编》，就知道“三千余年古国古”的中华，历来所闹的就不过是这一个小玩艺。[②]但在新近编纂的所谓“历史教科书”一流东西里，却不大看得明白了，只仿佛说：咱们向来就很好的。

但实际上，中国人向来就没有争到过“人”的价格，至多不过是奴隶，到现在还如此，然而下于奴隶的时候，却是数见不鲜的。中国的百姓是中立的，战时连自己也不知道属于那一面，但又属于无论那一面。强盗来了，就属于官，当然该被杀掠；官兵既到，该是自家人了罢，但仍然要被杀掠，仿佛又属于强盗似的。这时候，百姓就希望有一个一定的主子，拿他们去做百姓，——不敢，是拿他们去做牛马，情愿自己寻草吃，只求他决定他们怎样跑。

假使真有谁能够替他们决定，定下什么奴隶规则来，自然就“皇恩浩荡”了。可惜的是往往暂时没有谁能定。举其大者，

---

①“乱离人，不及太平犬”：元代施惠《幽闺记》中载：“宁为太平犬，莫作乱离人。”当是化用这两句。

②《鉴略》：旧时学塾用的历史读物，清代王仕云著。《历代纪元编》：清代李兆洛撰历史著作，三卷，补一卷。三千余年古国古：语出清代黄遵宪《出军歌》。

则如五胡十六国的时候，黄巢的时候，五代时候，宋末元末时候，除了老例的服役纳粮以外，都还要受意外的灾殃。张献忠[1]的脾气更古怪了，不服役纳粮的要杀，服役纳粮的也要杀，敌他的要杀，降他的也要杀：将奴隶规则毁得粉碎。这时候，百姓就希望来一个另外的主子，较为顾及他们的奴隶规则的，无论仍旧，或者新颁，总之是有一种规则，使他们可上奴隶的轨道。

“时日曷丧，予及汝偕亡！”[2]愤言而已，决心实行的不多见。实际上大概是群盗如麻，纷乱至极之后，就有一个较强，或较聪明，或较狡滑，或是外族的人物出来，较有秩序地收拾了天下。厘定规则：怎样服役，怎样纳粮，怎样磕头，怎样颂圣。而且这规则是不像现在那样朝三暮四的。于是便“万姓胪欢[3]”了；用成语来说，就叫作“天下太平”。

任凭你爱排场的学者们怎样铺张，修史时候设些什么“汉族发祥时代”“汉族发达时代”“汉族中兴时代”的好题目，好意诚然是可感的，但措辞太绕湾子了。有更其直捷了当的说法在这里——

一，想做奴隶而不得的时代；

二，暂时做稳了奴隶的时代。

这一种循环，也就是“先儒”之所谓“一治一乱”；那些作乱人物，从后日的“臣民”看来，是给“主子”清道辟路的，

---

① 张献忠：明末农民起义领袖，大西政权的建立者。《明史》说张献忠杀人如草，“献忠系粗才，一味好杀，自成则颇有大略”。

② “时日曷丧，予及汝偕亡！”：意思是这个太阳什么时候消失呢？我们愿意同你一起灭亡。语出《尚书·汤誓》。时日，指夏桀。

③ 万姓胪（lú）欢：意思是天下歌呼欢腾。出自《汉书·礼乐志》：“徧胪欢，腾天歌。”唐颜师古注：“胪，陈也；腾，升也。”

所以说："为圣天子驱除云尔[①]。"

现在入了那一时代，我也不了然。但看国学家的崇奉国粹，文学家的赞叹固有文明，道学家的热心复古，可见于现状都已不满了。然而我们究竟正向着那一条路走呢？百姓是一遇到莫名其妙的战争，稍富的迁进租界，妇孺则避入教堂里去了，因为那些地方都比较的"稳"，暂不至于想做奴隶而不得。总而言之，复古的，避难的，无智愚贤不肖，似乎都已神往于三百年前的太平盛世，就是"暂时做稳了奴隶的时代"了。

但我们也就都像古人一样，永久满足于"古已有之"的时代么？都像复古家一样，不满于现在，就神往于三百年前的太平盛世么？

自然，也不满于现在的，但是，无须反顾，因为前面还有道路在。而创造这中国历史上未曾有过的第三样时代，则是现在的青年的使命！

二

但是赞颂中国固有文明的人们多起来了，加之以外国人。我常常想，凡有来到中国的，倘能疾首蹙额而憎恶中国，我敢诚意地捧献我的感谢，因为他一定是不愿意吃中国人的肉的！

鹤见祐辅[②]氏在《北京的魅力》中，记一个白人将到中国，预定的暂住时候是一年，但五年之后，还在北京，而且不想回

---

① 为圣天子驱除云尔：意思是为圣王清道辟路。出自《汉书·王莽传赞》："圣王之驱除云尔。"颜师古注："言驱逐蠲除以待圣人也。"联系上下文，这里是指那些作乱人物，从后日的"臣民"看来，是给"主子"清道辟路的。

② 鹤见祐辅：日本评论家。作者曾选译过他的随笔集《思想·山水·人物》。

去了。有一天，他们两人一同吃晚饭——

> 在圆的桃花心木的食桌前坐定，川流不息地献着山海的珍味，谈话就从古董，画，政治这些开头。电灯上罩着支那式的灯罩，淡淡的光洋溢于古物罗列的屋子中。什么无产阶级呀，Proletariat[①]呀那些事，就像不过在什么地方刮风。
>
> 我一面陶醉在支那生活的空气中，一面深思着对于外人有着“魅力”的这东西。元人也曾征服支那，而被征服于汉人种的生活美了；满人也征伐支那，而被征服于汉人种的生活美了。现在西洋人也一样，嘴里虽然说着Democracy[②]呀，什么什么呀，而却被魅于支那人费六千年而建筑起来的生活的美。一经住过北京，就忘不掉那生活的味道。大风时候的万丈的沙尘，每三月一回的督军们的开战游戏，都不能抹去这支那生活的魅力。

这些话我现在还无力否认他。我们的古圣先贤既给与我们保古守旧的格言，但同时也排好了用子女玉帛所做的奉献于征服者的大宴。中国人的耐劳，中国人的多子，都就是办酒的材料，到现在还为我们的爱国者所自诩的。西洋人初入中国时，被称为蛮夷，自不免个个蹙额，但是，现在则时机已至，到了我们将曾经献于北魏，献于金，献于元，献于清的盛宴，来献给他们的时候了。出则汽车，行则保护：虽遇清道，然而通行

① Proletariat：英语，即无产阶级。

② Democracy：英语，即民主。

自由的；虽或被劫，然而必得赔偿的；孙美瑶[①]掳去他们站在军前，还使官兵不敢开火。何况在华屋中享用盛宴呢？待到享受盛宴的时候，自然也就是赞颂中国固有文明的时候；但是我们的有些乐观的爱国者，也许反而欣然色喜，以为他们将要开始被中国同化了罢。古人曾以女人作苟安的城堡，美其名以自欺曰“和亲”，今人还用子女玉帛为作奴的贽敬[②]，又美其名曰“同化”。所以倘有外国的谁，到了已有赴宴的资格的现在，而还替我们诅咒中国的现状者，这才是真有良心的真可佩服的人！

但我们自己是早已布置妥帖了，有贵贱，有大小，有上下。自己被人凌虐，但也可以凌虐别人；自己被人吃，但也可以吃别人。一级一级的制驭着，不能动弹，也不想动弹了。因为倘一动弹，虽或有利，然而也有弊。我们且看古人的良法美意罢——

> 天有十日，人有十等。下所以事上，上所以共神也。故王臣公，公臣大夫，大夫臣士，士臣皁，皁臣舆，舆臣隶，隶臣僚，僚臣仆，仆臣台。（《左传》昭公七年）[③]

但是“台”没有臣，不是太苦了么？无须担心的，有比他更卑的妻，更弱的子在。而且其子也很有希望，他日长大，升而为“台”，便又有更卑更弱的妻子，供他驱使了。如此连环，各得

---

① 孙美瑶：当时占领山东抱犊崮的土匪头领，聚众4000余人，自称“建国自治军”。1923年5月6日晨，他在津浦铁路临城站劫车，掳去中外旅客200多人，是当时轰动一时的事件。同年12月9日他被兖州镇守使张培荣诱杀。

② 贽敬：为表敬意而送的礼品。

③ 作者所引《左传》这段话是关于西周社会的等级制，其中，王、公、大夫、士是统治者的等级，皁（zào，同“皂”）、舆、隶、僚、仆、台是被奴役者的等级。

其所，有敢非议者，其罪名曰不安分！

虽然那是古事，昭公七年离现在也太辽远了，但“复古家”尽可不必悲观的。太平的景象还在：常有兵燹①，常有水旱，可有谁听到大叫唤么？打的打，革的革，可有处士②来横议么？对国民如何专横，向外人如何柔媚，不犹是差等的遗风么？中国固有的精神文明，其实并未为共和二字所埋没，只有满人已经退席，和先前稍不同。

因此我们在目前，还可以亲见各式各样的筵宴，有烧烤，有翅席，有便饭，有西餐。但茅檐下也有淡饭，路傍也有残羹，野上也有饿莩；有吃烧烤的身价不资的阔人，也有饿得垂死的每斤八文的孩子③（见《现代评论》二十一期）。所谓中国的文明者，其实不过是安排给阔人享用的人肉的筵宴。所谓中国者，其实不过是安排这人肉的筵宴的厨房。不知道而赞颂者是可恕的，否则，此辈当得永远的诅咒！

外国人中，不知道而赞颂者，是可恕的；占了高位，养尊处优，因此受了蛊惑，昧却灵性而赞叹者，也还可恕的。可是还有两种，其一是以中国人为劣种，只配悉照原来模样，因而故意称赞中国的旧物。其一是愿世间人各不相同以增自己旅行的兴趣，到中国看辫子，到日本看木屐，到高丽看笠子，倘若服饰一样，便索然无味了，因而来反对亚洲的欧化。这些都可

---

① 兵燹(xiǎn)：战火焚毁破坏。

② 处士：泛指未做过官的士人。

③ 每斤八文的孩子：1925年5月2日《现代评论》第一卷第二十一期刊载仲瑚的《一个四川人的通信》，叙说当时军阀统治下四川民众的悲惨生活：“人类到了这步田地，那里还讲得起仁民爱物的大道理，自然就闹到食起同类来了。据我所晓得的：男小孩只卖八枚铜子一斤，女小孩连这个价钱也卖不了。”

憎恶。至于罗素[1]在西湖见轿夫含笑，便赞美中国人，则也许别有意思罢。但是，轿夫如果能对坐轿的人不含笑，中国也早不是现在似的中国了。

这文明，不但使外国人陶醉，也早使中国一切人们无不陶醉而且至于含笑。因为古代传来而至今还在的许多差别，使人们各各分离，遂不能再感到别人的痛苦；并且因为自己各有奴使别人，吃掉别人的希望，便也就忘却自己同有被奴使被吃掉的将来。于是大小无数的人肉的筵宴，即从有文明以来一直排到现在，人们就在这会场中吃人，被吃，以凶人的愚妄的欢呼，将悲惨的弱者的呼号遮掩，更不消说女人和小儿。

这人肉的筵宴现在还排着，有许多人还想一直排下去。扫荡这些食人者，掀掉这筵席，毁坏这厨房，则是现在的青年的使命！

一九二五年四月二十九日。

---

① 罗素：英国哲学家，曾于1920年10月来中国游览、讲学。其所著《中国问题》一书中记叙了中国轿夫谈笑的情形。

论“他妈的！”[①]

无论是谁，只要在中国过活，便总得常听到“他妈的”或其相类的口头禅。我想：这话的分布，大概就跟着中国人足迹之所至罢；使用的遍数，怕也未必比客气的“您好呀”会更少。假使依或人所说，牡丹是中国的“国花”，那么，这就可以算是中国的“国骂”了。

我生长于浙江之东，就是西滢先生之所谓“某籍”[②]。那地方通行的“国骂”却颇简单：专一以“妈”为限，决不牵涉余人。后来稍游各地，才始惊异于国骂之博大而精微：上溯祖宗，旁连姊妹，下递子孙，普及同性，真是“犹河汉而无极也”[③]。而且，不特用于人，也以施之兽。前年，曾见一辆煤车的只轮陷入很深的辙迹里，车夫便愤然跳下，出死力打那拉车的骡子道：“你姊姊的！你姊姊的！”

---

① 本篇选自《坟》，最初发表于1925年7月27日《语丝》周刊第三十七期。

② 在1925年北京女子师范大学学生反对校长杨荫榆事件中，鲁迅等七名教员曾在5月27日的《京报》上发表宣言，对学生表示支持。对此，陈西滢曾发文讽刺，说“有在北京教育界占最大势力的某籍某系的人在暗中鼓动”。某籍，指鲁迅的籍贯浙江。陈西滢，名源，字通伯，笔名西滢，时任北京大学教授。

③ 语出《庄子·逍遥游》。

别的国度里怎样，我不知道。单知道诺威人Hamsun[①]有一本小说叫《饥饿》，粗野的口吻是很多的，但我并不见这一类话。Gorky[②]所写的小说中多无赖汉，就我所看过的而言，也没有这骂法。惟独Artzybashev[③]在《工人绥惠略夫》里，却使无抵抗主义者亚拉借夫骂了一句“你妈的”。但其时他已经决计为爱而牺牲了，使我们也失却笑他自相矛盾的勇气。这骂的翻译，在中国原极容易的，别国却似乎为难，德文译本作“我使用过你的妈”，日文译本作“你的妈是我的母狗”。这实在太费解，——由我的眼光看起来。

那么，俄国也有这类骂法的了，但因为究竟没有中国似的精博，所以光荣还得归到这边来。好在这究竟又并非什么大光荣，所以他们大约未必抗议；也不如“赤化”之可怕，中国的阔人，名人，高人，也不至于骇死的。但是，虽在中国，说的也独有所谓“下等人”，例如“车夫”之类，至于有身分的上等人，例如“士大夫”之类，则决不出之于口，更何况笔之于书。“予生也晚”，赶不上周朝，未为大夫，也没有做士，本可以放笔直干的，然而终于改头换面，从“国骂”上削去一个动词和一个名词，又改对称为第三人称者，恐怕还因为到底未曾拉车，因而也就不免“有点贵族气味”之故。那用途，既然只限于一部分，似乎又有些不能算作“国骂”了；但也不然，阔人所赏识的牡丹，下等人又何尝以为“花之富贵者也”？

这“他妈的”的由来以及始于何代，我也不明白。经史上所见骂人的话，无非是“役夫”，“奴”，“死公”；较厉害的，有

① Hamsun：汉姆生，挪威小说家，代表作有长篇小说《饥饿》。

② Gorky：高尔基。

③ Artzybashev：阿尔志跋绥夫。

“老狗”，“貉子”；[1]更厉害，涉及先代的，也不外乎“而母婢也”，“赘阉遗丑”罢了[2]！还没见过什么“妈的”怎样，虽然也许是士大夫讳而不录。但《广弘明集》（七）记北魏邢子才[3]“以为妇人不可保。谓元景曰，‘卿何必姓王？’元景变色。子才曰，‘我亦何必姓邢；能保五世耶？’”则颇有可以推见消息的地方。

晋朝已经是大重门第，重到过度了；华胄[4]世业，子弟便易于得官；即使是一个酒囊饭袋，也还是不失为清品。北方疆土虽失于拓跋氏，士人却更其发狂似的讲究阀阅[5]，区别等第，守护极严。庶民中纵有俊才，也不能和大姓比并。至于大姓，实不过承祖宗余荫，以旧业骄人，空腹高心，当然使人不耐。但士流既然用祖宗做护符，被压迫的庶民自然也就将他们的祖宗当作仇敌。邢子才的话虽然说不定是否出于愤激，但对于躲在门第下的男女，却确是一个致命的重伤。势位声气，本来仅靠了“祖宗”这惟一的护符而存，“祖宗”倘一被毁，便什么都倒败了。这是倚赖“余荫”的必得的果报。

同一的意思，但没有邢子才的文才，而直出于“下等人”之口的，就是：“他妈的！”

要攻击高门大族的坚固的旧堡垒，却去瞄准他的血统，在

---

① 役夫：语出《左传》，楚成王妹江芈骂成王子商臣的话，据晋代杜预注，是对贱者的称呼。奴：南朝宋刘子业骂父亲孝武帝的话，语出《南史·宋本纪》。死公：汉代祢衡骂黄祖的话，语出《后汉书·祢衡传》。老狗：汉代栗姬骂汉景帝的话，语出《汉孝武故事》。貉子：西晋孙秀妻骂孙秀的话，语出《世说新语》。

② 而母婢也：你的母亲是奴婢，齐威王骂人的话，语出《战国策》。赘阉遗丑：对曹操的詈语，出自陈琳《为袁绍檄豫州文》：“操赘阉遗丑，本无懿德。”

③《广弘明集》：唐代和尚道宣编，共30卷。邢子才：名邵，字子才，北魏无神论者。

④ 华胄：旧谓显贵者的后代。

⑤ 阀阅：指有功勋的世家、巨室。泛指门第、家世。

战略上，真可谓奇谲的了。最先发明这一句“他妈的”的人物，确要算一个天才，——然而是一个卑劣的天才。

唐以后，自夸族望的风气渐渐消除；到了金元，已奉夷狄为帝王，自不妨拜屠沽作卿士，“等”的上下本该从此有些难定了，但偏还有人想辛辛苦苦地爬进“上等”去。刘时中[1]的曲子里说：“堪笑这没见识街市匹夫，好打那好顽劣。江湖伴侣，旋将表德官名相体呼，声音多厮称，字样不寻俗。听我一个个细数：粜米的唤子良；卖肉的呼仲甫……开张卖饭的呼君宝；磨面登罗底叫德夫：何足云乎?!”（《乐府新编阳春白雪》[2]三）这就是那时的暴发户的丑态。

“下等人”还未暴发之先，自然大抵有许多“他妈的”在嘴上，但一遇机会，偶窃一位，略识几字，便即文雅起来：雅号也有了；身分也高了；家谱也修了，还要寻一个始祖，不是名儒便是名臣。从此化为“上等人”，也如上等前辈一样，言行都很温文尔雅。然而愚民究竟也有聪明的，早已看穿了这鬼把戏，所以又有俗谚，说：“口上仁义礼智，心里男盗女娼!”他们是很明白的。

于是他们反抗了，曰：“他妈的!”

但人们不能蔑弃扫荡人我的余泽和旧荫，而硬要去做别人的祖宗，无论如何，总是卑劣的事。有时，也或加暴力于所谓“他妈的”的生命上，但大概是乘机，而不是造运会，所以无论如何，也还是卑劣的事。

中国人至今还有无数“等”，还是依赖门第，还是倚仗祖

---

① 刘时中：名致，字时中，号逋斋，元代词曲家。这里所引见于他的套曲《上高监司·端正好》。

②《乐府新编阳春白雪》：元代杨朝英所编选的元散曲选集，简称《阳春白雪》。

宗。倘不改造，即永远有无声的或有声的“国骂”。就是“他妈的”，围绕在上下和四旁，而且这还须在太平的时候。

但偶尔也有例外的用法：或表惊异，或表感服。我曾在家乡看见乡农父子一同午饭，儿子指一碗菜向他父亲说：“这不坏，妈的你尝尝看！”那父亲回答道：“我不要吃。妈的你吃去罢！”则简直已经醇化为现在时行的“我的亲爱的”的意思了。

一九二五年七月十九日。

坚壁清野主义[①]

新近，我在中国社会上发现了几样主义。其一，是坚壁清野主义。

“坚壁清野”是兵家言，兵家非我的素业，所以这话不是从兵家得来，乃是从别的书上看来，或社会上听来的。听说这回的欧洲战争时最要紧的是壕堑战，那么，虽现在也还使用着这战法——坚壁。至于清野，世界史上就有着有趣的事例：相传十九世纪初拿破仑进攻俄国，到了墨斯科时，俄人便大发挥其清野手段，同时在这地方纵火，将生活所需的东西烧个干净，请拿破仑和他的雄兵猛将在空城里吸西北风。吸不到一个月，他们便退走了。

中国虽说是儒教国，年年祭孔；“俎豆之事，则尝闻之矣，军旅之事，丘未之学也。”[②]但上上下下却都使用着这兵法；引导我看出来的是本月的报纸上的一条新闻。据说，教育当局因

---

① 本篇选自《坟》，最初发表于1926年1月上海《新女性》月刊创刊号。坚壁清野：一种作战策略，指坚守壁垒，使敌人无法攻进阵地，同时清除郊野的人口、物资、房舍，使敌人因缺乏物资无遮蔽而无法久战。

② 这几句出自《论语·卫灵公》：“卫灵公问陈于孔子。孔子对曰：‘俎豆之事，则尝闻之矣；军旅之事，未之学也。’”俎和豆均为古代礼器。

为公共娱乐场中常常发生有伤风化情事，所以令行各校，禁止女学生往游艺场和公园；并通知女生家属，协同禁止。[①]自然，我并不深知这事是否确实；更未见明令的原文；也不明白教育当局之意，是因为娱乐场中的“有伤风化”情事，即从女生发生，所以不许其去，还是只要女生不去，别人也不发生，抑或即使发生，也就管他妈的了。

或者后一种的推测庶几近之。我们的古哲和今贤，虽然满口“正本清源”，“澄清天下”，但大概是有口无心的，“未有己不正，而能正人者”，所以结果是：收起来。第一，是“以己之心，度人之心”，想专以“不见可欲，使民心不乱”。第二，是器宇只有这么大，实在并没有“澄清天下”之才，正如富翁唯一的经济法，只有将钱埋在自己的地下一样。古圣人所教的“慢藏诲盗，冶容诲淫”[②]，就是说子女玉帛的处理方法，是应该坚壁清野的。

其实这种方法，中国早就奉行的了，我所到过的地方，除北京外，一路大抵只看见男人和卖力气的女人，很少见所谓上流妇女。但我先在此声明，我之不满于这种现象者，并非因为预备遍历中国，去窃窥一切太太小姐们；我并没有积下一文川资[③]，就是最确的证据。今年是“流言”鼎盛时代，稍一不慎，《现代评论》上就会弯弯曲曲地登出来的，所以特地先行预告。

---

① 这里指的是关于禁止女生前往娱乐场的新闻。1925年11月14日北京《京报》刊载：“教部昨饬京师学务局，谓据各处报告，正阳门外香厂路城南游艺园，及城内东安市场中央公园北海公园等处，迭次发生有伤风化情事。各女学校学生游逛，亟应取缔。特由该局通知各级女学校，禁止游行各娱乐场，并由校通知各女生家长知照云。”

②“慢藏诲盗，冶容诲淫”：意思是财物收藏得不严实，容易诱发人的盗心；容貌打扮得妖艳，容易诱发人的淫心。出自《周易·系辞上》。

③ 川资：旅费，盘缠。

至于一到名儒，则家里的男女也不给容易见面，霍渭厓[①]的《家训》里，就有那非常麻烦的分隔男女的房子构造图。似乎有志于圣贤者，便是自己的家里也应该看作游艺场和公园；现在究竟是二十世纪，而且有“少负不羁之名，长习自由之说”的教育总长[②]，实在宽大得远了。

北京倒是不大禁锢妇女，走在外面，也不很加侮蔑的地方，但这和我们的古哲和今贤之意相左，或者这种风气，倒是满洲人输入的罢。满洲人曾经做过我们的“圣上”，那习俗也应该遵从的。然而我想，现在却也并非排满，如民元之剪辫子，乃是老脾气复发了，只要看旧历过年的放鞭爆，就日见其多。可惜不再出一个魏忠贤[③]来试验试验我们，看可有人去作干儿，并将他配享孔庙。

要风化好，是在解放人性，普及教育，尤其是性教育，这正是教育者所当为之事，“收起来”却是管牢监的禁卒哥哥的专门。况且社会上的事不比牢监那样简单，修了长城，胡人仍然源源而至，深沟高垒，都没有用处的。未有游艺场和公园以前，闺秀不出门，小家女也逛庙会，看祭赛，谁能说“有伤风化”情事，比高门大族为多呢？

总之，社会不改良，“收起来”便无用，以“收起来”为改良社会的手段，是坐了津浦车往奉天。[④]这道理很浅显：壁虽坚

---

① 霍渭厓：霍韬，字渭先，号渭厓，明代道学家，著有《诗经注解》《象山学辨》《程周训释》等。他著的《家训》中有《合爨男女异路图说》，图中以朱墨两色标明分隔男女进出所走的路。

② 指章士钊。他曾在《停办北京女子师范大学呈文》中自述，“少负不羁之名，长习自由之说”。

③ 魏忠贤：明代天启年间宦官，任司礼秉笔，极受宠信，专权跋扈，利用特务机关东厂滥杀正直有气节的人。当时趋炎附势之徒对他竞相谄媚。

④ 津浦铁路北起天津，南至江苏浦口。奉天，辽宁省沈阳市的旧称。

固，也会冲倒的。兵匪的“绑急票[1]”，抢妇女，于风化何如？没有知道呢，还是知而不能言，不敢言呢？倒是歌功颂德的！

其实，“坚壁清野”虽然是兵家的一法，但这究竟是退守，不是进攻。或者就因为这一点，适与一般人的退婴[2]主义相称，于是见得志同道合的罢。但在兵事上，是别有所待的，待援军的到来，或敌军的引退；倘单是困守孤城，那结果就只有灭亡，教育上的“坚壁清野”法，所待的是什么呢？照历来的女教来推测，所待的只有一件事：死。

天下太平或还能苟安时候，所谓男子者俨然地教贞顺，说幽娴，“内言不出于阃”，“男女授受不亲”。[3]好！都听你，外事就拜托足下罢。但是天下弄得鼎沸，暴力袭来了，足下将何以见教呢？曰：做烈妇呀！

宋以来，对付妇女的方法，只有这一个，直到现在，还是这一个。

如果这女教当真大行，则我们中国历来多少内乱，多少外患，兵燹频仍，妇女不是死尽了么？不，也有幸免的，也有不死的，易代之际，就和男人一同降伏，做奴才。于是生育子孙，祖宗的香火幸而不断，但到现在还很有带着奴气的人物，大概也就是这个流弊罢。“有利必有弊”，是十口相传，大家都知道的。

但似乎除此之外，儒者，名臣，富翁，武人，阔人以至小

---

① 绑急票：限期很短的绑票行为。绑票，旧时盗匪把人劫走，强迫被劫者的家属在一定限期内用钱赎回。

② 退婴：退缩、保守，语出《老子》：“专气致柔，能婴儿乎？”

③ 内言不出于阃(kǔn)：意谓内部话不要传出去。出自《礼记·曲礼》：“外言不入于阃，内言不出于阃。”阃，内室。男女授受不亲：古礼规定男女之间不能直接接触、言谈或授受物件。出自《孟子·离娄上》：“男女授受不亲，礼也。”

百姓，都想不出什么善法来，因此还只得奉这为至宝。更昏庸的，便以为只要意见和这些歧异者，就是土匪了。和官相反的是匪，也正是当然的事。但最近，孙美瑶据守抱犊崮①，其实倒是“坚壁”，至于“清野”的通品，则我要推举张献忠。

张献忠在明末的屠戮百姓，是谁也知道，谁也觉得可骇的，譬如他使ABC三枝兵杀完百姓之后，便令AB杀C，又令A杀B，又令A自相杀。为什么呢？是李自成②已经入北京，做皇帝了。做皇帝是要百姓的，他就要杀完他的百姓，使他无皇帝可做。正如伤风化是要女生的，现在关起一切女生，也就无风化可伤一般。

连土匪也有坚壁清野主义，中国的妇女实在已没有解放的路；听说现在的乡民，于兵匪也已经辨别不清了。

一九二五年十一月二十二日。

---

① 指临城劫车案。1923年5月6日，孙美瑶打劫津浦铁路上的列车，将69名旅客劫到抱犊崮，以此要挟北洋政府。

② 李自成：明末农民起义领袖，他于崇祯三年(1630年)起义，后被推为闯王。崇祯十七年(1644年)一月在西安建立大顺国。同年三月攻入北京。后明将吴三桂引清兵入关，李兵败退出北京，途中遭伏击身亡。

战士和苍蝇[1]

Schopenhauer[2]说过这样的话：要估定人的伟大，则精神上的大和体格上的大，那法则完全相反。后者距离愈远即愈小，前者却见得愈大。

正因为近则愈小，而且愈看见缺点和创伤，所以他就和我们一样，不是神道，不是妖怪，不是异兽。他仍然是人，不过如此。但也惟其如此，所以他是伟大的人。

战士战死了的时候，苍蝇们所首先发见的是他的缺点和伤痕，嘬着，营营地叫着，以为得意，以为比死了的战士更英雄。但是战士已经战死了，不再来挥去他们。于是乎苍蝇们即更其营营地叫，自以为倒是不朽的声音，因为它们的完全，远在战士之上。

的确的，谁也没有发见过苍蝇们的缺点和创伤。

然而，有缺点的战士终竟是战士，完美的苍蝇也终竟不过是苍蝇。

---

① 本篇选自《华盖集》，写于孙中山逝世后第九天，最初发表于1925年3月24日北京《京报》副刊《民众文艺周刊》第十四号。作者在同年发表的《这是这么一个意思》中对本文曾有说明："所谓战士者，是指中山先生和民国元年前后殉国而反受奴才们讥笑糟蹋的先烈；苍蝇则当然是指奴才们。"

② Schopenhauer：叔本华，德国哲学家。

去罢，苍蝇们！虽然生着翅子，还能营营，总不会超过战士的。你们这些虫豸们！

三月二十一日。

夏　三　虫[1]

夏天近了，将有三虫：蚤，蚊，蝇。

假如有谁提出一个问题，问我三者之中，最爱什么，而且非爱一个不可，又不准像“青年必读书”那样的缴白卷的。我便只得回答道：跳蚤。

跳蚤的来吮血，虽然可恶，而一声不响地就是一口，何等直截爽快。蚊子便不然了，一针叮进皮肤，自然还可以算得有点彻底的，但当未叮之前，要哼哼地发一篇大议论，却使人觉得讨厌。如果所哼的是在说明人血应该给它充饥的理由，那可更其讨厌了，幸而我不懂。

野雀野鹿，一落在人手中，总时时刻刻想要逃走。其实，在山林间，上有鹰鹯[2]，下有虎狼，何尝比在人手里安全。为什么当初不逃到人类中来，现在却要逃到鹰虎狼间去？或者，鹰鹯虎狼之于它们，正如跳蚤之于我们罢。肚子饿了，抓着就是一口，决不谈道理，弄玄虚。被吃者也无须在被吃之前，先承

① 本篇选自《华盖集》，最初发表于1925年4月7日《京报》副刊《民众文艺周刊》第十六号。

② 鹯(zhān)：古书中说的一种猛禽，似鹞鹰。

认自己之理应被吃，心悦诚服，誓死不二。人类，可是也颇擅长于哼哼的了，害中取小，它们的避之惟恐不速，正是绝顶聪明。

苍蝇嗡嗡地闹了大半天，停下来也不过舐一点油汗，倘有伤痕或疮疖，自然更占一些便宜；无论怎么好的，美的，干净的东西，又总喜欢一律拉上一点蝇矢。但因为只舐一点油汗，只添一点腌臜[①]，在麻木的人们还没有切肤之痛，所以也就将它放过了。中国人还不很知道它能够传播病菌，捕蝇运动大概不见得兴盛。它们的运命是长久的；还要更繁殖。

但它在好的，美的，干净的东西上拉了蝇矢之后，似乎还不至于欣欣然反过来嘲笑这东西的不洁：总要算还有一点道德的。

古今君子，每以禽兽斥人，殊不知便是昆虫，值得师法的地方也多着哪。

四月四日。

---

① 腌臜(ā zɑ)：肮脏，不干净。

杂　　感[1]

人们有泪，比动物进化，但即此有泪，也就是不进化，正如已经只有盲肠，比鸟类进化，而究竟还有盲肠，终不能很算进化一样。凡这些，不但是无用的赘物，还要使其人达到无谓的灭亡。

现今的人们还以眼泪赠答，并且以这为最上的赠品，因为他此外一无所有。无泪的人则以血赠答，但又各各拒绝别人的血。

人大抵不愿意爱人下泪。但临死之际，可能也不愿意爱人为你下泪么？无泪的人无论何时，都不愿意爱人下泪，并且连血也不要：他拒绝一切为他的哭泣和灭亡。

人被杀于万众聚观之中，比被杀在“人不知鬼不觉”的地方快活，因为他可以妄想，博得观众中的或人的眼泪。但是，无泪的人无论被杀在什么所在，于他并无不同。

杀了无泪的人，一定连血也不见。爱人不觉他被杀之惨，仇人也终于得不到杀他之乐：这是他的报恩和复仇。

---

① 本篇选自《华盖集》，最初发表于1925年5月8日北京《莽原》周刊第三期。

死于敌手的锋刃，不足悲苦；死于不知何来的暗器，却是悲苦。但最悲苦的是死于慈母或爱人误进的毒药，战友乱发的流弹，病菌的并无恶意的侵入，不是我自己制定的死刑。

仰慕往古的，回往古去罢！想出世的，快出世罢！想上天的，快上天罢！灵魂要离开肉体的，赶快离开罢！现在的地上，应该是执着现在，执着地上的人们居住的。

但厌恶现世的人们还住着。这都是现世的仇仇，他们一日存在，现世即一日不能得救。

先前，也曾有些愿意活在现世而不得的人们，沉默过了，呻吟过了，叹息过了，哭泣过了，哀求过了，但仍然愿意活在现世而不得，因为他们忘却了愤怒。

勇者愤怒，抽刃向更强者；怯者愤怒，却抽刃向更弱者。不可救药的民族中，一定有许多英雄，专向孩子们瞪眼。这些孱头①们！

孩子们在瞪眼中长大了，又向别的孩子们瞪眼，并且想：他们一生都过在愤怒中。因为愤怒只是如此，所以他们要愤怒一生，——而且还要愤怒二世，三世，四世，以至末世。

无论爱什么，——饭，异性，国，民族，人类等等，——只有纠缠如毒蛇，执着如怨鬼，二六时中②，没有已时者有望。但太觉疲劳时，也无妨休息一会罢；但休息之后，就再来一回罢，而且两回，三回……。血书，章程，请愿，讲学，哭，电报，开会，挽联，演说，神经衰弱，则一切无用。

---

① 孱头：江浙方言，指怯弱的人。

② 二六时中：十二个时辰，整天整夜的意思。

血书所能挣来的是什么？不过就是你的一张血书，况且并不好看。至于神经衰弱，其实倒是自己生了病，你不要再当作宝贝了，我的可敬爱而讨厌的朋友呀！

我们听到呻吟，叹息，哭泣，哀求，无须吃惊。见了酷烈的沉默，就应该留心了；见有什么像毒蛇似的在尸林中蜿蜒，怨鬼似的在黑暗中奔驰，就更应该留心了：这在豫告“真的愤怒”将要到来。那时候，仰慕往古的就要回往古去了，想出世的要出世去了，想上天的要上天了，灵魂要离开肉体的就要离开了！……

五月五日。

十四年的"读经"[①]

自从章士钊主张读经[②]以来，论坛上又很出现了一些论议，如谓经不必尊，读经乃是开倒车之类。我以为这都是多事的，因为民国十四年的"读经"，也如民国前四年，四年，或将来的二十四年一样，主张者的意思，大抵并不如反对者所想像的那么一回事。

尊孔，崇儒，专经，复古，由来已经很久了。皇帝和大臣们，向来总要取其一端，或者"以孝治天下"，或者"以忠诏天下"，而且又"以贞节励天下"。但是，二十四史不现在么？其中有多少孝子，忠臣，节妇和烈女？自然，或者是多到历史上装不下去了；那么，去翻专夸本地人物的府县志书[③]去。我可以说，可惜男的孝子和忠臣也不多的，只有节烈的妇女的名册却大抵有一大卷以至几卷。孔子之徒的经，真不知读到那里去了；

① 本篇选自《华盖集》，最初发表于1925年11月27日《猛进》周刊第三十九期。十四年：指民国十四年，即1925年。

② 1925年章士钊主持的教育部部务会议议决，小学自初小四年级起读经。

③ 府县志书：指记载一府、一县的历史沿革及其政治、经济、地理、文化、风俗、人物等的书。

倒是不识字的妇女们能实践。还有，欧战[1]时候的参战，我们不是常常自负的么？但可曾用《论语》[2]感化过德国兵，用《易经》[3]咒翻了潜水艇呢？儒者们引为劳绩的，倒是那大抵目不识丁的华工[4]！

所以要中国好，或者倒不如不识字罢，一识字，就有近乎读经的病根了。“瞰亡往拜”“出疆载质”的最巧玩艺儿[5]，经上都有，我读熟过的。只有几个胡涂透顶的笨牛，真会诚心诚意地来主张读经。而且这样的脚色，也不消和他们讨论。他们虽说什么经，什么古，实在不过是空嚷嚷。问他们经可是要读到像颜回，子思，孟轲，朱熹，秦桧（他是状元），王守仁，徐世昌，曹锟[6]；古可是要复到像清（即所谓“本朝”），元，金，唐，汉，禹汤文武周公，无怀氏，葛天氏[7]？他们其实都没有定见。他们也知不清颜回以至曹锟为人怎样，“本朝”以至葛天氏情形如何；不过像苍蝇们失掉了垃圾堆，自不免嗡嗡地叫。况且既然是诚心诚意主张读经的笨牛，则决无钻营，取巧，献媚的手段可知，一定不会阔气；他的主张，自然也决不会发生什

---

① 欧战：第一次世界大战(1914—1918年)。

②《论语》：春秋时期思想家、教育家孔子的弟子及再传弟子记录孔子及其弟子言行而编成的语录文集。

③《易经》：原包括《连山》《归藏》《周易》三部易书，现在专指《周易》，大约产生于殷周时代，是古代记载占卜的书。旧时一部分读书人认为经书有驱邪却敌的神力。

④ 华工：指在第一次世界大战期间，中国政府派去参加协约国对同盟国作战的人，多为中国工人。

⑤ 瞰亡往拜：出自《论语·阳货》，意思是看到对方不在家时前去拜访。出疆载质：出自《孟子·滕文公下》，意思是带着见面礼到国外去，后指出卖民族利益，投靠外国。

⑥ 颜回：孔子的得意弟子。子思：孔子的孙子。孟轲：孟子，战国中期儒家主要代表，称“亚圣”。朱熹：宋代理学家。王守仁：明代理学家，著有《传习录》等。徐世昌：清末的大官僚。曹锟：北洋直系军阀。徐世昌和曹锟都曾任北洋政府的总统。

⑦ 无怀氏、葛天氏：均为传说中上古时代的帝王。

么效力的。

至于现在的能以他的主张，引起若干议论的，则大概是阔人。阔人决不是笨牛，否则，他早已伏处牖下，老死田间了。现在岂不是正值“人心不古”的时候么？则其所以得阔之道，居然可知。他们的主张，其实并非那些笨牛一般的真主张，是所谓别有用意；反对者们以为他真相信读经可以救国，真是“谬以千里”了！

我总相信现在的阔人都是聪明人；反过来说，就是倘使老实，必不能阔是也。至于所挂的招牌是佛学，是孔道，那倒没有什么关系。总而言之，是读经已经读过了，很悟到一点玩意儿，这种玩意儿，是孔二先生的先生老聃的大著作里就有的[①]，此后的书本子里还随时可得。所以他们都比不识字的节妇，烈女，华工聪明；甚而至于比真要读经的笨牛还聪明。何也？曰：“学而优则仕”故也。倘若“学”而不“优”，则以笨牛没世，其读经的主张，也不为世间所知。

孔子岂不是“圣之时者也”么，而况“之徒”呢？现在是主张“读经”的时候了。武则天[②]做皇帝，谁敢说“男尊女卑”？多数主义[③]虽然现称过激派，如果在列宁治下，则共产之合于葛天氏，一定可以考据出来的。但幸而现在英国和日本的力量还不弱，所以，主张亲俄者，是被卢布换去了良心。

我看不见读经之徒的良心怎样，但我觉得他们大抵是聪明人，而这聪明，就是从读经和古文得来的。我们这曾经文明过而后来奉迎过蒙古人满洲人大驾了的国度里，古书实在太多，

---

① 孔二先生：孔子字仲尼，表示排行第二。老聃：老子，相传孔子曾向他问礼。

② 武则天：名曌，唐高宗的皇后。高宗死后，她自立为皇帝，改国号为周。

③ 多数主义：指俄国布尔什维克主义。

倘不是笨牛，读一点就可以知道，怎样敷衍，偷生，献媚，弄权，自私，然而能够假借大义，窃取美名。再进一步，并可以悟出中国人是健忘的，无论怎样言行不符，名实不副，前后矛盾，撒诳造谣，蝇营狗苟，都不要紧，经过若干时候，自然被忘得干干净净；只要留下一点卫道模样的文字，将来仍不失为“正人君子”。况且即使将来没有“正人君子”之称，于目下的实利又何损哉？

这一类的主张读经者，是明知道读经不足以救国的，也不希望人们都读成他自己那样的；但是，耍些把戏，将人们作笨牛看则有之，“读经”不过是这一回耍把戏偶尔用到的工具。抗议的诸公倘若不明乎此，还要正经老实地来评道理，谈利害，那我可不再客气，也要将你们归入诚心诚意主张读经的笨牛类里去了。

以这样文不对题的话来解释“俨乎其然”的主张，我自己也知道有不恭之嫌，然而我又自信我的话，因为我也是从“读经”得来的。我几乎读过十三经①。

衰老的国度大概就免不了这类现象。这正如人体一样，年事老了，废料愈积愈多，组织间又沉积下矿质，使组织变硬，易就于灭亡。一面，则原是养卫人体的游走细胞（Wanderzelle）渐次变性，只顾自己，只要组织间有小洞，它便钻，蚕食各组织，使组织耗损，易就于灭亡。俄国有名的医学者梅契尼珂夫②（Elias Metschnikov）特地给他别立了一个名目：大嚼细胞

---

① 十三经：指十三部儒家经典，即《诗》《书》《易》《周礼》《礼记》《仪礼》《论语》《孟子》《左传》《公羊传》《穀梁传》《孝经》《尔雅》。

② 梅契尼珂夫：俄国生物学家，免疫学的创始人之一，在发现吞噬细胞领域作出了突出的贡献。

(Fresserzelle)。据说，必须扑灭了这些，人体才免于老衰；要扑灭这些，则须每日服用一种酸性剂。他自己就实行着。

古国的灭亡，就因为大部分的组织被太多的古习惯教养得硬化了，不再能够转移，来适应新环境。若干分子又被太多的坏经验教养得聪明了，于是变性，知道在硬化的社会里，不妨妄行。单是妄行的是可与论议的，故意妄行的却无须再与谈理。惟一的疗救，是在另开药方：酸性剂，或者简直是强酸剂。

不提防临末又提到了一个俄国人，怕又有人要疑心我收到卢布了罢。我现在郑重声明：我没有收过一张纸卢布。因为俄国还未赤化之前，他已经死掉了，是生了别的急病，和他那正在实验的药的有效与否这问题无干。

十一月十八日。

而已集/三闲集/二心集

《而已集》收录作者1927年所作杂文29篇，本书选录4篇。

《三闲集》收录作者1927—1929年所作杂文34篇，本书选录4篇。

《二心集》收录作者1930—1931年所作杂文37篇，本书选录4篇。

略论中国人的脸[1]

大约人们一遇到不大看惯的东西，总不免以为他古怪。我还记得初看见西洋人的时候，就觉得他脸太白，头发太黄，眼珠太淡，鼻梁太高。虽然不能明明白白地说出理由来，但总而言之：相貌不应该如此。至于对于中国人的脸，是毫无异议；即使有好丑之别，然而都不错的。

我们的古人，倒似乎并不放松自己中国人的相貌。周的孟轲就用眸子来判胸中的正不正，汉朝还有《相人》[2]二十四卷。后来闹这玩艺儿的尤其多；分起来，可以说有两派罢：一是从脸上看出他的智愚贤不肖；一是从脸上看出他过去，现在和将来的荣枯。于是天下纷纷，从此多事，许多人就都战战兢兢地研究自己的脸。我想，镜子的发明，恐怕这些人和小姐们是大有功劳的。不过近来前一派已经不大有人讲究，在北京上海这些地方捣鬼的都只是后一派了。

我一向只留心西洋人。留心的结果，又觉得他们的皮肤未

---

① 本篇选自《而已集》，最初发表于1927年11月25日北京《莽原》半月刊第二卷第二十一、二十二期合刊。

②《相人》：谈相术的书，见《汉书·艺文志》的"数术"类，著者不详。

免太粗；毫毛有白色的，也不好。皮上常有红点，即因为颜色太白之故，倒不如我们之黄。尤其不好的是红鼻子，有时简直像是将要熔化的蜡烛油，仿佛就要滴下来，使人看得栗栗危惧，也不及黄色人种的较为隐晦，也见得较为安全。总而言之：相貌还是不应该如此的。

后来，我看见西洋人所画的中国人，才知道他们对于我们的相貌也很不敬。那似乎是《天方夜谈》或者《安兑生童话》[①]中的插画，现在不很记得清楚了。头上戴着拖花翎的红缨帽，一条辫子在空中飞扬，朝靴的粉底非常之厚。但这些都是满洲人连累我们的。独有两眼歪斜，张嘴露齿，却是我们自己本来的相貌。不过我那时想，其实并不尽然，外国人特地要奚落我们，所以格外形容得过度了。

但此后对于中国一部分人们的相貌，我也逐渐感到一种不满，就是他们每看见不常见的事件或华丽的女人，听到有些醉心的说话的时候，下巴总要慢慢挂下，将嘴张了开来。这实在不大雅观；仿佛精神上缺少着一样什么机件。据研究人体的学者们说，一头附着在上颚骨上，那一头附着在下颚骨上的“咬筋”，力量是非常之大的。我们幼小时候想吃核桃，必须放在门缝里将它的壳夹碎。但在成人，只要牙齿好，那咬筋一收缩，便能咬碎一个核桃。有着这么大的力量的筋，有时竟不能收住一个并不沉重的自己的下巴，虽然正在看得出神的时候，倒也情有可原，但我总以为究竟不是十分体面的事。

日本的长谷川如是闲[②]是善于做讽刺文字的。去年我见过他

---

①《天方夜谈》：原名《一千零一夜》，古代阿拉伯民间故事集。《安兑生童话》：《安徒生童话》，丹麦作家安徒生创作的童话集。

② 长谷川如是闲：日本评论家、作家，著有《日本的性格》《现代社会批判》等。

的一本随笔集，叫作《猫·狗·人》；其中有一篇就说到中国人的脸。大意是初见中国人，即令人感到较之日本人或西洋人，脸上总欠缺着一点什么。久而久之，看惯了，便觉得这样已经尽够，并不缺少东西；倒是看得西洋人之流的脸上，多余着一点什么。这多余着的东西，他就给它一个不大高妙的名目：兽性。中国人的脸上没有这个，是人，则加上多余的东西，即成了下列的算式：

人＋兽性＝西洋人

他借了称赞中国人，贬斥西洋人，来讥刺日本人的目的，这样就达到了，自然不必再说这兽性的不见于中国人的脸上，是本来没有的呢，还是现在已经消除。如果是后来消除的，那么，是渐渐净尽而只剩了人性的呢，还是不过渐渐成了驯顺。野牛成为家牛，野猪成为猪，狼成为狗，野性是消失了，但只足使牧人喜欢，于本身并无好处。人不过是人，不再夹杂着别的东西，当然再好没有了。倘不得已，我以为还不如带些兽性，如果合于下列的算式倒是不很有趣的：

人＋家畜性＝某一种人

中国人的脸上真可有兽性的记号的疑案，暂且中止讨论罢。我只要说近来却在中国人所理想的古今人的脸上，看见了两种多余。一到广州，我觉得比我所从来的厦门丰富得多的，是电影，而且大半是“国片”，有古装的，有时装的。因为电影是“艺术”，所以电影艺术家便将这两种多余加上去了。

古装的电影也可以说是好看，那好看不下于看戏；至少，决不至于有大锣大鼓将人的耳朵震聋。在“银幕”上，则有身穿不知何时何代的衣服的人物，缓慢地动作；脸正如古人一般死，因为要显得活，便只好加上些旧式戏子的昏庸。

时装人物的脸，只要见过清朝光绪年间上海的吴友如[①]的《画报》的，便会觉得神态非常相像。《画报》所画的大抵不是流氓拆梢[②]，便是妓女吃醋，所以脸相都狡猾。这精神似乎至今不变，国产影片中的人物，虽是作者以为善人杰士者，眉宇间也总带些上海洋场式的狡猾。可见不如此，是连善人杰士也做不成的。

听说，国产影片之所以多，是因为华侨欢迎，能够获利，每一新片到，老的便带了孩子去指点给他们看道：“看哪，我们的祖国的人们是这样的。”在广州似乎也受欢迎，日夜四场，我常见看客坐得满满。

广州现在也如上海一样，正在这样地修养他们的趣味。可惜电影一开演，电灯一定熄灭，我不能看见人们的下巴。

四月六日。

① 吴友如：清末画家，主编《点石斋画报》，独创《飞影阁画报》。

② 拆梢：上海一带方言，指流氓制造事端诈取财物的行为。

“公理”之所在[①]

在广州的一个“学者”说，“鲁迅的话已经说完，《语丝》不必看了。”这是真的，我的话已经说完，去年说的，今年还适用，恐怕明年也还适用。但我诚恳地希望他不至于适用到十年二十年之后。倘这样，中国可就要完了，虽然我倒可以自慢。

公理和正义都被“正人君子”拿去了，所以我已经一无所有。这是我去年说过的话，而今年确也还是如此。然而我虽然一无所有，寻求是还在寻求的，正如每个穷光棍，大抵不会忘记银钱一样。

话也还没有说完。今年，我竟发见了公理之所在了。或者不能说发见，只可以说证实。北京中央公园里不是有一座白石牌坊，上面刻着四个大字道，“公理战胜”么？——Yes，就是这个。

这四个字的意思是“有公理者战胜”，也就是“战胜者有公理”。

段执政有卫兵，“孤桐先生”秉政，开枪打败了请愿的学

① 本篇选自《而已集》，最初发表于1927年10月22日《语丝》周刊第一五四期。

生，胜矣。[1]于是东吉祥胡同的“正人君子”们的“公理”也蓬蓬勃勃。慨自执政退隐，“孤桐先生”“下野”之后，——呜呼，公理亦从而零落矣。那里去了呢？枪炮战胜了投壶[2]，阿！有了，在南边了。于是乎南下，南下，南下……

于是乎“正人君子”们又和久违的“公理”相见了。

《现代评论》的一千元津贴事件，我一向没有插过嘴，而“主将”也将我拉在里面，乱骂一通，——大约以为我是“首领”之故罢。[3]横竖说也被骂，不说也被骂，我就回敬一杯，问问你们所自称为“现代派”者，今年可曾幡然变计，另外运动，收受了新的战胜者的津贴没有？

还有一问，是：“公理”几块钱一斤？

---

① 段执政：指段祺瑞，他曾下令卫兵屠杀爱国学生，造成“三一八”惨案，即下文所说“开枪打败了请愿的学生”。孤桐先生：指章士钊。

② 枪炮战胜了投壶：指北伐时的国民革命军战胜了军阀孙传芳。

③《现代评论》创办时曾通过章士钊接受段祺瑞的一千元津贴。《语丝》曾揭露此事。

新时代的放债法[①]

还有一种新的“世故”[②]。

先前，我总以为做债主的人是一定要有钱的，近来才知道无须。在“新时代”里，有一种精神的资本家。

你倘说中国像沙漠罢，这资本家便乘机而至了，自称是喷泉。你说社会冷酷罢，他便自说是热；你说周围黑暗罢，他便自说是太阳。

阿！世界上冠冕堂皇的招牌，都被拿去了。岂但拿去而已哉。他还润泽，温暖，照临了你。因为他是喷泉，热，太阳呵！

这是一宗恩典。

不但此也哩。你如有一点产业，那是他赏赐你的。为什么呢？因为倘若他一提倡共产，你的产业便要充公了，但他没有提倡，所以你能有现在的产业。那自然是他赏赐你的。

你如有一个爱人，也是他赏赐你的。为什么呢？因为他是

---

① 本篇选自《而已集》，最初发表于1927年10月22日《语丝》周刊第一五四期，原题《“新时代”的避债法》。

② 这里的“世故”及下文若干词句，都是引用高长虹的话。高长虹于1924年认识鲁迅，得到鲁迅很多帮助和指导。1926年，他开始对鲁迅肆意诬蔑和攻击，嘲骂鲁迅为“世故老人”。

天才而且革命家，许多女性都渴仰到五体投地。他只要说一声“来！”便都飞奔过去了，你的当然也在内。但他不说“来！”所以你得有现在的爱人。那自然也是他赏赐你的。

这又是一宗恩典。

还不但此也哩！他到你那里来的时候，还每回带来一担同情！一百回就是一百担——你如果不知道，那就因为你没有精神的眼睛——经过一年，利上加利，就是二三百担……

阿阿！这又是一宗大恩典。

于是乎是算账了。不得了，这么雄厚的资本，还不够买一个灵魂么？但革命家是客气的，无非要你报答一点，供其使用——其实也不算使用，不过是“帮忙”而已。

倘不如命地“帮忙”，当然，罪大恶极了。先将忘恩负义之罪，布告于天下。而且不但此也，还有许多罪恶，写在账簿上哩，一旦发布，你便要“身败名裂”了。想不“身败名裂”么，只有一条路，就是赶快来“帮忙”以赎罪。

然而我不幸竟看见了“新时代的新青年”的身边藏着这许多账簿，而他们自己对于“身败名裂”又怀着这样天大的恐慌。

于是乎又得新“世故”：关上门，塞好酒瓶，捏紧皮夹。这倒于我很保存了一些润泽，光和热——我是只看见物质的。

九，十四。

小　杂　感[①]

蜜蜂的刺，一用即丧失了它自己的生命；犬儒[②]的刺，一用则苟延了他自己的生命。

他们就是如此不同。

约翰穆勒[③]说：专制使人们变成冷嘲。

而他竟不知道共和使人们变成沉默。

要上战场，莫如做军医；要革命，莫如走后方；要杀人，莫如做刽子手。既英雄，又稳当。

与名流学者谈，对于他之所讲，当装作偶有不懂之处。太不懂被看轻，太懂了被厌恶。偶有不懂之处，彼此最为合宜。

---

① 本篇选自《而已集》，最初发表于1927年12月17日《语丝》周刊第四卷第一期。

② 犬儒：原指古希腊昔尼克学派的哲学家。他们过着禁欲的简陋的生活，被人讥诮为穷犬，故称犬儒学派。鲁迅曾在致章廷谦信中说："犬儒＝Cynic，它那'刺'便是'冷嘲'。"

③ 约翰穆勒：或译约翰·密尔，英国哲学家、经济学家。

世间大抵只知道指挥刀所以指挥武士，而不想到也可以指挥文人。

又是演讲录，又是演讲录。[①]

但可惜都没有讲明他何以和先前大两样了；也没有讲明他演讲时，自己是否真相信自己的话。

阔的聪明人种种譬如昨日死[②]。

不阔的傻子种种实在昨日死。

曾经阔气的要复古，正在阔气的要保持现状，未曾阔气的要革新。

大抵如是。大抵！

他们之所谓复古，是回到他们所记得的若干年前，并非虞夏商周。

女人的天性中有母性，有女儿性；无妻性。

妻性是逼成的，只是母性和女儿性的混合。

防被欺。

自称盗贼的无须防，得其反倒是好人；自称正人君子的必须防，得其反则是盗贼。

---

① 指当时不断编印出售的蒋介石、汪精卫、吴稚晖、戴季陶等人的演讲集。

② 指蒋介石、汪精卫等人。“如昨日死”是引用曾国藩的话：“从前种种，譬如昨日死；从后种种，譬如昨日生。”原文出自《了凡四训》。

楼下一个男人病得要死，那间壁的一家唱着留声机；对面是弄孩子。楼上有两人狂笑；还有打牌声。河中的船上有女人哭着她死去的母亲。

人类的悲欢并不相通，我只觉得他们吵闹。

每一个破衣服人走过，叭儿狗就叫起来，其实并非都是狗主人的意旨或使嗾。

叭儿狗往往比它的主人更严厉。

恐怕有一天总要不准穿破布衫，否则便是共产党。

革命，反革命，不革命。

革命的被杀于反革命的。反革命的被杀于革命的。不革命的或当作革命的而被杀于反革命的，或当作反革命的而被杀于革命的，或并不当作什么而被杀于革命的或反革命的。

革命，革革命，革革革命，革革……。

人感到寂寞时，会创作；一感到干净时，即无创作，他已经一无所爱。

创作总根于爱。

杨朱无书[①]。

创作虽说抒写自己的心，但总愿意有人看。

创作是有社会性的。

但有时只要有一个人看便满足：好友，爱人。

---

① 杨朱无书：杨朱作为先秦诸子之一，并没有著作流传。

人往往憎和尚，憎尼姑，憎回教徒，憎耶教徒，而不憎道士。

懂得此理者，懂得中国大半。

要自杀的人，也会怕大海的汪洋，怕夏天死尸的易烂。

但遇到澄静的清池，凉爽的秋夜，他往往也自杀了。

凡为当局所“诛”者皆有“罪”。

刘邦除秦苛暴，“与父老约，法三章耳。”[①]

而后来仍有族诛，仍禁挟书，还是秦法。

法三章者，话一句耳。

一见短袖子，立刻想到白臂膊，立刻想到全裸体，立刻想到生殖器，立刻想到性交，立刻想到杂交，立刻想到私生子。

中国人的想像惟在这一层能够如此跃进。

九月二十四日。

① 这两句出自《史记·高祖本纪》：“与父老约，法三章耳：杀人者死，伤人及盗抵罪。余悉除去秦法。”

无声的中国[1]

——二月十六日在香港青年会[2]讲

以我这样没有什么可听的无聊的讲演，又在这样大雨的时候，竟还有这许多来听的诸君，我首先应当声明我的郑重的感谢。

我现在所讲的题目是：《无声的中国》。

现在，浙江，陕西，都在打仗，[3]那里的人民哭着呢还是笑着呢，我们不知道。香港似乎很太平，住在这里的中国人，舒服呢还是不很舒服呢，别人也不知道。

发表自己的思想，感情给大家知道的是要用文章的，然而拿文章来达意，现在一般的中国人还做不到。这也怪不得我们；因为那文字，先就是我们的祖先留传给我们的可怕的遗产。人们费了多年的工夫，还是难于运用。因为难，许多人便不理它了，甚至于连自己的姓也写不清是张还是章，或者简直不会写，或者说道：Chang。虽然能说话，而只有几个人听到，远处的人

① 本篇选自《三闲集》，最初刊载于香港报纸（报纸名称及日期未详），1927年3月23日汉口《中央日报》副刊转载。

② 青年会：指基督教青年会。

③ 指1926年末至1927年初孙传芳在浙江攻打周凤岐等部，以及1926年冯玉祥部在陕西与北洋镇嵩军开战。

们便不知道，结果也等于无声。又因为难，有些人便当作宝贝，像玩把戏似的，之乎者也，只有几个人懂，——其实是不知道可真懂，而大多数的人们却不懂得，结果也等于无声。

文明人和野蛮人的分别，其一，是文明人有文字，能够把他们的思想，感情，藉此传给大众，传给将来。中国虽然有文字，现在却已经和大家不相干，用的是难懂的古文，讲的是陈旧的古意思，所有的声音，都是过去的，都就是只等于零的。所以，大家不能互相了解，正像一大盘散沙。

将文章当作古董，以不能使人认识，使人懂得为好，也许是有趣的事罢。但是，结果怎样呢？是我们已经不能将我们想说的话说出来。我们受了损害，受了侮辱，总是不能说出些应说的话。拿最近的事情来说，如中日战争，拳匪事件，民元革命这些大事件[①]，一直到现在，我们可有一部像样的著作？民国以来，也还是谁也不作声。反而在外国，倒常有说起中国的，但那都不是中国人自己的声音，是别人的声音。

这不能说话的毛病，在明朝是还没有这样厉害的；他们还比较地能够说些要说的话。待到满洲人以异族侵入中国，讲历史的，尤其是讲宋末的事情的人被杀害了，讲时事的自然也被杀害了。所以，到乾隆年间，人民大家便更不敢用文章来说话了。[②]所谓读书人，便只好躲起来读经，校刊古书，做些古时的文章，和当时毫无关系的文章。有些新意，也还是不行的；不是学韩，便是学苏。韩愈苏轼[③]他们，用他们自己的文章来说当

① 中日战争：指1894年甲午中日战争。拳匪事件：指1900年义和团运动。民元革命：指1911年孙中山领导的辛亥革命。

② 指清代文字狱。

③ 韩愈：字退之，自称郡望昌黎，唐代文学家，著有《韩昌黎集》。苏轼：字子瞻，号东坡居士，宋代文学家，著有《东坡全集》等。

时要说的话，那当然可以的。我们却并非唐宋时人，怎么做和我们毫无关系的时候的文章呢。即使做得像，也是唐宋时代的声音，韩愈苏轼的声音，而不是我们现代的声音。然而直到现在，中国人却还要着这样的旧戏法。人是有的，没有声音，寂寞得很。——人会没有声音的么？没有，可以说：是死了。倘要说得客气一点，那就是：已经哑了。

要恢复这多年无声的中国，是不容易的，正如命令一个死掉的人道："你活过来！"我虽然并不懂得宗教，但我以为正如想出现一个宗教上之所谓"奇迹"一样。

首先来尝试这工作的是"五四运动"前一年，胡适之先生所提倡的"文学革命"①。"革命"这两个字，在这里不知道可害怕，有些地方是一听到就害怕的。但这和文学两字连起来的"革命"，却没有法国革命②的"革命"那么可怕，不过是革新，改换一个字，就很平和了，我们就称为"文学革新"罢，中国文字上，这样的花样是很多的。那大意也并不可怕，不过说：我们不必再去费尽心机，学说古代的死人的话，要说现代的活人的话；不要将文章看作古董，要做容易懂得的白话的文章。然而，单是文学革新是不够的，因为腐败思想，能用古文做，也能用白话做。所以后来就有人提倡思想革新。思想革新的结果，是发生社会革新运动。这运动一发生，自然一面就发生反动，于是便酿成战斗……。

但是，在中国，刚刚提起文学革新，就有反动了。不过白话文却渐渐风行起来，不大受阻碍。这是怎么一回事呢？就因

---

① 胡适之：名适，字适之，新文化运动代表人物之一。这里所说胡适提倡"文学革命"，是指1918年4月他在《新青年》杂志第四卷第四号发表的《建设的文学革命论》一文。

② 法国革命：指1789—1794年的法国资产阶级革命。

为当时又有钱玄同先生提倡废止汉字，用罗马字母来替代[①]。这本也不过是一种文字革新，很平常的，但被不喜欢改革的中国人听见，就大不得了了，于是便放过了比较的平和的文学革命，而竭力来骂钱玄同。白话乘了这一个机会，居然减去了许多敌人，反而没有阻碍，能够流行了。

中国人的性情是总喜欢调和，折中的。譬如你说，这屋子太暗，须在这里开一个窗，大家一定不允许的。但如果你主张拆掉屋顶，他们就会来调和，愿意开窗了。没有更激烈的主张，他们总连平和的改革也不肯行。那时白话文之得以通行，就因为有废掉中国字而用罗马字母的议论的缘故。

其实，文言和白话的优劣的讨论，本该早已过去了，但中国是总不肯早早解决的，到现在还有许多无谓的议论。例如，有的说：古文各省人都能懂，白话就各处不同，反而不能互相了解了。殊不知这只要教育普及和交通发达就好，那时就人人都能懂较为易解的白话文；至于古文，何尝各省人都能懂，便是一省里，也没有许多人懂得的。有的说：如果都用白话文，人们便不能看古书，中国的文化就灭亡了。其实呢，现在的人们大可以不必看古书，即使古书里真有好东西，也可以用白话来译出的，用不着那么心惊胆战。他们又有人说，外国尚且译中国书，足见其好，我们自己倒不看么？殊不知埃及的古书，外国人也译，非洲黑人的神话，外国人也译，他们别有用意，即使译出，也算不了怎样光荣的事的。

近来还有一种说法，是思想革新紧要，文字改革倒在其次，所以不如用浅显的文言来作新思想的文章，可以少招一重反对。

---

① 钱玄同：文字学家，新文化运动的积极参与者。他在1918年1月《新青年》第四卷第一号发表文章，说“高深书籍，都应该用罗马字母记音”。

这话似乎也有理。然而我们知道，连他长指甲都不肯剪去的人，是决不肯剪去他的辮子的。

因为我们说着古代的话，说着大家不明白，不听见的话，已经弄得像一盘散沙，痛痒不相关了。我们要活过来，首先就须由青年们不再说孔子孟子和韩愈柳宗元们的话。时代不同，情形也两样，孔子时代的香港不这样，孔子口调的“香港论”是无从做起的，“吁嗟阔哉香港也”，不过是笑话。

我们要说现代的，自己的话；用活着的白话，将自己的思想，感情直白地说出来。但是，这也要受前辈先生非笑的。他们说白话文卑鄙，没有价值；他们说年青人作品幼稚，贻笑大方。我们中国能做文言的有多少呢，其余的都只能说白话，难道这许多中国人，就都是卑鄙，没有价值的么？至于幼稚，尤其没有什么可羞，正如孩子对于老人，毫没有什么可羞一样。幼稚是会生长，会成熟的，只不要衰老，腐败，就好。倘说待到纯熟了才可以动手，那是虽是村妇也不至于这样蠢。她的孩子学走路，即使跌倒了，她决不至于叫孩子从此躺在床上，待到学会了走法再下地面来的。

青年们先可以将中国变成一个有声的中国。大胆地说话，勇敢地进行，忘掉了一切利害，推开了古人，将自己的真心的话发表出来。——真，自然是不容易的。譬如态度，就不容易真，讲演时候就不是我的真态度，因为我对朋友，孩子说话时候的态度是不这样的。——但总可以说些较真的话，发些较真的声音。只有真的声音，才能感动中国的人和世界的人；必须有了真的声音，才能和世界的人同在世界上生活。

我们试想现在没有声音的民族是那几种民族。我们可听到埃及人的声音？可听到安南[1]，朝鲜的声音？印度除了泰戈尔，别的声音可还有？

我们此后实在只有两条路：一是抱着古文而死掉，一是舍掉古文而生存。

---

① 安南：越南的旧称。

现今的新文学的概观[1]

——五月二十二日在燕京大学[2]国文学会讲

这一年多，我不很向青年诸君说什么话了，因为革命以来，言论的路很窄小，不是过激，便是反动，于大家都无益处。这一次回到北平，几位旧识的人要我到这里来讲几句，情不可却，只好来讲几句。但因为种种琐事，终于没有想定究竟来讲什么——连题目都没有。

那题目，原是想在车上拟定的，但因为道路坏，汽车颠起来有尺多高，无从想起。我于是偶然感到，外来的东西，单取一件，是不行的，有汽车也须有好道路，一切事总免不掉环境的影响。文学——在中国的所谓新文学，所谓革命文学，也是如此。

中国的文化，便是怎样的爱国者，恐怕也大概不能不承认是有些落后。新的事物，都是从外面侵入的。新的势力来到了，大多数的人们还是莫名其妙。北平还不到这样，譬如上海租界，

---

① 本篇选自《三闲集》，最初发表于1929年5月25日北平《未名》半月刊第二卷第八期。

② 燕京大学：近代中国教会大学之一，创办于1919年，校址在北京。

那情形，外国人是处在中央，那外面，围着一群翻译，包探，巡捕，西崽[①]……之类，是懂得外国话，熟悉租界章程的。这一圈之外，才是许多老百姓。

老百姓一到洋场，永远不会明白真实情形，外国人说“Yes”，翻译道，“他在说打一个耳光”，外国人说“No”，翻出来却是他说“去枪毙”。倘想要免去这一类无谓的冤苦，首先是在知道得多一点，冲破了这一个圈子。

在文学界也一样，我们知道得太不多，而帮助我们知识的材料也太少。梁实秋有一个白璧德[②]，徐志摩有一个泰戈尔胡适之有一个杜威[③]，——是的，徐志摩还有一个曼殊斐儿[④]，他到她坟上去哭过，——创造社有革命文学，时行的文学。不过附和的，创作的很有，研究的却不多，直到现在，还是给几个出题目的人们圈了起来。

各种文学，都是应环境而产生的，推崇文艺的人，虽喜欢说文艺足以煽起风波来，但在事实上，却是政治先行，文艺后变。倘以为文艺可以改变环境，那是“唯心”之谈，事实的出现，并不如文学家所豫想。所以巨大的革命，以前的所谓革命文学者还须灭亡，待到革命略有结果，略有喘息的余裕，这才产生新的革命文学者。为什么呢，因为旧社会将近崩坏之际，是常常会有近似带革命性的文学作品出现的，然而其实并非真的革命文学。例如：或者憎恶旧社会，而只是憎恶，更没有对于将来的理想；或者也大呼改造社会，而问他要怎样的社会，

---

① 西崽：旧时对西洋人雇佣的中国男仆的蔑称。

② 白璧德：美国文学批评家。梁实秋留学美国时听过白璧德的演讲。

③ 杜威：约翰·杜威，美国哲学家，实用主义的集大成者。胡适留学美国时曾师从杜威。

④ 曼殊斐儿：通译曼斯菲尔德，英国女作家，著有中短篇小说集《幸福》《鸽巢》等。徐志摩翻译过她的小说。

却是不能实现的乌托邦[1]；或者自己活得无聊了，便空泛地希望一大转变，来作刺戟，正如饱于饮食的人，想吃些辣椒爽口；更下的是原是旧式人物，但在社会里失败了，却想另挂新招牌，靠新兴势力获得更好的地位。

希望革命的文人，革命一到，反而沉默下去的例子，在中国便曾有过的。即如清末的南社[2]，便是鼓吹革命的文学团体，他们叹汉族的被压制，愤满人的凶横，渴望着“光复旧物”。但民国成立以后，倒寂然无声了。我想，这是因为他们的理想，是在革命以后，“重见汉官威仪[3]”，峨冠博带。而事实并不这样，所以反而索然无味，不想执笔了。俄国的例子尤为明显，十月革命开初，也曾有许多革命文学家非常惊喜，欢迎这暴风雨的袭来，愿受风雷的试炼。但后来，诗人叶遂宁，小说家索波里自杀了，近来还听说有名的小说家爱伦堡[4]有些反动。这是什么缘故呢？就因为四面袭来的并不是暴风雨，来试炼的也并非风雷，却是老老实实的“革命”。空想被击碎了，人也就活不下去，这倒不如古时候相信死后灵魂上天，坐在上帝旁边吃点心的诗人们福气。因为他们在达到目的之前，已经死掉了。

中国，据说，自然是已经革了命，——政治上也许如此罢，但在文艺上，却并没有改变。有人说，“小资产阶级文学之抬头”了，其实是，小资产阶级文学在那里呢，连“头”也没有，那里说得到“抬”。这照我上面所讲的推论起来，就是文学并不

---

① 乌托邦：拉丁文Utopia音译，意思是空想的国家，源于英国托马斯·莫尔在1516年所作的小说《乌托邦》。书中描写一种叫“乌托邦”的社会组织，寄托着作者空想社会主义的理想。

② 南社：文学团体，由柳亚子发起，于1909年创立，以诗文鼓吹反清革命。

③ 汉官威仪：汉代叔孙通等人制定的礼仪制度。

④ 爱伦堡：苏联作家，代表作有《巴黎的陷落》等。

变化和兴旺，所反映的便是并无革命和进步，——虽然革命家听了也许不大喜欢。

至于创造社所提倡的，更彻底的革命文学——无产阶级文学，自然更不过是一个题目。这边也禁，那边也禁的王独清的从上海租界里遥望广州暴动的诗[①]，“Pong Pong Pong”，铅字逐渐大了起来，只在说明他曾为电影的字幕和上海的酱园招牌所感动，有模仿勃洛克[②]的《十二个》之志而无其力和才。郭沫若的《一只手》是很有人推为佳作的，但内容说一个革命者革命之后失了一只手，所余的一只还能和爱人握手的事，却未免“失”得太巧。五体，四肢之中，倘要失去其一，实在还不如一只手；一条腿就不便，头自然更不行了。只准备失去一只手，是能减少战斗的勇往之气的；我想，革命者所不惜牺牲的，一定不只这一点。《一只手》也还是穷秀才落难，后来终于中状元，谐花烛的老调。

但这些却也正是中国现状的一种反映。新近上海出版的革命文学的一本书的封面上，画着一把钢叉，这是从《苦闷的象征》[③]的书面上取来的，叉的中间的一条尖刺上，又安一个铁锤，这是从苏联的旗子上取来的。然而这样地合了起来，却弄得既不能刺，又不能敲，只能在表明这位作者的庸陋，——也正可以做那些文艺家的徽章。

从这一阶级走到那一阶级去，自然是能有的事，但最好是意识如何，便一一直说，使大众看去，为仇为友，了了分明。

---

① 王独清：创造社后期主要诗人之一。此处指他的长诗《Ⅱ Dec.》。

② 勃洛克：俄国诗人，象征主义流派代表人物，有《美妇人诗集》等。

③《苦闷的象征》：文艺论文集，日本文艺评论家厨川白村著，鲁迅曾译为中文，于1924年出版。

不要脑子里存着许多旧的残滓，却故意瞒了起来，演戏似的指着自己的鼻子道，“惟我是无产阶级！”现在的人们既然神经过敏，听到“俄”字便要气绝，连嘴唇也快要不准红了，对于出版物，这也怕，那也怕；而革命文学家又不肯多绍介别国的理论和作品，单是这样的指着自己的鼻子，临了便会像前清的“奉旨申斥”一样，令人莫名其妙的。

对于诸君，“奉旨申斥”大概还须解释几句才会明白罢。这是帝制时代的事。一个官员犯了过失了，便叫他跪在一个什么门外面，皇帝差一个太监来斥骂。这时须得用一点化费，那么，骂几句就完；倘若不用，他便从祖宗一直骂到子孙。这算是皇帝在骂，然而谁能去问皇帝，问他究竟可是要这样地骂呢？去年，据日本的杂志上说，成仿吾是由中国的农工大众选他往德国研究戏曲去了，我们也无从打听，究竟真是这样地选了没有。

所以我想，倘要比较地明白，还只好用我的老话，“多看外国书”，来打破这包围的圈子。这事，于诸君是不甚费力的。关于新兴文学的英文书或英译书，即使不多，然而所有的几本，一定较为切实可靠。多看些别国的理论和作品之后，再来估量中国的新文艺，便可以清楚得多了。更好是绍介到中国来；翻译并不比随便的创作容易，然而于新文学的发展却更有功，于大家更有益。

流氓的变迁[①]

孔墨都不满于现状，要加以改革，但那第一步，是在说动人主，而那用以压服人主的家伙，则都是“天”。

孔子之徒为儒，墨子之徒为侠。“儒者，柔也”[②]，当然不会危险的。惟侠老实，所以墨者的末流，至于以“死”为终极的目的。到后来，真老实的逐渐死完，止留下取巧的侠，汉的大侠，就已和公侯权贵相馈赠，以备危急时来作护符之用了。

司马迁说：“儒以文乱法，而侠以武犯禁”，“乱”之和“犯”，决不是“叛”，不过闹点小乱子而已，而况有权贵如“五侯[③]”者在。

“侠”字渐消，强盗起了，但也是侠之流，他们的旗帜是“替天行道”。他们所反对的是奸臣，不是天子，他们所打劫的是平民，不是将相。李逵劫法场[④]时，抡起板斧来排头砍去，而所砍的是看客。一部《水浒》[⑤]，说得很分明：因为不反对天

---

① 本篇选自《三闲集》，最初发表于1930年1月1日上海《萌芽月刊》第一卷第一期。

② “儒者，柔也”：许慎《说文解字》中记载：“儒者，柔也，术士之称。”

③ 五侯：汉成帝河平二年（前27年），外戚王谭、王逢时、王根、王立、王商兄弟五人同日封侯，当时称为“五侯”。

④ 李逵劫法场：见《水浒传》第40回。

⑤《水浒》：《水浒传》，元末明初施耐庵所作长篇章回体小说，以北宋宋江领导的农民起义为题材。

子，所以大军一到，便受招安，替国家打别的强盗——不“替天行道”的强盗去了。终于是奴才。

满洲入关，中国渐被压服了，连有“侠气”的人，也不敢再起盗心，不敢指斥奸臣，不敢直接为天子效力，于是跟一个好官员或钦差大臣，给他保镳，替他捕盗，一部《施公案》①，也说得很分明，还有《彭公案》，《七侠五义》之流②，至今没有穷尽。他们出身清白，连先前也并无坏处，虽在钦差之下，究居平民之上，对一方面固然必须听命，对别方面还是大可逞雄，安全之度增多了，奴性也跟着加足。

然而为盗要被官兵所打，捕盗也要被强盗所打，要十分安全的侠客，是觉得都不妥当的，于是有流氓。和尚喝酒他来打，男女通奸他来捉，私娼私贩他来凌辱，为的是维持风化；乡下人不懂租界章程他来欺侮，为的是看不起无知；剪发女人他来嘲骂，社会改革者他来憎恶，为的是宝爱秩序。但后面是传统的靠山，对手又都非浩荡的强敌，他就在其间横行过去。现在的小说，还没有写出这一种典型的书，惟《九尾龟》③中的章秋谷，以为他给妓女吃苦，是因为她要敲人们竹杠，所以给以惩罚之类的叙述，约略近之。

由现状再降下去，大概这一流人将成为文艺书中的主角了，我在等候“革命文学家”张资平④“氏”的近作。

---

①《施公案》：清代公案小说，作者不详，共97回。

②《彭公案》：清代公案小说，署贪梦道人作，共100回。《七侠五义》：原名《三侠五义》，清代侠义小说，署石玉昆述，入迷道人编订，共120回。

③《九尾龟》：晚清张春帆创作的一部艳情小说，1910年出版。

④ 张资平：作家，曾参与组织创造社，早期作品有写实主义倾向，后期作品偏于市民通俗趣味。

书籍和财色[①]

今年在上海所见，专以小孩子为对手的糖担，十有九带了赌博性了，用一个铜元，经一种手续，可有得到一个铜元以上的糖的希望。但专以学生为对手的书店，所给的希望却更其大，更其多——因为那对手是学生的缘故。

书籍用实价，废去“码洋[②]”的陋习，是始于北京的新潮社——北新书局[③]的，后来上海也多仿行，盖那时改革潮流正盛，以为买卖两方面，都是志在改进的人（书店之以介绍文化者自居，至今还时见于广告上），正不必先定虚价，再打折扣，玩些互相欺骗的把戏。然而将麻雀牌送给世界，且以此自豪的人民，对于这样简捷了当，没有意外之利的办法，是终于耐不下去的。于是老病出现了，先是小试其技：送画片。继而打折扣，自九折以至对折，但自然又不是旧法，因为总有一个定期和原因，或者因为学校开学，或者因为本店开张一年半的纪念

① 本篇选自《三闲集》，最初发表于1930年2月1日《萌芽月刊》第一卷第二期。

② 码洋：图书出版发行部门用于指称全部图书定价总额的术语。

③ 新潮社：1918年底由北京大学部分学生和教员组成的文化团体，主要成员有傅斯年、罗家伦、杨振声、周作人等。北新书局：1925年3月成立于北京，当时主要出版新文艺书籍。

之类。花色一点的还有赠丝袜，请吃冰淇淋，附送一只锦盒，内藏十件宝贝，价值不资。更加见得切实，然而确是惊人的，是定一年报或买几本书，便有得到“劝学奖金”一百元或“留学经费”二千元的希望。洋场上的“轮盘赌[①]”，付给赢家的钱，最多也不过每一元付了三十六元，真不如买书，那“希望”之大，远甚远甚。

我们的古人有言，“书中自有黄金屋”，现在渐在实现了。但后一句，“书中自有颜如玉”呢？

日报所附送的画报上，不知为了什么缘故而登载的什么“女校高材生”和什么“女士在树下读书”的照相之类，且作别论，则买书一元，赠送裸体画片的勾当，是应该举为带着“颜如玉”气味的一例的了。在医学上，“妇人科”虽然设有专科，但在文艺上，“女作家”分为一类[②]却未免滥用了体质的差别，令人觉得有些特别的。但最露骨的是张竞生[③]博士所开的“美的书店”，曾经对面呆站着两个年青脸白的女店员，给买主可以问她“《第三种水》出了没有？”等类，一举两得，有玉有书。可惜“美的书店”竟遭禁止。张博士也改弦易辙，去译《卢骚忏悔录》[④]，此道遂有中衰之叹了。

书籍的销路如果再消沉下去，我想，最好是用女店员卖女作家的作品及照片，仍然抽彩，给买主又有得到“劝学”，“留学”的款子的希望。

---

① 轮盘赌：欧洲赌场中的一种赌博方法，赌具是左轮手枪和人的性命，当时也盛行于上海租界。

② “女作家”分为一类：张若谷曾编辑《女作家杂志》。

③ 张竞生：曾任北京大学教授，1926年起在上海编辑《新文化》月刊，1927年开设美的书店（不久即被封闭），宣传性文化。

④《卢骚忏悔录》：《忏悔录》，卢梭1778年创作的自传体小说。

习惯与改革[①]

体质和精神都已硬化了的人民，对于极小的一点改革，也无不加以阻挠，表面上好像恐怕于自己不便，其实是恐怕于自己不利，但所设的口实，却往往见得极其公正而且堂皇。

今年的禁用阴历[②]，原也是琐碎的，无关大体的事，但商家当然叫苦连天了。不特此也，连上海的无业游民，公司雇员，竟也常常慨然长叹，或者说这很不便于农家的耕种，或者说这很不便于海船的候潮。他们居然因此念起久不相干的乡下的农夫，海上的舟子来。这真像煞有些博爱。

一到阴历的十二月二十三，爆竹就到处毕毕剥剥。我问一家的店伙："今年仍可以过旧历年，明年一准过新历年么？"那回答是："明年又是明年，要明年再看了。"他并不信明年非过阳历年不可。但日历上，却诚然删掉了阴历，只存节气。然而一面在报章上，则出现了《一百二十年阴阳合历》[③]的广告。

---

① 本篇选自《二心集》，最初发表于1930年3月1日《萌芽月刊》第一卷第三期。

② 禁用阴历：指1929年10月7日国民党当局发布的通令。

③《一百二十年阴阳合历》：指《一百二十年阴阳历对照表》，中华学艺社编，上海华通书局印行。

好，他们连曾孙玄孙时代的阴历，也已经给准备妥当了，一百二十年！

梁实秋先生们虽然很讨厌多数，但多数的力量是伟大，要紧的，有志于改革者倘不深知民众的心，设法利导，改进，则无论怎样的高文宏议，浪漫古典，都和他们无干，仅止于几个人在书房中互相叹赏，得些自己满足。假如竟有“好人政府”，出令改革乎，不多久，就早被他们拉回旧道上去了。

真实的革命者，自有独到的见解，例如乌略诺夫[①]先生，他是将“风俗”和“习惯”，都包括在“文化”之内的，并且以为改革这些，很为困难。我想，但倘不将这些改革，则这革命即等于无成，如沙上建塔，顷刻倒坏。中国最初的排满革命，所以易得响应者，因为口号是“光复旧物”，就是“复古”，易于取得保守的人民同意的缘故。但到后来，竟没有历史上定例的开国之初的盛世，只枉然失了一条辫子，就很为大家所不满了。

以后较新的改革，就著著失败，改革一两，反动十斤，例如上述的一年日历上不准注阴历，却来了阴阳合历一百二十年。

这种合历，欢迎的人们一定是很多的，因为这是风俗和习惯所拥护，所以也有风俗和习惯的后援。别的事也如此，倘不深入民众的大层中，于他们的风俗习惯，加以研究，解剖，分别好坏，立存废的标准，而于存于废，都慎选施行的方法，则无论怎样的改革，都将为习惯的岩石所压碎，或者只在表面上浮游一些时。

现在已不是在书斋中，捧书本高谈宗教，法律，文艺，美

---

① 乌略诺夫：通译乌里扬诺夫，即列宁，无产阶级革命家、政治家，世界上第一个社会主义国家的缔造者。

术……等等的时候了，即使要谈论这些，也必须先知道习惯和风俗，而且有正视这些的黑暗面的勇猛和毅力。因为倘不看清，就无从改革。仅大叫未来的光明，其实是欺骗怠慢的自己和怠慢的听众的。

“好政府主义”[①]

梁实秋先生这回在《新月》的“零星”上，也赞成“不满于现状”了，但他以为“现在有智识的人（尤其是夙来有‘前驱者’‘权威’‘先进’的徽号的人），他们的责任不仅仅是冷讥热嘲地发表一点‘不满于现状’的杂感而已，他们应该更进一步的诚诚恳恳地去求一个积极医治‘现状’的药方”。

为什么呢？因为有病就须下药，“三民主义是一副药，——梁先生说，——共产主义也是一副药，国家主义[②]也是一副药，无政府主义[③]也是一副药，好政府主义也是一副药”，现在你“把所有的药方都褒贬得一文不值，都挖苦得不留余地，……这可是什么心理呢？”

这种心理，实在是应该责难的。但在实际上，我却还未曾见过这样的杂感，譬如说，同一作者，而以为三民主义者是违背了英美的自由，共产主义者又收受了俄国的卢布，国家主义

① 本篇选自《二心集》，最初发表于1930年5月《萌芽月刊》第一卷第五期。

② 国家主义：19世纪开始在欧洲流行的一种资产阶级民族主义思想，以“国家至上”的口号欺骗人民服从统治阶级的利益。

③ 无政府主义：19世纪上半期开始流行的一种小资产阶级思潮，主张个人“绝对自由”，认为国家是产生罪恶的根源，反对一切权威和任何形式的国家。

太狭，无政府主义又太空……。所以梁先生的“零星”，是将他所见的杂感的罪状夸大了。

其实是，指摘一种主义的理由的缺点，或因此而生的弊病，虽是并非某一主义者，原也无所不可的。有如被压榨得痛了，就要叫喊，原不必在想出更好的主义之前，就定要咬住牙关。但自然，能有更好的主张，便更成一个样子。

不过我以为梁先生所谦逊地放在末尾的“好政府主义”，却还得更谦逊地放在例外的，因为自三民主义以至无政府主义，无论它性质的寒温如何，所开的究竟还是药名，如石膏，肉桂之类，——至于服后的利弊，那是另一个问题。独有“好政府主义”这“一副药”，他在药方上所开的却不是药名，而是“好药料”三个大字，以及一些唠唠叨叨的名医架子的“主张”。不错，谁也不能说医病应该用坏药料，但这张药方，是不必医生才配摇头，谁也会将他“褒贬得一文不值”（“褒”是“称赞”之意，用在这里，不但“不通”，也证明了不识“褒”字，但这是梁先生的原文，所以姑仍其旧）的。

倘这医生羞恼成怒，喝道“你嘲笑我的好药料主义，就开出你的药方来！”那就更是大可笑的“现状”之一，即使并不根据什么主义，也会生出杂感来的。杂感之无穷无尽，正因为这样的“现状”太多的缘故。

一九三〇，四，十七。

以脚报国[①]

今年八月三十一日《申报》的《自由谈》里，又看见了署名“寄萍”的《杨缦华女士游欧杂感》，其中的一段，我觉得很有趣，就照抄在下面：

……有一天我们到比利时一个乡村里去。许多女人争着来看我的脚。我伸起脚来给伊们看。才平服伊们好奇的疑窦。一位女人说。“我们也向来不曾见过中国人。但从小就听说中国人是有尾巴的（即辫发）。都要讨姨太太的。女人都是小脚。跑起路来一摇一摆的。如今才明白这话不确实。请原谅我们的错念。”还有一人自以为熟悉东亚情形的。带着讥笑的态度说。“中国的军阀如何专横。到处闹的是兵匪。人民过着地狱的生活。”这种似是而非的话。说了一大堆。我说“此种传说。全无根据。”同行的某君。也报以很滑稽的话。“我看你们那里会知道立国数千年的大中华民国。等我们革命成功之后。简直要把显微镜来照你们比

① 本篇选自《二心集》，最初发表于1931年10月20日上海《北斗》第一卷第二期，署名冬华。

利时呢。”就此一笑而散。

我们的杨女士虽然用她的尊脚征服了比利时女人，为国增光，但也有两点“错念”。其一，是我们中国人的确有过尾巴（即辫发）的，缠过小脚的，讨过姨太太的，虽现在也在讨。其二，是杨女士的脚不能代表一切中国女人的脚，正如留学的女生不能代表一切中国的女性一般。留学生大多数是家里有钱，或由政府派遣，为的是将来给家族或国家增光，贫穷和受不到教育的女人怎么能同日而语。所以，虽在现在，其实是缠着小脚，“跑起路来一摇一摆的”女人还不少。

至于困苦，那是用不着多谈，只要看同一的《申报》上，记载着多少“呼吁和平”的文电，多少募集急赈的广告，多少兵变和绑票的记事，留学外国的少爷小姐们虽然相隔太远，可以说不知道，但既然能想到用显微镜，难道就不能想到用望远镜吗？况且又何必用望远镜呢，同一的《杨缦华女士游欧杂感》里就又说：

> ……据说使领馆的穷困。不自今日始。不过近几年来。有每况愈下之势。譬如逢到我国国庆或是重大纪念日。照例须招待外宾。举行盛典。意思是庆祝国运方兴。兼之联络各友邦的感情。以前使领馆必备盛宴。款待上宾。到了去年。为馆费支绌。改行茶会。以目前的形势推测。将后恐怕连茶会都开不成呢。在国际上最讲究体面的。要算日本国。他们政府行政费的预算。宁可特别节省。惟独于驻外使领馆的经费。十分充足。单就这一点来比较。我们已相形见绌了。

使馆和领事馆是代表本国，如杨女士所说，要“庆祝国运方兴”的，而竟有“每况愈下之势”，孟子曰，“百姓不足，君孰与足？”[①]则人民的过着什么生活，也就可想而知了。然而小国比利时的女人们究竟是单纯的，终于请求了原谅，假使她们真“知道立国数千年的大中华民国”的国民，往往有自欺欺人的不治之症，那可真是没有面子了。

假如这样，又怎么办呢？我想，也还是“就此一笑而散”罢。

---

①“百姓不足，君孰与足？”：出自《论语·颜渊》，是孔子弟子有若的话，文中作“孟子曰”，系误记。

知难行难[1]

中国向来的老例，做皇帝做牢靠和做倒霉的时候，总要和文人学士扳一下子相好。做牢靠的时候是“偃武修文[2]”，粉饰粉饰；做倒霉的时候是又以为他们真有“治国平天下”的大道，再问问看，要说得直白一点，就是见于《红楼梦》上的所谓“病笃乱投医”了。

当“宣统皇帝”逊位逊到坐得无聊的时候，我们的胡适之博士曾经尽过这样的任务。[3]

见过以后，也奇怪，人们不知怎的先问他们怎样的称呼，博士曰：

“他叫我先生，我叫他皇上。”

那时似乎并不谈什么国家大计，因为这“皇上”后来不过做了几首打油白话诗，终于无聊，而且还落得一个赶出金銮殿。

---

① 本篇选自《二心集》，最初发表于1931年12月11日《十字街头》第一期，署名佩韦。

② 偃武修文：《尚书·武成》中载：周武王伐商归来，“乃偃武修文，归马于华山之阳，放牛于桃林之野”，以示不再用武力。

③ 1912年1月1日南京临时政府成立，清帝溥仪（宣统）于2月2日宣告退位。关于胡适见溥仪的事，参见胡适《宣统与胡适》一文。

现在可要阔了，听说想到东三省再去做皇帝呢。[1]而在上海，又以“蒋召见胡适之丁文江[2]”闻：

> 南京专电：丁文江，胡适，来京谒蒋，此来系奉蒋召，对大局有所垂询。……（十月十四日《申报》。）

现在没有人问他怎样的称呼。

为什么呢？因为是知道的，这回是“我称他主席……”！

安徽大学校长刘文典[3]教授，因为不称“主席”而关了好多天，好容易才交保出外，老同乡，旧同事，博士当然是知道的，所以，“我称他主席”！

也没有人问他“垂询”些什么。

为什么呢？因为这也是知道的，是“大局”。而且这“大局”也并无“国民党专政”和“英国式自由”的争论的麻烦，也没有“知难行易”和“知易行难”的争论[4]的麻烦，所以，博士就出来了。

“新月派”的罗隆基[5]博士曰：“根本改组政府，……容纳全国各项人才代表各种政见的政府，……政治的意见，是可以牺

---

① 东三省：东北地区的三个省级行政区，分为辽宁省、吉林省、黑龙江省。1932年3月，伪“满洲国”成立，日本帝国主义利用溥仪作傀儡，让他充当“执政”。

② 丁文江：曾任北京大学教授、中国地质学会会长等职。1921年与胡适同办《努力周报》，提倡“好人政府”。

③ 刘文典：曾任北京大学、清华大学教授，安徽大学文学院院长兼预科主任等职。1928年11月29日，他因安徽大学学潮被蒋介石召见时，被蒋以“出言顶撞”的罪名交警察局关押。

④ “知难行易”是孙中山提倡的学说，认为“行先知后”“不知亦能行”。1929年，胡适作《知难，行亦不易》，批评“知难行易”学说。

⑤ 罗隆基：新月派重要成员，他写的《沈阳事件》，是评论“九一八”事变的小册子。

牲的，是应该牺牲的。”（《沈阳事件》。）

代表各种政见的人才，组成政府，又牺牲掉政治的意见，这种“政府”实在是神妙极了。但“知难行易”竟“垂询”于“知难，行亦不易”，倒也是一个先兆。

南腔北调集/伪自由书/准风月谈

《南腔北调集》收录作者1932—1933年所作杂文51篇，本书选录6篇。

《伪自由书》收录作者1933年1—5月所作杂文43篇，本书选录3篇。

《准风月谈》收录作者1933年6—11月所作杂文64篇，本书选录4篇。

我们不再受骗了[①]

帝国主义是一定要进攻苏联的。苏联愈弄得好，它们愈急于要进攻，因为它们愈要趋于灭亡。

我们被帝国主义及其侍从们真是骗得长久了。十月革命之后，它们总是说苏联怎么穷下去，怎么凶恶，怎么破坏文化。但现在的事实怎样？小麦和煤油的输出，不是使世界吃惊了么？正面之敌的实业党[②]的首领，不是也只判了十年的监禁么？列宁格勒，墨斯科的图书馆和博物馆，不是都没有被炸掉么？文学家如绥拉菲摩维支，法捷耶夫，革拉特珂夫，绥甫林娜，唆罗诃夫等[③]，不是西欧东亚，无不赞美他们的作品么？关于艺术的事我不大知道，但据乌曼斯基[④]（K.Umansky）说，一九一九年中，在墨斯科的展览会就有二十次，列宁格勒两次（《Neue

---

① 本篇选自《南腔北调集》，最初发表于1932年5月20日上海《北斗》第二卷第二期。

② 实业党：苏联在1930年破获的反革命集团，即“工业党”案件。

③ 绥拉菲摩维支：通译绥拉菲莫维奇，俄国作家，代表作有《铁流》《集体农庄的土地》。法捷耶夫：苏联作家，代表作有《毁灭》《青年近卫军》等。革拉特珂夫：苏联作家。绥甫林娜：苏联女作家。唆罗诃夫：通译肖洛霍夫，苏联小说家，代表作有《静静的顿河》等。

④ 乌曼斯基：当时苏联人民外交委员会的新闻司司长。*Neue Kunst in Russland* 是他的著作。

Kunst in Russland》)，则现在的旺盛，更是可想而知了。

然而谣言家是极无耻而且巧妙的，一到事实证明了他的话是撒谎时，他就躲下，另外又来一批。

新近我看见一本小册子，是说美国的财政有复兴的希望的，序上说，苏联的购领物品，必须排成长串，现在也无异于从前，仿佛他很为排成长串的人们抱不平，发慈悲一样。

这一事，我是相信的，因为苏联内是正在建设的途中，外是受着帝国主义的压迫，许多物品，当然不能充足。但我们也听到别国的失业者，排着长串向饥寒进行；中国的人民，在内战，在外侮，在水灾，在榨取的大罗网之下，排着长串而进向死亡去。

然而帝国主义及其奴才们，还来对我们说苏联怎么不好，好像它倒愿意苏联一下子就变成天堂，人们个个享福。现在竟这样子，它失望了，不舒服了。——这真是恶鬼的眼泪。

一睁开眼，就露出恶鬼的本相来的，——它要去惩办了。

它一面去惩办，一面来诳骗。正义，人道，公理之类的话，又要满天飞舞了。但我们记得，欧洲大战时候，飞舞过一回的，骗得我们的许多苦工，到前线去替它们死[①]，接着是在北京的中央公园里竖了一块无耻的，愚不可及的“公理战胜”的牌坊[②]（但后来又改掉了）。现在怎样？“公理”在那里？这事还不过十六年，我们记得的。

帝国主义和我们，除了它的奴才之外，那一样利害不和我

---

① 北洋政府于1917年8月14日宣布参加协约国对德作战，英、法两国先后招募华工15万名前往法国战场。

② “公理战胜”的牌坊：第一次世界大战结束后，英、法为首的协约国宣扬他们打败德、奥等同盟国是“公理战胜强权”，并立碑纪念。北洋政府则在北京的中央公园中建立牌坊。

们正相反？我们的痈疽，是它们的宝贝，那么，它们的敌人，当然是我们的朋友了。它们自身正在崩溃下去，无法支持，为挽救自己的末运，便憎恶苏联的向上。谣诼，诅咒，怨恨，无所不至，没有效，终于只得准备动手去打了，一定要灭掉它才睡得着。但我们干什么呢？我们还会再被骗么？

“苏联是无产阶级专政的，智识阶级就要饿死。”——一位有名的记者曾经这样警告我。是的，这倒恐怕要使我也有些睡不着了。但无产阶级专政，不是为了将来的无阶级社会么？只要你不去谋害它，自然成功就早，阶级的消灭也就早，那时就谁也不会“饿死”了。不消说，排长串是一时难免的，但到底会快起来。

帝国主义的奴才们要去打，自己（！）跟着它的主人去打去就是。我们人民和它们是利害完全相反的。我们反对进攻苏联。我们倒要打倒进攻苏联的恶鬼，无论它说着怎样甜腻的话头，装着怎样公正的面孔。

这才也是我们自己的生路！

五月六日。

论“第三种人”[①]

这三年来，关于文艺上的论争是沉寂的，除了在指挥刀的保护之下，挂着“左翼”的招牌，在马克斯主义里发见了文艺自由论，列宁主义里找到了杀尽共匪说的论客[②]的“理论”之外，几乎没有人能够开口，然而，倘是“为文艺而文艺”的文艺，却还是“自由”的，因为他决没有收了卢布[③]的嫌疑。但在“第三种人”，就是“死抱住文学不放的人”[④]，又不免有一种苦痛的豫感：左翼文坛要说他是“资产阶级的走狗”。

代表了这一种“第三种人”来鸣不平的，是《现代》[⑤]杂志

---

① 本篇选自《南腔北调集》，最初发表于1932年11月1日上海《现代》第二卷第一期。1931年，胡秋原发表文章攻击左翼文艺，1932年又连续发文宣称“艺术不是宣传”。其言论受到左翼文艺界反驳。1932年，苏汶发表文章支持胡秋原的观点，自称“第三种人”，嘲讽左翼文艺不要真理不要文艺。

② 这里所说的论客，指胡秋原和某些托洛茨基派分子。胡秋原当时任上海同济大学教授，主办《文化评论》，他曾自称“真正马克思主义者”。托洛茨基派诬蔑中国工农红军为“土匪”。

③ 卢布：最早为俄罗斯帝国的货币单位，后苏联、俄罗斯沿用。

④ “死抱住文学不放的人”：和下文“资产阶级的走狗”“左而不作”均为苏汶文章中批判左翼作家的话。

⑤《现代》：1932年5月创刊于上海的左翼文艺刊物，由施蛰存编辑。

第三和第六期上的苏汶先生的文章（我在这里先应该声明：我为便利起见，暂且用了“代表”，“第三种人”这些字眼，虽然明知道苏汶先生的“作家之群”，是也如拒绝“或者”，“多少”，“影响”这一类不十分决定的字眼一样，不要固定的名称的，因为名称一固定，也就不自由了）。他以为左翼的批评家，动不动就说作家是“资产阶级的走狗”，甚至于将中立者认为非中立，而一非中立，便有认为“资产阶级的走狗”的可能，号称“左翼作家”者既然“左而不作”，“第三种人”又要作而不敢，于是文坛上便没有东西了。然而文艺据说至少有一部分是超出于阶级斗争之外的，为将来的，就是“第三种人”所抱住的真的，永久的文艺。——但可惜，被左翼理论家弄得不敢作了，因为作家在未作之前，就有了被骂的豫感。

我相信这种豫感是会有的，而以“第三种人”自命的作家，也愈加容易有。我也相信作者所说，现在很有懂得理论，而感情难变的作家。然而感情不变，则懂得理论的度数，就不免和感情已变或略变者有些不同，而看法也就因此两样。苏汶先生的看法，由我看来，是并不正确的。

自然，自从有了左翼文坛以来，理论家曾经犯过错误，作家之中，也不但如苏汶先生所说，有“左而不作”的，并且还有由左而右，甚至于化为民族主义文学的小卒，书坊的老板，敌党的探子的，然而这些讨厌左翼文坛了的文学家所遗下的左翼文坛，却依然存在，不但存在，还在发展，克服自己的坏处，向文艺这神圣之地进军。苏汶先生问过：克服了三年，还没有克服好么？回答是：是的，还要克服下去，三十年也说不定。然而一面克服着，一面进军着，不会做待到克服完成，然后行进那样的傻事的。但是，苏汶先生说过“笑话”：左翼作家在从资本家取得稿费；现在我来说一句真话，是左翼作家还在受封建的资本主义的社会的法律的压迫，禁锢，杀戮。所以左翼刊物，全被摧残，现在非常寥寥，即偶有发表，批评作品的也绝少，而偶有批评作品的，也并未动不动便指作家为“资产阶级的走狗”，而且不要“同路人”。左翼作家并不是从天上掉下来的神兵，或国外杀进来的仇敌，他不但要那同走几步的“同路人”，还要招致那站在路旁看看的看客也一同前进。

但现在要问：左翼文坛现在因为受着压迫，不能发表很多的批评，倘一旦有了发表的可能，不至于动不动就指“第三种人”为“资产阶级的走狗”么？我想，倘若左翼批评家没有宣誓不说，又只从坏处着想，那是有这可能的，也可以想得比这还要坏。不过我以为这种豫测，实在和想到地球也许有破裂之一日，而先行自杀一样，大可以不必的。

然而苏汶先生的“第三种人”，却据说是为了这未来的恐怖而“搁笔”了。未曾身历，仅仅因为心造的幻影而搁笔，“死抱住文学不放”的作者的拥抱力，又何其弱呢？两个爱人，有因为豫防将来的社会上的斥责而不敢拥抱的么？

其实，这“第三种人”的“搁笔”，原因并不在左翼批评的严酷。真实原因的所在，是在做不成这样的“第三种人”，做不成这样的人，也就没有了第三种笔，搁与不搁，还谈不到。

生在有阶级的社会里而要做超阶级的作家，生在战斗的时代而要离开战斗而独立，生在现在而要做给与将来的作品，这样的人，实在也是一个心造的幻影，在现实世界上是没有的。要做这样的人，恰如用自己的手拔着头发，要离开地球一样，他离不开，焦躁着，然而并非因为有人摇了摇头，使他不敢拔了的缘故。

所以虽是“第三种人”，却还是一定超不出阶级的，苏汶先生就先在豫料阶级的批评了，作品里又岂能摆脱阶级的利害；也一定离不开战斗的，苏汶先生就先以“第三种人”之名提出抗争了，虽然“抗争”之名又为作者所不愿受；而且也跳不过现在的，他在创作超阶级的，为将来的作品之前，先就留心于左翼的批判了。

这确是一种苦境。但这苦境，是因为幻影不能成为实有而来的。即使没有左翼文坛作梗，也不会有这“第三种人”，何况作品。但苏汶先生却又心造了一个横暴的左翼文坛的幻影，将“第三种人”的幻影不能出现，以至将来的文艺不能发生的罪孽，都推给它了。

左翼作家诚然是不高超的，连环图画，唱本，然而也不到苏汶先生所断定那样的没出息。左翼也要托尔斯泰，弗罗培尔[①]。但不要“努力去创造一些属于将来（因为他们现在是不要的）的东西”的托尔斯泰和弗罗培尔。他们两个，都是为现在而写的，将来是现在的将来，于现在有意义，才于将来会有意义。尤其是托尔斯泰，他写些小故事给农民看，也不自命为“第三种人”，当时资产阶级的多少攻击，终于不能使他“搁笔”。左翼虽然诚如苏汶先生所说，不至于蠢到不知道“连环图画是产生不出托尔斯泰，产生不出弗罗培尔来”，但却以为可以产出密开朗该罗，达文希那样伟大的画手[②]。而且我相信，从唱本说书里是可以产生托尔斯泰，弗罗培尔的。现在提起密开朗该罗们的画来，谁也没有非议了，但实际上，那不是宗教的宣

---

① 弗罗培尔：通译福楼拜，法国小说家，著有长篇小说《包法利夫人》《情感教育》等。

② 密开朗该罗：通译米开朗琪罗，文艺复兴时期的意大利雕刻家、画家。达文希：通译达·芬奇，文艺复兴时期意大利画家。

传画，《旧约》的连环图画么？而且是为了那时的“现在”的。

总括起来说，苏汶先生是主张“第三种人”与其欺骗，与其做冒牌货，倒还不如努力去创作，这是极不错的。

“定要有自信的勇气，才会有工作的勇气！”这尤其是对的。

然而苏汶先生又说，许多大大小小的“第三种人”们，却又因为豫感了不祥之兆——左翼理论家的批评而“搁笔”了！

“怎么办呢”？

十月十日。

辱骂和恐吓决不是战斗[1]

——致《文学月报》编辑的一封信

起应[2]兄：

前天收到《文学月报》第四期，看了一下。我所觉得不足的，并非因为它不及别种杂志的五花八门，乃是总还不能比先前充实。但这回提出了几位新的作家来，是极好的，作品的好坏我且不论，最近几年的刊物上，倘不是姓名曾经排印过了的作家，就很有不能登载的趋势，这么下去，新的作者要没有发表作品的机会了。现在打破了这局面，虽然不过是一种月刊的一期，但究竟也扫去一些沉闷，所以我以为是一种好事情。但是，我对于芸生[3]先生的一篇诗，却非常失望。

这诗，一目了然，是看了前一期的别德纳衣的讽刺诗[4]而作

---

① 本篇选自《南腔北调集》，最初发表于1932年12月15日《文学月报》第一卷第五、六号合刊。

② 起应：周扬，文艺理论家，"左联"领导成员之一，当时为《文学月报》主编。

③ 芸生：原名邱九如，1932年11月，他在《文学月报》第一卷第四期发表《汉奸的供状》一诗，意在讽刺自称"自由人"的胡秋原的反动言论。

④ 别德纳衣的讽刺诗：指讽刺托洛茨基的长诗《没工夫唾骂》（瞿秋白译，载1932年10月《文学月报》第一卷第三期）。别德纳衣：苏联诗人。

的。然而我们来比一比罢，别德纳衣的诗虽然自认为“恶毒”，但其中最甚的也不过是笑骂。这诗怎么样？有辱骂，有恐吓，还有无聊的攻击：其实是大可以不必作的。

例如罢，开首就是对于姓的开玩笑[①]。一个作者自取的别名，自然可以窥见他的思想，譬如“铁血”，“病鹃”之类，固不妨由此开一点小玩笑。但姓氏籍贯，却不能决定本人的功罪，因为这是从上代传下来的，不能由他自主。我说这话还在四年之前，当时曾有人评我为“封建余孽”，其实是捧住了这样的题材，欣欣然自以为得计者，倒是十分“封建的”的。不过这种风气，近几年颇少见了，不料现在竟又复活起来，这确不能不说是一个退步。

尤其不堪的是结末的辱骂。现在有些作品，往往并非必要而偏在对话里写上许多骂语去，好像以为非此便不是无产者作品，骂詈愈多，就愈是无产者作品似的。其实好的工农之中，并不随口骂人的多得很，作者不应该将上海流氓的行为，涂在他们身上的。即使有喜欢骂人的无产者，也只是一种坏脾气，作者应该由文艺加以纠正，万不可再来展开，使将来的无阶级社会中，一言不合，便祖宗三代的闹得不可开交。况且即是笔战，就也如别的兵战或拳斗一样，不妨伺隙乘虚，以一击制敌人的死命，如果一味鼓噪，已是《三国志演义》式战法，至于骂一句爹娘，扬长而去，还自以为胜利，那简直是“阿Q”式的战法了。

接着又是什么“剖西瓜[②]”之类的恐吓，这也是极不对的，

---

① 原诗开头是：“现在我来写汉奸的供状。据说他也姓胡，可不叫立夫。”胡立夫是1932年日军侵占上海闸北时的汉奸。

② 剖西瓜：原诗中有“当心，你的脑袋一下就要变做剖开的西瓜！”这样的话。

我想。无产者的革命，乃是为了自己的解放和消灭阶级，并非因为要杀人，即使是正面的敌人，倘不死于战场，就有大众的裁判，决不是一个诗人所能提笔判定生死的。现在虽然很有什么“杀人放火”的传闻，但这只是一种诬陷。中国的报纸上看不出实话，然而只要一看别国的例子也就可以恍然：德国的无产阶级革命[①]（虽然没有成功），并没有乱杀人；俄国不是连皇帝的宫殿都没有烧掉么？而我们的作者，却将革命的工农用笔涂成一个吓人的鬼脸，由我看来，真是卤莽之极了。

自然，中国历来的文坛上，常见的是诬陷，造谣，恐吓，辱骂，翻一翻大部的历史，就往往可以遇见这样的文章，直到现在，还在应用，而且更加厉害。但我想，这一份遗产，还是都让给叭儿狗文艺家去承受罢，我们的作者倘不竭力的抛弃了它，是会和他们成为“一丘之貉”的。

不过我并非主张要对敌人陪笑脸，三鞠躬。我只是说，战斗的作者应该注重于“论争”；倘在诗人，则因为情不可遏而愤怒，而笑骂，自然也无不可。但必须止于嘲笑，止于热骂，而且要“喜笑怒骂，皆成文章”[②]，使敌人因此受伤或致死，而自己并无卑劣的行为，观者也不以为污秽，这才是战斗的作者的本领。

刚才想到了以上的一些，便写出寄上，也许于编辑上可供参考。总之，我是极希望此后的《文学月报》上不再有那样的作品的。

---

① 德国的无产阶级革命：德国十一月革命。1918—1919年德国无产阶级、农民和人民大众推翻了霍亨索伦王朝，宣布建立社会主义共和国。随后，在社会民主党政府的血腥镇压下失败。

② 语出宋代黄庭坚《东坡先生真赞》。“喜”原作“嬉”。

专此布达[1]，并问

好。

鲁迅。十二月十日。

① 布达：书信用语，陈述表达的意思。

为了忘却的记念[①]

一

我早已想写一点文字，来记念几个青年的作家。这并非为了别的，只因为两年以来，悲愤总时时来袭击我的心，至今没有停止，我很想借此算是竦身一摇，将悲哀摆脱，给自己轻松一下，照直说，就是我倒要将他们忘却了。

两年前的此时，即一九三一年的二月七日夜或八日晨，是我们的五个青年作家[②]同时遇害的时候。当时上海的报章都不敢载这件事，或者也许是不愿，或不屑载这件事，只在《文艺新闻》上有一点隐约其辞的文章[③]。那第十一期（五月二十五日）里，有一篇林莽[④]先生作的《白莽印象记》，中间说：

---

① 本篇选自《南腔北调集》，最初发表于1933年4月1日《现代》第二卷第六期。

② 五个青年作家：指本文所说的五位共产党员作家白莽、柔石、冯铿、李伟森和胡也频。

③《文艺新闻》第三号（1931年3月30日）以《在地狱或人世的作家》为题，用读者致编者信的形式，将“左联”五位作家被捕遇害的消息首先透露出来。

④ 林莽：楼适夷，浙江余姚人，作家、翻译家，“左联”成员。

他做了好些诗，又译过匈牙利诗人彼得斐[①]的几首诗，当时的《奔流》[②]的编辑者鲁迅接到了他的投稿，便来信要和他会面，但他却是不愿见名人的人，结果是鲁迅自己跑来找他，竭力鼓励他从事文学的工作，但他终于不能坐在亭子间里写，又去跑他的路了。不久，他又一次的被捕了。……

这里所说的我们的事情其实是不确的。白莽并没有这么高慢，他曾经到过我的寓所来，但也不是因为我要求和他会面；我也没有这么高慢，对于一位素不相识的投稿者，会轻率的写信去叫他。我们相见的原因很平常，那时他所投的是从德文译出的《彼得斐传》，我就发信去讨原文，原文是载在诗集前面的，邮寄不便，他就亲自送来了。看去是一个二十多岁的青年，面貌很端正，颜色是黑黑的，当时的谈话我已经忘却，只记得他自说姓徐，象山人；我问他为什么代你收信的女士是这么一个怪名字（怎么怪法，现在也忘却了），他说她就喜欢起得这么怪，罗曼谛克，自己也有些和她不大对劲了。就只剩了这一点。

夜里，我将译文和原文粗粗的对了一遍，知道除几处误译之外，还有一个故意的曲译。他像是不喜欢“国民诗人”这个字的，都改成“民众诗人”了。第二天又接到他一封来信，说很悔和我相见，他的话多，我的话少，又冷，好像受了一种威压似的。我便写一封回信去解释，说初次相会，说话不多，也是人之常情，并且告诉他不应该由自己的爱憎，将原文改变。因为他的原书留在我这里了，就将我所藏的两本集子送给他，

① 彼得斐：通译裴多菲，匈牙利爱国诗人，代表作有《勇敢的约翰》《民族之歌》等。
②《奔流》：鲁迅、郁达夫主编的文学月刊。

问他可能再译几首诗，以供读者的参看。他果然译了几首，自己拿来了，我们就谈得比第一回多一些。这传和诗，后来就都登在《奔流》第二卷第五本，即最末的一本里。

我们第三次相见，我记得是在一个热天。有人打门了，我去开门时，来的就是白莽，却穿着一件厚棉袍，汗流满面，彼此都不禁失笑。这时他才告诉我他是一个革命者，刚由被捕而释出，衣服和书籍全被没收了，连我送他的那两本；身上的袍子是从朋友那里借来的，没有夹衫，而必须穿长衣，所以只好这么出汗。我想，这大约就是林莽先生说的“又一次的被了捕”的那一次了。

我很欣幸他的得释，就赶紧付给稿费，使他可以买一件夹衫，但一面又很为我的那两本书痛惜：落在捕房的手里，真是明珠投暗了。那两本书，原是极平常的，一本散文，一本诗集，据德文译者说，这是他搜集起来的，虽在匈牙利本国，也还没有这么完全的本子，然而印在《莱克朗氏万有文库》（Reclam's Universal-Bibliothek）[①]中，倘在德国，就随处可得，也值不到一元钱。不过在我是一种宝贝，因为这是三十年前，正当我热爱彼得斐的时候，特地托丸善书店[②]从德国去买来的，那时还恐怕因为书极便宜，店员不肯经手，开口时非常惴惴。后来大抵带在身边，只是情随事迁，已没有翻译的意思了，这回便决计送给这也如我的那时一样，热爱彼得斐的诗的青年，算是给它寻得了一个好着落。所以还郑重其事，托柔石亲自送去的。谁料竟会落在“三道头[③]”之类的手里的呢，这岂不冤枉！

---

①《莱克朗氏万有文库》(Reclam's Universal-Bibliothek)：1867年德国出版的文学丛书。

② 丸善书店：日本东京一家出售西文书籍的书店。

③ 三道头：当时上海公共租界里的巡捕，制服袖上缀有三道倒人字形标志，故称。

二

我的决不邀投稿者相见，其实也并不完全因为谦虚，其中含着省事的分子也不少。由于历来的经验，我知道青年们，尤其是文学青年们，十之九是感觉很敏，自尊心也很旺盛的，一不小心，极容易得到误解，所以倒是故意回避的时候多。见面尚且怕，更不必说敢有托付了。但那时我在上海，也有一个惟一的不但敢于随便谈笑，而且还敢于托他办点私事的人，那就是送书去给白莽的柔石。

我和柔石最初的相见，不知道是何时，在那里。他仿佛说过，曾在北京听过我的讲义，那么，当在八九年之前了。我也忘记了在上海怎么来往起来，总之，他那时住在景云里，离我的寓所不过四五家门面，不知怎么一来，就来往起来了。大约最初的一回他就告诉我是姓赵，名平复。但他又曾谈起他家乡的豪绅的气焰之盛，说是有一个绅士，以为他的名字好，要给儿子用，叫他不要用这名字了。所以我疑心他的原名是“平福”，平稳而有福，才正中乡绅的意，对于“复”字却未必有这么热心。他的家乡，是台州的宁海，这只要一看他那台州式的硬气就知道，而且颇有点迂，有时会令我忽而想到方孝孺[①]，觉得好像也有些这模样的。

他躲在寓里弄文学，也创作，也翻译，我们往来了许多日，说得投合起来了，于是另外约定了几个同意的青年，设立朝华社。目的是在绍介东欧和北欧的文学，输入外国的版画，因为

① 方孝孺：明建文帝朱允炆时的侍讲学士、文学博士。建文四年(1402年)，燕王朱棣起兵攻陷南京，自立为帝，命他起草即位诏书，他坚决不从，遂遭杀害，被灭十族。

我们都以为应该来扶植一点刚健质朴的文艺。接着就印《朝花旬刊》，印《近代世界短篇小说集》，印《艺苑朝华》，算都在循着这条线，只有其中的一本《蕗谷虹儿画选》，是为了扫荡上海滩上的“艺术家”，即戳穿叶灵凤这纸老虎而印的。[①]

然而柔石自己没有钱，他借了二百多块钱来做印本。除买纸之外，大部分的稿子和杂务都是归他做，如跑印刷局，制图，校字之类。可是往往不如意，说起来皱着眉头。看他旧作品，都很有悲观的气息，但实际上并不然，他相信人们是好的。我有时谈到人会怎样的骗人，怎样的卖友，怎样的吮血，他就前额亮晶晶的，惊疑地圆睁了近视的眼睛，抗议道，“会这样的么？——不至于此罢？……”

不过朝花社不久就倒闭了，我也不想说清其中的原因，总之是柔石的理想的头，先碰了一个大钉子，力气固然白化，此外还得去借一百块钱来付纸账。后来他对于我那“人心惟危[②]”说的怀疑减少了，有时也叹息道，“真会这样的么？……”但是，他仍然相信人们是好的。

他于是一面将自己所应得的朝花社的残书送到明日书店和光华书局去，希望还能够收回几文钱，一面就拼命的译书，准备还借款，这就是卖给商务印书馆的《丹麦短篇小说集》和戈理基[③]作的长篇小说《阿尔泰莫诺夫之事业》。但我想，这些译稿，也许去年已被兵火烧掉了。[④]

---

① 蕗谷虹儿：日本画家，画风柔美。叶灵凤：江苏南京人，作家，创造社成员，曾在关于革命文学的论争中攻击鲁迅。

② 人心惟危：指人心险恶，居心叵测。出自《尚书·大禹谟》：“人心惟危，道心惟微。”

③ 戈理基：通译高尔基，苏联文学家，社会主义现实主义文学的奠基人，代表作有《童年》《在人间》《我的大学》等。

④ 商务印书馆在1932年“一·二八”战事中遭日军轰炸，大量书稿及藏书被毁。

他的迂渐渐的改变起来，终于也敢和女性的同乡或朋友一同去走路了，但那距离，却至少总有三四尺的。这方法很不好，有时我在路上遇见他，只要在相距三四尺前后或左右有一个年青漂亮的女人，我便会疑心就是他的朋友。但他和我一同走路的时候，可就走得近了，简直是扶住我，因为怕我被汽车或电车撞死；我这面也为他近视而又要照顾别人担心，大家都苍皇失措的愁一路，所以倘不是万不得已，我是不大和他一同出去的，我实在看得他吃力，因而自己也吃力。

无论从旧道德，从新道德，只要是损己利人的，他就挑选上，自己背起来。

他终于决定地改变了，有一回，曾经明白的告诉我，此后应该转换作品的内容和形式。我说：这怕难罢，譬如使惯了刀的，这回要他要棍，怎么能行呢？他简洁的答道：只要学起来！

他说的并不是空话，真也在从新学起来了，其时他曾经带了一个朋友来访我，那就是冯铿女士。谈了一些天，我对于她终于很隔膜，我疑心她有点罗曼谛克，急于事功；我又疑心柔石的近来要做大部的小说，是发源于她的主张的。但我又疑心我自己，也许是柔石的先前的斩钉截铁的回答，正中了我那其实是偷懒的主张的伤疤，所以不自觉地迁怒到她身上去了。——我其实也并不比我所怕见的神经过敏而自尊的文学青年高明。

她的体质是弱的，也并不美丽。

三

直到左翼作家联盟成立之后，我才知道我所认识的白莽，就是在《拓荒者》上做诗的殷夫。有一次大会时，我便带了一本德译的，一个美国的新闻记者所做的中国游记①去送他，这不过以为他可以由此练习德文，另外并无深意。然而他没有来。我只得又托了柔石。

但不久，他们竟一同被捕，我的那一本书，又被没收，落在“三道头”之类的手里了。

四

明日书店要出一种期刊，请柔石去做编辑，他答应了；书店还想印我的译著，托他来问版税的办法，我便将我和北新书局所订的合同，抄了一份交给他，他向衣袋里一塞，匆匆的走了。其时是一九三一年一月十六日的夜间，而不料这一去，竟就是我和他相见的末一回，竟就是我们的永诀。

第二天，他就在一个会场上被捕了，衣袋里还藏着我那印书的合同，听说官厅因此正在找寻我。印书的合同，是明明白白的，但我不愿意到那些不明不白的地方去辩解。记得《说岳全传》②里讲过一个高僧，当追捕的差役刚到寺门之前，他就“坐化”了，还留下什么“何立从东来，我向西方走”的偈子③。这是奴隶所幻想的脱离苦海的惟一的好方法，“剑侠”盼不到，最自在的惟此而已。我不是高僧，没有涅槃④的自由，却还有生

① 中国游记：美国记者安娜·路易斯·斯特朗所著的《中国纪行》，1928年新德意志社出版。鲁迅于1930年12月2日购得，次年1月15日赠予白莽。

②《说岳全传》：清代康熙年间的演义小说，题为钱彩编次，金丰增订，共80回。文中所说出自该书第61回。

③ 偈(jì)子：佛经中的唱词，也泛指和尚的隽语。

④ 涅槃：佛教用语，指超脱生死的最高境界，后人称高僧逝世为“涅槃”。

之留恋，我于是就逃走[1]。

这一夜，我烧掉了朋友们的旧信札，就和女人抱着孩子走在一个客栈里。不几天，即听得外面纷纷传我被捕，或是被杀了，柔石的消息却很少。有的说，他曾经被巡捕带到明日书店里，问是否是编辑；有的说，他曾经被巡捕带往北新书局去，问是否是柔石，手上上了铐，可见案情是重的。但怎样的案情，却谁也不明白。

他在囚系中，我见过两次他写给同乡[2]的信，第一回是这样的——

我与三十五位同犯（七个女的）于昨日到龙华。并于昨夜上了镣，开政治犯从未上镣之纪录。此案累及太大，我一时恐难出狱，书店事望兄为我代办之。现亦好，且跟殷夫兄学德文，此事可告周先生；望周先生勿念，我等未受刑。捕房和公安局，几次问周先生地址，但我那里知道。诸望勿念。祝好！

赵少雄　一月二十四日。

以上正面。

洋铁饭碗，要二三只

如不能见面，可将东西

望转交赵少雄

① 柔石被捕后，作者于1931年1月20日和家属避居黄陆路花园庄，2月28日回寓。

② 同乡：指王育和。当时他是慎昌钟表行的职员，和柔石同住闸北景云里28号，柔石在狱中通过送饭人带信给他，由他送周建人转交鲁迅。

以上背面。

他的心情并未改变，想学德文，更加努力；也仍在记念我，像在马路上行走时候一般。但他信里有些话是错误的，政治犯而上镣，并非从他们开始，但他向来看得官场还太高，以为文明至今，到他们才开始了严酷。其实是不然的。果然，第二封信就很不同，措词非常惨苦，且说冯女士的面目都浮肿了，可惜我没有抄下这封信。其时传说也更加纷繁，说他可以赎出的也有，说他已经解往南京的也有，毫无确信；而用函电来探问我的消息的也多起来，连母亲在北京也急得生病了，我只得一一发信去更正，这样的大约有二十天。

天气愈冷了，我不知道柔石在那里有被褥不？我们是有的。洋铁碗可曾收到了没有？……但忽然得到一个可靠的消息，说柔石和其他二十三人，已于二月七日夜或八日晨，在龙华警备司令部被枪毙了，他的身上中了十弹。

原来如此！……

在一个深夜里，我站在客栈的院子中，周围是堆着的破烂的什物；人们都睡觉了，连我的女人和孩子。我沉重的感到我失掉了很好的朋友，中国失掉了很好的青年，我在悲愤中沉静下去了，然而积习却从沉静中抬起头来，凑成了这样的几句：

惯于长夜过春时，挈妇将雏鬓有丝。
梦里依稀慈母泪，城头变幻大王旗。
忍看朋辈成新鬼，怒向刀丛觅小诗。
吟罢低眉无写处，月光如水照缁衣。

但末二句，后来不确了，我终于将这写给了一个日本的歌人[1]。

可是在中国，那时是确无写处的，禁锢得比罐头还严密。我记得柔石在年底曾回故乡，住了好些时，到上海后很受朋友的责备。他悲愤的对我说，他的母亲双眼已经失明了，要他多住几天，他怎么能够就走呢？我知道这失明的母亲的眷眷的心，柔石的拳拳的心。当《北斗》[2]创刊时，我就想写一点关于柔石的文章，然而不能够，只得选了一幅珂勒惠支（Käthe Kollwitz）夫人的木刻，名曰《牺牲》，是一个母亲悲哀地献出她的儿子去的，算是只有我一个人心里知道的柔石的记念。

同时被难的四个青年文学家之中，李伟森我没有会见过，胡也频在上海也只见过一次面，谈了几句天。较熟的要算白莽，即殷夫了，他曾经和我通过信，投过稿，但现在寻起来，一无所得，想必是十七那夜统统烧掉了，那时我还没有知道被捕的也有白莽。然而那本《彼得斐诗集》却在的，翻了一遍，也没有什么，只在一首《Wahlspruch》（格言）的旁边，有钢笔写的四行译文道：

生命诚宝贵，
爱情价更高；
若为自由故，
二者皆可抛！

---

① 日本歌人：指山本初枝。据鲁迅1932年7月11日日记，作者将此诗书写成小幅，托内山书店寄给她。

②《北斗》：“左联”的机关刊物之一，1931年9月在上海创刊，由丁玲主编。

又在第二叶上，写着“徐培根[1]”三个字，我疑心这是他的真姓名。

五

前年的今日，我避在客栈里，他们却是走向刑场了；去年的今日，我在炮声中逃在英租界[2]，他们则早已埋在不知那里的地下了；今年的今日，我才坐在旧寓里，人们都睡觉了，连我的女人和孩子。我又沉重的感到我失掉了很好的朋友，中国失掉了很好的青年，我在悲愤中沉静下去了，不料积习又从沉静中抬起头来，写下了以上那些字。

要写下去，在中国的现在，还是没有写处的。年青时读向子期《思旧赋》[3]，很怪他为什么只有寥寥的几行，刚开头却又煞了尾。然而，现在我懂得了。

不是年青的为年老的写记念，而在这三十年中，却使我目睹许多青年的血，层层淤积起来，将我埋得不能呼吸，我只能用这样的笔墨，写几句文章，算是从泥土中挖一个小孔，自己延口残喘，这是怎样的世界呢。夜正长，路也正长，我不如忘却，不说的好罢。但我知道，即使不是我，将来总会有记起他们，再说他们的时候的。……

二月七——八日。

① 徐培根：白莽的长兄，早年留学德国，曾任国民党政府军政部航空署长，于1934年间因航空署失火焚毁一度被捕入狱。鲁迅在《白莽作〈孩儿塔〉序》(《且介亭杂文末编》)中说：“我前一回的文章上是猜错的，这哥哥才是徐培根，航空署长，终于和他成了殊途同归的兄弟；他却叫徐白，较普通的笔名是殷夫。”

② 1932年1月，日本侵略者进犯上海，作者当时居住的北四川路楼寓陷于战火之中，他被迫携全家避居于英租界的内山书店。

③ 向子期：向秀，字子期，竹林七贤之一。《思旧赋》是向秀为悼念好友嵇康和吕安而作。

我怎么做起小说来[①]

我怎么做起小说来？——这来由，已经在《呐喊》的序文上，约略说过了。这里还应该补叙一点的，是当我留心文学的时候，情形和现在很不同：在中国，小说不算文学，做小说的也决不能称为文学家，所以并没有人想在这一条道路上出世。我也并没有要将小说抬进"文苑"里的意思，不过想利用他的力量，来改良社会。

但也不是自己想创作，注重的倒是在绍介，在翻译，而尤其注重于短篇，特别是被压迫的民族中的作者的作品。因为那时正盛行着排满论[②]，有些青年，都引那叫喊和反抗的作者为同调的。所以"小说作法"之类，我一部都没有看过，看短篇小说却不少，小半是自己也爱看，大半则因了搜寻绍介的材料。也看文学史和批评，这是因为想知道作者的为人和思想，以便决定应否绍介给中国。和学问之类，是绝不相干的。

因为所求的作品是叫喊和反抗，势必至于倾向了东欧，因

---

① 本篇选自《南腔北调集》，最初收入1933年6月上海天马书店出版的《创作的经验》一书。

② 排满论：指辛亥革命前后推翻清朝统治的思潮。

此所看的俄国，波兰以及巴尔干诸小国作家的东西就特别多。也曾热心的搜求印度，埃及的作品，但是得不到。记得当时最爱看的作者，是俄国的果戈理（N.Gogol）和波兰的显克微支（H.Sienkiewitz）[①]。日本的，是夏目漱石和森鸥外[②]。

回国以后，就办学校，再没有看小说的工夫了，这样的有五六年。为什么又开手了呢？——这也已经写在《呐喊》的序文里，不必说了。但我的来做小说，也并非自以为有做小说的才能，只因为那时是住在北京的会馆[③]里的，要做论文罢，没有参考书，要翻译罢，没有底本，就只好做一点小说模样的东西塞责，这就是《狂人日记》。大约所仰仗的全在先前看过的百来篇外国作品和一点医学上的知识，此外的准备，一点也没有。

但是《新青年》的编辑者，却一回一回的来催，催几回，我就做一篇，这里我必得记念陈独秀先生，他是催促我做小说最着力的一个。[④]

自然，做起小说来，总不免自己有些主见的。例如，说到"为什么"做小说罢，我仍抱着十多年前的"启蒙主义"，以为必须是"为人生"，而且要改良这人生。我深恶先前的称小说为"闲书"，而且将"为艺术的艺术"，看作不过是"消闲"的新式

---

① 显克微支(H.Sienkiewitz)：波兰作家，作品主要描写波兰农民的痛苦生活和波兰人民反对异族侵略的斗争，著有历史小说三部曲《火与剑》《洪流》《伏洛窦耶夫斯基先生》。

② 夏目漱石：日本小说家，著有长篇小说《我是猫》、中篇小说《哥儿》等。森鸥外：日本小说家、文学评论家，著有小说《舞姬》等。

③ 会馆：1912年5月—1919年11月，作者曾寄住在北京宣武门外南半截胡同的绍兴县馆。

④ "五四"时期，陈独秀在致周作人的函件中极力敦促鲁迅从事小说写作，如1920年3月11日信："我们很盼望豫才先生为《新青年》创作小说，请先生告诉他。"又8月22日信："鲁迅兄做的小说，我实在五体投地的佩服。"

的别号。所以我的取材，多采自病态社会的不幸的人们中，意思是在揭出病苦，引起疗救的注意。所以我力避行文的唠叨，只要觉得够将意思传给别人了，就宁可什么陪衬拖带也没有。中国旧戏上，没有背景，新年卖给孩子看的花纸[①]上，只有主要的几个人（但现在的花纸却多有背景了），我深信对于我的目的，这方法是适宜的，所以我不去描写风月，对话也决不说到一大篇。

我做完之后，总要看两遍，自己觉得拗口的，就增删几个字，一定要它读得顺口；没有相宜的白话，宁可引古语，希望总有人会懂，只有自己懂得或连自己也不懂的生造出来的字句，是不大用的。这一节，许多批评家之中，只有一个人看出来了，但他称我为Stylist[②]。

所写的事迹，大抵有一点见过或听到过的缘由，但决不全用这事实，只是采取一端，加以改造，或生发开去，到足以几乎完全发表我的意思为止。人物的模特儿也一样，没有专用过一个人，往往嘴在浙江，脸在北京，衣服在山西，是一个拼凑起来的脚色。有人说，我的那一篇是骂谁，某一篇又是骂谁，那是完全胡说的。

不过这样的写法，有一种困难，就是令人难以放下笔。一气写下去，这人物就逐渐活动起来，尽了他的任务。但倘有什么分心的事情来一打岔，放下许久之后再来写，性格也许就变

---

① 花纸：绍兴方言，指一种流行于民间的木版年画。

② Stylist：英语，文体家。作者这里所指似为黎锦明。其在《论体裁描写与中国新文艺》（见《文学周报》第五卷第二期，1928年2月合订本）一文中说："西欧的作家对于体裁，是其第一安到著作的路的门径，还竟有所谓体裁家（Stylist）者。……我们的新文艺，除开鲁迅叶绍钧二三人的作品还可见到有体裁的修养外，其余大都似乎随意的把它挂在笔头上。"

了样，情景也会和先前所豫想的不同起来。例如我做的《不周山》，原意是在描写性的发动和创造，以至衰亡的，而中途去看报章，见了一位道学的批评家攻击情诗[①]的文章，心里很不以为然，于是小说里就有一个小人物跑到女娲的两腿之间来，不但不必有，且将结构的宏大毁坏了。但这些处所，除了自己，大概没有人会觉到的，我们的批评大家成仿吾[②]先生，还说这一篇做得最出色。

我想，如果专用一个人做骨干，就可以没有这弊病的，但自己没有试验过。

忘记是谁说的了，总之是，要极省俭的画出一个人的特点，最好是画他的眼睛。[③]我以为这话是极对的，倘若画了全副的头发，即使细得逼真，也毫无意思。我常在学学这一种方法，可惜学不好。

可省的处所，我决不硬添，做不出的时候，我也决不硬做，但这是因为我那时别有收入，不靠卖文为活的缘故，不能作为通例的。

还有一层，是我每当写作，一律抹杀各种的批评。因为那时中国的创作界固然幼稚，批评界更幼稚，不是举之上天，就是按之入地，倘将这些放在眼里，就要自命不凡，或觉得非自杀不足以谢天下的。批评必须坏处说坏，好处说好，才于作者有益。

但我常看外国的批评文章，因为他于我没有恩怨嫉恨，虽

---

① 1922年，胡梦华曾在《时事新报·学灯》上发表《读了〈蕙的风〉以后》，指责汪静之作的诗集《蕙的风》，认为其中某些情诗是“堕落轻薄”的作品，有“不道德的嫌疑”。

② 成仿吾：湖南新化人，“五四运动”后参与组织创造社。

③ 这是东晋画家顾恺之的话。

然所评的是别人的作品，却很有可以借镜之处。但自然，我也同时一定留心这批评家的派别。

以上，是十年前的事了，此后并无所作，也没有长进，编辑先生要我做一点这类的文章，怎么能呢。拉杂写来，不过如此而已。

三月五日灯下。

小品文的危机[①]

仿佛记得一两月之前，曾在一种日报上见到记载着一个人的死去的文章，说他是收集“小摆设”的名人，临末还有依稀的感喟，以为此人一死，“小摆设”的收集者在中国怕要绝迹了。

但可惜我那时不很留心，竟忘记了那日报和那收集家的名字。

现在的新的青年恐怕也大抵不知道什么是“小摆设”了。但如果他出身旧家，先前曾有玩弄翰墨的人，则只要不很破落，未将觉得没用的东西卖给旧货担，就也许还能在尘封的废物之中，寻出一个小小的镜屏，玲珑剔透的石块，竹根刻成的人像，古玉雕出的动物，锈得发绿的铜铸的三脚癞虾蟆：这就是所谓“小摆设”。先前，它们陈列在书房里的时候，是各有其雅号的，譬如那三脚癞虾蟆，应该称为“蟾蜍砚滴”之类，最末的收集家一定都知道，现在呢，可要和它的光荣一同消失了。

那些物品，自然决不是穷人的东西，但也不是达官富翁家的陈设，他们所要的，是珠玉扎成的盆景，五彩绘画的磁

① 本篇选自《南腔北调集》，最初发表于1933年10月1日《现代》第三卷第六期。

瓶。那只是所谓士大夫的“清玩”。在外，至少必须有几十亩膏腴的田地，在家，必须有几间幽雅的书斋；就是流寓上海，也一定得生活较为安闲，在客栈里有一间长包的房子，书桌一顶，烟榻一张，瘾足心闲，摩挲赏鉴。然而这境地，现在却已经被世界的险恶的潮流冲得七颠八倒，像狂涛中的小船似的了。

然而就是在所谓“太平盛世”罢，这“小摆设”原也不是什么重要的物品。在方寸的象牙版上刻一篇《兰亭序》[①]，至今还有“艺术品”之称，但倘将这挂在万里长城的墙头，或供在云冈[②]的丈八佛像的足下，它就渺小得看不见了，即使热心者竭力指点，也不过令观者生一种滑稽之感。何况在风沙扑面，狼虎成群的时候，谁还有这许多闲工夫，来赏玩琥珀扇坠，翡翠戒指呢。他们即使要悦目，所要的也是耸立于风沙中的大建筑，要坚固而伟大，不必怎样精；即使要满意，所要的也是匕首和投枪，要锋利而切实，用不着什么雅。

美术上的“小摆设”的要求，这幻梦是已经破掉了，那日报上的文章的作者，就直觉的地知道。然而对于文学上的“小摆设”——“小品文”的要求，却正在越加旺盛起来，要求者以为可以靠着低诉或微吟，将粗犷的人心，磨得渐渐的平滑。这就是想别人一心看着《六朝文絜》[③]，而忘记了自己是抱在黄河决口[④]之后，淹得仅仅露出水面的树梢头。

但这时却只用得着挣扎和战斗。

---

①《兰亭序》:《兰亭集序》,晋代王羲之作。东晋时,王羲之与谢安、孙绰等人,在山阴(今浙江绍兴)兰亭“修禊”,会上各人做诗,王羲之为他们的诗集写作序文。

② 云冈:指云冈石窟,在山西大同武周山南麓,创建于北魏中期。

③《六朝文絜》:清代许梿编选的六朝骈文选集。

④ 黄河决口:1933年7月,山西、河南的部分黄河河段多次决口,受灾民众400余万人。

而小品文的生存，也只仗着挣扎和战斗的。晋朝的清言[①]，早和它的朝代一同消歇了。唐末诗风衰落，而小品放了光辉。但罗隐[②]的《谗书》，几乎全部是抗争和愤激之谈；皮日休和陆龟蒙[③]自以为隐士，别人也称之为隐士，而看他们在《皮子文薮》和《笠泽丛书》中的小品文，并没有忘记天下，正是一榻胡涂的泥塘里的光彩和锋铓。明末的小品[④]虽然比较的颓放，却并非全是吟风弄月，其中有不平，有讽刺，有攻击，有破坏。这种作风，也触着了满洲君臣的心病，费去许多助虐的武将的刀锋，帮闲的文臣的笔锋，直到乾隆年间，这才压制下去了。以后呢，就来了"小摆设"。

"小摆设"当然不会有大发展。到五四运动的时候，才又来了一个展开，散文小品的成功，几乎在小说戏曲和诗歌之上。这之中，自然含着挣扎和战斗，但因为常常取法于英国的随笔（Essay），所以也带一点幽默和雍容；写法也有漂亮和缜密的，这是为了对于旧文学的示威，在表示旧文学之自以为特长者，白话文学也并非做不到。以后的路，本来明明是更分明的挣扎和战斗，因为这原是萌芽于"文学革命"以至"思想革命"的。但现在的趋势，却在特别提倡那和旧文章相合之点，雍容，漂亮，缜密，就是要它成为"小摆设"，供雅人的摩挲，并且想青年摩挲了这"小摆设"，由粗暴而变为风雅了。

然而现在已经更没有书桌；雅片虽然已经公卖，烟具是禁止的，吸起来还是十分不容易。想在战地或灾区里的人们来鉴

---

① 清言：魏晋时何晏、王衍等崇尚虚无、竞谈玄理的风气。

② 罗隐：字昭谏，晚唐文学家，著有《谗书》五卷。

③ 皮日休：字袭美，晚唐文学家，著有《皮子文薮》十卷。陆龟蒙：字鲁望，晚唐文学家，曾隐居笠泽，著有《笠泽丛书》四卷。

④ 明末的小品：指晚期袁宏道、钟惺、张岱等人的小品文。

赏罢——谁都知道是更奇怪的幻梦。这种小品，上海虽正在盛行，茶话酒谈，遍满小报的摊子上，但其实是正如烟花女子，已经不能在弄堂里拉扯她的生意，只好涂脂抹粉，在夜里躄到马路上来了。

小品文就这样的走到了危机。但我所谓危机，也如医学上的所谓“极期”（Krisis）一般，是生死的分歧，能一直得到死亡，也能由此至于恢复。麻醉性的作品，是将与麻醉者和被麻醉者同归于尽的。生存的小品文，必须是匕首，是投枪，能和读者一同杀出一条生存的血路的东西；但自然，它也能给人愉快和休息，然而这并不是“小摆设”，更不是抚慰和麻痹，它给人的愉快和休息是休养，是劳作和战斗之前的准备。

八月二十七日。

航空救国三愿[①]

现在各色的人们大喊着各种的救国，好像大家突然爱国了似的。其实不然，本来就是这样，在这样地救国的，不过现在喊了出来罢了。

所以银行家说贮蓄救国，卖稿子的说文学救国，画画儿的说艺术救国，爱跳舞的说寓救国于娱乐之中，还有，据烟草公司说，则就是吸吸马占山[②]将军牌香烟，也未始非救国之一道云。

这各种救国，是像先前原已实行过来一样，此后也要实行下去的，决不至于五分钟。

只有航空救国[③]较为别致，是应该刮目相看的，那将来也很难预测，原因是在主张的人们自己大概不是飞行家。

那么，我们不妨预先说出一点愿望来。

---

① 本篇选自《伪自由书》，最初发表于1933年2月5日《申报·自由谈》，署名何家干。

② 马占山：国民党东北军将领。"九一八"事变后，他任黑龙江省代理主席。日本侵略军由辽宁向黑龙江进犯时，他曾率部抵抗，当时舆论界一度称他为"民族英雄"。上海福昌烟公司曾以他的名字做香烟的牌子。

③ 航空救国：1933年1月，国民党政府决定举办航空救国飞机捐，组织中华航空救国会（后更名为中国航空协会），在全国各地发行航空奖券，进行募捐。

看过去年此时的上海报的人们恐怕还记得，苏州不是有一队飞机来打仗的么？后来别的都在中途“迷失”了，只剩下领队的洋烈士[①]的那一架，双拳不敌四手，终于给日本飞机打落，累得他母亲从美洲路远迢迢的跑来，痛哭一场，带几个花圈而去。听说广州也有一队出发的，闺秀们还将诗词绣在小衫上，赠战士以壮行色。然而，可惜得很，好像至今还没有到。

所以我们应该在防空队成立之前，陈明两种愿望——

一，路要认清；

二，飞得快些。

还有更要紧的一层，是我们正由“不抵抗”以至“长期抵抗”而入于“心理抵抗”的时候[②]，实际上恐怕一时未必和外国打仗，那时战士技痒了，而又苦于英雄无用武之地，不知道会不会炸弹倒落到手无寸铁的人民头上来的？

所以还得战战兢兢的陈明一种愿望，是——

三，莫杀人民！

二月三日。

---

① 洋烈士：1932年2月，有替国民党政府航空署试验新购飞机性能的美国飞行员萧特，由沪驾机飞南京，途经苏州上空时与六架日军飞机相遇，被击落身亡。

② “九一八”事变后，蒋介石命令东北军“不予抵抗”；“一·二八”战争爆发后，国民党曾声称“既定长期抵抗之决心”；此外又有“心理抵抗”之说。

从讽刺到幽默[①]

讽刺家，是危险的。

假使他所讽刺的是不识字者，被杀戮者，被囚禁者，被压迫者罢，那很好，正可给读他文章的所谓有教育的智识者嘻嘻一笑，更觉得自己的勇敢和高明。然而现今的讽刺家之所以为讽刺家，却正在讽刺这一流所谓有教育的智识者社会。

因为所讽刺的是这一流社会，其中的各分子便各各觉得好像刺着了自己，就一个个的暗暗的迎出来，又用了他们的讽刺，想来刺死这讽刺者。

最先是说他冷嘲，渐渐的又七嘴八舌的说他谩骂，俏皮话，刻毒，可恶，学匪，绍兴师爷，等等，等等。然而讽刺社会的讽刺，却往往仍然会"悠久得惊人"的，即使捧出了做过和尚的洋人或专办了小报来打击，也还是没有效，这怎不气死人也么哥[②]呢！

枢纽是在这里：他所讽刺的是社会，社会不变，这讽刺就跟着存在，而你所刺的是他个人，他的讽刺倘存在，你的讽刺

---

① 本篇选自《伪自由书》，最初发表于1933年3月7日《申报·自由谈》，署名何家干。

② 也么哥：元曲中常用的衬词，无实义。

就落空了。

所以，要打倒这样的可恶的讽刺家，只好来改变社会。

然而社会讽刺家究竟是危险的，尤其是在有些“文学家”明明暗暗的成了“王之爪牙[1]”的时代。人们谁高兴做“文字狱[2]”中的主角呢，但倘不死绝，肚子里总还有半口闷气，要借着笑的幌子，哈哈的吐他出来。笑笑既不至于得罪别人，现在的法律上也尚无国民必须哭丧着脸的规定，并非“非法”，盖可断言的。

我想：这便是去年以来，文字上流行了“幽默”的原因，但其中单是“为笑笑而笑笑”的自然也不少。

然而这情形恐怕是过不长久的，“幽默”既非国产[3]，中国人也不是长于“幽默”的人民，而现在又实在是难以幽默的时候。于是虽幽默也就免不了改变样子了，非倾于对社会的讽刺，即堕入传统的“说笑话”和“讨便宜”。

三月二日。

---

① 王之爪牙：这里引指统治者的帮凶。出自《诗经·小雅·祈父》：“予王之爪牙，胡转予于恤，靡所止居？”据唐孔颖达疏，爪牙，即“爪牙之士”，指王的“守卫者”。

② 文字狱：指统治者从文人作品中断章取义地摘取字句、罗织罪名所造成的狱事。中国许多朝代都有文字狱的记录，清代尤甚。

③ “幽默”是英文humour的音译，由林语堂首译。

电的利弊[①]

日本幕府时代[②]，曾大杀基督教徒，刑罚很凶，但不准发表，世无知者。到近几年，乃出版当时的文献不少。曾见《切利支丹殉教记》[③]，其中记有拷问教徒的情形，或牵到温泉旁边，用热汤浇身；或周围生火，慢慢的烤炙，这本是“火刑”，但主管者却将火移远，改死刑为虐杀了。

中国还有更残酷的。唐人说部中曾有记载，一县官拷问犯人，四周用火遥焙，口渴，就给他喝酱醋，这是比日本更进一步的办法。现在官厅拷问嫌疑犯，有用辣椒煎汁灌入鼻孔去的，似乎就是唐朝遗下的方法，或则是古今英雄，所见略同。曾见一个囚在反省院里的青年的信，说先前身受此刑，苦痛不堪，辣汁流入肺脏及心，已成不治之症，即释放亦不免于死云云。此人是陆军学生，不明内脏构造，其实倒挂灌鼻，可以由气管流入肺中，引起致死之病，却不能进入心中，大约当时因在苦

---

① 本篇选自《伪自由书》，最初发表于1933年2月16日《申报·自由谈》，署名何家干。

② 幕府时代：1192年源赖朝开创镰仓幕府，至1867年德川庆喜的江户幕府还政于天皇，称为幕府时代。

③《切利支丹殉教记》：日本松崎实作，1922年出版，记述16世纪以来天主教在日本的流传，以及封建统治者对教徒的迫害。

楚中，知觉瞀乱[1]，遂疑为已到心脏了。

但现在之所谓文明人所造的刑具，残酷又超出于此种方法万万。上海有电刑，一上，即遍身痛楚欲裂，遂昏去，少顷又醒，则又受刑。闻曾有连受七八次者，即幸而免死，亦从此牙齿皆摇动，神经亦变钝，不能复原。前年纪念爱迪生[2]，许多人赞颂电报电话之有利于人，却没有想到同是一电，而有人得到这样的大害，福人用电气疗病，美容，而被压迫者却以此受苦，丧命也。

外国用火药制造子弹御敌，中国却用它做爆竹敬神；外国用罗盘针航海，中国却用它看风水；外国用雅片[3]医病，中国却拿来当饭吃。同是一种东西，而中外用法之不同有如此，盖不但电气而已。

一月三十一日。

① 瞀(mào)乱：紊乱。

② 爱迪生：美国发明家，被誉为“世界发明大王”。他发明的留声机、电影摄影机和电灯对世界有极大影响。

③ 雅片：鸦片，又叫阿片，俗称大烟，一种毒品，有麻醉效果，西方曾用它做药。清末鸦片被西方国家大量输入中国。

“抄靶子”[1]

旅隼

中国究竟是文明最古的地方，也是素重人道的国度，对于人，是一向非常重视的。至于偶有凌辱诛戮，那是因为这些东西并不是人的缘故。皇帝所诛者，“逆”也，官军所剿者，“匪”也，刽子手所杀者，“犯”也，满洲人“入主中夏”，不久也就染了这样的淳风，雍正皇帝要除掉他的弟兄，就先行御赐改称为“阿其那”与“塞思黑”[2]，我不懂满洲话，译不明白，大约是“猪”和“狗”罢。黄巢造反，以人为粮，但若说他吃人，是不对的，他所吃的物事，叫作“两脚羊”。[3]

时候是二十世纪，地方是上海，虽然骨子里永是“素重人道”，但表面上当然会有些不同的。对于中国的有一部分并不是“人”的生物，洋大人如何赐谥，我不得而知，我仅知道洋大人的下属们所给与的名目。

---

① 本篇选自《准风月谈》，最初发表于1933年6月20日《申报·自由谈》。

② 阿其那：在满语中是“狗”的意思。塞思黑：在满语中是“猪”的意思。清朝雍正皇帝即位以后，命削去他的弟弟胤禩和胤禟二人宗籍，并改胤禩名为“阿其那”，改胤禟名为“塞思黑”。

③ 黄巢：唐末农民起义领袖。《旧唐书·黄巢传》说他起义时“俘人而食”，但无“两脚羊”之说。“两脚羊”的说法出自南宋庄季裕《鸡肋编》。

假如你常在租界的路上走，有时总会遇见几个穿制服的同胞和一位异胞（也往往没有这一位），用手枪指住你，搜查全身和所拿的物件。倘是白种，是不会指住的；黄种呢，如果被指的说是日本人，就放下手枪，请他走过去；独有文明最古的黄帝子孙，可就“则不得免焉[①]”了。这在香港，叫作“搜身”，倒也还不算很失了体统，然而上海则竟谓之“抄靶子”。

抄者，搜也，靶子是该用枪打的东西，我从前年九月以来[②]，才知道这名目的的确。四万万靶子，都排在文明最古的地方，私心在侥幸的只是还没有被打着。洋大人的下属，实在给他的同胞们定了绝好的名称了。

然而我们这些“靶子”们，自己互相推举起来的时候却还要客气些。我不是“老上海”，不知道上海滩上先前的相骂，彼此是怎样赐谥的了。但看看记载，还不过是“曲辫子”，“阿木林”[③]。“寿头码子”虽然已经是“猪”的隐语，然而究竟还是隐语，含有宁“雅”而不“达”的高谊。若夫现在，则只要被他认为对于他不大恭顺，他便圆睁了绽着红筋的两眼，挤尖喉咙，和口角的白沫同时喷出两个字来道：猪猡[④]！

六月十六日。

① 则不得免焉：语出《孟子·梁惠王下》。免，指免受欺凌。

② 前年九月以来：指1931年“九一八”事变以来。

③ 曲辫子：骂人话，意为猪，因猪尾巴短如辫，常卷曲。此语见汪仲贤《上海俗语图说》：“上海人目初到上海者为‘曲辫子’。”阿木林：傻子，也是上海话。

④ 猪猡：方言，猪。

查旧帐[①]

旅 隼

这几天，听涛社出了一本《肉食者言》[②]，是现在的在朝者，先前还是在野时候的言论，给大家“听其言而观其行”，知道先后有怎样的不同。那同社出版的周刊《涛声》[③]里，也常有同一意思的文字。

这是查旧帐，翻开帐簿，打起算盘，给一个结算，问一问前后不符，是怎么的，确也是一种切实分明，最令人腾挪不得的办法。然而这办法之在现在，可未免太“古道”了。

古人是怕查这种旧帐的，蜀的韦庄[④]穷困时，做过一篇慷慨激昂，文字较为通俗的《秦妇吟》，真弄得大家传诵，待到他显达之后，却不但不肯编入集中，连人家的钞本也想设法消灭了。当时不知道成绩如何，但看清朝末年，又从敦煌的山洞中掘出

① 本篇选自《准风月谈》，最初发表于1933年7月29日《申报·自由谈》。

②《肉食者言》：原书作《食肉者言》，马成章编，1933年7月上海听涛社出版。肉食者，指居高位、享厚禄的人。

③《涛声》：1931年8月15日，曹聚仁在上海创办的周刊。

④ 韦庄：字端己，晚唐诗人、词人，五代时前蜀王建的宰相。早年屡试不第，黄巢领导的农民起义军攻长安时，韦庄因应试正留在城中，三年后他将当时耳闻目见的种种乱离情形，写成长篇叙事诗《秦妇吟》。诗中写了黄巢入长安时公卿之狼狈和官军之扰民，而王建是官军杨复光部的将领，故韦庄后来讳言此诗。

了这诗的钞本，就可见是白用心机了的，然而那苦心却也还可以想见。

不过这是古之名人。常人就不同了，他要抹杀旧帐，必须砍下脑袋，再行投胎。斩犯绑赴法场的时候，大叫道，“过了二十年，又是一条好汉！”为了另起炉灶，从新做人，非经过二十年不可，真是麻烦得很。

不过这是古今之常人。今之名人就又不同了，他要抹杀旧帐，从新做人，比起常人的方法来，迟速真有邮信和电报之别。不怕迂缓一点的，就出一回洋，造一个寺，生一场病，游几天山；要快，则开一次会，念一卷经，演说一通，宣言一下，或者睡一夜觉，做一首诗也可以；要更快，那就自打两个嘴巴，淌几滴眼泪，也照样能够另变一人，和“以前之我”绝无关系。净坛将军[①]摇身一变，化为鲫鱼，在女妖们的大腿间钻来钻去，作者或自以为写得出神入化，但从现在看起来，是连新奇气息也没有的。

如果这样变法，还觉得麻烦，那就白一白眼，反问道：“这是我的帐？”如果还嫌麻烦，那就眼也不白，问也不问，而现在所流行的却大抵是后一法。

“古道”怎么能再行于今之世呢？竟还有人主张读经，真不知是什么意思？然而过了一夜，说不定会主张大家去当兵的，所以我现在经也没有买，恐怕明天兵也未必当。

七月二十五日。

---

① 净坛将军：小说《西游记》中的猪八戒，原作净坛使者。他化为鲇鱼的故事，见该书第72回。

“中国文坛的悲观”①

旅　隼

文雅书生中也真有特别善于下泪的人物，说是因为近来中国文坛的混乱，好像军阀割据，便不禁“呜呼”起来了，但尤其痛心诬陷。

其实是作文“藏之名山”的时代一去，而有一个“坛”，便不免有斗争，甚而至于谩骂，诬陷的。明末太远，不必提了；清朝的章实斋和袁子才②，李莼客和赵㧑叔③，就如水火之不可调和；再近些，则有《民报》和《新民丛报》之争④，《新青年》派和某某派之争⑤，也都非常猛烈。当初又何尝不使局外人摇头叹气呢，然而胜负一明，时代渐远，战血为雨露洗得干干净净，

① 本篇选自《准风月谈》，最初发表于1933年8月14日《申报·自由谈》，原题《悲观无用论》。

② 章实斋：名学诚，字实斋，清代史学家。袁子才：名枚，字子才，清代诗人。袁枚死后，章学诚在《丁巳札记》中就袁枚论诗主张性灵及收纳女弟子对其进行攻击。

③ 李莼客：李慈铭，号莼客，清末文学家。赵㧑叔：赵之谦，字㧑叔，清末书画篆刻家。李慈铭在《越缦堂日记》中常称赵之谦为“妄人”。

④《民报》：中国同盟会机关报，1905年11月26日创刊于日本东京。《新民丛报》：20世纪初资产阶级改良派的重要刊物，于1902年2月由梁启超创办于日本横滨。这里两报之争指的是关于民主革命和君主立宪的论争。

⑤《新青年》派和某某派之争：指《新青年》派和当时反对新文化运动的封建复古派进行的论争。

后人便以为先前的文坛是太平了。在外国也一样，我们现在大抵只知道嚣俄和霍普德曼[1]是卓卓的文人，但当时他们的剧本开演的时候，就在戏场里捉人，打架，较详的文学史上，还载着打架之类的图。

所以，无论中外古今，文坛上是总归有些混乱，使文雅书生看得要“悲观”的。但也总归有许多所谓文人和文章也者一定灭亡，只有配存在者终于存在，以证明文坛也总归还是干净的处所。增加混乱的倒是有些悲观论者，不施考察，不加批判，但用“彼亦一是非，此亦一是非”的论调，将一切作者，诋为“一丘之貉”。这样子，扰乱是永远不会收场的。然而世间却并不都这样，一定会有明明白白的是非之别，我们试想一想，林琴南攻击文学革命的小说[2]，为时并不久，现在那里去了？

只有近来的诬陷，倒像是颇为出色的花样，但其实也并不比古时候更厉害，证据是清初大兴文字之狱的遗闻。况且闹这样玩意的，其实并不完全是文人，十中之九，乃是挂了招牌，而无货色，只好化为黑店，出卖人肉馒头的小盗；即使其中偶然有曾经弄过笔墨的人，然而这时却正是露出原形，在告白他自己的没落，文坛决不因此混乱，倒是反而越加清楚，越加分明起来了。

历史决不倒退，文坛是无须悲观的。悲观的由来，是在置身事外不辨是非，而偏要关心于文坛，或者竟是自己坐在没落的营盘里。

八月十日。

---

① 嚣俄：通译雨果，法国19世纪前期浪漫主义文学的代表作家，代表作品有《巴黎圣母院》《悲惨世界》等。霍普德曼：通译霍普特曼，德国剧作家，著有剧本《织工》等。1830年，雨果剧作《欧那尼》上演时，拥护者与反对者在剧院发生尖锐冲突。1889年，霍普特曼剧作《日出之前》上演时，也出现类似情形。

② 指林琴南的小说《荆生》《妖梦》。

由聋而哑[1]

洛　文

医生告诉我们：有许多哑子，是并非喉舌不能说话的，只因为从小就耳朵聋，听不见大人的言语，无可师法，就以为谁也不过张着口呜呜哑哑，他自然也只好呜呜哑哑了。所以勃兰兑斯[2]叹丹麦文学的衰微时，曾经说：文学的创作，几乎完全死灭了。人间的或社会的无论怎样的问题，都不能提起感兴，或则除在新闻和杂志之外，绝不能惹起一点论争。我们看不见强烈的独创的创作。加以对于获得外国的精神生活的事，现在几乎绝对的不加顾及。于是精神上的“聋”，那结果，就也招致了“哑”来。（《十九世纪文学的主潮》第一卷自序）

这几句话，也可以移来批评中国的文艺界，这现象，并不能全归罪于压迫者的压迫，五四运动时代的启蒙运动者和以后的反对者，都应该分负责任的。前者急于事功，竟没有译出什么有价值的书籍来，后者则故意迁怒，至骂翻译者为媒婆[3]，有

① 本篇选自《准风月谈》，最初发表于1933年9月8日《申报·自由谈》。

② 勃兰兑斯：丹麦文学批评家，代表作有《十九世纪文学的主潮》。

③ 1921年郭沫若发表《致李石岑信》，说“国内人士只注重媒婆，而不注重处子；只注重翻译，而不注重生产”。

些青年更推波助澜，有一时期，还至于连人地名下注一原文，以便读者参考时，也就诋之曰“衒学”。

今竟何如？三开间店面的书铺，四马路上还不算少，但那里面满架是薄薄的小本子，倘要寻一部巨册，真如披沙拣金之难。自然，生得又高又胖并不就是伟人，做得多而且繁也决不就是名著，而况还有“剪贴”。但是，小小的一本“什么ABC[①]”里，却也决不能包罗一切学术文艺的。一道浊流，固然不如一杯清水的干净而澄明，但蒸溜了浊流的一部分，却就有许多杯净水在。

因为多年买空卖空的结果，文界就荒凉了，文章的形式虽然比较的整齐起来，但战斗的精神却较前有退无进。文人虽因捐班或互捧，很快的成名，但为了出力的吹，壳子大了，里面反显得更加空洞。于是误认这空虚为寂寞，像煞有介事的说给读者们；其甚者还至于摆出他心的腐烂来，算是一种内面的宝贝。散文，在文苑中算是成功的，但试看今年的选本，便是前三名，也即令人有“貂不足，狗尾续”[②]之感。用秕谷来养青年，是决不会壮大的，将来的成就，且要更渺小，那模样，可看尼采所描写的“末人[③]”。

但绍介国外思潮，翻译世界名作，凡是运输精神的粮食的航路，现在几乎都被聋哑的制造者们堵塞了，连洋人走狗，富户赘郎，也会来哼哼的冷笑一下。他们要掩住青年的耳朵，使之由聋而哑，枯涸渺小，成为“末人”，非弄到大家只能看富家

---

① ABC：入门、初步的意思。当时上海世界书局出版过一套“ABC丛书”。

② “貂不足，狗尾续”：出自《晋书·赵王伦传》，比喻拿不好的东西补接在好的东西后面，前后两部分非常不相称。

③ 末人：德国哲学家尼采创造的词汇，意指一种无希望、无创造、浅陋渺小的人，见于尼采所著《查拉图斯特拉如是说》。

儿和小瘪三所卖的春宫，不肯罢手。甘为泥土的作者和译者的奋斗，是已经到了万不可缓的时候了，这就是竭力运输些切实的精神的粮食，放在青年们的周围，一面将那些聋哑的制造者送回黑洞和朱门里面去。

八月二十九日。

花边文学/且介亭杂文/集外集

《花边文学》收录作者1934年1—11月所作杂文61篇，本书选录4篇。

《且介亭杂文》收录作者1934年所作杂文36篇，本书选录9篇。

《集外集》是作者1933年之前出版的杂文集中未编入诗文的合集，本书选录4篇。

女人未必多说谎[1]

赵令仪

侍桁[2]先生在《谈说谎》里，以为说谎的原因之一是由于弱，那举证的事实，是：“因此为什么女人讲谎话要比男人来得多。”

那并不一定是谎话，可是也不一定是事实。我们确也常常从男人们的嘴里，听说是女人讲谎话要比男人多，不过却也并无实证，也没有统计。叔本华先生痛骂女人，他死后，从他的书籍里发见了医梅毒的药方；还有一位奥国的青年学者[3]，我忘记了他的姓氏，做了一大本书，说女人和谎话是分不开的，然而他后来自杀了。我恐怕他自己正有神经病。

我想，与其说“女人讲谎话要比男人来得多”，不如说“女人被人指为‘讲谎话要比男人来得多’的时候来得多”，但是，数目字的统计自然也没有。

譬如罢，关于杨妃[4]，禄山之乱以后的文人就都撒着大谎，

---

① 本篇选自《花边文学》，最初发表于1934年1月12日《申报·自由谈》。

② 侍桁：韩侍桁，现代作家、文学翻译家。他所作《谈说谎》一文发表于1934年1月8日《申报·自由谈》。

③ 一位奥国的青年学者：指奥地利哲学家奥托·魏宁格。

④ 杨妃：指唐玄宗的妃子杨玉环。

玄宗逍遥事外，倒说是许多坏事情都由她，敢说“不闻夏殷衰，中自诛褒妲”[①]的有几个。就是妲己，褒姒，也还不是一样的事？女人的替自己和男人伏罪，真是太长远了。

今年是“妇女国货年[②]”，振兴国货，也从妇女始。不久，是就要挨骂的，因为国货也未必因此有起色，然而一提倡，一责骂，男人们的责任也尽了。

记得某男士有为某女士鸣不平的诗道：“君王城上竖降旗，妾在深宫那得知？二十万人齐解甲，更无一个是男儿！”[③]快哉快哉！

一月八日。

---

①“不闻夏殷衰，中自诛褒妲”：这两句诗出自唐代杜甫《北征》诗。史载夏桀宠妹喜，殷纣王宠爱妲己，周幽王宠爱褒姒，皆导致亡国。

② 妇女国货年：1933年12月上海市商会等团体邀各界开会，决定将1934年定为“妇女国货年”，要求妇女增强“爱国救国之观念”，购买国货。

③ 该诗相传为五代后蜀国君孟昶的妃子花蕊夫人所作。诗中“二十万”原作“十四万”。

批评家的批评家[①]

倪朔尔

情势也转变得真快，去年以前，是批评家和非批评家都批评文学，自然，不满的居多，但说好的也有。去年以来，却变了文学家和非文学家都翻了一个身，转过来来批评批评家了。

这一回可是不大有人说好，最彻底的是不承认近来有真的批评家。即使承认，也大大的笑他们胡涂。为什么呢？因为他们往往用一个一定的圈子向作品上面套[②]，合就好，不合就坏。

但是，我们曾经在文艺批评史上见过没有一定圈子的批评家吗？都有的，或者是美的圈，或者是真实的圈，或者是前进的圈。没有一定的圈子的批评家，那才是怪汉子呢。办杂志可以号称没有一定的圈子，而其实这正是圈子，是便于遮眼的变戏法的手巾。譬如一个编辑者是唯美主义者罢，他尽可以自说并无定见，单在书籍评论上，就足够玩把戏。倘是一种所谓“为艺术的艺术”的作品，合于自己的私意的，他就选登一篇赞

---

① 本篇选自《花边文学》，最初发表于1934年1月21日《申报·自由谈》。

② 用一个一定的圈子向作品上面套：1934年1月《现代》月刊第四卷第三期载刘莹姿《我所希望于新文坛上之批评家者》一文，说批评家“拿一套外国或本国的时髦圈子来套量作品的高低大小”，“这是充分地表明了我国新文坛尚无真挚伟大的批评家”。

成这种主义的批评，或读后感，捧着它上天；要不然，就用一篇假急进的好像非常革命的批评家的文章，捺它到地里去。读者这就被迷了眼。但在个人，如果还有一点记性，却不能这么两端的，他须有一定的圈子。我们不能责备他有圈子，我们只能批评他这圈子对不对。

然而批评家的批评家会引出张献忠考秀才的古典来：先在两柱之间横系一条绳子，叫应考的走过去，太高的杀，太矮的也杀，于是杀光了蜀中的英才。[①]这么一比，有定见的批评家即等于张献忠，真可以使读者发生满心的憎恨。但是，评文的圈，就是量人的绳吗？论文的合不合，就是量人的长短吗？引出这例子来的，是诬陷，更不是什么批评。

一月十七日。

---

① 张献忠：明末农民起义首领。关于他考秀才的事，参见清代彭遵泗《蜀碧》。

“京派”与“海派”[①]

栾廷石

自从北平某先生[②]在某报上有扬“京派”而抑“海派”之言，颇引起了一番议论。最先是上海某先生[③]在某杂志上的不平，且引别一某先生的陈言，以为作者的籍贯，与作品并无关系，要给北平某先生一个打击。

其实，这是不足以服北平某先生之心的。所谓“京派”与“海派”，本不指作者的本籍而言，所指的乃是一群人所聚的地域，故“京派”非皆北平人，“海派”亦非皆上海人。梅兰芳博士[④]，戏中之真正京派也，而其本贯，则为吴下。但是，籍贯之都鄙，固不能定本人之功罪，居处的文陋，却也影响于作家的神情，孟子曰：“居移气，养移体”，此之谓也。北京是明清的

---

① 本篇选自《花边文学》，最初发表于1934年2月3日《申报·自由谈》。

② 北平某先生：指沈从文，现代作家，代表作有《边城》《长河》等。他在1933年10月18日天津《大公报·文艺副刊》第九期发表《文学者的态度》一文，批评一些文人对文学创作缺乏“认真严肃”的作风。

③ 上海某先生：指苏汶，原名戴克崇，笔名有苏汶、杜衡等，现代作家。他在1933年12月上海《现代》月刊第四卷第二期发表《文人在上海》一文，为上海文人进行辩解，对“不问一切情由而用‘海派文人’这名词把所有居留在上海的文人一笔抹杀”表示不满。

④ 1930年梅兰芳在美国演出时，美国波摩那大学及南加州大学曾授予他文学博士的荣誉学位。

帝都，上海乃各国之租界，帝都多官，租界多商，所以文人之在京者近官，没海者近商，近官者在使官得名，近商者在使商获利，而自己也赖以糊口。要而言之，不过“京派”是官的帮闲，“海派”则是商的帮忙而已。但从官得食者其情状隐，对外尚能傲然，从商得食者其情状显，到处难于掩饰，于是忘其所以者，遂据以有清浊之分。而官之鄙商，固亦中国旧习，就更使“海派”在“京派”的眼中跌落了。

而北京学界，前此固亦有其光荣，这就是五四运动的策动。现在虽然还有历史上的光辉，但当时的战士，却“功成，名遂，身退”者有之，“身稳”者有之，“身升”者更有之，好好的一场恶斗，几乎令人有“若要官，杀人放火受招安”①之感。“昔人已乘黄鹤去，此地空余黄鹤楼”②，前年大难临头，北平的学者们所想援以掩护自己的是古文化，而惟一大事，则是古物的南迁，这不是自己彻底的说明了北平所有的是什么了吗？

但北平究竟还有古物，且有古书，且有古都的人民。在北平的学者文人们，又大抵有着讲师或教授的本业，论理，研究或创作的环境，实在是比“海派”来得优越的，我希望着能够看见学术上，或文艺上的大著作。

一月三十日。

---

①“若要官，杀人放火受招安”：出自宋代庄季裕《鸡肋编》。

② 这两句为唐代崔颢《黄鹤楼》中的诗句。

骂杀与捧杀[1]

阿　法

现在有些不满于文学批评的，总说近几年的所谓批评，不外乎捧与骂。

其实所谓捧与骂者，不过是将称赞与攻击，换了两个不好看的字眼。指英雄为英雄，说娼妇是娼妇，表面上虽像捧与骂，实则说得刚刚合式，不能责备批评家的。批评家的错处，是在乱骂与乱捧，例如说英雄是娼妇，举娼妇为英雄。

批评的失了威力，由于“乱”，甚而至于“乱”到和事实相反，这底细一被大家看出，那效果有时也就相反了。所以现在被骂杀的少，被捧杀的却多。

人古而事近的，就是袁中郎[2]。这一班明末的作家，在文学史上，是自有他们的价值和地位的。而不幸被一群学者们捧了出来，颂扬，标点，印刷，“色借，日月借，烛借，青黄借，眼色无常。声借，钟鼓借，枯竹窍借……”[3]“借”得他一榻胡

---

① 本篇选自《花边文学》，最初发表于1934年11月23日《中华日报·动向》。

② 袁中郎：袁宏道，字中郎，明代文学家，与其兄袁宗道、弟袁中道并有才名，史称“公安三袁”。

③ 当时刘大杰标点、林语堂校阅的《袁中郎全集》断句错误很多，此处所引是该书《广庄·齐物论》中的一段。

涂，正如在中郎脸上，画上花脸，却指给大家看，啧啧赞叹道："看哪，这多么'性灵'呀！"对于中郎的本质，自然是并无关系的，但在未经别人将花脸洗清之前，这"中郎"总不免招人好笑，大触其霉头。

人近而事古的，我记起了泰戈尔。他到中国来了，开坛讲演，人给他摆出一张琴，烧上一炉香，左有林长民[①]，右有徐志摩[②]，各各头戴印度帽。徐诗人开始绍介了："唵！叽哩咕噜，白云清风，银磐……当！"说得他好像活神仙一样，于是我们的地上的青年们失望，离开了。神仙和凡人，怎能不离开呢？但我今年看见他论苏联的文章，自己声明道："我是一个英国治下的印度人。"他自己知道得明明白白。大约他到中国来的时候，决不至于还胡涂，如果我们的诗人诸公不将他制成一个活神仙，青年们对于他是不至于如此隔膜的。现在可是老大的晦气。

以学者或诗人的招牌，来批评或介绍一个作者，开初是很能够蒙混旁人的，但待到旁人看清了这作者的真相的时候，却只剩了他自己的不诚恳，或学识的不够了。然而如果没有旁人来指明真相呢，这作家就从此被捧杀，不知道要多少年后才翻身。

十一月十九日。

---

① 林长民：字宗孟，清末民初政治家、外交家、教育家，曾任北洋政府司法部总长、福建大学校长等职。

② 徐志摩：现代诗人，新月社主要成员。泰戈尔来华时，他担任翻译。

拿来主义[1]

中国一向是所谓“闭关主义”，自己不去，别人也不许来。自从给枪炮打破了大门之后，又碰了一串钉子，到现在，成了什么都是“送去主义”了。别的且不说罢，单是学艺上的东西，近来就先送一批古董到巴黎去展览，但终“不知后事如何”；还有几位“大师”们捧着几张古画和新画，在欧洲各国一路的挂过去，叫作“发扬国光[2]”。听说不远还要送梅兰芳博士到苏联去，以催进“象征主义[3]”，此后是顺便到欧洲传道。我在这里不想讨论梅博士演艺和象征主义的关系，总之，活人替代了古董，我敢说，也可以算得显出一点进步了。

但我们没有人根据了“礼尚往来”的仪节，说道：拿来！

当然，能够只是送出去，也不算坏事情，一者见得丰富，

---

① 本篇选自《且介亭杂文》，最初发表于1934年6月7日《中华日报·动向》，署名霍冲。

② 发扬国光：1932—1934年间，美术家徐悲鸿、刘海粟曾分别去欧洲一些国家举办中国美术展览或个人美术作品展览，“发扬国光”是1934年5月28日《大晚报》报道这些消息时的用语。

③ 象征主义：1934年5月28日《大晚报》报道：“苏俄艺术界向分写实与象征两派，现写实主义已渐没落，而象征主义则经朝野一致提倡，引成欣欣向荣之概。……中国戏剧亦必采取象征主义。……邀中国戏曲名家梅兰芳等前往奏艺。”鲁迅曾发文批评《大晚报》的这种歪曲报道。

二者见得大度。尼采[①]就自诩过他是太阳，光热无穷，只是给与，不想取得。然而尼采究竟不是太阳，他发了疯。中国也不是，虽然有人说，掘起地下的煤来，就足够全世界几百年之用，但是，几百年之后呢？几百年之后，我们当然是化为魂灵，或上天堂，或落了地狱，但我们的子孙是在的，所以还应该给他们留下一点礼品。要不然，则当佳节大典之际，他们拿不出东西来，只好磕头贺喜，讨一点残羹冷炙做奖赏。

这种奖赏，不要误解为“抛来”的东西，这是“抛给”的，说得冠冕些，可以称之为“送来”，我在这里不想举出实例[②]。

我在这里也并不想对于“送去”再说什么，否则太不“摩登”了。我只想鼓吹我们再吝啬一点，“送去”之外，还得“拿来”，是为“拿来主义”。

但我们被“送来”的东西吓怕了。先有英国的鸦片[③]，德国的废枪炮，后有法国的香粉，美国的电影，日本的印着“完全国货”的各种小东西。于是连清醒的青年们，也对于洋货发生了恐怖。其实，这正是因为那是“送来”的，而不是“拿来”的缘故。

所以我们要运用脑髓，放出眼光，自己来拿！

譬如罢，我们之中的一个穷青年，因为祖上的阴功（姑且让我这么说说罢），得了一所大宅子，且不问他是骗来的，抢来的，或合法继承的，或是做了女婿换来的。那么，怎么办呢？我想，首先是不管三七二十一，“拿来”！但是，如果反对这宅

---

① 尼采：德国哲学家。他在《查拉图斯特拉如是说》中将智慧之光与阳光类比。

② 1933年6月4日，国民党政府和美国在华盛顿签订五千万美元的“棉麦借款”，购买美国的小麦、面粉和棉花。这里可能是指这一类事。

③ 鸦片：又叫阿片，俗称大烟，一种毒品，吸食可上瘾。19世纪末，鸦片从西方大量流入中国，对国人身心造成了严重的荼毒。

子的旧主人，怕给他的东西染污了，徘徊不敢走进门，是孱头；勃然大怒，放一把火烧光，算是保存自己的清白，则是昏蛋。不过因为原是羡慕这宅子的旧主人的，而这回接受一切，欣欣然的蹩进卧室，大吸剩下的鸦片，那当然更是废物。“拿来主义”者是全不这样的。

他占有，挑选。看见鱼翅，并不就抛在路上以显其“平民化”，只要有养料，也和朋友们像萝卜白菜一样的吃掉，只不用它来宴大宾；看见鸦片，也不当众摔在毛厕里，以见其彻底革命，只送到药房里去，以供治病之用，却不弄“出售存膏，售完即止”的玄虚。只有烟枪和烟灯，虽然形式和印度，波斯，阿剌伯的烟具都不同，确可以算是一种国粹，倘使背着周游世界，一定会有人看，但我想，除了送一点进博物馆之外，其余的是大可以毁掉的了。还有一群姨太太，也大以请她们各自走散为是，要不然，“拿来主义”怕未免有些危机。

总之，我们要拿来。我们要或使用，或存放，或毁灭。那么，主人是新主人，宅子也就会成为新宅子。然而首先要这人沉着，勇猛，有辨别，不自私。没有拿来的，人不能自成为新人，没有拿来的，文艺不能自成为新文艺。

六月四日。

隔　　膜[1]

清朝初年的文字之狱[2]，到清朝末年才被从新提起。最起劲的是“南社[3]”里的有几个人，为被害者辑印遗集；还有些留学生，也争从日本搬回文证来[4]。待到孟森的《心史丛刊》[5]出，我们这才明白了较详细的状况，大家向来的意见，总以为文字之祸，是起于笑骂了清朝。然而，其实是不尽然的。

这一两年来，故宫博物院的故事[6]似乎不大能够令人敬服，但它却印给了我们一种好书，曰《清代文字狱档》，去年已经出

① 本篇选自《且介亭杂文》，最初发表于1934年7月5日上海《新语林》半月刊第一期，署名杜德机。

② 清朝初年的文字之狱：文字狱是指统治者迫害知识分子的狱事，中国许多朝代都有文字狱的记录，以清代最为残酷暴虐。

③ 南社：1909年由柳亚子等人发起、成立于苏州的文学团体。由南社社员辑印的清代文字狱中被害者的遗集，如吴炎的《吴赤溟集》，戴名世的《戴褐夫集》《孑遗录》，吕留良的《吕晚村手写家训》等，后来大都被收入邓实、黄节主编的《国粹丛书》。

④ 清末有一些留日学生从日本的图书馆中搜集明末遗民的著作，如《扬州十日记》《嘉定屠城记略》《朱舜水集》等，印刷后输入国内，以宣传反清革命。

⑤ 孟森：字莼荪，号心史，江苏武进人，历史学家。《心史丛刊》：共三集，出版于1916—1917年，都是有关考证的札记文字，其中记载了朱光旦案、科场案三（河南、山东、山西闱）附记之“查嗣庭典试江西命题有意讽刺”案、《字贯》案、《闲闲录》案等清代文字狱。

⑥ 1932—1933年，故宫博物院大量文物被盗卖。

到八辑。其中的案件，真是五花八门，而最有趣的，则莫如乾隆四十八年二月“冯起炎注解易诗二经欲行投呈案”。

冯起炎是山西临汾县的生员，闻乾隆将谒泰陵[①]，便身怀著作，在路上徘徊，意图呈进，不料先以“形迹可疑”被捕了。那著作，是以《易》解《诗》，实则信口开河，在这里犯不上抄录，惟结尾有“自传”似的文章一大段，却是十分特别的——

> 又，臣之来也，不愿如何如何，亦别无愿求之事，惟有一事未决，请对陛下一叙其缘由。臣……名曰冯起炎，字是南州，尝到臣张三姨母家，见一女，可娶，而恨不足以办此。此女名曰小女，年十七岁，方当待字之年，而正在未字之时，乃原籍东关春牛厂长兴号张守忭之次女也。又到臣杜五姨母家，见一女，可娶，而恨力不足以办此。此女名小凤，年十三岁，虽非必字之年，而已在可字之时，乃本京东城闹市口瑞生号杜月之次女也。若以陛下之力，差干员一人，选快马一匹，克日长驱到临邑，问彼临邑之地方官：“其东关春牛厂长兴号中果有张守忭一人否？”诚如是也，则此事谐矣。再问：“东城闹市口瑞生号中果有杜月一人否？”诚如是也，则此事谐矣。二事谐，则臣之愿毕矣。然臣之来也，方不知陛下纳臣之言耶否耶，而必以此等事相强乎？特进言之际，一叙及之。

这何尝有丝毫恶意？不过着了当时通行的才子佳人小说的迷，想一举成名，天子做媒，表妹入抱而已。不料事实的结局

---

① 泰陵：清朝雍正皇帝的陵墓，在河北易县。

却不大好，署直隶总督袁守侗[①]拟奏的罪名是“阅其呈首，胆敢于圣主之前，混讲经书，而呈尾措词，尤属狂妄。核其情罪，较冲突仪仗为更重。冯起炎一犯，应从重发往黑龙江等处，给披甲人[②]为奴。俟部复到日，照例解部刺字发遣。”这位才子，后来大约终于单身出关做西崽去了。

此外的案情，虽然没有这么风雅，但并非反动的还不少。有的是卤莽；有的是发疯；有的是乡曲迂儒，真的不识讳忌；有的则是草野愚民，实在关心皇家。而运命大概很悲惨，不是凌迟，灭族，便是立刻杀头，或者“斩监候[③]”，也仍然活不出。

凡这等事，粗略的一看，先使我们觉得清朝的凶虐，其次，是死者的可怜。但再来一想，事情是并不这么简单的。这些惨案的来由，都只为了“隔膜”。

满洲人自己，就严分着主奴，大臣奏事，必称“奴才”，而汉人却称“臣”就好。这并非因为是“炎黄之胄[④]”，特地优待，锡以嘉名的，其实是所以别于满人的“奴才”，其地位还下于“奴才”数等。奴隶只能奉行，不许言议；评论固然不可，妄自颂扬也不可，这就是“思不出其位[⑤]”。譬如说：主子，您这袍角有些儿破了，拖下去怕更要破烂，还是补一补好。进言者方

---

① 直隶总督：清朝九位最高级的封疆大臣之一，正式官衔为总督直隶等处地方提督军务、粮饷、管理河道兼巡抚事。袁守侗：字执冲，乾隆时举人，曾任刑部侍郎、户部尚书、直隶总督。

② 披甲人：投降后披甲上阵为部族征战的人，地位高于奴隶。

③ 斩监候：明清时对于判处死刑的罪犯，不立即执行，而是监禁起来等候秋审或朝审复核，有“斩监候”和“绞监候”。

④ 炎黄之胄：指汉族。炎黄，传说中我国古代帝王炎帝和黄帝，为中华民族共同的祖先。

⑤ 思不出其位：指考虑事情不超过自己的职权范围。出自《易经·艮》：“君子以思不出其位。”

自以为在尽忠，而其实却犯了罪，因为另有准其讲这样的话的人在，不是谁都可说的。一乱说，便是“越俎代谋”，当然“罪有应得”。倘自以为是“忠而获咎”，那不过是自己的胡涂。

但是，清朝的开国之君是十分聪明的，他们虽然打定了这样的主意，嘴里却并不照样说，用的是中国的古训：“爱民如子”，“一视同仁”。一部分的大臣，士大夫，是明白这奥妙的，并不敢相信。但有一些简单愚蠢的人们却上了当，真以为“陛下”是自己的老子，亲亲热热的撒娇讨好去了。他那里要这被征服者做儿子呢？于是乎杀掉。不久，儿子们吓得不再开口了，计划居然成功；直到光绪时康有为们的上书[①]，才又冲破了“祖宗的成法”。然而这奥妙，好像至今还没有人来说明。

施蛰存先生在《文艺风景》创刊号里，很为“忠而获咎”者不平[②]，就因为还不免有些“隔膜”的缘故。这是《颜氏家

---

① 指公车上书。甲午战争失败后，清政府于1895年与日本签订丧权辱国的《马关条约》，康有为与当时同在北京参加会试的各省举人1300多人，联名向光绪皇帝上书，要求“拒和、迁都、变法”。

② 施蛰存在《文艺风景》创刊号（1934年6月）《书籍禁止与思想左倾》一文中说：“前一些时候，政府曾经根据于剿除共产主义文化这政策而突然禁止了一百余种文艺书籍的发行。……沈从文先生曾经在天津《国闻周报》第十一卷第九期上发表了一篇讨论这禁书问题的文字。……但是在上海的《社会新闻》第六卷第二十七八期上却连续刊载了一篇对于沈从文先生那篇文章的反驳。……沈从文先生正如我一样地引焚书坑儒为喻，原意也不过希望政府方面要以史实为殷鉴，出之审慎……他并非不了解政府的禁止左倾书籍之不得已，然而他还希望政府能有比这更妥当，更有效果的办法；……然而，在《社会新闻》的那位作者的笔下，却写下了这样的裁决：‘我们从沈从文的……口吻中，早知道沈从文的立场究竟是什么立场了，沈从文既是站在反革命的立场，那沈从文的主张，究竟是什么主张，又何待我们来下断语呢？’”施蛰存：浙江杭州人，现代派作家、翻译家。

训》或《庄子》《文选》里所没有的[1]。

六月十日。

---

①《庄子》：战国时道家学派的代表人物庄周及其后学的著作集。《文选》：《昭明文选》，共30卷，南朝梁昭明太子萧统编选的自秦汉至齐梁的诗文总集。1933年9月《大晚报》征求“推荐书目”时，施蛰存曾提倡青年读这些书。作者在《准风月谈·重三感旧》等文中曾作出批评，可参考。

忆韦素园君[①]

我也还有记忆的，但是，零落得很。我自己觉得我的记忆好像被刀刮过了的鱼鳞，有些还留在身体上，有些是掉在水里了，将水一搅，有几片还会翻腾，闪烁，然而中间混着血丝，连我自己也怕得因此污了赏鉴家的眼目。

现在有几个朋友要纪念韦素园君，我也须说几句话。是的，我是有这义务的。我只好连身外的水也搅一下，看看泛起怎样的东西来。

怕是十多年之前了罢，我在北京大学做讲师，有一天，在教师豫备室里遇见了一个头发和胡子统统长得要命的青年，这就是李霁野。我的认识素园，大约就是霁野绍介的罢，然而我忘记了那时的情景。现在留在记忆里的，是他已经坐在客店的一间小房子里计画出版了。

---

① 本篇选自《且介亭杂文》，最初发表于1934年10月上海《文学》月刊第三卷第四号。韦素园：又名漱园，安徽六安叶集人，未名社成员，一生勤于文学翻译，译有俄国作家果戈理小说《外套》、俄国短篇小说集《最后的光芒》等。

这一间小房子，就是未名社[1]。

那时我正在编印两种小丛书，一种是《乌合丛书》，专收创作，一种是《未名丛刊》，专收翻译，都由北新书局出版。出版者和读者的不喜欢翻译书，那时和现在也并不两样，所以《未名丛刊》是特别冷落的。恰巧，素园他们愿意绍介外国文学到中国来，便和李小峰商量，要将《未名丛刊》移出，由几个同人自办。小峰一口答应了，于是这一种丛书便和北新书局脱离。稿子是我们自己的，另筹了一笔印费，就算开始。因这丛书的名目，连社名也就叫了“未名”——但并非“没有名目”的意思，是“还没有名目”的意思，恰如孩子的“还未成丁”似的。

未名社的同人，实在并没有什么雄心和大志，但是，愿意切切实实的，点点滴滴的做下去的意志，却是大家一致的。而其中的骨干就是素园。

于是他坐在一间破小屋子，就是未名社里办事了，不过小半好像也因为他生着病，不能上学校去读书，因此便天然的轮着他守寨。

我最初的记忆是在这破寨里看见了素园，一个瘦小，精明，正经的青年，窗前的几排破旧外国书，在证明他穷着也还是钉住着文学。然而，我同时又有了一种坏印象，觉得和他是很难交往的，因为他笑影少。“笑影少”原是未名社同人的一种特色，不过素园显得最分明，一下子就能够令人感得。但到后来，我知道我的判断是错误了，和他也并不难于交往。他的不很笑，

① 未名社：现代文学团体，1925年8月成立于北京，主要成员有鲁迅、韦素园、曹靖华、李霁野、台静农等。

大约是因为年龄的不同，对我的一种特别态度罢，可惜我不能化为青年，使大家忘掉彼我，得到确证了。这真相，我想，霁野他们是知道的。

但待到我明白了我的误解之后，却同时又发见了一个他的致命伤：他太认真；虽然似乎沉静，然而他激烈。认真会是人的致命伤的么？至少，在那时以至现在，可以是的。一认真，便容易趋于激烈，发扬则送掉自己的命，沉静着，又啮碎了自己的心。

这里有一点小例子。——我们是只有小例子的。

那时候，因为段祺瑞①总理和他的帮闲们的迫压，我已经逃到厦门，但北京的狐虎之威还正是无穷无尽。段派的女子师范大学校长林素园②，带兵接收学校去了，演过全副武行③之后，还指留着的几个教员为“共产党”。这个名词，一向就给有些人以“办事”上的便利，而且这方法，也是一种老谱，本来并不希罕的。但素园却好像激烈起来了，从此以后，他给我的信上，有好一晌竟憎恶“素园”两字而不用，改称为“漱园”。

---

① 段祺瑞：原名启瑞，字芝泉，安徽合肥人，北洋皖系军阀，曾任北洋政府国务总理、北京临时执政府执政等。

② 林素园：福建人，1926年8月，教育部下令停办北京女子师范大学，改为北京女子学院师范部，林任师范部学长。同年9月5日，他率领军警赴女师大实行武装接收。

③ 武行：戏曲中专演武戏的配角，喻指骚乱打斗行为。

同时社内也发生了冲突，高长虹[①]从上海寄信来，说素园压下了向培良的稿子，叫我讲一句话。我一声也不响。于是在《狂飙》上骂起来了，先骂素园，后是我。素园在北京压下了培良的稿子，却由上海的高长虹来抱不平，要在厦门的我去下判断，我颇觉得是出色的滑稽，而且一个团体，虽是小小的文学团体罢，每当光景艰难时，内部是一定有人起来捣乱的，这也并不希罕。然而素园却很认真，他不但写信给我，叙述着详情，还作文登在杂志上剖白。在“天才”们的法庭上，别人剖白得清楚的么？——我不禁长长的叹了一口气，想到他只是一个文人，又生着病，却这么拼命的对付着内忧外患，又怎么能够持久呢。自然，这仅仅是小忧患，但在认真而激烈的个人，却也相当的大的。

不久，未名社就被封[②]，几个人还被捕。也许素园已经咯血，进了病院了罢，他不在内。但后来，被捕的释放，未名社也启封了，忽封忽启，忽捕忽放，我至今还不明白这是怎么的一个玩意。

---

① 高长虹：山西盂县人，作家，1925年参加莽原社，参与编辑《莽原》周刊，1926年10月在上海组织狂飙社，出版《狂飙》周刊，在该刊第二期发表《给鲁迅先生》的通信，其中说：“接培良来信，说他同韦素园先生大起冲突，原因是为韦先生退还高歌的《剃刀》，又压下他的《冬天》……现在编辑《莽原》者，且甚至执行编辑之权威者，为韦素园先生也……然权威或可施之于他人，要不应施之于同伴也……今则态度显然，公然以‘退还’加诸我等矣！刀搁头上矣！到了这时，我还能不出来一理论吗？”最后他又对鲁迅说：“你如愿意说话时，我也想听一听你的意见。”培良，即向培良，狂飙社主要成员。

② 1928年春，未名社出版的《文学与革命》（托洛茨基著，李霁野、韦素园译）一书在济南山东省立第一师范学校被扣。北京警察厅据山东军阀张宗昌电告，于3月26日查封未名社，逮捕李霁野、台静农二人。未名社至10月始启封。

我到广州，是第二年——一九二七年的秋初①，仍旧陆续的接到他几封信，是在西山病院里，伏在枕头上写就的，因为医生不允许他起坐。他措辞更明显，思想也更清楚，更广大了，但也更使我担心他的病。有一天，我忽然接到一本书，是布面装订的素园翻译的《外套》②。我一看明白，就打了一个寒噤：这明明是他送给我的一个纪念品，莫非他已经自觉了生命的期限了么？

我不忍再翻阅这一本书，然而我没有法。

我因此记起，素园的一个好朋友也咯过血，一天竟对着素园咯起来，他慌张失措，用了爱和忧急的声音命令道："你不许再吐了！"我那时却记起了伊孛生的《勃兰特》③。他不是命令过去的人，从新起来，却并无这神力，只将自己埋在崩雪下面的么？……

我在空中看见了勃兰特和素园，但是我没有话。

一九二九年五月末，我最以为侥幸的是自己到西山病院去，和素园谈了天。他为了日光浴，皮肤被晒得很黑了，精神却并不萎顿。我们和几个朋友都很高兴。但我在高兴中，又时时夹着悲哀：忽而想到他的爱人，已由他同意之后，和别人订了婚；忽而想到他竟连绍介外国文学给中国的一点志愿，也怕难于达到；忽而想到他在这里静卧着，不知道他自以为是在等候全愈，还是等候灭亡；忽而想到他为什么要寄给我一本精装的《外套》？……

---

① 鲁迅到广州应是1927年初(1月18日)，"秋初"当是误记。

②《外套》：俄国作家果戈理所作中篇小说，韦素园的译本出版于1926年9月，为《未名丛刊》之一。据鲁迅日记，他收到韦素园的赠书是在1929年8月3日。

③《勃兰特》：通译《布兰德》，易卜生的诗剧，主角布兰德力图以个人力量鼓动人们反对旧俗。

壁上还有一幅陀思妥也夫斯基[①]的大画像。对于这先生，我是尊敬，佩服的，但我又恨他残酷到了冷静的文章。他布置了精神上的苦刑，一个个拉了不幸的人来，拷问给我们看。现在他用沉郁的眼光，凝视着素园和他的卧榻，好像在告诉我：这也是可以收在作品里的不幸的人。

自然，这不过是小不幸，但在素园个人，是相当的大的。

一九三二年八月一日晨五时半，素园终于病殁在北平同仁医院里了，一切计画，一切希望，也同归于尽。我所抱憾的是因为避祸，烧去了他的信札[②]，我只能将一本《外套》当作唯一的纪念，永远放在自己的身边。

自素园病殁之后，转眼已是两年了，这其间，对于他，文坛上并没有人开口。这也不能算是希罕的，他既非天才，也非豪杰，活的时候，既不过在默默中生存，死了之后，当然也只好在默默中泯没。但对于我们，却是值得记念的青年，因为他在默默中支持了未名社。

未名社现在是几乎消灭了，那存在期，也并不长久。然而自素园经营以来，绍介了果戈理（N.Gogol），陀思妥也夫斯基（F.Dostoevsky），安特列夫（L.Andreev），绍介了望·蔼覃（F. van Eeden），绍介了爱伦堡（I.Ehrenburg）的《烟袋》和拉夫列

---

① 陀思妥也夫斯基：通译陀思妥耶夫斯基，俄国作家，著有长篇小说《穷人》《被侮辱与被损害的》《罪与罚》等。

② 1930年鲁迅因参加中国自由运动大同盟，遭到国民党当局通缉，次年又因柔石被捕，曾两次被迫“弃家出走”，出走前烧毁了所存的信札。

涅夫（B.Lavrenev）的《四十一》。[①]还印行了《未名新集》，其中有丛芜的《君山》，静农的《地之子》和《建塔者》，我的《朝华夕拾》，在那时候，也都还算是相当可看的作品。事实不为轻薄阴险小儿留情，曾几何年，他们就都已烟消火灭，然而未名社的译作，在文苑里却至今没有枯死的。

是的，但素园却并非天才，也非豪杰，当然更不是高楼的尖顶，或名园的美花，然而他是楼下的一块石材，园中的一撮泥土，在中国第一要他多。他不入于观赏者的眼中，只有建筑者和栽植者，决不会将他置之度外。

文人的遭殃，不在生前的被攻击和被冷落，一瞑之后，言行两亡，于是无聊之徒，谬托知己，是非蜂起，既以自衒，又以卖钱，连死尸也成了他们的沽名获利之具，这倒是值得悲哀的。现在我以这几千字纪念我所熟识的素园，但愿还没有营私肥己的处所，此外也别无话说了。

我不知道以后是否还有记念的时候，倘止于这一次，那么，素园，从此别了！

一九三四年七月十六之夜，鲁迅记。

---

① 望·蔼覃：通译凡·艾登，荷兰诗人、散文作家、医生，荷兰19世纪80年代文学运动的杰出代表之一，著有长篇童话《小约翰》。爱伦堡：苏联作家，著有《人·岁月·生活》《解冻》《烟袋》等。拉夫列涅夫：通译拉甫列涅夫，苏联作家，作品有《第四十一》《风》《为海上的人们祝福》等。

忆刘半农君[1]

这是小峰[2]出给我的一个题目。

这题目并不出得过分。半农去世，我是应该哀悼的，因为他也是我的老朋友。但是，这是十来年前的话了，现在呢，可难说得很。

我已经忘记了怎么和他初次会面，以及他怎么能到了北京。他到北京，恐怕是在《新青年》投稿之后，由蔡孑民先生或陈独秀先生去请来的，到了之后，当然更是《新青年》里的一个战士。[3]他活泼，勇敢，很打了几次大仗。譬如罢，答王敬轩的

① 本篇选自《且介亭杂文》，最初发表于1934年10月上海《青年界》月刊第六卷第三期。刘半农：原名寿彭，后名复，初字半侬，后改半农，江苏江阴人。他曾参加《新青年》的编辑工作，是新文学运动初期重要作家之一。

② 小峰：李小峰，江苏江阴人，曾参加新潮社和语丝社。

③《新青年》："五四"时期倡导新文化运动、传播马克思主义的重要刊物。1915年9月创刊于上海，由陈独秀主编。蔡孑民：蔡元培，字鹤卿，号孑民，浙江绍兴人，近代教育家，"五四"时期赞成和支持新文化运动。陈独秀：原名陈庆同，陈乾生，字仲甫，号实庵，安徽怀宁人，《新青年》杂志的创办人，"五四"时期新文化运动的倡导者，中国共产党的主要创始人之一。

双镄信[①]，“她”字和“牠”字的创造[②]，就都是的。这两件，现在看起来，自然是琐屑得很，但那是十多年前，单是提倡新式标点，就会有一大群人“若丧考妣[③]”，恨不得“食肉寝皮”的时候，所以的确是“大仗”。现在的二十左右的青年，大约很少有人知道三十年前，单是剪下辫子就会坐牢或杀头的了。然而这曾经是事实。

但半农的活泼，有时颇近于草率，勇敢也有失之无谋的地方。但是，要商量袭击敌人的时候，他还是好伙伴，进行之际，心口并不相应，或者暗暗的给你一刀，他是决不会的。倘若失了算，那是因为没有算好的缘故。

《新青年》每出一期，就开一次编辑会，商定下一期的稿件。其时最惹我注意的是陈独秀和胡适之。假如将韬略比作一间仓库罢，独秀先生的是外面竖一面大旗，大书道：“内皆武器，来者小心！”但那门却开着的，里面有几枝枪，几把刀，一目了然，用不着提防。适之先生的是紧紧的关着门，门上粘一条小纸条道：“内无武器，请勿疑虑。”这自然可以是真的，但有些人——至少是我这样的人——有时总不免要侧着头想一想。半农却是令人不觉其有“武库”的一个人，所以我佩服陈胡，却亲近半农。

---

① 答王敬轩的双镄信：1918年初，《新青年》由编者之一钱玄同化名王敬轩，把当时社会上反对新文化运动的论调集中起来，摹仿封建复古派口吻写信给《新青年》编辑部，又由刘半农写回信痛加批驳，以此推动新文学运动的发展。双镄，今写作“双簧”，比喻双方串通，互相配合。

② “她”字和“牠”字的创造：刘半农在1920年6月6日所作《她字问题》一文中主张创造“她”字，作为女性第三位代词，附带提出“应当再取一个‘它’字，以代无生物”。稍后，郭沫若在《时事新报·学灯》和泰东图书局《新的小说》第二卷第二期发表通信，提出“牠”字，说“这是我杜撰的新字，表示第三人称代名词底中性”。

③ 若丧考妣：形容人悲伤得像死了父母一样。考，父亲；妣，母亲。

所谓亲近，不过是多谈闲天，一多谈，就露出了缺点。几乎有一年多，他没有消失掉从上海带来的才子必有“红袖添香夜读书”的艳福的思想，好容易才给我们骂掉了。但他好像到处都这么的乱说，使有些“学者”皱眉。有时候，连到《新青年》投稿都被排斥。他很勇于写稿，但试去看旧报去，很有几期是没有他的。那些人们批评他的为人，是：浅。

不错，半农确是浅。但他的浅，却如一条清溪，澄澈见底，纵有多少沉渣和腐草，也不掩其大体的清。倘使装的是烂泥，一时就看不出它的深浅来了；如果是烂泥的深渊呢，那就更不如浅一点的好。

但这些背后的批评，大约是很伤了半农的心的，他的到法国留学，我疑心大半就为此。我最懒于通信，从此我们就疏远起来了。他回来时，我才知道他在外国钞古书，后来也要标点《何典》①，我那时还以老朋友自居，在序文上说了几句老实话，事后，才知道半农颇不高兴了，“驷不及舌②”，也没有法子。另外还有一回关于《语丝》的彼此心照的不快活③。五六年前，曾在上海的宴会上见过一回面，那时候，我们几乎已经无话可谈了。

近几年，半农渐渐的据了要津④，我也渐渐的更将他忘却；

---

①《何典》：清代张南庄（署名“过路人”）编著的、带有讽刺意味的章回体小说，共十回。

② 驷不及舌：一句话说出口，四匹马拉的车也追不回来。《论语·颜渊》朱熹《集注》：“言出于舌，驷马不能追之。”

③《语丝》第四卷第九期（1928年2月27日）曾发表刘半农的《林则徐照会英吉利国王公文》，说林则徐被英人俘虏，并且“明正了典刑，在印度舁（yú，抬）尸游街”。不久有读者洛卿来信指出这是史实性的错误，《语丝》第四卷第十四期（同年4月2日）发表了这封信，从此刘半农就不再给《语丝》写稿。

④ 要津：显要的职位、地位。

但从报章上看见他禁称“蜜斯”[1]之类，却很起了反感：我以为这些事情是不必半农来做的。从去年来，又看见他不断的做打油诗，弄烂古文，[2]回想先前的交情，也往往不免长叹。我想，假如见面，而我还以老朋友自居，不给一个“今天天气……哈哈哈”完事，那就也许会弄到冲突的罢。

不过，半农的忠厚，是还使我感动的。我前年曾到北平，后来有人通知我，半农是要来看我的，有谁恐吓了他一下，不敢来了。这使我很惭愧，因为我到北平后，实在未曾有过访问半农的心思。

现在他死去了，我对于他的感情，和他生时也并无变化。我爱十年前的半农，而憎恶他的近几年。这憎恶是朋友的憎恶，因为我希望他常是十年前的半农，他的为战士，即使“浅”罢，却于中国更为有益。我愿以愤火照出他的战绩，免使一群陷沙鬼[3]将他先前的光荣和死尸一同拖入烂泥的深渊。

八月一日。

---

① 禁称“蜜斯”：1931年4月1日《世界日报》载刘半农答记者的谈话，说他不赞成学生间以“蜜斯”互称，他认为“蜜斯”是“带有奴性的”称呼。蜜斯，英语Miss，意思是小姐、女士。

② 指刘半农于1933—1934年间发表于《论语》《人间世》等刊物的《桐花芝豆堂诗集》《双凤凰砖斋小品文》等。

③ 陷沙鬼：江浙方言，指陷入泥淖而死的人，骂人话。

从孩子的照相说起[①]

因为长久没有小孩子，曾有人说，这是我做人不好的报应，要绝种的。房东太太讨厌我的时候，就不准她的孩子们到我这里玩，叫作“给他冷清冷清，冷清得他要死！”但是，现在却有了一个孩子，虽然能不能养大也很难说，然而目下总算已经颇能说些话，发表他自己的意见了。不过不会说还好，一会说，就使我觉得他仿佛也是我的敌人。

他有时对于我很不满，有一回，当面对我说：“我做起爸爸来，还要好……”甚而至于颇近于“反动”，曾经给我一个严厉的批评道：“这种爸爸，什么爸爸！?”

我不相信他的话。做儿子时，以将来的好父亲自命，待到自己有了儿子的时候，先前的宣言早已忘得一干二净了。况且我自以为也不算怎么坏的父亲，虽然有时也要骂，甚至于打，其实是爱他的。所以他健康，活泼，顽皮，毫没有被压迫得瘟头瘟脑。如果真的是一个“什么爸爸”，他还敢当面发这样反动的宣言么？

但那健康和活泼，有时却也使他吃亏，九一八事件后，就被同胞误认为日本孩子，骂了好几回，还挨过一次打——自然

① 本篇选自《且介亭杂文》，最初发表于1934年8月20日《新语林》半月刊第四期，署名孺牛。

是并不重的。这里还要加一句说的听的，都不十分舒服的话：近一年多以来，这样的事情可是一次也没有了。

中国和日本的小孩子，穿的如果都是洋服，普通实在是很难分辨的。但我们这里的有些人，却有一种错误的速断法：温文尔雅，不大言笑，不大动弹的，是中国孩子；健壮活泼，不怕生人，大叫大跳的，是日本孩子。

然而奇怪，我曾在日本的照相馆里给他照过一张相，满脸顽皮，也真像日本孩子；后来又在中国的照相馆里照了一张相，相类的衣服，然而面貌很拘谨，驯良，是一个道地的中国孩子了。

为了这事，我曾经想了一想。

这不同的大原因，是在照相师的。他所指示的站或坐的姿势，两国的照相师先就不相同，站定之后，他就瞪了眼睛，觑机摄取他以为最好的一刹那的相貌。孩子被摆在照相机的镜头之下，表情是总在变化的，时而活泼，时而顽皮，时而驯良，时而拘谨，时而烦厌，时而疑惧，时而无畏，时而疲劳……。照住了驯良和拘谨的一刹那的，是中国孩子相；照住了活泼或顽皮的一刹那的，就好像日本孩子相。

驯良之类并不是恶德。但发展开去，对一切事无不驯良，却决不是美德，也许简直倒是没出息。“爸爸”和前辈的话，固然也要听的，但也须说得有道理。假使有一个孩子，自以为事事都不如人，鞠躬倒退；或者满脸笑容，实际上却总是阴谋暗箭，我实在宁可听到当面骂我“什么东西”的爽快，而且希望他自己是一个东西。

但中国一般的趋势，却只在向驯良之类——“静”的一方面发展，低眉顺眼，唯唯诺诺，才算一个好孩子，名之曰“有趣”。活泼，健康，顽强，挺胸仰面……凡是属于“动”的，那就未免有人摇头了，甚至于称之为“洋气”。又因为多年受着侵略，就和这“洋气”为仇；更进一步，则故意和这“洋气”反一调：他们活动，我偏静坐；他们讲科学，我偏扶乩①；他们穿短衣，我偏着长衫；他们重卫生，我偏吃苍蝇；他们壮健，我偏生病……这才是保存中国固有文化，这才是爱国，这才不是奴隶性。

其实，由我看来，所谓“洋气”之中，有不少是优点，也是中国人性质中所本有的，但因了历朝的压抑，已经萎缩了下去，现在就连自己也莫名其妙，统统送给洋人了。这是必须拿它回来——恢复过来的——自然还得加一番慎重的选择。

即使并非中国所固有的罢，只要是优点，我们也应该学习。即使那老师是我们的仇敌罢，我们也应该向他学习。我在这里要提出现在大家所不高兴说的日本来，他的会摹仿，少创造，是为中国的许多论者所鄙薄的，但是，只要看看他们的出版物和工业品，早非中国所及，就知道“会摹仿”决不是劣点，我们正应该学习这“会摹仿”的。“会摹仿”又加以有创造，不是更好么？否则，只不过是一个“恨恨而死②”而已。

我在这里还要附加一句像是多余的声明：我相信自己的主张，决不是“受了帝国主义者的指使③”，要诱中国人做奴才；而满口爱国，满身国粹，也于实际上的做奴才并无妨碍。

八月七日。

---

① 扶乩(jī)：亦称扶箕、扶鸾，由两人扶一丁字形木架，下垂的木杆在沙盘上画字，作为神示。这是一种迷信活动。

② 恨恨而死：空自愤恨不平而不从事实际的改革工作。

③ 受了帝国主义者的指使：1934年7月25日，作者在《申报·自由谈》发文，批评当时某些借口反对欧化句法而攻击白话文的人；8月7日，文公直在同刊发表致作者的公开信，说他主张采用欧化句法是“受了帝国主义者的指使”。

“以眼还眼”[①]

杜衡先生在“最近，出于‘与其看一部新的书，还不如看一部旧的书’的心情”，重读了莎士比亚的《凯撒传》。这一读是颇有关系的，结果使我们能够拜读他从读旧书而来的新文章：《莎剧凯撒传里所表现的群众》（见《文艺风景》[②]创刊号）。

这个剧本，杜衡先生是“曾经用两个月的时间把它翻译出来过”的，就可见读得非常子细。他告诉我们：“在这个剧里，莎氏描写了两个英雄——凯撒，和……勃鲁都斯[③]。……还进一步创造了两位政治家（煽动家）——阴险而卑鄙的卡西乌斯，和表面上显得那么麻木而糊涂的安东尼[④]。”但最后的胜利却属于安东尼，而“很明显地，安东尼底胜利是凭借了群众底力量”，于是更明显地，即使“甚至说，群众是这个剧底无形的主脑，也不嫌太过”了。

---

① 本篇选自《且介亭杂文》，最初发表于1934年11月《文学》月刊第三卷第五号《文学论坛》栏目，署名隼。

②《文艺风景》：由施蛰存编辑的月刊，1934年6月创刊，仅出二期。

③ 凯撒：通译恺撒，史称恺撒大帝，古罗马杰出的军事统帅、政治家。勃鲁都斯：古罗马共和派领袖，曾刺杀恺撒。

④ 卡西乌斯：古罗马地方长官，刺杀恺撒的同谋。安东尼：古罗马政治家、军事家。

然而这“无形的主脑”是怎样的东西呢？杜衡先生在叙事和引文之后，加以结束——决不是结论，这是作者所不愿意说的——道——

> 在这许多地方，莎氏是永不忘记把群众表现为一个力量的；不过，这力量只是一种盲目的暴力。他们没有理性，他们没有明确的利害观念；他们底感情是完全被几个煽动家所控制着，所操纵着。……自然，我们不能贸然地肯定这是群众底本质，但是我们倘若说，这位伟大的剧作者是把群众这样看法的，大概不会有什么错误吧。这看法，我知道将使作者大大地开罪于许多把群众底理性和感情用另一种方式来估计的朋友们。至于我，说实话，我以为对这些问题的判断，是至今还超乎我底能力之上，我不敢妄置一词。……

杜衡先生是文学家，所以这文章做得极好，很谦虚。假如说，“妈的群众是瞎了眼睛的！”即使根据的是“理性”，也容易因了表现的粗暴而招致反感；现在是“这位伟大的剧作者”莎士比亚老前辈“把群众这样看法的”，您以为怎么样呢？“巽语之言，能无说乎”[①]，至少也得客客气气的搔一搔头皮，如果你没有翻译或细读过莎剧《凯撒传》的话——只得说，这判断，更是“超乎我底能力之上”了。

于是我们都不负责任，单是讲莎剧。莎剧的确是伟大的，仅就杜衡先生所绍介的几点来看，它实在已经打破了文艺和政治无关的高论了。群众是一个力量，但“这力量只是一种盲目

① 语出《论语·子罕》，意思是：恭顺赞许的话，听了能不高兴吗？

的暴力。他们没有理性，他们没有明确的利害观念”，据莎氏的表现，至少，他们就将“民治”的金字招牌踏得粉碎，何况其他？即在目前，也使杜衡先生对于这些问题不能判断了。一本《凯撒传》，就是作政论看，也是极有力量的。

然而杜衡先生却又因此替作者捏了一把汗，怕“将使作者大大地开罪于许多把群众底理性和感情用另一种方式来估计的朋友们”。自然，在杜衡先生，这是一定要想到的，他应该爱惜这一位以《凯撒传》给他智慧的作者。然而肯定的判断了那一种“朋友们”，却未免太不顾事实了。现在不但施蛰存先生已经看见了苏联将要排演莎剧的“丑态”（见《现代》九月号），便是《资本论》里，不也常常引用莎氏的名言，未尝说他有罪么？将来呢，恐怕也如未必有人引《哈孟雷特》[①]来证明有鬼，更未必有人因《哈孟雷特》而责莎士比亚的迷信一样，会特地“吊民伐罪[②]”，和杜衡先生一般见识的。

况且杜衡先生的文章，是写给心情和他两样的人们来读的，因为会看见《文艺风景》这一本新书的，当然决不是怀着“与其看一部新的书，还不如看一部旧的书”的心情的朋友。但是，一看新书，可也就不至于只看一本《文艺风景》了，讲莎剧的书又很多，涉猎一点，心情就不会这么抖抖索索，怕被“政治家”（煽动家）所煽动。那些“朋友们”除注意作者的时代和环境而外，还会知道《凯撒传》的材料是从布鲁特奇的《英雄传》里取来的[③]，而且是莎士比亚从作喜剧转入悲剧的第

①《哈孟雷特》：通译《哈姆雷特》，莎士比亚的著名悲剧。

② 吊民伐罪：慰问受苦的人民，讨伐有罪的统治者。《孟子·滕文公下》：“诛其罪，吊其民，如时雨降，民大悦。”

③ 布鲁特奇：通译普鲁塔克，古希腊作家。《英雄传》，即《希腊罗马名人传》，是欧洲最早的传记文学作品。

一部；作者这时是失意了。为什么事呢，还不大明白。但总之，当判断的时候，是都要想到的，又未必有杜衡先生所豫言的痛快，简单。

单是对于“莎剧凯撒传里所表现的群众”的看法，和杜衡先生的眼睛两样的就有的是。现在只抄一位痛恨十月革命，逃入法国的显斯妥夫[1]（Lev Shestov）先生的见解，而且是结论在这里罢——

> 在《攸里乌斯·凯撒》中活动的人，以上之外，还有一个。那是复合底人物。那便是人民，或说“群众”。莎士比亚之被称为写实家，并不是无意义的。无论在那一点，他决不阿谀群众，做出凡俗的性格来。他们轻薄，胡乱，残酷。今天跟在彭贝[2]的战车之后，明天喊着凯撒之名，但过了几天，却被他的叛徒勃鲁都斯的辩才所惑，其次又赞成安东尼的攻击，要求着刚才的红人勃鲁都斯的头了。人往往愤慨着群众之不可靠。但其实，岂不是正有适用着“以眼还眼，以牙还牙”的古来的正义的法则的事在这里吗？劈开底来看，群众原是轻蔑着彭贝，凯撒，安东尼，辛那[3]之辈的，他们那一面，也轻蔑着群众。今天凯撒握着权力，凯撒万岁。明天轮到安东尼了，那就跟在他后面罢。只要他们给饭吃，给戏看，就好。他们的功绩之类，是用不着想到的。他们那一面也很明白，施与些像个王者的宽

① 显斯妥夫：通译舍斯托夫，俄国文艺批评家，著有《莎士比亚及其批评者勃兰兑斯》等。

② 彭贝：通译庞贝，古罗马将军，公元前70年任执政。

③ 辛那：公元前44年任罗马地方长官。

容，借此给自己收得报答。在拥挤着这些满是虚荣心的人们的连串里，间或夹杂着勃鲁都斯[1]那样的廉直之士，是事实。然而谁有从山积的沙中，找出一粒珠子来的闲工夫呢？群众，是英雄的大炮的食料，而英雄，从群众看来，不过是余兴。在其间，正义就占了胜利，而幕也垂下来了。（《莎士比亚〔剧〕中的伦理的问题》）

这当然也未必是正确的见解，显斯妥夫就不很有人说他是哲学家或文学家。不过便是这一点点，就很可以看见虽然同是从《凯撒传》来看它所表现的群众，结果却已经和杜衡先生有这么的差别。而且也很可以推见，正不会如杜衡先生所豫料，“将使作者大大地开罪于许多把群众底理性和感情用另一方式来估计的朋友们”了。

所以，杜衡先生大可以不必替莎士比亚发愁。彼此其实都很明白：“阴险而卑鄙的卡西乌斯，和表面上显得那么麻木而糊涂的安东尼”，就是在那时候的群众，也“不过是余兴”而已。

九月三十日。

① 勃鲁都斯：古罗马共和派领袖，曾刺杀恺撒。

说“面　子”[1]

“面子”，是我们在谈话里常常听到的，因为好像一听就懂，所以细想的人大约不很多。

但近来从外国人的嘴里，有时也听到这两个音，他们似乎在研究。他们以为这一件事情，很不容易懂，然而是中国精神的纲领，只要抓住这个，就像二十四年前的拔住了辫子一样，全身都跟着走动了。相传前清时候，洋人到总理衙门[2]去要求利益，一通威吓，吓得大官们满口答应，但临走时，却被从边门送出去。不给他走正门，就是他没有面子；他既然没有了面子，自然就是中国有了面子，也就是占了上风了。这是不是事实，我断不定，但这故事，“中外人士”中是颇有些人知道的。

因此，我颇疑心他们想专将“面子”给我们。

但“面子”究竟是怎么一回事呢？不想还好，一想可就觉得胡涂。它像是很有好几种的，每一种身份，就有一种“面子”，也就是所谓“脸”。这“脸”有一条界线，如果落到这线的下面去了，即失了面子，也叫作“丢脸”。不怕“丢脸”，便

---

① 本篇选自《且介亭杂文》，最初发表于1934年10月上海《漫画生活》月刊第二期。

② 总理衙门：清政府管理外交事务的中央机构。

是“不要脸”。但倘使做了超出这线以上的事，就“有面子”，或曰“露脸”。而“丢脸”之道，则因人而不同，例如车夫坐在路边赤膊捉虱子，并不算什么，富家姑爷坐在路边赤膊捉虱子，才成为“丢脸”。但车夫也并非没有“脸”，不过这时不算“丢”，要给老婆踢了一脚，就躺倒哭起来，这才成为他的“丢脸”。这一条“丢脸”律，是也适用于上等人的。这样看来，“丢脸”的机会，似乎上等人比较的多，但也不一定，例如车夫偷一个钱袋，被人发见，是失了面子的，而上等人大捞一批金珠珍玩，却仿佛也不见得怎样“丢脸”，况且还有“出洋考察[①]”，是改头换面的良方。

谁都要“面子”，当然也可以说是好事情，但“面子”这东西，却实在有些怪。九月三十日的《申报》就告诉我们一条新闻：沪西有业木匠大包作头之罗立鸿，为其母出殡，邀开“贳器店[②]之王树宝夫妇帮忙，因来宾众多，所备白衣，不敷分配，其时适有名王道才，绰号三喜子，亦到来送殡，争穿白衣不遂，以为有失体面，心中怀恨，……邀集徒党数十人，各执铁棍，据说尚有持手枪者多人，将王树宝家人乱打，一时双方有剧烈之战争，头破血流，多人受有重伤。……”白衣是亲族有服者所穿的，现在必须“争穿”而又“不遂”，足见并非亲族，但竟以为“有失体面”，演成这样的大战了。这时候，好像只要和普通有些不同便是“有面子”，而自己成了什么，却可以完全不管。这类脾气，是“绅商”也不免发露的：袁世凯将要称帝的时候，有人以列名于劝进表中为“有面子”；有一国从青岛撤兵

① 出洋考察：旧时的军阀、政客在失势或失意时，常以“出洋考察”作为暂时隐退、伺机再起的手段。

② 贳(shì)器店：出租婚丧器物和陈设的商铺。

的时候，有人以列名于万民伞上为“有面子”[1]。

所以，要“面子”也可以说并不一定是好事情——但我并非说，人应该“不要脸”。现在说话难，如果主张“非孝”，就有人会说你在煽动打父母，主张男女平等，就有人会说你在提倡乱交——这声明是万不可少的。

况且，“要面子”和“不要脸”实在也可以有很难分辨的时候。不是有一个笑话么？一个绅士有钱有势，我假定他叫四大人罢，人们都以能够和他扳谈为荣。有一个专爱夸耀的小瘪三，一天高兴的告诉别人道：“四大人和我讲过话了！”人问他“说什么呢？”答道：“我站在他门口，四大人出来了，对我说：滚开去！”当然，这是笑话，是形容这人的“不要脸”，但在他本人，是以为“有面子”的，如此的人一多，也就真成为“有面子”了。别的许多人，不是四大人连“滚开去”也不对他说么？

在上海，“吃外国火腿[2]”虽然还不是“有面子”，却也不算怎么“丢脸”了，然而比起被一个本国的下等人所踢来，又仿佛近于“有面子”。

中国人要“面子”，是好的，可惜的是这“面子”是“圆机活法[3]”，善于变化，于是就和“不要脸”混起来了。长谷川如是闲说“盗泉”云：“古之君子，恶其名而不饮，今之君子，改其名而饮之。”也说穿了“今之君子”的“面子”的秘密。

十月四日。

---

① 有一国从青岛撤兵：1922年日本撤走侵占青岛的军队。万民伞：旧时地方官员离任时，当地民众赠送的一柄仪仗伞，上书所有赠送者的姓名，以示“爱戴”“眷恋”，称为“万民伞”。

② 吃外国火腿：旧时上海俗语，意指被外国人所踢。

③ 圆机活法：随机应变的方法。

脸谱臆测[1]

对于戏剧，我完全是外行。但遇到研究中国戏剧的文章，有时也看一看。近来的中国戏是否象征主义，或中国戏里有无象征手法的问题，我是觉得很有趣味的。

伯鸿先生[2]在《戏》周刊十一期（《中华日报》副刊）上，说起脸谱，承认了中国戏有时用象征的手法，“比如白表‘奸诈’，红表‘忠勇’，黑表‘威猛’，蓝表‘妖异’，金表‘神灵’之类，实与西洋的白表‘纯洁清净’，黑表‘悲哀’，红表‘热烈’，黄金色表‘光荣’和‘努力’”并无不同，这就是“色的象征”，虽然比较的单纯，低级。

这似乎也很不错，但再一想，却又生了疑问，因为白表奸诈，红表忠勇之类，是只以在脸上为限，一到别的地方，白就并不象征奸诈，红也不表示忠勇了。

对于中国戏剧史，我又是完全的外行。我只知道古时候

① 本篇选自《且介亭杂文》，在印入文集之前未能发表。

② 伯鸿先生：田汉，伯鸿是他的一个笔名，剧作家，中华人民共和国国歌《义勇军进行曲》的词作者。

（南北朝）的扮演故事，是带假面的[①]，这假面上，大约一定得表示出这角色的特征，一面也是这角色的脸相的规定。古代的假面和现在的打脸的关系，好像还没有人研究过，假使有些关系，那么，“白表奸诈”之类，就恐怕只是人物的分类，却并非象征手法了。

中国古来就喜欢讲“相人术”，但自然和现在的“相面”不同，并非从气色上看出祸福来，而是所谓“诚于中，必形于外”，要从脸相上辨别这人的好坏的方法。一般的人们，也有这一种意见的，我们在现在，还常听到“看他样子就不是好人”这一类话。这“样子”的具体的表现，就是戏剧上的“脸谱”。富贵人全无心肝，只知道自私自利，吃得白白胖胖，什么都做得出，于是白就表了奸诈。红表忠勇，是从关云长[②]的“面如重枣”来的。“重枣”是怎样的枣子，我不知道，要之，总是红色的罢。在实际上，忠勇的人思想较为简单，不会神经衰弱，面皮也容易发红，倘使他要永远中立，自称“第三种人”，精神上就不免时时痛苦，脸上一块青，一块白，终于显出白鼻子来了。黑表威猛，更是极平常的事，整年在战场上驰驱，脸孔怎会不黑，擦着雪花膏的公子，是一定不肯自己出面去战斗的。

士君子常在一门一门的将人们分类，平民也在分类，我想，这“脸谱”，便是优伶和看客公同逐渐议定的分类图。不过平民的辨别，感受的力量，是没有士君子那么细腻的。况且我们古时候戏台的搭法，又和罗马不同，[③]使看客非常散漫，表现倘不加重，他们就觉不到，看不清。这么一来，各类人物的脸谱，

① 这里指南北朝时的歌舞戏《大面》。

② 关云长：关羽，字云长，东汉末年名将。《三国演义》中描述他“面如重枣”。

③ 古罗马剧场形制近似现代的体育场。

就不能不夸大化，漫画化，甚而至于到得后来，弄得希奇古怪，和实际离得很远，好像象征手法了。

脸谱，当然自有它本身的意义的，但我总觉得并非象征手法，而且在舞台的构造和看客的程度和古代不同的时候，它更不过是一种赘疣，无须扶持它的存在了。然而用在别一种有意义的玩艺上，在现在，我却以为还是很有兴趣的。

十月三十一日。

阿　　金[①]

近几时我最讨厌阿金。

她是一个女仆，上海叫娘姨，外国人叫阿妈，她的主人也正是外国人。

她有许多女朋友，天一晚，就陆续到她窗下来，“阿金，阿金！”的大声的叫，这样的一直到半夜。她又好像颇有几个姘头；她曾在后门口宣布她的主张：弗轧姘头[②]，到上海来做啥呢？……

不过这和我不相干。不幸的是她的主人家的后门，斜对着我的前门，所以“阿金，阿金！”的叫起来，我总受些影响，有时是文章做不下去了，有时竟会在稿子上写一个“金”字。更不幸的是我的进出，必须从她家的晒台下走过，而她大约是不喜欢走楼梯的，竹竿，木板，还有别的什么，常常从晒台上直摔下来，使我走过的时候，必须十分小心，先看一看这位阿金可在晒台上面，倘在，就得绕远些。自然，这是大半为了我胆子小，看得自己的性命太值钱；但我们也得想一想她的主子是

① 本篇选自《且介亭杂文》，发表于1936年2月20日上海《海燕》月刊第二期。

② 轧姘头：方言，非夫妻关系的男女发生性行为。

外国人，被打得头破血出，固然不成问题，即使死了，开同乡会，打电报也都没有用的，——况且我想，我也未必能够弄到开起同乡会。

半夜以后，是别一种世界，还剩着白天脾气是不行的。有一夜，已经三点半钟了，我在译一篇东西，还没有睡觉。忽然听得路上有人低声的在叫谁，虽然听不清楚，却并不是叫阿金，当然也不是叫我。我想：这么迟了，还有谁来叫谁呢？同时也站起来，推开楼窗去看去了，却看见一个男人，望着阿金的绣阁的窗，站着。他没有看见我。我自悔我的莽撞，正想关窗退回的时候，斜对面的小窗开处，已经现出阿金的上半身来，并且立刻看见了我，向那男人说了一句不知道什么话，用手向我一指，又一挥，那男人便开大步跑掉了。我很不舒服，好像是自己做了甚么错事似的，书译不下去了，心里想：以后总要少管闲事，要炼到泰山崩于前而色不变，炸弹落于侧而身不移！……

但在阿金，却似乎毫不受什么影响，因为她仍然嘻嘻哈哈。不过这是晚快边①才得到的结论，所以我真是负疚了小半夜和一整天。这时我很感激阿金的大度，但同时又讨厌了她的大声会议，嘻嘻哈哈了。自有阿金以来，四围的空气也变得扰动了，她就有这么大的力量。这种扰动，我的警告是毫无效验的，她们连看也不对我看一看。有一回，邻近的洋人说了几句洋话，她们也不理；但那洋人就奔出来了，用脚向各人乱踢，她们这才逃散，会议也收了场。这踢的效力，大约保存了五六夜。

此后是照常的嚷嚷；而且扰动又廓张了开去，阿金和马路

① 晚快边：江浙方言，傍晚。

对面一家烟纸店里的老女人开始奋斗了，还有男人相帮。她的声音原是响亮的，这回就更加响亮，我觉得一定可以使二十间门面以外的人们听见。不一会，就聚集了一大批人。论战的将近结束的时候当然要提到“偷汉”之类，那老女人的话我没有听清楚，阿金的答复是：

“你这老×没有人要！我可有人要呀！”

这恐怕是实情，看客似乎大抵对她表同情，“没有人要”的老×战败了。这时踱来了一位洋巡捕，反背着两手，看了一会，就来把看客们赶开；阿金赶紧迎上去，对他讲了一连串的洋话。洋巡捕注意的听完之后，微笑的说道：

“我看你也不弱呀！”

他并不去捉老×，又反背着手，慢慢的踱过去了。这一场巷战就算这样的结束。但是，人间世的纠纷又并不能解决得这么干脆，那老×大约是也有一点势力的。第二天早晨，那离阿金家不远的也是外国人家的西崽忽然向阿金家逃来。后面追着三个彪形大汉。西崽的小衫已被撕破，大约他被他们诱出外面，又给人堵住后门，退不回去，所以只好逃到他爱人这里来了。爱人的肘腋之下，原是可以安身立命的，伊孛生（H.Ibsen）戏剧里的彼尔·干德[①]，就是失败之后，终于躲在爱人的裙边，听唱催眠歌的大人物。但我看阿金似乎比不上瑙威女子，她无情，也没有魄力。独有感觉是灵的，那男人刚要跑到的时候，她已经赶紧把后门关上了。那男人于是进了绝路，只得站住。这好像也颇出于彪形大汉们的意料之外，显得有些踌躕；但终于一同举起拳头，两个是在他背脊和胸脯上一共给了三拳，仿

① 彼尔·干德：通译培尔·金特，易卜生诗剧《培尔·金特》的主角，是一个想象丰富、意志薄弱的人物，最后在爱人给他唱催眠曲时死去。

佛也并不怎么重，一个在他脸上打了一拳，却使它立刻红起来。这一场巷战很神速，又在早晨，所以观战者也不多，胜败两军，各自走散，世界又从此暂时和平了。然而我仍然不放心，因为我曾经听人说过：所谓“和平”，不过是两次战争之间的时日。

但是，过了几天，阿金就不再看见了，我猜想是被她自己的主人所回复。补了她的缺的是一个胖胖的，脸上很有些福相和雅气的娘姨，已经二十多天，还很安静，只叫了卖唱的两个穷人唱过一回“奇葛隆冬强”的《十八摸》[①]之类，那是她用“自食其力”的余闲，享点清福，谁也没有话说的。只可惜那时又招集了一群男男女女，连阿金的爱人也在内，保不定什么时候又会发生巷战。但我却也叨光[②]听到了男嗓子的上低音（barytone）的歌声，觉得很自然，比绞死猫儿似的《毛毛雨》[③]要好得天差地远。

阿金的相貌是极其平凡的。所谓平凡，就是很普通，很难记住，不到一个月，我就说不出她究竟是怎么一副模样来了。但是我还讨厌她，想到“阿金”这两个字就讨厌；在邻近闹嚷一下当然不会成这么深仇重怨，我的讨厌她是因为不消几日，她就摇动了我三十年来的信念和主张。

我一向不相信昭君出塞[④]会安汉，木兰从军[⑤]就可以保隋；

①《十八摸》：旧时流行的一种猥亵小调。
② 叨（tāo）光：沾光。
③《毛毛雨》：黎锦晖作的流行歌曲。
④ 昭君出塞：西汉宫女王昭君远嫁匈奴和亲的故事，见《汉书·匈奴传》。
⑤ 木兰从军：北朝民间叙事诗《木兰诗》中的故事，写木兰女扮男装，代父从军。

也不信妲己亡殷[①]，西施沼吴[②]，杨妃乱唐[③]的那些古老话。我以为在男权社会里，女人是决不会有这种大力量的，兴亡的责任，都应该男的负。但向来的男性的作者，大抵将败亡的大罪，推在女性身上，这真是一钱不值的没有出息的男人。殊不料现在阿金却以一个貌不出众，才不惊人的娘姨，不用一个月，就在我眼前搅乱了四分之一里，假使她是一个女王，或者是皇后，皇太后，那么，其影响也就可以推见了：足够闹出大大的乱子来。

昔者孔子"五十而知天命[④]"，我却为了区区一个阿金，连对于人事也从新疑惑起来了，虽然圣人和凡人不能相比，但也可见阿金的伟力，和我的满不行。我不想将我的文章的退步，归罪于阿金的嚷嚷，而且以上的一通议论，也很近于迂怒，但是，近几时我最讨厌阿金，仿佛她塞住了我的一条路，却是的确的。

愿阿金也不能算是中国女性的标本。

十二月二十一日。

---

① 妲己亡殷：殷商末年，纣王宠信妲己，暴虐无道，周武王联合诸侯伐纣灭商，最终妲己被杀。见《史记·殷本纪》，后来一些文人就把殷亡的责任归罪于妲己，这显然是不对的。

② 西施沼吴：春秋时期，吴越争霸，越国被吴国打败，险些灭国。后越王勾践采纳大夫文种的建议，送美女西施和郑旦给吴王夫差，夫差沉溺酒色，荒于国政，最终吴国被越国所灭。见《吴越春秋》。

③ 杨妃乱唐：唐玄宗宠信妃子杨玉环，封其为贵妃，任其兄长杨国忠为宰相，导致朝政败坏。后安禄山以诛杀杨国忠为名，起兵反唐，唐玄宗奔蜀，至马嵬驿，将士杀杨国忠，唐玄宗无奈下令将杨贵妃缢死。

④ 五十而知天命：语出《论语·为政》："子曰：'吾十有五而志于学，三十而立，四十而不惑，五十而知天命，六十而耳顺，七十而从心所欲，不逾矩。'"

“说　不　出”[①]

看客在戏台下喝倒采，食客在膳堂里发标[②]，伶人[③]厨子，无嘴可开，只能怪自己没本领。但若看客开口一唱戏，食客动手一做菜，可就难说了。

所以，我以为批评家最平稳的是不要兼做创作。假如提起一支屠城的笔，扫荡了文坛上一切野草，那自然是快意的。但扫荡之后，倘以为天下已没有诗，就动手来创作，便每不免做出这样的东西来：

宇宙之广大呀，我说不出；
父母之恩呀，我说不出；
爱人的爱呀，我说不出。
阿呀阿呀，我说不出！

这样的诗，当然是好的，——倘就批评家的创作而言。太

---

① 本篇选自《集外集》，最初发表于1924年11月17日北京《语丝》周刊第一期。

② 发标：耍威风、发脾气的意思，是江浙一些地方的方言。

③ 伶人：亦称优伶，指歌舞或戏剧演员。

上老君的《道德》五千言[1]，开头就说“道可道非常道”，其实也就是一个“说不出”，所以这三个字，也就替得五千言。

呜呼，“王者之迹熄，而《诗》亡；《诗》亡，然后《春秋》作。”“予岂好辩哉？予不得已也！”[2]

① 太上老君的《道德》五千言：这里指老子的《道德经》。太上老君，指老子，东汉以来道教奉他为祖师，尊称太上老君。下文中“道可道非常道”便是《道德经》的开头语。

② “王者之迹熄”几句出自《孟子·离娄下》。“予岂好辩哉？予不得已也！”两句出自《孟子·滕文公下》。

我来说“持中”的真相[①]

风闻有我的老同学玄同[②]其人者，往往背地里褒贬我，褒固无妨，而又有贬，则岂不可气呢？今天寻出漏洞，虽然与我无干，但也就来回敬一箭罢：报仇雪恨，《春秋》之义也[③]。

他在《语丝》第二期上说，有某人挖苦叶名琛[④]的对联“不战，不和，不守；不死，不降，不走。”大概可以作为中国人“持中”的真相之说明。我以为这是不对的。

夫近乎“持中”的态度大概有二：一者“非彼即此”，二者“可彼可此”也。前者是无主意，不盲从，不附势，或者别有独特的见解；但境遇是很危险的，所以叶名琛终至于败亡，虽然他不过是无主意。后者则是“骑墙”，或是极巧妙的“随风倒”了，然而在中国最得法，所以中国人的“持中”大概是这个。倘改篡了旧对联来说明，就该是：

---

① 本篇选自《集外集》，最初发表于1924年12月15日《语丝》周刊第五期。

② 玄同：钱玄同。

③《春秋》中有不少文句赞美报仇雪恨。

④ 叶名琛：字昆臣，清朝大臣，1852年任两广总督兼通商大臣。1857年英法联军侵略广州，他不作战争准备，而是在家扶乩以占吉凶，广州失陷后被俘。

似战，似和，似守；
似死，似降，似走。

于是玄同即应据精神文明法律第九万三千八百九十四条，治以“误解真相，惑世诬民”之罪了。但因为文中用有“大概”二字，可以酌给末减[①]：这两个字是我也很喜欢用的。

① 末减：减轻罪罚的意思。

流言和谎话[1]

这一回编辑《莽原》时，看见论及北京女子师范大学风潮[2]的投稿里，还有用“某校”字样和几个方匡子[3]的，颇使我觉得中国实在还很有存心忠厚的君子，国事大有可为。但其实，报章上早已明明白白地登载过许多次了。

今年五月，为了“同系学生同时登两个相反的启事[4]已经发现了……”那些事，已经使“喜欢怀疑”的西滢先生有“好像一个臭毛厕”之叹（见《现代评论》二十五期《闲话》），现在如果西滢先生已回北京，或者要更觉得“世风日下”了罢，因

① 本篇选自《集外集》，最初发表于1925年8月7日《莽原》周刊第十六期。现据鲁迅重抄稿校订。

② 北京女子师范大学风潮：1924年秋，国立北京女子师范大学发生反对校长杨荫榆的风潮。

③ “某校”字样和几个方匡子：1925年8月7日《莽原》周刊第十六期所载朱大枬的《听说——想起》一文中，称女师大为“某校”。又同期效痴的《可悲的女子教育》一文用□□□代指杨荫榆和章士钊。

④ 两个相反的启事：1925年5月17、18日《晨报》第二版曾刊有《国立北京女子师范大学音乐系、体育系紧要启事》和《国立北京女子师范大学哲教系全体学生紧要启事》，声称“严守中立”，“并未参与”“本校风潮”云云。随后，三系学生在5月22日《京报》第二版登出《国立女子师范大学音乐系、哲学系、体育系启事》，声明驱逐杨荫榆是“全体同学公意”，对上述“冒名启事”予以澄清。

为三个相反，或相成的启事[①]已经发现了：一是“女师大学生自治会”；二是“杨荫榆”；三是单叫作“女师大”。

报载对于学生“停止饮食茶水”，学生亦云“既感饥荒之苦，复虑生命之危。”而“女师大”云“全属子虚”，是相反的；而杨荫榆云“本校原望该生等及早觉悟自动出校并不愿其在校受生活上种种之不便也”，则似乎饮食确已停止，和“女师大”说相反，与报章及学生说相成。

学生云“杨荫榆突以武装入校，勒令同学全体即刻离校，嗣复命令军警肆意毒打侮辱……”，而杨荫榆云“荫榆于八月一日到校……暴劣学生肆行滋扰……故不能不请求警署拨派巡警保护……”，是因为“滋扰”才请派警，与学生说相反的。而“女师大”云“不料该生等非特不肯遵命竟敢任情谩骂极端侮辱……幸先经内右二区派拨警士在校防护……”，是派警在先，“滋扰”在后，和杨荫榆说相反的。至于京师警察厅行政处公布，则云“查本厅于上月三十一日准国立北京女子师范大学函……请准予八月一日照派保安警察三四十名来校……”，乃又与学生及“女师大”说相成了。杨荫榆确是先期准备了“武装入校”，而自己竟不知道，以为临时叫来，真是离奇。

杨先生大约真如自己的启事所言，“始终以培植人才恪尽职守为素志……服务情形为国人所共鉴”的罢。“素志”我不得而知，至于“服务情形”，则不必再说别的，只要一看本月一日至四日的“女师大”和她自己的两启事之离奇闪烁就尽够了！撒谎造谣，即在局外者也觉得。如果是严厉的观察者和批评者，

① 三个相反，或相成的启事：指1925年8月3日《京报》所载的《女师大学生自治会紧要启事》和次日该报刊载的《杨荫榆启事》及杨以学校名义发的《女师大启事》。前者揭露了杨荫榆8月1日率领军警进校迫害学生的暴行，后两者则竭力为这一暴行辩护。

即可以执此而推论其他。

但杨先生却道："所以勉力维持至于今日者非贪恋个人之地位为彻底整饬学风计也"，窃以为学风是决非造谣撒谎所能整饬的；——地位自然不在此例。

且住，我又来说话了，或者西滢先生们又许要听到许多"流言"。然而请放心罢，我虽然确是"某籍[1]"，也做过国文系的一两点钟的教员，但我并不想谋校长，或仍做教员以至增加钟点；也并不为子孙计，防她们在女师大被诬被革，挨打挨饿，我借一句Lermontov[2]的愤激的话告诉你们："我幸而没有女儿！"

八月五日。

① 某籍：指浙江。语出陈西滢《闲话·粉刷毛厕》。

② Lermontov：莱蒙托夫，俄国诗人，著有长诗《诗人之死》《恶魔》及中篇小说《当代英雄》等。"我幸而没有女儿！"就出自《当代英雄》。

《穷人》小引[①]

千八百八十年，是陀思妥夫斯基[②]完成了他的巨制之一《卡拉玛卓夫兄弟》这一年；他在手记上说："以完全的写实主义在人中间发见人。这是彻头彻尾俄国底特质。在这意义上，我自然是民族底的。……人称我为心理学家（Psychologist）。这不得当。我但是在高的意义上的写实主义者，即我是将人的灵魂的深，显示于人的。"第二年，他就死了。

显示灵魂的深者，每要被人看作心理学家；尤其是陀思妥夫斯基那样的作者。他写人物，几乎无须描写外貌，只要以语气，声音，就不独将他们的思想和感情，便是面目和身体也表示着。又因为显示着灵魂的深，所以一读那作品，便令人发生精神底变化。灵魂的深处并不平安，敢于正视的本来就不多，更何况写出？因此有些柔软无力的读者，便往往将他只看作"残酷的天才[③]"。

① 本篇选自《集外集》，最初发表于1926年6月14日《语丝》周刊第八十三期，为未名社成员韦丛芜所译《穷人》而作。《穷人》，是陀思妥耶夫斯基的长篇小说。

② 陀思妥夫斯基：通译陀思妥耶夫斯基，俄国作家，著有长篇小说《穷人》《白夜》《罪与罚》等。

③ 残酷的天才：俄国文艺评论家米哈依洛夫斯基对陀思妥耶夫斯基的评论。

陀思妥夫斯基将自己作品中的人物们，有时也委实太置之万难忍受的，没有活路的，不堪设想的境地，使他们什么事都做不出来。用了精神的苦刑，送他们到那犯罪，痴呆，酗酒，发狂，自杀的路上去。有时候，竟至于似乎并无目的，只为了手造的牺牲者的苦恼，而使他受苦，在骇人的卑污的状态上，表示出人们的心来。这确凿是一个“残酷的天才”，人的灵魂的伟大的审问者。

然而，在这“在高的意义上的写实主义者”的实验室里，所处理的乃是人的全灵魂。他又从精神底苦刑，送他们到那反省，矫正，忏悔，苏生的路上去；甚至于又是自杀的路。到这样，他的“残酷”与否，一时也就难于断定，但对于爱好温暖或微凉的人们，却还是没有什么慈悲的气息的。

相传陀思妥夫斯基不喜欢对人述说自己，尤不喜欢述说自己的困苦；但和他一生相纠结的却正是困难和贫穷。便是作品，也至于只有一回是并没有豫支稿费的著作。但他掩藏着这些事。他知道金钱的重要，而他最不善于使用的又正是金钱；直到病得寄养在一个医生的家里了，还想将一切来诊的病人当作佳客。他所爱，所同情的是这些，——贫病的人们，——所记得的是这些，所描写的是这些；而他所毫无顾忌地解剖，详检，甚而至于鉴赏的也是这些。不但这些，其实，他早将自己也加以精神底苦刑了，从年青时候起，一直拷问到死灭。

凡是人的灵魂的伟大的审问者，同时也一定是伟大的犯人。审问者在堂上举劾着他的恶，犯人在阶下陈述他自己的善；审问者在灵魂中揭发污秽，犯人在所揭发的污秽中阐明那埋藏的光耀。这样，就显示出灵魂的深。

在甚深的灵魂中，无所谓“残酷”，更无所谓慈悲；但将这灵魂显示于人的，是“在高的意义上的写实主义者”。

陀思妥夫斯基的著作生涯一共有三十五年，虽那最后的十年很偏重于正教[①]的宣传了，但其为人，却不妨说是始终一律。即作品，也没有大两样。从他最初的《穷人》起，最后的《卡拉玛卓夫兄弟》止，所说的都是同一的事，即所谓“捉住了心中所实验的事实，使读者追求着自己思想的径路，从这心的法则中，自然显示出伦理的观念来。”

这也可以说：穿掘着灵魂的深处，使人受了精神底苦刑而得到创伤，又即从这得伤和养伤和愈合中，得到苦的涤除，而上了苏生的路。

《穷人》是作于千八百四十五年，到第二年发表的；是第一部，也是使他即刻成为大家的作品；格里戈洛维奇和涅克拉梭夫为之狂喜[②]，培林斯基[③]曾给他公正的褒辞。自然，这也可以说，是显示着“谦逊之力”的。然而，世界竟是这么广大，而又这么狭窄；穷人是这么相爱，而又不得相爱；暮年是这么孤寂，而又不安于孤寂。他晚年的手记说：“富是使个人加强的，是器械底和精神底满足。因此也将个人从全体分开。”富终于使少女从穷人分离了，可怜的老人便发了不成声的绝叫。爱是何等地纯洁，而又何其有搅扰咒诅之心呵！

而作者其时只有二十四岁，却尤是惊人的事。天才的心诚

---

① 正教：东正教，基督教的一派。1054年基督教分裂为东西两派，东派自称正宗，故名。

② 格里戈洛维奇：俄国作家，著有小说《乡村》《苦命人安东》及《文学回忆录》《美术史和美术理论文集》等。涅克拉梭夫：通译涅克拉索夫，俄国诗人，著有长诗《严寒，通红的鼻子》《在俄罗斯谁能快乐而自由》等。

③ 培林斯基：通译别林斯基，俄国文学评论家、哲学家，著有《文学的幻想》《论普希金的作品》等。

然是博大的。

中国的知道陀思妥夫斯基将近十年了，他的姓已经听得耳熟，但作品的译本却未见。这也无怪，虽是他的短篇，也没有很简短，便于急就的。这回丛芜才将他的最初的作品，最初绍介到中国来，我觉得似乎很弥补了些缺憾。这是用Constance Garnett[①]的英译本为主，参考了Modern Library[②]的英译本译出的，歧异之处，便由我比较了原白光[③]的日文译本以定从违，又经素园[④]用原文加以校定。在陀思妥夫斯基全集十二巨册中，这虽然不过是一小分，但在我们这样只有微力的人，却很用去许多工作了。藏稿经年，才得印出，便借了这短引，将我所想到的写出，如上文。陀思妥夫斯基的人和他的作品，本是一时研究不尽的，统论全般，决非我的能力所及，所以这只好算作管窥之说；也仅仅略翻了三本书：Dostoievsky's Literarsche Schriften，Mereschkovsky's Dostoievsky und Tolstoy[⑤]，昇曙梦[⑥]的《露西亚文学研究》。

俄国人姓名之长，常使中国的读者觉得烦难，现在就在此略加解释。那姓名全写起来，是总有三个字的：首先是名，其次是父名，第三是姓。例如这书中的解屋斯金，是姓；人却称他马加尔亚列舍维奇，意思就是亚列舍的儿子马加尔，是客气

---

① Constance Garnett：康斯坦斯·迦内特，英国女翻译家，曾翻译俄国作家列夫·托尔斯泰、陀思妥耶夫斯基等人的作品。

② Modern Library：《现代丛书》，美国现代丛书社出版。

③ 原白光：日本的俄国文学翻译家。

④ 素园：韦素园，未名社成员。

⑤ Dostoievsky's Literarsche Schriften：德语，意思是《陀思妥耶夫斯基文学著作集》。Mereschkovsky's Dostoievsky und Tolstoy：德语，意思是梅列日科夫斯基《陀思妥耶夫斯基与托尔斯泰》。

⑥ 昇曙梦：日本的俄国文学研究者、翻译家。

的称呼；亲昵的人就只称名，声音还有变化。倘是女的，便叫她“某之女某”。例如瓦尔瓦拉亚列舍夫那，意思就是亚列舍的女儿瓦尔瓦拉；有时叫她瓦兰加，则是瓦尔瓦拉的音变，也就是亲昵的称呼。

一九二六年六月二日之夜，鲁迅记于东壁下。

书信

本辑选录鲁迅书信20封。

致许广平[1]

广平兄：

今天收到来信，有些问题恐怕我答不出，姑且写下去看。

学风如何，我以为和政治状态及社会情形相关的，倘在山林中，该可以比城市好一点，只要办事人员好。但若政治昏暗，好的人也不能做办事人员，学生在学校中，只是少听到一些可厌的新闻，待到出校和社会接触，仍然要苦痛，仍然要堕落，无非略有迟早之分。所以我的意思，倒不如在都市中，要堕落的从速堕落罢，要苦痛的速速苦痛罢，否则从较为宁静的地方突到闹处，也须意外地吃惊受苦，其苦痛之总量，与本在都市者略同。

学校的情形，向来如此，但一二十年前，看去仿佛较好者，因为足够办学资格的人们不很多，因而竞争也不猛烈的缘故。现在可多了，竞争也猛烈了，于是坏脾气也就彻底显出。教育

① 此信写于1925年，经作者整理编辑收入《两地书》。许广平，广东番禺人，笔名景宋，当时是北京女子师范大学学生，后为鲁迅夫人。1925年，鲁迅在北京女子师范大学讲授中国小说史。3月11日，许广平以一个常听鲁迅课程的学生的身份，向老师写信，抨击北京教育界的黑暗现状，深以中国教育前途为虑。此即鲁迅的回信。

界的清高，本是粉饰之谈，其实和别的什么界都一样，人的气质不大容易改变，进几年大学是无甚效力的，况且又有这样的环境，正如人身的血液一坏，体中的一部分决不能独保健康一样，教育界也不会在这样的民国里特别清高的。

所以，学校之不甚高明，其实由来已久，加以金钱的魔力，本是非常之大，而中国又是向来善于运用金钱诱惑法术的地方，于是自然就成了这现象。听说现在是中学校也有这样的了，间有例外者，大概即因年龄太小，还未感到经济困难或花费的必要之故罢。至于传入女校，当是近来的事，大概其起因，当在女性已经自觉到经济独立的必要，所以获得这独立的方法，不外两途，一是力争，一是巧取，前一法很费力，于是就堕入后一手段去，就是略一清醒，又复昏睡了。可是这不独女界，男人也都如此，所不同者巧取之外，还有豪夺而已。

我其实那里会“立地成佛[①]”，许多烟卷，不过是麻醉药，烟雾中也没有见过极乐世界[②]。假使我真有指导青年的本领——无论指导得错不错——我决不藏匿起来，但可惜我连自己也没有指南针，到现在还是乱闯，倘若闯入深坑，自己有自己负责，领着别人又怎么好呢，我之怕上讲台讲空话者就为此。记得有一种小说里攻击牧师，说有一个乡下女人，向牧师历诉困苦的半生，请他救助，牧师听毕答道，“忍着罢，上帝使你在生前受苦，死后定当赐福的。”[③]其实古今的圣贤以及哲人学者所说，

---

① 立地成佛：佛家语，禅宗认为人皆有佛性，弃恶从善，即可成佛。此为劝善之语。宋代释普济《五灯会元·昭觉勤禅师法嗣》：“广额正是个杀人不眨眼底汉。飏下屠刀，立地成佛。”

② 极乐世界：佛教语，指阿弥陀佛所居之净土，又称极乐净土。

③ 见波兰作家显克微支的中篇小说《炭画》第六章。该小说有周作人译本，1914年北京文明书局出版。

何尝能比这高明些，他们之所谓“将来”，不就是牧师之所谓“死后”么？我所知道的话就是这样，我不相信，但自己也并无更好解释。章锡琛[①]的答话是一定要胡涂的，听说他自己在书铺子里做伙计，就时常叫苦连天。

我想，苦痛是总与人生联带的，但也有离开的时候，就是当睡熟之际。醒的时候要免去若干苦痛，中国的老法子是“骄傲”与“玩世不恭”，我自己觉得我就有这毛病，不大好。苦茶加糖，其苦之量如故，只是聊胜于无“糖”，但这糖就不容易找到，我不知道在那里，只好交白卷了。

以上许多话，仍等于章锡琛，我再说我自己如何在世上混过去的方法，以供参考罢——

一、走“人生”的长途，最易遇到的有两大难关。其一是“歧路”，倘若墨翟先生，相传是恸哭而返的。但我不哭也不返，先在歧路头坐下，歇一会，或者睡一觉，于是选一条似乎可走的路再走，倘遇见老实人，也许夺他食物来充饥，但是不问路，因为我知道他并不知道的。如果遇见老虎，我就爬上树去，等它饿得走去了再下来，倘它竟不走，我就自己饿死在树上，而且先用带子缚住，连死尸也决不给它吃。但倘若没有树呢？那么，没有法子，只好请它吃了，但也不妨也咬它一口。其二便是“穷途”了，听说阮籍先生也大哭而回，我却也像歧路上的办法一样，还是跨进去，在刺丛里姑且走走，但我也并未遇到全是荆棘毫无可走的地方过，不知道是否世上本无所谓穷途，

① 章锡琛：字雪村，浙江绍兴人，出版家，20世纪20年代中期任商务印书馆《妇女杂质》主编，常在《通讯》栏目解答读者提出的各类问题。

还是我幸而没有遇着。①

二、对于社会的战斗，我是并不挺身而出的，我不劝别人牺牲什么之类者就为此。欧战的时候，最重“壕堑战”，战士伏在壕中，有时吸烟，也唱歌，打纸牌，喝酒，也在壕内开美术展览会，但有时忽向敌人开他几枪。中国多暗箭，挺身而出的勇士容易丧命，这种战法是必要的罢。但恐怕也有时会迫到非短兵相接不可的，这时候，没有法子，就短兵相接。

总结起来，我自己对于苦闷的办法，是专与苦痛捣乱，将无赖手段当作胜利，硬唱凯歌，算是乐趣，这或者就是糖罢。但临末也还是归结到“没有法子”，这真是没有法子！

以上，我自己的办法说完了，就是不过如此，而且近于游戏，不像步步走在人生的正轨上（人生或者有正轨罢，但我不知道），我相信写了出来，未必于你有用，但我也只能写出这些罢了。

鲁迅　三月十一日

---

① 墨翟应为杨朱。杨朱泣歧路，见《淮南子·说林训》：“杨子见歧路而哭之，为其可以南可以北。”阮籍哭穷途，见晋代孙盛《魏氏春秋》：“籍……率意独驾，不由径路，车迹所穷，辄恸哭而返。”

致 母 亲[1]

母亲大人膝下[2]：

敬禀者[3]：日前寄上海婴[4]照片一张，想已收到。

小包一个，今天收到了。酱鸭酱肉，略起白花，蒸过之后，味仍不坏，只有鸡腰是全不能吃了。其余的东西，都好的。下午已分了一份给老三去。但其中的一种粉，无人认识，亦不知吃法，下次信中，乞示知。

上海一向很暖，昨天发风，才冷了起来，但房中亦尚有五十余度。寓内大小俱安，请勿念为要。

海婴有几句话，写在另一张纸上，今附呈。

专此布达，恭请

金安[5]。

男树　叩上　广平及海婴同叩　一月十六日

---

① 此信作于1935年，作者当时在上海。鲁迅母亲名为鲁瑞，出生在朝北台门，后嫁到了绍兴城里的周家。鲁迅父亲早逝，鲁瑞独自抚养鲁迅和他的两个弟弟。

② 膝下：敬辞，给父母或祖父母写信时，加在开头的称呼后面。

③ 敬禀者：旧时书信常用的启事语，表示下面有话要禀告。

④ 海婴：周海婴，鲁迅和许广平仅有的一个儿子。

⑤ 金安：旧时的祝福语，多用于对长辈和尊敬的人。

致钱玄同[①]

玄同兄：

来信收到了。你前回说过七月里要做讲义、所以《新青年》让别人编、明年自己连编两期、何以现在又要编了？起孟说过想译一篇小说[②]、篇幅是狠短的、可是现在还未寄来。大约一到家里[③]、内政外交、种种庶务、总须几天才完、渺无消息、也不足奇、想来廿日以内、总可以译好的。至于敝人的一篇[④]、却恐怕有点靠不住、因为敝人嘴里要做的东西、向来狠多、然而从来未尝动手、照例类推、未免不做的点、在六十分以上了。

中国国粹、虽然等于放屁、而一群坏种、要刊丛编[⑤]、却也毫不足怪。该坏种等、不过还想吃人、而竟奉卖过人肉的侦心

---

① 此信写于1918年。原件将顿号用作逗号。

② 起孟：鲁迅二弟周作人，起孟是他的一个名。这里所说的“一篇小说”，疑指瑞典作家斯特林堡所作短篇小说《改革》，周作人的译文后载于《新青年》第五卷第二号（1918年8月）。

③ 周作人于1918年6月20日至9月10日由北京返绍兴探亲。

④ 当指《我之节烈观》，后收入《坟》。

⑤ 一群坏种、要刊丛编：疑指当时刘师培等计划复刊《国粹学报》《国粹汇编》。此事后未实现，1919年3月他们另创办《国故》月刊，鼓吹“昌明中国固有之学术”，与新文化运动相对抗。

探龙做祭酒[①]、大有自觉之意。即此一层、已足令敝人刮目相看、而猗欤羞哉[②]、尚在其次也。敝人当袁朝[③]时、曾戴了冕帽出无名氏语录、献爵于　　至圣先师的老太爷[④]之前、阅历已多、无论如何复古、如何国粹、都已不怕。但该坏种等之创刊屁志、系专对《新青年》而发、则略以为异、初不料《新青年》之于他们、竟如此其难过也。然既将刊之、则听其刊之、且看其刊之、看其如何国法、如何粹法、如何发昏、如何放屁、如何做梦、如何探龙、亦一大快事也。国粹丛编万岁！老小昏虫万岁!!

蚊虫咬我，就此不写了。

鲁迅　七月五日

---

① 奉卖过人肉的侦心探龙做祭酒：这里指的是推出刘师培做学界头目之事。刘师培曾被清末两江总督端方收买，出卖革命党人，故说"卖过人肉"；他早年研究六朝文学时，故借南朝刘勰《文心雕龙》书名，化出"侦心探龙"，暗取"侦探"二字。祭酒，汉代学官名。

② 猗欤(yī yú)羞哉：也作"猗欤休哉"，意思是"多么美好呀！"原为古代赞颂语，今多含讽刺意味。

③ 袁朝：指袁世凯统治时期。

④ 至圣先师的老太爷：指孔子。鲁迅曾在北洋政府教育部任职，在袁世凯强制举办的祭孔活动中随众当过祀孔执事。

致许寿裳[1]

季市君足下：

早蒙书，卒卒不即复。记前函曾询部中《最新法令汇编》[2]，当时问之雷川[3]，乃云无有。前答未及，今特先陈。夫人逝去，孺子良为可念，今既得令亲到赣，复有教师，当可稍轻顾虑。人有恒言："妇人弱也，而为母则强。"仆为一转曰："孺子弱也，而失母则强。"此意久不语人，知　君能解此意，故敢言之矣。《狂人日记》实为拙作，又有白话诗署"唐俟"者，亦仆所为。前曾言中国根柢全在道教，此说近颇广行。以此读史，有多种问题可以迎刃而解。后以偶阅《通鉴》[4]，乃悟中国人尚是食人民族，因成此篇。此种发见，关系亦甚大，而知者尚寥寥也。京师图书分馆[5]等章程，朱孝荃[6]想早寄上。

---

① 此信写于1918年，原无标点。许寿裳：字季茀，号上遂，浙江绍兴人，近代学者、传记作家。

②《最新法令汇编》：指北洋政府教育部编印的《教育法规汇编》。

③ 雷川：吴震春，字雷川，当时任北洋政府教育部总务司佥事兼文书科长。

④《通鉴》：《资治通鉴》，宋代司马光等编撰的编年体通史，共294卷，又有考异、目录各30卷。

⑤ 京师图书分馆：设于北京宣武门外前青厂，1913年6月开馆。

⑥ 朱孝荃：当时任北洋政府教育部社会教育司主事兼京师通俗图书馆主任。

然此并庸妄人钱稻孙，王丕谟[①]所为，何足依据。而通俗图书馆[②]者尤可笑，几于不通。仆以为有权在手，便当任意作之，何必参考愚说耶？教育博物馆[③]等素未究，必无以奉告。惟于通俗图书馆，则鄙意以为小说大应选择；而科学书等，实以广学会[④]所出者为佳，大可购置，而世多以其教会所开而忽之矣。覃孝方[⑤]之辞职，闻因为一校长所打，其所以打之者，则意在排斥外省人而代以本省人。然目的仅达其半，故覃去而X[⑥]至，可谓去虎进狗矣。部中风气日趋日下，略有人状者已寥寥不多见。若夫新闻，则有エバ之健将牛献周佥事在此娶妻[⑦]，未几前妻闻风而至，乃诱后妻至奉天，售之妓馆，已而被诉，今方在囹圄，但尚未判决也。作事如此，可谓极人间之奇观，达兽道之极致，而居然出于教育部，宁非幸欤！历观国内无一佳象，而仆则思想颇变迁，毫不悲观。盖国之观念，其愚亦与省界相类。若以人类为着眼点，则中国若改良，固足为人类进步之验（以如此国而尚能改良故）；若其灭亡，亦是人类向上之验，缘如此国人

---

① 钱稻孙：字介眉，历任北洋政府教育部主事、视学、佥事及京师图书分馆主任等职。王丕谟：字仲猷，曾任北洋政府教育部社会教育司主事及京师通俗图书馆主任、中央公园图书阅览所主任等职。

② 通俗图书馆：全称京师通俗图书馆，设于北京宣武门内，1913年10月开馆。

③ 教育博物馆：许寿裳任江西教育厅厅长期间在江西筹设，1918年9月开馆。

④ 广学会：清光绪十三年（1887年）由英美基督教（新教）传教士在上海创立的教会出版机构。该机构主要编译出版历史、地理、理化、伦理、宗教等方面书籍，多为当时学堂所采用。

⑤ 覃孝方：名寿堃，字孝方，曾任北洋政府教育部秘书、参事等职。1917年9月任河南教育厅厅长，1918年4月调任陕西教育厅厅长，后未赴任。

⑥ X：指吴鼎昌，字达铨，1918年4月继覃寿堃后任河南教育厅厅长。

⑦ エバ：日语，夏娃的意思。《旧约·创世记》中上帝创造的第一个女人。此处疑代指夏曾佑。牛献周：字正甫，1917年6月任北洋政府教育部普通教育司佥事兼第二科科长，后调第四科，1918年8月被免职。

竟不能生存，正是人类进步之故也。大约将来人道主义终当胜利，中国虽不改进，欲为奴隶，而他人更不欲用奴隶；则虽渴想请安，亦是不得主顾，止能侘傺而死。如是数代，则请安磕头之瘾渐淡，终必难免于进步矣。此仆之所为乐也。此布，即颂

曼福。

仆树人　顿首　八月廿日

致宋崇义[1]

知方同学兄足下：

日前蒙惠书，祇悉种种[2]。

仆于去年冬季，以挈眷北来，曾一返越中，往来匆匆，在杭在越之诸友人，皆不及走晤；迄今犹以为憾！

比年以来，国内不靖，影响及于学界，纷扰已经一年。世之守旧者，以为此事实为乱源；而维新者则又赞扬甚至。全国学生，或被称为祸萌，或被誉为志士；然由仆观之，则于中国实无何种影响，仅是一时之现象而已；谓之志士固过誉，谓之乱萌，亦甚冤也。

南方学校现象，较此间似尤奇诡，分教员为四等[3]，可谓在

---

① 此信写于1920年。宋崇义：字知方，浙江上虞人，鲁迅在杭州浙江两级师范学堂任教时的学生。

② 祇悉种种：书信用语，表示对方来信中所谈的事都知道了。祇，恭敬；悉，知晓。

③ 分教员为四等："五四运动"之后不久，浙江第一师范学校学生施存统发表《非孝》一文(载《浙江新潮》第三期)。1919年12月浙江省议会议员65人联名上书北洋政府，指控该校校长经亨颐"提倡非孝废孔，共妻共产"，要求严办。次年2月，浙江省教育厅下令将经亨颐调离，由姜琦接替校长之职，引起教员、学生罢教罢课。姜到校后提出整顿措施，对教员"分别等第，以定去留"，将教员分为"必留者""可留者""暂留者""必去者"四等。

教育史上开一新纪元，北京尚无此举，惟高等工业抬出校长①，略堪媲美而已。然此亦只因无校长提倡，故学生亦不发起；若有如姜校长②之办法，则现象当亦相同。世之论客，好言南北之别，其实同是中国人，脾气无甚大异也。

近来所谓新思潮者，在外国已是普遍之理，一入中国，便大吓人；提倡者思想不彻底，言行不一致，故每每发生流弊，而新思潮之本身，固不任其咎也。

要之，中国一切旧物，无论如何，定必崩溃；倘能采用新说，助其变迁，则改革较有秩序，其祸必不如天然崩溃之烈。而社会守旧，新党又行不顾言，一盘散沙，无法粘连，将来除无可收拾外，殆无他道也。

今之论者，又惧俄国思潮传染中国，足以肇乱，此亦似是而非之谈，乱则有之，传染思潮则未必。中国人无感染性，他国思潮，甚难移殖；将来之乱，亦仍是中国式之乱，非俄国式之乱也。而中国式之乱，能否较善于他式，则非浅见之所能测矣。

要而言之，旧状无以维持，殆无可疑；而其转变也，既非官吏所希望之现状，亦非新学家所鼓吹之新式：但有一塌胡涂而已。

中国学共和不像，谈者多以为共和于中国不宜；其实以前之专制，何尝相宜？专制之时，亦无忠臣，亦非强国也。

仆以为一无根柢学问，爱国之类，俱是空谈；现在要图，

---

① 高等工业抬出校长：1920年2月，北京工业专门学校学生夏秀峰因参加街头演讲被捕。该校学生要求校长洪镕出面营救遭拒绝，遂于3月19日集会，迫令洪镕离校，酿成学潮。北洋政府教育部全力支持洪镕，开除为首学生，洪强令反对他的学生写悔过书。

② 姜校长：指姜琦，字伯韩，号柏盦(ān)，当时任浙江第一师范学校校长。

实只在熬苦求学，惜此又非今之学者所乐闻也。此布，敬颂曼福[1]！

仆树　顿首　五月四日

① 曼福：绵绵福祉，大福。

致 胡 适[1]

适之先生：

寄给独秀的信[2]，启孟以为照第二个办法最好，他现在生病，医生不许他写字，所以由我代为声明。

我的意思是以为三个都可以的，但如北京同人一定要办，便可以用上两法而第二个办法更为顺当。至于发表新宣言说明不谈政治，我却以为不必，这固然小半在“不愿示人以弱”，其实则凡《新青年》同人所作的作品，无论如何宣言，官场总是头痛，不会优容的。此后只要学术思想艺文的气息浓厚起来——我所知道的几个读者，极希望《新青年》如此，——就好了。

树　一月三日

---

① 此信写于1921年。胡适：曾用名嗣穈，字希疆，学名洪骍，后改名适，字适之，中国现代思想家、文学家。

② 这里指的是胡适就《新青年》编辑方针所面临重大分歧写给陈独秀的信。此信在发出前曾交鲁迅等人传阅，征求意见。

致孙伏园[1]

伏园兄：

今天《副镌》上关于爱情定则的讨论只有不相干的两封信[2]，莫非竟要依了钟孟公先生的“忠告”，逐渐停止了么？

我以为那封信虽然也不失为言之成理的提议，但在变态的中国，很可以不依，可以变态的办理的。

先前登过的二十来篇文章，诚然是古怪的居多，和爱情定则的讨论无甚关系，但在别一方面，却可作参考，也有意外的价值。这不但可以给改革家看看，略为惊醒他们黄金色的好梦，而“足为中国人没有讨论的资格的左证”，也就是这些文章的价值之所在了。

我交际太少，能够使我和社会相通的，多靠着这类白纸上的黑字，所以于我实在是不为无益的东西。例如“教员就应该格外严办”，“主张爱情可以变迁，要小心你的老婆也会变心不

---

① 此信写于1923年。孙伏园：原名福源，字养泉，现代散文作家，曾任《晨报》副刊、《北京》副刊、《语丝》周刊编辑，有民国“副刊大王”之称。

②《副镌》：《晨报》副刊。关于爱情定则的讨论：1923年4月29日《晨报》副刊发表张竞生的《爱情的定则与陈淑君女士事的研究》一文，引起读者的争论，为此该刊开设了《爱情定则讨论》专栏。同年6月12日，该刊发表陈锡畴和钟孟公的两封信。

爱你，”[1]之类，着想都非常有趣，令人看之茫茫然惘惘然；倘无报章讨论，是一时不容易听到，不容易想到的，如果“至期截止”，杜塞了这些名言的发展地，岂不可惜？

钟先生也还是脱不了旧思想，他以为丑，他就想遮盖住，殊不知外面遮上了，里面依然还在腐烂，倒不如不论好歹，一齐揭开来，大家看看好。往时布袋和尚[2]带着一个大口袋，装些另碎东西，一遇见人，便都倒在地上道，“看看，看看。”这举动虽然难免有些发疯的嫌疑，然而在现在却是大可师法的办法。

至于信中所谓揭出怪论来便使“青年出丑”，也不过是多虑，照目下的情形看，甲们以为可丑者，在乙们也许以为可宝，全不一定，正无须乎替别人如此操心，况且就在上面的一封信里，也已经有了反证了。

以上是我的意见：就是希望不截止。若夫究竟如何，那自然是由你自定，我这些话，单是愿意作为一点参考罢了。

迅　六月十二日

---

① 这两句话都是当时参加讨论者的论调。前者见于该刊5月18日梁国常文；后者见于6月3日张畏民文。

② 布袋和尚：名契此，号长汀子，是五代时后梁高僧。

致李秉中[1]

庸倩兄：

回家后看见来信。给幼渔[2]先生的信，已经写出了，我现在也难料结果如何，但好在这并非生死问题的事，何妨随随便便，暂且听其自然。

关于我这一方面的推测，并不算对。我诚然总算帮过几回忙，但若是一个有力者，这些便都是些微的小事，或者简直不算是小事，现在之所以看去很像帮忙者，其原因即在我之无力，所以还是无效的回数多。即使有效，也〔不〕算什么，都可以毫不放在心里。

我恐怕是以不好见客出名的。但也不尽然，我所怕见的是谈不来的生客，熟识的不在内，因为我可以不必装出陪客的态度。我这里的客并不多，我喜欢寂寞，又憎恶寂寞，所以有青年肯来访问我，很使我喜欢。但我说一句真话罢，这大约你未

---

① 此信写于1924年9月。李秉中：字庸倩，四川彭山人，1924年入北京大学，同年底入黄埔军校，1932年在南京国民党军事机关任职，并成为国民党特务组织复兴社要员，曾致函鲁迅愿意斡旋国民党政府对他的通缉令，被鲁迅拒绝。

② 幼渔：马裕藻，曾任北京大学中文系主任、北京女子师范大学教授。

曾觉得的，就是这人如果以我为是，我便发生一种悲哀，怕他要陷入我一类的命运；倘若一见之后，觉得我非其族类，不复再来，我便知道他较我更有希望，十分放心了。

其实我何尝坦白？我已经能够细嚼黄连而不皱眉了。我很憎恶我自己，因为有若干人，或则愿我有钱，有名，有势，或则愿我陨灭，死亡，而我偏偏无钱无名无势，又不灭不亡，对于各方面，都无以报答盛意，年纪已经如此，恐将遂以如此终。我也常常想到自杀，也常想杀人，然而都不实行，我大约不是一个勇士。现在仍然只好对于愿我得意的便拉几个钱来给他看，对于愿我灭亡的避开些，以免他再费机谋。我不大愿意使人失望，所以对于爱人和仇人，都愿意有以骗之，亦即所以慰之，然而仍然各处都弄不好。

我自己总觉得我的灵魂里有毒气和鬼气，我极憎恶他，想除去他，而不能。我虽然竭力遮蔽着，总还恐怕传染给别人，我之所以对于和我往来较多的人有时不免觉到悲哀者以此。

然而这些话并非要拒绝你来访问我，不过忽然想到这里，写到这里，随便说说而已。你如果觉得并不如此，或者虽如此而甘心传染，或不怕传染，或自信不至于被传染，那可以只管来，而且敲门也不必如此小心。

树人　廿四日夜

致赵其文[①]

××兄：

我现在说明我前信里的几句话的意思，所谓“自己”，就是指各人的“自己”，不是指我。无非说凡有富于感激的人，即容易受别人的牵连，不能超然独往。

感激，那不待言，无论从那一方面说起来，大概总算是美德罢。但我总觉得这是束缚人的。譬如，我有时很想冒险，破坏，几乎忍不住，而我有一个母亲，还有些爱我，愿我平安，我因为感激他的爱，只能不照自己所愿意做的做，而在北京寻一点糊口的小生计，度灰色的生涯。因为感激别人，就不能不慰安别人，也往往牺牲了自己，——至少是一部分。

又如，我们通了几回信，你就记得我了，但将来我们假如分属于相反的两个战团里开火接战的时候呢？你如果早已忘却，这战事就自由得多，倘你还记着，则当非开炮不可之际，也许因为我在火线里面，忽而有点踌躇，于是就会失败。

《过客》的意思不过如来信所说那样，即是虽然明知前路是

① 此信写于1925年。赵其文：四川江北人，20世纪20年代中期系北京大学附属音乐传习所及美术专科学校学生，旁听过鲁迅的课程，曾就《野草》中的一些问题向鲁迅请教。

坟而偏要走，就是反抗绝望，因为我以为绝望而反抗者难，比因希望而战斗者更勇猛，更悲壮。但这种反抗，每容易蹉跌在“爱”——感激也在内——里，所以那过客得了小女孩的一片破布的布施[①]也几乎不能前进了。

鲁迅　四月十一日

---

① 布施：原是佛教用语，是大乘佛法六度之中的第一项，有三种——法布施、财布施和无畏布施。后也指将金钱、实物布散分享给别人。

致台静农[1]

静农兄：

九月十七日来信收到了。请你转致　半农先生，我感谢他的好意，为我，为中国。但我很抱歉，我不愿意如此。

诺贝尔赏金[2]，梁启超自然不配，我也不配，要拿这钱，还欠努力。世界上比我好的作家何限，他们得不到。你看我译的那本《小约翰》，我那里做得出来，然而这作者就没有得到。

或者我所便宜的，是我是中国人，靠着这“中国”两个字罢，那么，与陈焕章[3]在美国做《孔门理财学》而得博士无异了，自己也觉得好笑。

我觉得中国实在还没有可得诺贝尔赏金的人，瑞典最好是不要理我们，谁也不给。倘因为黄色脸皮人，格外优待从宽，

---

① 此信写于1927年。台静农：本姓澹台，字伯简，原名传严，改名静农，安徽霍邱（今六安市叶集区）人，作家、文学评论家，早年系未名社成员，与鲁迅有过交往。

② 诺贝尔赏金：指诺贝尔奖。根据瑞典化学家和发明家诺贝尔1895年的遗嘱而设立的五个奖项，包括物理学奖、化学奖、和平奖、生理学或医学奖和文学奖。1927年，瑞典汉学家高本汉通过地质学家斯文·赫定委托刘半农在中国推荐诺贝尔文学奖候选人。

③ 陈焕章：字重远，广东高要（今广东省肇庆市鼎湖区砚洲岛）人，清末民初思想家、社会活动家。辛亥革命后组织孔教会，并任会长。

反足以长中国人的虚荣心，以为真可与别国大作家比肩了，结果将很坏。

我眼前所见的依然黑暗，有些疲倦，有些颓唐，此后能否创作，尚在不可知之数。倘这事成功而从此不再动笔，对不起人；倘再写，也许变了翰林文字，一无可观了。还是照旧的没有名誉而穷之为好罢。

未名社出版物，在这里有信用，但售处似乎不多。读书的人，多半是看时势的，去年郭沫若书颇行，今年上半年我的书颇行，现在是大卖戴季陶[①]讲演录了蒋介石的也行了一时。这里的书，要作者亲到而阔才好，就如江湖上卖膏药者，必须将老虎骨头挂在旁边似的。

还有一些琐事，详寄季野信中，不赘[②]。

迅　上　九月二十五日

① 戴季陶：名传贤，号天仇，浙江吴兴人。早年参加同盟会，后任国民党中央宣传部长、中央执行委员会常委，国民党政府考试院院长等职。“四一二”政变前后，曾为蒋介石公开反共“清党”大造舆论。

② 不赘：意谓不再多言，多用为书信结尾的套语。

致章廷谦[1]

矛尘兄：

四日信早到。《萌芽》[2]三本，已于前几日寄上。所谓“六个文学团体之五[3]”者，原想更做几篇，但至今未做，而况发表乎哉。

自由运动大同盟[4]，确有这个东西，也列有我的名字，原是在下面的，不知怎地，印成传单时，却升为第二名了（第一是达夫）。近来且往学校的文艺团体演说几回[5]，关于文学的。我本不知“运动”的人，所以凡所讲演，多与该同盟格格不入，

---

① 此信写于1930年。章廷谦：字矛尘，笔名川岛，上虞道墟镇人，曾参与发起和编辑《语丝》，与鲁迅来往甚密，代表作有散文集《月夜》等。

②《萌芽》：指《萌芽月刊》，1930年创刊于上海的文艺刊物，鲁迅主编。

③ 六个文学团体之五：鲁迅《我和〈语丝〉的始终》在《萌芽月刊》发表时，副题为《“我所遇见的六个文学团体”之五》。

④ 自由运动大同盟：全称中国自由运动大同盟，中国共产党领导下的群众团体，1930年2月成立于上海。1930年3月《萌芽月刊》第一卷第三期载《中国自由运动大同盟宣言》，鲁迅列名其中。

⑤ 演说几回：指作者1930年3月9日在中华艺术大学讲“美术上的写实主义问题”，4月13日在大夏大学乐天文艺社讲“象牙塔和蜗牛庐”，19日在中国公学分院讲“美的认识”。

然而有些人已以为大出风头，有些人则以为十分可恶，谣诼谤骂，又复纷纭起来。半生以来，所负的全是挨骂的命运，一切听之而已，即使反将残剩的自由失去，也天下之常事也。

其实是，在杭州自己沈没，倘有平安饭吃，为自己计，也并不算坏事情。我常常当冲，至今没有打倒，也可以说是每一战斗，在表面上大抵是胜利的。然而，老兄，老实说罢，我实在很吃力，笔和舌，没有停时，想休息一下也做不到，恐怕要算是很苦的了。

达夫本有北上之说[①]，但现在看来，怕未必。一者他正在医痔疮，二者北局又有变化[②]，大约薪水未必稳妥，他总不肯去喝风的。所以，大约不去总有十层之八九。自由同盟上的一个名字，也许可以算是原因之三罢。

半农玄同之拜帅[③]，不知尚有几何时？有枪的也和有笔的一样，你打我，我打你，交通大约又阻碍了。兄至今勾留杭州，也未始不是幸事。

迅　上　三月二十一夜

斐君兄均此致候。

---

① 达夫北上之说：马幼渔当时拟邀郁达夫到北京大学任教。

② 北局又有变化：1930年3月19日、20日上海《申报》曾刊登“北平行营及电报局电话局等机关，已由晋方派人接收，华北日报被查封”“阎(锡山)将组军政府”等消息。

③ 半农玄同之拜帅：指刘半农将任北平大学女子文理学院院长，钱玄同将任北京师范大学国文系主任。

致韦素园[1]

素园兄：

昨看见由舍弟转给景宋的信，知道这回的谣言[2]，至于广播北方，致使兄为之忧虑，不胜感荷。上月十七日，上海确似曾拘捕数十人，但我并不详知，此地的大报，也至今未曾登载。后看见小报，才知道有我被拘在内，这时已在数日之后了。然而通信社却已通电全国，使我也成了被拘的人。

其实我自到上海以来，无时不被攻击，每年也总有几回谣言，不过这一回造得较大，这是有一些人，希望我如此的幻想。这些人大抵便是所谓“文学家”，如长虹一样，以我为“绊脚石”[3]，以为将我除去，他们的文章便光焰万丈了。其实是并不然的。文学史上，我没有见过用阴谋除去了文学上的敌手，便成为文豪的人。

但在中国，却确是谣言也足以谋害人的，所以我近来搬了

---

① 此信写于1931年。

② 谣言：1931年1月21日《大公报》曾刊登《鲁迅在沪被捕，现拘押捕房》的消息。

③ “绊脚石”：高长虹曾在《狂飙》周刊发表文章攻击鲁迅，说鲁迅“挟其历史的势力，而卧倒在青年的脚下以行其绊脚石式的开倒车的狡计”。

一处地方。景宋也安好的，但忙于照看小孩。我好像未曾通知过，我们有了一个男孩，已一岁另四个月，他生后不满两月之内，就被“文学家”在报上骂了两三回[①]，但他却不受影响，颇壮健。

我新近印了一本Gladkov的《Zement》的插画[②]，计十幅，大约不久可由未名社转寄　兄看。又已将Fadejev[③]的《毁灭》（Razgrom）译完，拟即付印。中国的做人虽然很难，我的敌人（鬼鬼祟祟的）也太多，但我若存在一日，终当为文艺尽力，试看新的文艺和在压制者保护之下的狗屁文艺，谁先成为烟埃。并希　兄也好好地保养，早日痊愈，无论如何，将来总归是我们的。

迅　上　二月二日

景宋附笔问候

---

① 1929年12月2日北平《新晨报副刊》发表署名“常工”的《桥畔偶笔》一文，就海婴的诞生挖苦、攻击鲁迅。

② Gladkov的《Zement》的插画：鲁迅曾自费复制德国木刻家凯尔·梅斐尔德为苏联作家革拉特诃夫的《士敏土》所作的插画，题为《梅斐尔德木刻士敏土之图》，并撰写序言。

③ Fadejev：法捷耶夫，苏联作家，代表作有长篇小说《毁灭》《青年近卫军》等。

致黎烈文[1]

烈文先生：

昨得大札后，匆复一笺，谅已达。《大晚报》与我有夙仇[2]，且勿论，最不该的是我的稿件不能在《自由谈》上发表时，他们欣欣然大加以嘲笑[3]。后来，一面登载柳丝（即杨邨人）之《新儒林外史》，一面崔万秋君又给我信，谓如有辨驳，亦可登载。[4]虽意在振兴《火炬》，情亦可原，但亦未免太视人为低能儿，此次亦同一手段，故仍不欲与其发生关系也。

曾大少[5]真太脆弱，而启事[6]尤可笑，谓文坛污秽，所以退

---

① 此信写于1933年。黎烈文：作家、翻译家，当时是《申报·自由谈》的编辑，曾通过郁达夫向鲁迅约稿，鲁迅后成为《自由谈》的主要撰稿人之一。

②《大晚报》：1932年2月12日在上海创刊，张竹平主办，曾虚白任总经理兼总主笔。夙仇：指旧仇。

③ 大加以嘲笑：指1933年6月11日《大晚报·火炬》载法鲁的《到底要不要自由》一文，对鲁迅等进行攻击一事。

④《新儒林外史》：这是杨邨人化名柳丝所作攻击鲁迅的文章，载于1933年6月17日《大晚报·火炬》。杨邨人：笔名柳丝，广东潮州人，小说家。崔万秋：时任《大晚报·火炬》主编。

⑤ 曾大少：指曾今可，曾与鲁迅进行论战。

⑥ 启事：指曾今可1933年7月9日在上海《时事新报》上刊登的启事。

出，简直与《伊索寓言》所记，狐吃不到葡萄，乃诋之为酸同一方法。但恐怕他仍要回来的，中国人健忘，半年六月之后，就依然一个纯正的文学家了。至于张公①，则伎俩高出万倍，即使加以猛烈之攻击，也决不会倒，他方法甚多，变化如意，近四年中，忽而普罗，忽而民主，忽而民族，尚在人记忆中，然此反复，于彼何损。文章的战斗，大家用笔，始有胜负可分，倘一面另用阴谋，即不成为战斗，而况专持粪帚乎？然此公实已道尽途穷，此后非带些吧儿与无赖气息，殊不足以再有刊物上（刊物上耳，非文学上也）的生命。

做编辑一定是受气的，但为"赌气"计，且为于读者有所贡献计，只得忍受。略为平和，本亦一法，然而仍不免攻击，因为攻击之来，与内容其实是无甚关系的。新文人大抵有"天才"气，故脾气甚大，北京上海皆然，但上海者又加以贪滑，认真编辑，必苦于应付，我在北京见一编辑，亦新文人，积稿盈几，未尝一看，骂信蝟集②，亦不为奇，久而久之，投稿者无法可想，遂皆大败，怨恨之极，但有时寄一信，内画生殖器，上题此公之名而已。此种战法，虽皆神奇，但我辈恐不能学也。

附上稿一篇③，可用与否，仍希
裁夺。专此，顺请
暑安。

干　顿首　七月十四日

---

① 张公：指张资平，广东梅县（今梅州梅江区）人，1921年参与组织创造社，代表作品为长篇小说《冲积期化石》。

② 蝟（wèi）集：聚集，丛集。

③ 这里指《智识过剩》一文。该文后收入《准风月谈》。

致王志之[1]

郑朱[2]皆合作，甚好。我以为我们[3]的态度还是缓和些的好。其实有一些人，即使并无大帮助，却并不怀着恶意，目前决不是敌人，倘若疾声厉色，拒人于千里之外，倒是我们的损失，也姑且不要太求全，因为求全责备，则有些人便远避了，坏一点的就来迎合，作违心之论，这样，就不但不会有好文章，而且也是假朋友了。

静农久无信来，寄了书去，也无回信，殊不知其消极的原因，但恐怕还是为去年的事[4]罢。我的意见，以为还是放置一时，不要去督促。疲劳的人，不可再加重，否则，他就更加疲乏。过一些时，他会恢复的。

---

① 此信写于1933年5月10日。王志之：作家，1931年参加北平“左联”，曾创办《北方文艺》《北方文学》，著有长篇小说《爱的牺牲》《抗战》《大地在动》、短篇小说集《落花集》等。

② 郑朱：指郑振铎和朱自清。郑振铎，笔名西谛，现代作家、文学史家、翻译家。朱自清，原名自华，号实秋，后改名自清，字佩弦，现代散文家、诗人，代表作有《背影》《荷塘月色》等。1933年4月23日，两人应邀出席文学杂志社举行的文艺茶话会。

③ 我们：这里指的是“左联”方面。

④ 去年的事：指台静农1932年12月12日在北京被国民党逮捕之事。

第二期[1]既非我写些东西不可，日内当寄上一点。雁君见面时当一问。第一期诚然有些“太板”，但加入的人们一多，就会活泼的。

① 第二期：这里指《文学》杂志第二期。《文学》，“左联”机关刊物之一，1933年4月创刊于北平，由文学杂志社王志之等负责编辑。

致曹聚仁[①]

聚仁先生：

惠书敬悉。近来的事，其实也未尝比明末更坏，不过交通既广，智识大增，所以手段也比较的绵密而且恶辣。然而明末有些士大夫，曾捧魏忠贤入孔庙，被以衮冕，现在却还不至此，我但于胡公适之之侃侃而谈[②]，有些不觉为之颜厚有忸怩耳。但是，如此公者，何代蔑有哉。

渔仲亭林[③]诸公，我以为今人已无从企及，此时代不同，环境所致，亦无可奈何。中国学问，待从新整理者甚多，即如历史，就该另编一部。古人告诉我们唐如何盛，明如何佳，其实唐室大有胡气，明则无赖儿郎，此种物件，都须褫其华衮[④]，示人本相，庶青年不再乌烟瘴气，莫名其妙。其他如社会史，艺术

① 此信写于1933年。曹聚仁：民国记者、作家，著有《中国学术思想史随笔》《万里行记》《现代中国通鉴》等。

② 胡公适之之侃侃而谈：指胡适反对中国民权保障同盟总会要求"立即无条件的释放一切政治犯"所说的话。

③ 渔仲：郑樵，字渔仲，自号溪西遗民，莆田县(今福建莆田)人，学者称"夹漈先生"，宋代史学家、校雠学家。亭林：顾炎武，居亭林镇，学者尊称"亭林先生"，明末清初思想家、学者。

④ 褫(chǐ)其华衮(gǔn)：剥去他华丽的外衣。褫，剥夺；衮，古代皇帝及上公的礼服。

史，赌博史，娼妓史，文祸史……都未有人著手。然而又怎能著手？居今之世，纵使在决堤灌水，飞机掷弹范围之外，也难得数年粮食，一屋图书。我数年前，曾拟编中国字体变迁史及文学史稿各一部，先从作长编入手，但即此长编，已成难事，剪取欤，无此许多书，赴图书馆抄录欤，上海就没有图书馆，即有之，一人无此精力与时光，请书记①又有欠薪之惧，所以直到现在，还是空谈。现在做人，似乎只能随时随手做点有益于人之事，倘其不能，就做些利己而不损人之事，又不能，则做些损人利己之事。只有损人而不利己的事，我是反对的，如强盗之放火是也。

知识分子以外，现在是不能有作家的，戈理基虽称非知识阶级出身，其实他看的书很不少，中国文字如此之难，工农何从看起，所以新的文学，只能希望于好的青年。十余年来，我所遇见的文学青年真也不少了，而希奇古怪的居多。最大的通病，是以为因为自己是青年，所以最可贵，最不错的，待到被人驳得无话可说的时候，他就说是因为青年，当然不免有错误，该当原谅的了。而变化也真来得快，三四年中，三翻四覆的，你看有多少。

古之师道，实在也太尊，我对此颇有反感。我以为师如荒谬，不妨叛之，但师如非罪而遭冤，却不可乘机下石，以图快敌人之意而自救。太炎先生曾教我小学，后来因为我主张白话，不敢再去见他了，后来他主张投壶②，心窃非之，但当国民党要

---

① 书记：旧时负责文件记录或负责缮写的人员。

② 章太炎：浙江余杭人，清末革命家、学者，1908年在日本东京曾为鲁迅等讲授文字学。小学：对文字、音韵、训诂等学问的统称。投壶：古代宴会时的一种娱乐，宾主依次投矢壶中，负者饮酒。1926年，孙传芳盘踞东南五省时，章太炎任孙组织的婚丧祭制会会长，曾主张恢复投壶古礼。该年8月6日，孙传芳在南京举行投壶仪式时，曾请章太炎主持，章未去。

没收他的几间破屋[1]，我实不能向当局作媚笑。以后如相见，仍当执礼甚恭（而太炎先生对于弟子，向来也绝无傲态，和蔼若朋友然），自以为师弟之道，如此已可矣。

今之青年，似乎比我们青年时代的青年精明，而有些也更重目前之益，为了一点小利，而反噬构陷，真有大出于意料之外者，历来所身受之事，真是一言难尽，但我是总如野兽一样，受了伤，就回头钻入草莽，舐掉血迹，至多也不过呻吟几声的。只是现在却因为年纪渐大，精力就衰，世故也愈深，所以渐在回避了。

自首之辈，当分别论之，别国的硬汉比中国多，也因为别国的淫刑不及中国的缘故。我曾查欧洲先前虐杀耶稣教徒[2]的记录，其残虐实不及中国，有至死不屈者，史上在姓名之前就冠一“圣”字了。中国青年之至死不屈者，亦常有之，但皆秘不发表。不能受刑至死，就非卖友不可，于是坚卓者无不灭亡，游移者愈益堕落，长此以往，将使中国无一好人，倘中国而终亡，操此策者为之也。

此复，并颂

著祺

鲁迅　启上　六月十八夜。

---

① 据章太炎亲属回忆，1927年“四一二”国民党“清党”后，章在浙江余杭老家仓前镇的房子曾被国民党当局没收。

② 欧洲先前虐杀耶稣教徒：该事发生于公元29年前后。

致林语堂[①]

语堂先生：

顷奉到来札并稿。前函令打油[②]，至今未有，盖打油亦须能有打油之心情，而今何如者。重重迫压，令人已不能喘气，除呻吟叫号而外，能有他乎？

不准人开一开口，则《论语》虽专谈虫二[③]，恐亦难，盖虫二亦有谈得讨厌与否之别也。天王[④]已无一枝笔，仅有手枪，则凡执笔人，自属全是眼中之钉，难乎免于今之世矣。专复，并请

道安。

迅　顿首　六月廿夜

尊夫人前并此请安。

---

① 此信写于1933年。林语堂：原名和乐，后改玉堂，又改语堂，福建龙溪（今漳州）人，现代作家、学者，代表作有《京华烟云》《啼笑皆非》等。

② 打油：这里指作打油诗。

③ 虫二：指“風月”，由“風月无边”化出。

④ 天王：犹大王，指国民党政府当局。

致杨霁云[①]

霁云先生：

惠示收到，并剪报，甚感。《小说林》[②]中的旧文章，恐怕是很难找到的了。我因为向学科学，所以喜欢科学小说，但年青时自作聪明，不肯直译，回想起来真是悔之已晚。那时又译过一部《北极探险记》，叙事用文言，对话用白话，托蒋观云先生绍介于商务印书馆，不料不但不收，编辑者还将我大骂一通，说是译法荒谬。[③]后来寄来寄去，终于没有人要，而且稿子也不见了，这一部书，好像至今没有人检去出版过。

张资平式和吕不韦[④]式，我看有些不同，张只为利，吕却为名。名和利当然分不开，但吕氏是为名的成分多一点。近来如

---

① 此信写于1934年。杨霁云：曾在上海正风文学院任教，由曹聚仁介绍认识鲁迅，1949年后参加鲁迅著作编刊社工作，从事鲁迅遗著的整理编辑工作。

②《小说林》：文艺月刊，1907年创刊于上海。

③《北极探险记》：鲁迅于1904年翻译的科幻作品，已散佚。蒋观云：浙江诸暨人，清末民初学者。商务印书馆：出版机构，1897年创办于上海，1954年迁北京。

④ 吕不韦：战国末年卫国商人，后为秦国丞相，曾招揽门客3000多人为其编著《吕氏春秋》。

哈同[1]之印《艺术丛编》和佛经，刘翰怡[2]之刻古书，养遗老，是近于吕不韦式的。而张式气味，却还要恶劣。

汉奸头衔，是早有人送过我的，大约七八年前，爱罗先珂君从中国到德国，说了些中国的黑暗，北洋军阀的黑暗。那时上海报上就有一篇文章，说是他之宣传，受之于我，而我则因为女人是日本人，所以给日本人出力云云。这些手段，千年以前，百年以前，十年以前，都是这一套。叭儿们何尝知道什么是民族主义，又何尝想到民族，只要一吠有骨头吃，便吠影吠声了。其实，假使我真做了汉奸，则它们的主子就要来握手，它们还敢开口吗？

集一部《围剿十年》[3]，加以考证：一、作者的真姓名和变化史；二、其文章的策略和用意……等，大约于后来的读者，也许不无益处。但恐怕也不多，因为自己或同时人，较知底细，所以容易了然，后人则未曾身历其境，即如隔鞋搔痒[4]。譬如小孩子，未曾被火所灼，你若告诉他火灼是怎样的感觉，他到底莫名其妙。我有时也和外国人谈起，在中国不久的，大约不相信天地间会有这等事，他们以为是在听《天方夜谈》。所以应否编印，竟也未能决定。

二则，这类的文章，向来大约很多，有我曾见过的，也有没有见过的，那见过的一部分，后来也随手散弃，不知所在了。大约这种文章，在身受者，最初是会愤懑的，后来经验一多，

---

① 哈同：19世纪末20世纪初中国上海的一位犹太裔房地产大亨，曾出资刊印《艺术丛编》《大藏经》等。

② 刘翰怡：浙江吴兴人，藏书家，曾刻印《嘉业堂丛书》《求实斋丛书》等。

③《围剿十年》：鲁迅拟编的文集，后未完成。

④ 隔鞋搔痒：同“隔靴搔痒”，比喻说话、写文章没有抓住主题和要点，不中肯，不贴切；或比喻做事没有抓住关键，不解决问题，徒劳无功。

就不大措意，也更无愤懑或苦痛。我想，这就是菲洲黑奴虽日受鞭挞，还能活下去的原因。这些（以前的）人身攻击的文字中，有卢冀野[1]作，有郭沫若的化名之作[2]，先生一定又大吃一惊了罢，但是，人们是往往这样的。

烈文先生不做编辑，为他自己设想，倒干净，《自由谈》是难以办好的。梓生[3]原亦相识，但他来接办，真也爱莫能助。我不投稿已经很久了，有一个常用化名，爱引佛经的，常有人疑心就是我，其实是别一人[4]。

此复即颂

时绥。

迅　上　五月十五日

---

① 卢冀野:原名卢正绅,字冀野,后改名为卢前,江苏江宁人,现代散曲家、剧作家、诗人、学者,著有《中国戏剧概论》《明清戏曲史》等。

② 郭沫若的化名之作:指郭沫若化名杜荃所作的《文艺战线上的封建余孽》一文。

③ 梓生:张梓生。他于1934年5月接替黎烈文编辑《自由谈》。

④ 别一人:指徐诗荃。他曾写文章投稿给鲁迅主编的《语丝》,也曾为《自由谈》撰写杂文,后改名徐梵澄。

致郑振铎[1]

西谛先生：

六月十八日函及《十竹斋笺谱》[2]样张，今天都收到。《笺谱》刻的很好，大张的山水及近于写意的花卉，尤佳。此书最好是赶年内出版，而在九或十月中，先出珂罗版印者一种。我想，购买者的经济力，也应顾及，如每月出一种，六种在明年六月以内出全，则大多数人力不能及，所以最好是平均两月出一种，使爱好者有回旋的余地。

对于纸张，我是外行，近来上海有一种"特别宣"，较厚，但我看并不好，砑亦无用，因为它的本质粗。夹贡有时会离开，自不可用。我在上海所见的，除上述二种外，仅有单宣，夹宣（或云即夹贡），玉版宣，煮硾了。[3]杭州有一种"六吉"，较薄，上海未见。我看其实是《北平笺谱》那样的真宣，也已经可以

---

① 此信写于1934年。

②《十竹斋笺谱》：明代末年胡正言于南京十竹斋编印的水印木刻版画，堪称中国水印木刻版画的巅峰之作，被鲁迅先生称为"士大夫清玩文化之最高成就"。

③ 砑（yà）：以弧形石块碾压或摩擦布帛、纸张等，使紧实光亮。夹贡：双层宣纸。单宣：宣纸品种之一，质地较薄。玉版宣：宣纸品种，质地光洁坚韧。煮硾：宣纸品种，洇墨较慢。

了。明朝那样的棉纸，我没有见过新制的。

前函说的《美术别集》中的《水浒图》，非老莲作，乃别一明人本，而日本翻刻者，老莲之图，我一张也未见过。[1]周子兢[2]也不知其人，未知是否蔡先生的亲戚？倘是，则可以探听其所在。我想，现在大可以就已有者先行出版；《水浒图》及《博古页子》，页数较多，将来得到时，可以单行的。

至于为青年着想的普及版，我以为印明本插画是不够的，因为明人所作的图，惟明事或不误，一到古衣冠，也还是靠不住，武梁祠画象中之商周时故事画，大约也如此。或者，不如（一）选取汉石刻中画象之清晰者，晋唐人物画（如顾凯之《女史箴图》之类），直至明朝之《圣谕像解》（西安有刻本）等，加以说明；[3]（二）再选六朝及唐之土俑，托善画者用线条描下（但此种描手，中国现时难得，则只好用照相），而一一加以说明。青年心粗者多，不加说明，往往连细看一下，想一想也不肯，真是费力。但位高望重如李毅士[4]教授，其作《长恨歌画意》，也不过将梅兰芳放在广东大旅馆中，而道士则穿着八卦衣，如戏文中之诸葛亮，则于青年又何责焉呢？日本人之画中

---

①《美术别集》：指《世界美术全集（别卷）》。《水浒图》：《水浒图赞》，明代杜堇作。老莲：陈洪绶，号老莲，明末清初画家。下文中的《博古叶子》是陈洪绶晚年作品，以历史人物故事为内容，共48幅。

② 周子兢：原名周仁，江苏南京人，蔡元培内弟。当时任国民党中央研究院工程研究所所长。

③ 顾凯之：顾恺之，东晋画家、绘画理论家、诗人，因为他在文学和绘画方面均有很高的成就，人称画绝、文绝和痴绝，代表作有《洛神赋图》《女史箴图》等。《女史箴图》：顾恺之创作的绢本绘画作品，原作已佚，现存有唐代摹本，原有12段，因年代久远，现存仅剩9段，为绢本设色，现收藏于大英博物馆。《圣谕像解》：清代梁延年根据康熙九年（1670年）颁布的十六条“上谕”配图和解说的书，共20卷；文中称“明朝”，当是误记。

④ 李毅士：近代画家，组画《长恨歌画意》据白居易《长恨歌》诗配画而成，共30幅。

国故事，还不至于此。

六月号之《文学》出后，此地尚无骂声，但另有一种脾气，是专做小题，与并非真正之敌寻衅。此本多年之老脾气，现在复发了，很有些人为此不平，但亦无以慰之，而这些批评家之病亦难治。他们斥小说家写“身边琐事”，而不悟自己在做“身边批评”，较远之大敌，不看见，不提起的。但（！），此地之小品文风潮，也真真可厌，一切期刊，都小品化，既小品矣，而又唠叨，又无思想，乏味之至。语堂学圣叹[①]一流之文，似日见陷没，然颇沾沾自喜，病亦难治也。

骂别人不革命，便是革命者，则自己不做事，而骂别人的事做得不好，自然便是更做事者。若与此辈理论，可以被牵连到白费唇舌，一事无成，也就是白活一世，于己于人，都无益处。我现在得了妙法，是谣言不辩，诬蔑不洗，只管自己做事，而顺便中，则偶刺之。他们横竖就要消灭的，然而刺之者，所以偶使不舒服，亦略有报复之意云尔。

《十竹斋笺谱》刻工之钱，当于月底月初汇上一部分。

专此布复，即请

道安。

隼　上　六月廿一日

寄茅兄函，顷已送去了。　　又及

① 圣叹：金圣叹，明末清初文人。其文章被林语堂归为语录体。

致萧军、萧红[①]

刘军
悄吟 兄：

十日信十三才收到，不知道怎的这么慢。你所发见的两点，我看是对的；至于说我的话可对呢，我决不定。使我自己说起来，我大约是“姑息”的一方面，但我知道若在战斗的时候，非常有害，所以应该改正。不过这和“判断力”大有关系，力强，所做便不错，力一弱，即容易陷于怀疑，什么也不能做了。“父爱”也一样的，倘不加判断，一味从严，也可以冤死了好子弟。

所谓“野气”[②]，大约即是指和上海一般人的言动不同之点，黄大约看惯了上海的“作家”，所以觉得你有些特别。其实，中国的人们，不但南北，每省也有些不同的；你大约还看不出江苏和浙江人的不同来，但江浙人自己能看出，我还能看

---

① 此信写于1935年。萧军：原名刘鸿霖，现代作家。萧红：本名张秀环，后改名为张廼莹，笔名萧红、悄吟，曾与萧军结为夫妻，后分开，现代女作家，代表作有《呼兰河传》《生死场》等。

② 萧军曾致信鲁迅，说：“我之被‘中国’文坛上的某些作家们看不好……他们把我算为‘外来者’……有‘野气’……”

出浙西人和浙东人的不同。普通大抵以和自己不同的人为古怪，这成见，必须跑过许多路，见过许多人，才能够消除。由我看来，大约北人爽直，而失之粗，南人文雅，而失之伪。粗自然比伪好。但习惯成自然，南边人总以像自己家乡那样的曲曲折折为合乎道理。你还没有见过所谓大家子弟，那真是要讨厌死人的。

这“野气”要不要故意改它呢？我看不要故意改。但如上海住得久了，受环境的影响，是略略会有些变化的，除非不和社会接触。但是，装假固然不好，处处坦白，也不成，这要看是什么时候。和朋友谈心，不必留心，但和敌人对面，却必须刻刻防备。我们和朋友在一起，可以脱掉衣服，但上阵要穿甲。您记得《三国志演义》上的许褚赤膊上阵么？[①]中了好几箭。金圣叹批道：谁叫你赤膊？

所谓文坛，其实也如此（因为文人也是中国人，不见得就和商人之类两样），鬼魅多得很，不过这些人，你还没有遇见。如果遇见，是要提防，不能赤膊的。好在现在已经认识几个人了，以后关于不知道其底细的人，可以问问叶他们，比较的便当。

《八月》[②]我还没有看，要到二十边，一定有工夫来看了。近来还是为了许多琐事，加以小说选好，又弄翻译。《死魂灵》[③]很难译，我轻率的答应了下来，每天译不多，又非如期交卷不可，真好像做苦工，日子不好过，幸而明天可完了，只有

---

①《三国志演义》:《三国演义》,元末明初小说家罗贯中根据陈寿《三国志》和裴松之注解以及民间三国故事传说,经过艺术加工创作而成的长篇章回体历史演义小说。许褚:东汉末年曹操部下猛将。

②《八月》:指萧军小说《八月的乡村》。

③《死魂灵》:俄国作家果戈理创作的长篇小说。

二万字，却足足化了十二天。

虽是江南，雪水也应该融流的，但不知怎的，去年竟没有下雪，这也并不是常有的事。许是去年阴历年底就想来的，因寓中走不开而止。现在孩子更捣乱了，本月内母亲又要到上海，一个担子，挑的是一老一小，怎么办呢？

金人[1]的译文看过了，文笔很不差，一篇寄给了良友，一篇想交给《译文》。

专此布复，并请

俪安。

豫 上 三月十三夜。

① 金人：原名张君悌，河北南宫人，翻译家，曾在鲁迅主编的《译文》杂志上发表《少年维特之烦恼》等译作。

致　萧　军[1]

刘先生：

廿二信并书一包，均收到。又曾寄《新小说》一本，内有金人译文一篇[2]，不知收到否？寄给《文学》的稿子[3]，来信说要登，但九月来不及，须待十月，只得听之。良友也有信来，今附上。悄吟太太的稿子退回来了，他说“稍弱”，也评的并不算错，便中拟交胡，拿到《妇女生活》[4]去看看，倘登不出，就只好搁起来了。

《死魂灵》作者的本领，确不差，不过究竟是旧作者，他常常要发一大套议论，而这些议论，可真是难译，把我窘的汗流浃背。这回所据的是德译本，而我的德文程度又差，错误一定不免，不过比起英译本的删节，日译本的错误更多来，也许好一点。至于《奥罗夫妇》[5]的译者，还是一位名人，但他大约太

---

① 此信写于1935年。

② 指金人翻译的《滑稽故事》。

③ 指《羊》。

④《妇女生活》：沈兹九编辑的综合性月刊，1935年创刊。

⑤《奥罗夫妇》：《奥罗夫夫妇》，高尔基著中篇小说。有周笕译本，载1935年5月《世界文库》第一册。

用力于交际了，翻译就不大高明。

我看用我去比外国的谁，是很难的，因为彼此的环境先不相同。契诃夫的想发财，是那时俄国的资本主义已发展了，而这时候，我正在封建社会里做少爷。看不起钱，也是那时的所谓“读书人家子弟”的通性。我的祖父是做官的，到父亲才穷下来，所以我其实是“破落户[1]子弟”，不过我很感谢我父亲的穷下来（他不会赚钱），使我因此明白了许多事情。因为我自己是这样的出身，明白底细，所以别的破落户子弟的装腔作势，和暴发户子弟之自鸣风雅，给我一解剖，他们便弄得一败涂地，我好像一个“战士”了。使我自己说，我大约也还是一个破落户，不过思想较新，也时常想到别人和将来，因此也比较的不十分自私自利而已。至于高尔基，那是伟大的，我看无人可比。

前一辈看后一辈，大抵要失望的，自然只好用“笑”对付。我的母亲是很爱我的，但同在一处，有些地方她也看不惯。意见不一样，没有好法子想。

又热起来，痱子也新生了，但没有先前厉害。孩子的幼稚园中，一共只有十多个人，所以还不十分混杂，其实也不过每天去关他四个钟头，好给我清净一下。不过我在担心，怕将来会知道他是谁的孩子。他现在还不知我的名字，一知道，是也许说出去的。

此复，即请

俪安。

豫　上　八月廿四日

---

① 破落户：从原来的名门望族败落下来的人家及其子弟。

私语

丁洪晶 著

江苏凤凰文艺出版社
JIANGSU PHOENIX LITERATURE AND
ART PUBLISHING

目录

私语

所记有限，点滴珍贵

前不久在一个日本故事里看到这样的话：人在 7 岁以前都是神的孩子。《圣经》里则说孩子是神的赏赐，照这个逻辑讲我们本就是神的孩子，无所谓年龄。然而中国人是不讲究这个的，我们是我们父母的孩子，除了生养我们的父母，便只有天地山川——有些时代会将上位者称为父母，但那又能有多少真心——总之不关神明的事。

或许话该这样说：我们并不将神明视为父母，而将父母视为神明。“神明”的概念太大，我们将其简化为某种类似的情感，“父母”的概念又太小了，可以将范围扩大为“家人”。墨西哥人大概也这样想，于是当《寻梦环游记》里的小男孩遇到困难时，给予他帮助的是家人，当 Hector 写出那首蜚声世界的 *Remember Me* 时，也只是为了送给他的小女儿。

看完这部电影的第二天我正好回了一趟老家，见我舅舅。我舅舅据说是一个很喜欢小孩的人，我一直不大信，只觉得他看上去挺像卖小孩的人。但我记得我幼儿园时的某一天，父母忽然都出了差，舅舅从邻市打的赶来接我放学，脸上的横肉里夹杂着一路风尘，差点被老师当成人贩子。后来我不大回去看他，与他日益疏远，留在脑中的印象唯有一个高大剽悍的男子形象和这一件事而已。近年他的糖尿病越发严重，似乎瘦得厉害。而我工作以来杂事繁多，人也懒怠，只是偶尔在母亲和他通话时插上一嘴关心两句。我是真心，但言语苍白，出口更像无心的敷衍，不知他听来作何感想，每每只是回我“好得多”。

去年同他见面，大约是母亲关心他的病情，他得意地说去北京某俱乐部参加集训，减了肥，调整了饮食，感觉健康状况与日俱上，当时的我听了，嘻嘻哈哈地同他讨论那家俱乐部里“很好喝的减肥汤”该怎么做。他嘻嘻哈哈地回我说，下次再去会替我问问。到那时为止，我仍只记得他高大剽悍的形象和跨市打车来接我的事。

今年再见他，我们起初没能说得上话。他站在阳台上抽着烟和我父亲聊家族里一些琐碎的麻烦事，聊两句叹一口气，我蹭到一旁听热闹，他把烟伸到窗户外面，没有看我。我时隔多年终于得以仔细地打量他一回，而看他焦黄的脸色和干瘪的眼袋，蜷着背、紧着肩的姿态，好像“高大彪悍”成了回忆扭曲而成的错觉。他和我父亲说完话，走进客厅摸了一把糖给我：“别人从日本带回来的，尝尝。”我吃了一块，一转头，他又坐到了沙发边上的椅子上，捏着烟盒和打火机发怔。

当天一起吃晚饭时，舅妈说起我小时候和舅舅比赛吃红烧肉和排骨，啃完的骨头干净得像刀削过一般，家里的狗都不乐意吃。我顺着话头说了一些过去的傻事，也听他们的女儿说了一些学校里的傻事，他终于舒展了身子靠上椅背，显出傻呵呵的笑容。

他有他所爱的儿女，我有我所爱的父母，但当我听到电影里的Hector弹着吉他，轻柔地对他的小女儿唱“Remember Me”，捧住一颗珍珠似的贴上他的额头时；当我看到Hector的小女儿Coco白发苍苍地来到亡灵世界，像世上所有小姑娘那样雀跃地跳过去拥抱她的“Papa”时，我所想起的，是舅舅靠在椅背上傻笑的模样。

中国人的确不大把神明放在心上，神太大，心太小，有时只装得下家人。

真爱至上，圣诞快乐

伟大的音乐，在乐段的简单重复中表达宏大的主题，正如伟大的文学，以最简洁的语言传递最复杂充沛的情感。

PM's Love Theme 在编曲上循环往复，乐器方面以管弦乐器为主，呈渐强趋势慢慢带入主题，相比飘着小雪的圣诞街头，这样宏伟的作品或许更适合在殿堂大厅中以交响乐演奏。

电影《真爱至上》中，导演将这段配乐用在影片结尾处，借助它讲述了两段故事：其一是一位英国绅士于平安夜跋山涉水来到陌生的葡萄牙，用结结巴巴的葡萄牙语找到心爱的姑娘的家，在一众邻里的伴随下风风火火地向心上人打工的店铺赶去；其二是一个九岁的小男孩为了向即将回国的心上人告白，溜进安检门，越过重重安保的阻拦奔向他的姑娘。所有的小号、长号、圆号、提琴、钹、定音鼓，汹涌地追赶着同一段旋律，只为演绎一个男人和一个九岁孩子的竭力奔跑——实际上爱情是多么微小和不足道，跋山涉水和奋力奔跑，为了一枚短暂的吻，它既不能改变世界，也不能拯救谁。它只是爱情本身。

爱情“是爱情本身”意味何其重大。影片中的那个小男孩说："为爱情而痛苦，还有什么事能比这更严重呢？"微小的爱情，短暂的，平凡的，脆弱的——人的情感本身就是如此——一个吻给当事人以暂时的欢愉，它甚至不能留存到第二天太阳升起的时候。但它在当下，对这个人而言，是毋庸置疑最伟大的。小男孩奔跑过长长的通道，穿越重重阻拦，只为了三秒钟的道别和一秒钟的吻，这又有什么关系呢？那个吻便是他那一小段人生中最要紧的事，是他当下的全部世界。

我有时会想，笑着走路的人为什么而笑呢，一脸悲伤地独行的人又是为什么而悲伤呢，包括偷偷流泪的人，悄悄微笑的人，他们是需要某个人的拥抱，还是宁愿独享这份快乐或悲伤？一个人便是一个宇宙。于是爱一个人便如宇宙中诞生了一颗星球般重大。真爱至上者，可谓宇宙中仁爱的主。

冬至先至，圣诞款款尾随，不远处元旦翘首可盼。人们为了播撒神明的意志而创设节日，为了继承传统而创设节日，为了节令而创设节日……回顾古往今来种种，平安夜的圣诞老人也好，新年的守岁也好，冬至的汤圆饺子、重阳节的茱萸、复活节的彩蛋、感恩节的火鸡……比神明和文化传统更清晰的是这样一句永恒的愿望：但愿人长久。人们为了寻找爱和守护爱而创设节日。

因而世上的一切都可以是小事，唯有真爱不是。它是人们千百年来用心呵护的奇迹，比一切神明和传统更古老，更能陪伴人类直到每一个宇宙湮灭。

如此看来，一首以爱为主题的乐曲，恢宏的，温暖的，灿烂的旋律，与音乐大厅相比，它和某个人追赶爱情的脚步更相合，和温暖的街灯逐次亮起的圣诞街头更相合，和每一对普通情侣撞在一起的嘴唇，和每一个含着眼泪的拥抱，和发生在世间每一个角落的相逢与道别相合。

圣诞歌曲太多，长的，短的，摇滚的，节奏蓝调的，爵士的，各种各样。《真爱至上》片尾处还有一首 The Beach Boys 的 *God Only Knows*，也令人印象极其深刻，曲风为 20 世纪七八十年代风格的轻摇滚，反复吟唱着“god only knows why I’d be without you ”，只有上帝知道我何等爱你，如何离不开你，其中真相，连你，连我，都不甚了了。

写这篇文章的时候我刚做好圣诞姜饼，订了蛋糕，将银球和薄荷味的拐棍糖挂在圣诞树上，内心因陌生的仪式感而激荡起温暖的浪潮，此时朋友发来图片，她说买了很好喝的酒，想和我分享这个夜晚。我突然也很想送出一个拥抱或亲吻，我对朋友说：“很高兴能认识你，我爱你。”朋友说：“今年谢谢你能陪着我。”在那个夜晚我们仿佛第一次意识到对彼此的情感。音乐和节日将临的神圣感给了我平日未有的勇气，我第一次意识到，我和我千里外的朋友，和夜空，和宇宙紧密相连——不需借助神明，当我意识到时，我们便是连在一块的。

我们期盼种种节日，它们由先祖们创造，或者来自他乡异国，因在时间或空间上足够遥远而显得神秘而美丽，一个个原本普通的日子被人类赋予特殊意义，又由人自己年复一年地予以期盼。节日是人类送给后代的礼物，先祖借此留下箴言：保持希望，每一段时光过后都会有新的庆典。在黑暗时，这礼物比食物更必要，正如人类自有意识时起便离不开艺术。

宛如千百年前庆典上的铃铛声，音乐声和欢笑声乘着冬天的寒潮绵延而来，冥冥中神明的福语原是古老的情歌。

有人说人类艺术的主体是悲剧，殊不知爱和快乐是多么真实，充沛动人，热烈又来之不易，我们因爱而热泪盈眶，常常比因悲伤哭泣来得更为诚挚。

时间的玫瑰

时光对我们最了不起的馈赠，是给予我们新的“相遇”，遇到新的人和事，或是重新认识旧的人和事。正因为有这些微小的相遇，世界才显得日日崭新，每一个今天之后都是鲜亮洁白的明天。

今年认识了很多有趣又温柔的人——与我同岁的学姐丹丹，健谈开朗的咖啡店老板，“关 8”粉丝由纪、好腰，自由独立的新女性启迪姐姐，和我一起上研究生课的邻座的女同学们，父母喂养的小区里的猫咪们……更幸运的是，也依旧保持着和老朋友们的交情——认识已久却不曾谋面的老朋友草草，意趣相投的心灵挚友 Helen（谢谢你陪我聊那些理想主义和浪漫主义的东西），理性和孩子气兼具的 Sue 酱（翔哥），在上海打拼的老朋友磊哥、杨哥（过年早点回来呀），平均一周和我见一面的许同学……2017 之所以是至今为止最令我快乐的一年，大概是因为它只有迎来，没有送往。

我看着我认识的人们越来越好，找到工作了，学业顺利了，过不去的坎终于过去了……于是我也越来越好。老人都说，朋友与朋友之间拥有相通的气场，朋友过得好，你也过得好。

大概拥抱着所有人的宇宙遥遥地将我们连接在了一起。

我不是一个擅长交朋友的人，常被人说有距离感，认识的人里能称为朋友的少之又少，大多只是认识的人。但人海茫茫，能相遇并“认识”已是小概率事件，认识并互相喜欢，如何不是上天赠予的奇迹？随着年岁增长，我越来越无惧于说喜欢和爱，正是因为认识到这份奇迹无比珍贵，值得用坦率的表达来延长它的寿命。

即使时常感到寂寞，人于事实上并非孤独。相识的人们过着各自的生活，又常常隔着生活相互守望。不相识的人们，也未必不是相互联系、相互守望的。

Door 这首歌的演唱者是日本偶像组合岚，我喜欢了他们很多年，买了不少周边，花了不少精力。今年是我“脱饭”的第一年，换句话说，他们是我今年的唯一一个离别。“脱饭”后我将业余时间的重点放在了乐评和摇滚乐上。听了很多曲子，认识了很多优秀的音乐人，一度怀疑过去那个花钱听日本偶像口水歌的自己是不是哪里出了问题，一并怀疑起了所有相关的过往时光。我欣慰地对自己说：这下算是终于长大了。

我的朋友在“脱饭”的边缘进进出出，我甚至想，她真像个小孩子，如何下决心也挥别不了过去。

我喜欢上了新的音乐人，他们更富音乐性，创作独立性更强，总能为我带来新鲜的音乐视角与专业知识，这当然也是 2017 年的巨大收获之一。在辞旧迎新中，我感受着名为新鲜感的喜悦，却总觉得对不住过去的自己。

我将这视为辞别过去的余韵，直到今天听到这首歌。

真好听。是言语形容不出的好听，它和去年以前听过的每一首岚的歌一样好听。我想起比刚刚挥袖离开的 2017 更遥远的曾经，当我还不够强大，不善于表达寂寞和爱意时，从偶像身上获得精神支撑的过去，以单曲循环支撑过的难过的日日夜夜——它们被熟悉的歌声洗净泥灰，在记忆的河底焕发出耀眼的光芒。它们也是我宝贵的日子们。

过去从未离我远去，过去也不总被美好的爱意充盈。我透过它们看到那个成长之前的自己，看到我刻意忘记的寂寞和难过，眼泪、迷茫和叹息，幼稚和暴躁，但它们也是来自上天的馈赠。在这种种不堪中，有被我忽视的来自身边的无言陪伴（爸爸妈妈，谢谢），有遥远的，陌生又熟悉的守护。

在将来，如今的相遇或许会纷纷变成离别，变成蕴含了各种滋味的曾经，但此时此刻，它们是爱，是美好。

样板戏与坂井泉水

坂井泉水极漂亮，漂亮得宛如每一个使我擦肩回眸的姑娘。她的声音与面容一般美，用日本业内常用的话评价就是“有透明感”。我第一次看她的live时，就觉得那歌声同她的空气刘海一起弹动起伏，使人心旌摇动。

细究之下，被歌迷称作“亚洲女性摇滚第一人”的泉水姐姐，歌声的瑕疵实际较为明显：低音不稳，高音略带挤压感，论音域和技巧，坂井泉水在同代歌手中绝对排不上第一，从个人喜好来说，我更喜欢同社的大黑摩季富有力度的歌声。

但坂井泉水是不一样的。1993年，《負けないで》甫一面世便在日本社会掀起轩然大波，甚至被誉为日本“第二国歌”，1997年被编入日本高中音乐教材，2014年登上日本高中英语教科书。

即使我这样努力地表达这首歌的不同凡响之处，诸位听众大概仍然一头雾水：这分明是一首从曲到词都平凡得很的作品，何堪此声誉？跳出歌曲本身，有一句老话不得不提：时势造英雄。换个说法，即“万事皆依时势而定”。坂井泉水走红于20世纪90年代，彼时日本恰逢泡沫经济破裂，在经济低迷带来的消沉情绪中，《負けないで》以其简单精巧的作词，与回旋向上、朗朗上口的Pop Rock曲风不断激励自杀率屡屡攀升的日本社会：别输！目标就在不远处！在歌曲问世后两年，日本遭遇阪神大地震，这首歌再次成为激励人们相互扶持着走出阴霾的强心针，即使是在坂井泉水逝世四年后的2011年，在“3·11”地震中，《負けないで》依然是点播率最高的励志歌曲。

歌词的确十分简单：“不要输啊，我就在你身边”“不要输，不远处就是目标。”全曲起句是“不经意的瞬间，与你四目相接，那怦然心动的幸福感依然记得”，分明是女孩子写给暗恋对象的加油信，高潮部分却自然地转入了具有普遍意义的鼓励“不要输，只差一点点了”，在鼓励的大主题与恋爱的小主题间以一句“请你像那天一样继续闪耀吧”作为过渡。这句过渡体现了坂井泉水天才的作词能力，它既呼应了歌词A段的恋爱主题，给了听众一个大致的恋爱语境——“那天”或许男主人公做了什么，使女方怦然心动——同时也能使每一个听到这首歌的人瞬间产生代入感，想起自己的“那天”，由此顺利转入大主题。

同样，作曲也并不复杂。4/4拍的鼓点配上吉他的重复和弦，演唱上不存在转音、混声等复杂技巧，可说之处唯有整首曲子几乎每一句的旋律都呈回旋向上的态势。也正因此，这首歌具有极强的情感调动性和传唱性，并给人以积极向上的鼓舞感。

一首创作上不甚起眼的纯情恋曲最终成为鼓励了千万人的经典之作，歌曲本身的传唱性和独特气质是一方面，另一方面使人不得不感叹“时势造英雄”。此一时非彼一时。我母亲曾说，在她的人生中，给她以极大激励的歌手是毛阿敏。在听惯了铿锵的乐调后，这种“靡靡之音”是多么悦耳，多么新奇。母亲的感动是我所不能体会的，亦是我外婆所不能体会的。

不久前同朋友聊起样板戏，我说样板戏于我是糟粕，是文化堕落的旧痕，于一部分长辈而言，或许是艺术记忆的唯一，是纯真的年少时光和难以忘却的过去。当然把坂井泉水和样板戏相提并论，首先我自己心理上就不大过得去，我只是试图让看这篇文章的你多少能体会到：艺术的感染性往往不存在“为什么”，它甚至并不需要勾起你某段确切的回忆。在你最需要的时候听到恰好能打动你的乐段，或看到刚好使你心波荡漾的句子，甚至一抹色彩，它就是好的艺术。

有人说优秀的艺术使人更贴近生死的本质，我说伟大的艺术叫人明白何为死，更为伟大的艺术令人知晓生。比生死略小一些的，是使一个民族灵魂震动的艺术；再小一些的，是为一个时代带去力量的艺术；再往下，便是给某一个人带去活下去的勇气的艺术。这些由小至大的种种，唯有伟大与否的区别，此外无他。但凡能打动一个人，就是优秀的艺术。

陷于爱恨，归于生死

*Love is Blind*初版诞生于1975年，由传奇民谣歌手Janis Ian创作并演唱，抒情布鲁斯曲风；2002年日本传奇制作人亀田诚治将此曲重新编曲。以摇滚曲风重新面世的*Love Is Blind*由椎名林檎演唱，由此在亚洲地区获得了更大知名度。

人的一生所虑有限，无非爱与恨，生与死。爱恨如暗痕，蛰伏在生死的母题之下，它们轮廓相似，深浅不一。

“Love is blind”，爱是盲目的，它使我爱时记不得你的坏，恨时忘却你的好，你在时，我忘了世界，你不在时，我忘了世界。妙的是，无论用多么晦涩的语言描述爱恨，人们总能读懂。爱恨是一件事。有人说，世上所有的情感如果都归结于爱，该多无趣。正如如果这篇文章通篇都在歌颂爱的伟大，那也该是十分枯燥无趣的文字了。比起爱恨生死，此时我更想下楼吃一碗酱油小馄饨。但这歌声太苍凉，使我不忍没心没肺地投入我的烟火红尘中，仿佛他人的苦痛度我成佛。

我们对他人的爱与喜悦无动于衷，对他人的恨与苦痛无能为力，所谓共情无非由你的苦痛思及我的苦痛，却往往要装出悲天悯人的模样，仿佛伪装圣人便能少去尘世的烦恼种种。

Love is Blind 这首曲子本身作得好，无论如何改都不会落得下乘，然而各人各口味，龟田诚治是编曲混音的天才，将一首 20 世纪 70 年代中规中矩的抒情歌改出 21 世纪都市的喧嚣味，实在再正常不过。椎名林檎袅娜的女妖嗓也更适合冷硬锋利的金属乐。原是歌唱怨不得，现如今唱成恨不够。

怨不得或是恨不够，皆因爱而起。有些年纪的女人沉着嗓子说爱是盲目，是夏日的炽烈欢愉和缓缓离去的寒冬，是你爱我也是你不爱我；年轻的女孩提着气尖利地呼喊爱是盲目，“I'm slowly dying /Here in yesterday”。我爱椎名林檎，也不由自主要为 Janis Ian 鼓掌。歇斯底里是心智不成熟的表现，太幼稚，太鲁莽，太在乎，爱太深而恨太烈。阅尽千帆后一切化为一句叹息，万事皆能娓娓而道，才算终于修炼到家，免去尘世烦恼种种，变作圣人成了佛。

1975 年的 Jains Ian 不过 20 来岁，爱恨淡淡，拖着漂亮的颤音和明亮开阔的唱腔，温柔得能度化人；2002 年的椎名林檎二十四五岁，高音尖得像被门挤过，和吉他 solo 的声音、鼓的 Crush 声相互共鸣应和，发出冷硬的金属声，是把人拖下地狱的冷硬感。温柔也好，冷硬也好，这首歌本是痴言怨语，本质无二。

都一样，都是好的。

成佛也要历劫，还要承担破戒后被贬下凡重新修炼的风险。

终是爱恨碌碌。

还是做人好，在生死的框架里、爱恨间打滚，不时还能将之拿来写作歌，赚得来往老少的一声叹息，几滴眼泪。

朝阳万里，人间有诗

歌手Bokuriri在写*Sunshine*这首歌时年方17岁。少年人柔软的卷舌音波澜不惊，带着这个年纪该有的清澈和这个年纪不该有的超然。

伴随着从前奏开始便若有若无的流水声，主旋律部分在等距的四四拍中列举孤独、空虚、失败、自欺欺人……贯彻始终的节奏仿照人体的心跳，在生命真实的跳动感中细数人世种种不如意。副歌部分加入反拍连打，渐行渐强的鼓点预示着次第照进林间的阳光，仅凭鼓的变化便营造出崭新的听感，四两拨千斤地展现年轻音乐人蓬勃的生命力。

如副歌部分歌词所道：

将无趣的日子染上色彩

黎明将至于是又笑起来

从隐藏的星辰背面跃出

看到了遗失之物的颜色

朝阳将世界照耀

跳出包容万物的光芒

此前主旋律部分的种种，人世诸般不如意，不顺心，忧悲恼、怨憎会、爱别离，所欲不得，在年轻人无畏的节奏和纯净旋律里一一融化。

我 17 岁的时候在干什么呢？在想什么呢？

17 岁的记忆已日渐远去，留下旧梦一段，挚友二三人，试卷四五斤……最动荡不安的年纪，最无所畏惧的年纪。彼时世界在我眼前缓缓展开，彼时我也即将失去我的世界，名为现实的野兽在后方隐而未动，蓄势待发。

我的学生们恰巧也都 17 岁了——有的孩子 18 岁了。女孩子们在课间挤作一团，开心得像春天树枝上的麻雀；男孩子把篮球藏在桌肚里，数九天里身上都带着汗湿的热气。他们为一次默写坐立不安，为老师的一句指责耿耿于怀……他们的希望梦想仅停留在考后反思和考场作文的纸面上，像清晨草尖的露珠般理所当然。我愿他们一直如此——这句话我的姐姐对我说过，如今我把这句话说给他们听——因为他们的理所当然来自未知失望滋味的一往无前。

人尝过失望滋味之后大概就会忘却这种勇气，好比一个人儿时见过精灵，随成长失去这种能力后会将模糊记忆中的精灵误认为童年的绮梦。既源于无可奈何，自然也无可指责。儿童不应责备成年人的胆怯，正如成年人不应责备孩子的天真无畏。

我对自己的期望是，不寄希望于做彼得潘，也尽量不成为真正的成年人。知道失望的存在，却不会使任何事被轻易定义为失望。世上大概是有这样的人，所谓“永远年轻，永远热泪盈眶”，无论何时都相信自己能学会陌生的知识，无论何时都有拥抱陌生人的勇气。

所幸身边正有这样的长辈。他们经历过最坏的生活，却永远记得最好的生活。他们认为一切希望直到生命终结才堪称结束。

如此幸运的人毕竟少数。对大多人来说，生活意味着被迫扮演某个角色，与他人不断产生分歧而后妥协，逐渐改变自己，万般无奈。

17岁的歌手说，生活的真谛是有趣，是“包容万物的朝阳”。

我们于他人存在分歧，于自己抱有自我怀疑，于世界感到遗世独立的孤寂，这些又有什么要紧呢？除了这些烦恼，我还有夜晚的星辰和白日的阳光。天地永恒，霁月朝阳，万里星河绵绵流转，不会消失，不会改变，过去有多灿烂，未来也将多灿烂。它们也是一无所知的。人看着这样的世界会生出勇气。失去了昨天就期待明天，为了下周一的电视剧，为了某家店新出的菜，为了没看完的小说，为了说好要带给某个人的礼物，为了练到一半的那首歌，为了回家时迎接自己的小猫……身后有诗，眼前有歌。世界永恒流转。

上周去商场里买中饭吃，等饭时和柜台小姐姐搭了几句话，说到某家三明治很好吃，小姐姐突然从柜台后头直起身，抓住我的手：“那里太远了我赶不及，你哪天带一份给我好不好？我每天都在这里上早班的。”我说好，她一下子笑了，“等你哦”。这段对话来得太过轻巧，太过偶然，因而显得珍贵。

我不会辜负她的等待，她也会好好等着我。所以我们都会对明天多少怀有一点期待。17 岁的我是没有这样的勇气的。

时代洪流里的独行者

张艺兴的作品个人风格异常鲜明。这种鲜明度超越了我对“创作型偶像”的认知。

“偶像”这一定位源于日本。通常当一名偶像被冠以“创作型”的头衔，本就已卓然于众人，大可以此为傲，在一众只能张嘴等好歌的同行面前做个鹤立鸡群的存在。清醒的人该清楚，阶级固化不仅仅是个社会学概念。从偶像到音乐人或演员甚至是艺术家，是一件几乎不可能——至今为止鲜有人能完成的事。偶像代表着浮华的快餐文化，音乐人则是一个古老的、需要实力认证的身份，两者间隔着一道深深的鸿沟，大众的偏见不断加深这道鸿沟。

我第一次听张艺兴的歌，是听他的*MYM*，旋律和歌词都是抒情 R&B 常见的风格，副歌部分写得很好，年轻甜蜜的声线与歌曲很契合。没有新意，但好听。

“好听”是一个很空洞的评价，正如我们评价一篇小说“挺好看”一样。好看的故事能留在书店的货架上，但并不一定能留在历史的记录里。好听的歌会被点赞、收藏，然而未必经得起单曲循环的检验。

接着张艺兴有了《一个人》，有了 *What U Need*，有了第一张专辑和第二张专辑。彼时我沉迷于摇滚，而他作品里 K-Pop 的味道太重，我很可惜地与他失之交臂，直到我听到了他最新的曲子 *Goodbye Christmas*。严格来说，这首歌并不多么有新意，但它的完成度太高了。简单的钢琴伴奏，半音和转音使旋律绵延起伏，即使仍依稀可见 K-Pop 的影子，但我看到他努力地想在抒情歌方面开辟出一条稍微新一点的路。努力得让人感动。

再回过头去听他的第二张专辑 *Sheep*，我开始听懂他的作品，也明白了他在想什么。从 K-pop 舞曲脱胎而出的 Trap/Hip-Hop 曲风，与第一张专辑相比，第二张专辑里的歌曲加强了混音里的节奏部分，背景音上以旋律和鼓点的 Loop 为主，咬字、发声不再是绵软的情歌唱法，更强调力度。国内 Hip-Hop 风格的作品和音乐人其实有很多，但大家仿佛都在摸石头过河，看着欧美人和日韩人的身影，羡慕不已又不知所措。一时间只有他明明白白地跳出来说，没事，我们自己走出条新的路来。然后拐上一旁的小路，轻轻松松地绕到众人前方去。

张艺兴很难得一点在于，在纷乱的人群中，他很快地找准了自己的路。他的编曲混音音轨丰富却不杂乱，他很清楚自己的声线该有何种效果器去处理，他的和声清亮有磁性，能为单薄的声线加分，他的高音具有穿透力，他不适合低音……他一清二楚。

太多的人看得清别人却看不清自己。

有人说张艺兴的曲风是欧美十年前流行过的Hip-Hop。大概是。2010年左右开始流行的蒸汽波取材于20世纪八九十年代的日本歌曲，披头士、齐柏林飞艇、平克弗洛伊德到现在都有人听，现在流行的东西真的比过去的好吗？紧跟时代真的是评价艺术作品的重要标准吗？

它甚至不能算评价标准。

艺术鉴赏是一件很容易产生悖论的事。评价一件作品的好坏，赞者有之，贬者有之，不置可否者有之。所谓潮流，无非是特定时间段大多数人的品位、观点和立场。

喜好决定观点和立场。而决定喜好的因素实在太多。大众对艺术作品的喜好取决于群体文化、个人生活和审美经历，甚至他人的评价。人性本具有动摇性。不仅对艺术作品如此，对同类亦如此。人们比评判自己轻率得多地评价他人，而后轻率地更改自己的评价，喜欢或不喜欢。

以这一点看来，从偶像升为歌手，也不是一件不可能的事。

摇滚兴起、衰落，民谣兴起、衰老、再兴起，小众乐种如放克在有限的范围里起起伏伏，嘻哈永远只能是年轻人的音乐……然而数百年前的肖邦和巴赫却从未过时。他们的黑胶越卖越贵。

浮生如戏

今天分享两首硬摇滚，枪炮玫瑰的 *Sweet Child O' Mine* 和南天群星的《マンピーのG★SPOT》，后者我选择了涩谷昴的翻唱版本，没有什么技术上的理由，只因为我很喜欢他。

G-spot 的原唱是桑田佳祐。桑田先生的转音圆润流畅，内敛的摇滚唱法，体现了成年人游刃有余的魅力。相比之下涩谷昴的唱法高音更突出，转折和停顿像河滩上未被浪潮磨平的石子，棱角分明——实在年轻。

写出这首歌的桑田佳祐也是个年轻的人，但后来 live 时他没唱得了这首歌："太黄了，实在唱不出口。"涩谷昴不管不顾地在个人 live 上唱了这首歌，唱得手舞足蹈，高音拖着漂亮的颤儿，咬字清晰毫不含糊，坦然地愉悦和兴奋。年轻，所以没脸没皮也不觉得有什么。

我喜欢涩谷昴的一个重要原因是，他今年 36 岁了，没脸没皮的劲儿依然和十几二十岁时差不多，给他支话筒就可以在人群中高唱"マンピーのG spot"，不知羞耻和纠结为何物，无所畏惧，坦然坚定。

这样的他和这首歌所表达的内容恰恰相反。歌词说“浮生如戏”“信誓旦旦的未来不必理会”“迷茫暧昧的世间尽是无情的爱欲”，只有及时行乐的当下才是唯一重要的。摇滚的流行正因为它以激越的方式表达了人生最阴暗且了无希望的一面，一边歌唱绝望一边向绝望宣战，矛盾，迷茫，混乱。

矛盾和迷茫同时也是*G-spot*的内核。细读似乎在唾弃所谓爱情，似乎又在等待着什么，似乎觉得人生了无意义，似乎又用力地拥抱当下，一面高歌“浮生如戏”，一面叹息“即使悲伤也依然是灼热的夏日恋曲”。曲调被复杂的乐器构成极绚丽的过渡段（这一点在live时更明显），高低音起伏鲜明，给人以全力奔跑的感觉，歌词却宛如沉入生活最低端。

矛盾带来迷茫感。迷茫是人生的主旋律。活得清醒是很难得的事，只有顶聪明的人才有资格和底气说出“难得糊涂”的话。小孩子不说自己迷茫，很多时候是不知迷茫为何物，中年以上的人或羞于承认，或已对此盲目。也有人活得清楚，但这种清楚仅限于知道自己要什么，至于具体执行，人生变数太多，上帝掷骰子，敢为将来打包票的都是傻大胆。

所以说浮生如戏，剧本都不是自己写的，其中最琢磨不透的大概就属爱情了。我身边有太多人，条条框框设计出个理想对象，恨不得连数据都设定完备，只等活人转过街角出现在面前，哪知道遇到个全不符合条件的人物，还偏就喜欢上了。明是件再矛盾不过的事，陷入其中的主人公却已无暇迷茫。

——别急着否认，如果你觉得迷茫，先问问自己是不是不够爱对方。

所以情人节还是不要听 *G-spot* 了，听听枪炮玫瑰 *Sweet Child O' Mine*，这才是一首正统的、甜蜜的情歌。约会时为你的情人唱一遍，会显得你又酷又有品位。

枪炮玫瑰是老牌硬摇滚乐队，这首歌却出乎意料的简单。三个和弦撑起一首曲子，爬格子练习时砸到头上的灵感，五分钟完成的曲子加上主唱写给女友的颠三倒四的情书，却构成了枪花唯一一首 Billboard 冠军歌曲。正应了那句话：Simpleis the best. 前奏享有盛誉，因为它足够好听同时不断重复，具备了使人印象深刻的关键要素；第三段高潮部分歌词简单重复，很好地衬托了华丽的分解段……情歌不需要多复杂，三个和弦和两句“Sweet child o’ mine （我甜美的爱人啊），sweet love of mine（我甜蜜的爱情啊）”就能表达全部了。充满变数的爱情，大胆表达就能无所畏惧了；迷茫的人生，做个傻大胆总能找到出路。

好像是这样。

但 *Sweet Child O' Mine* 的最后一段反复唱的是：

“Where do we go （我们该何去何从）？”

在幸福与不幸间徘徊

好きとか嫌いとか欲しいとか（什么爱啊 恨啊 欲望啊）

口走ったら如何なるでしょう（这些话语脱口而出 又将如何）

ああ白黒付けるのは恐ろしい啊（较真其实很恐怖的）

认识到世界的真面目后，一部分人陷入了虚无主义。爱恨欲嗔变得可有可无，尔执我执，生诸烦恼，皆为虚妄。

原以为《おとなの掟（成人法则）》这首歌是送给虚无主义者的，然而歌中又说：“踏实地活着才是王道。”一面叫人好好活着，一面又恐惧于世俗爱恨的无常，于是我知道这不是送给虚无主义者的歌。虚无主义的人是彻底的，果决地抛弃的。世上还有更可悲的一类人，他们犹豫不决，不知如何选择，自由与不自由都不能使他们感到幸福，于是彷徨不定而惶惑不安，最终“在幸福与不幸间徘徊，心底盘踞着不安”。

这首歌是送给他们的。

词曲作者椎名林檎是个很有想法的人，每每能在她的歌曲中看到明确的世界观，古怪的半音装点着她每一首曲子，锐利又滚烫的旋律刻着深深的椎名林檎的烙印。但她把这首歌送给了松隆子唱。松隆子的声音端庄稳重，没有椎名林檎嗓音的尖锐感与金属感，拿唱惯情歌的嗓子唱：

自由を手にした僕らはグレー （赢得自由的我们身披灰色）

幸福になって不幸になって （在幸福与不幸之间徘徊）

慌ただしい胸の裡だけが騒ぐ （唯独心底盘踞着不安）

最温柔，最深情。然而弦乐声低音沉重，无论加了多少个转音和滑音，听来依然满耳悲凉，不知所向。歌手的声音与内容间因矛盾感形成张力，歌曲所表达的东西因此而更有生命力。

歌词本身同样具有矛盾感。循规蹈矩时渴望自由，获得自由后心中不安，赢得自由的人却身披雾霭般的灰色，词作家的暗示委婉含糊。“自由”是歌词创作中的高频词汇，当艺术家们打算反抗现状时，它是最称手的工具，这时自由可以是自由，也可以是别的东西。而一旦开始认真地探讨这个词，他们的态度又纷纷谨慎了起来，含糊其词，不敢妄下定论，无法擅自揣度。自由是个太了不起的词，又是个太难以讲清的词，它和死亡一样，是谁都没见过真面目的东西。

有勇敢者直言，自由实际是伪命题，字面上的自由仅意味着挣脱了某些东西。但挣脱后，来到新的境地，又该何去何从？不自由，沉浸在旧环境中难以挣脱，那新的未来便在远处招手，披了画皮，看不清真假。于是永恒迷茫。自由本身倒不是永恒的。认识到这一点的人中，决断者成了虚无主义者或了不起的夸父，下不了决断者成了歌里唱的那类人。夸父倒下变成果林和江河，或有人记得他，但到底追不到太阳，余下的人们各有各的不幸。

最幸福的是不明就里者。什么都不明白，什么都不去想，才能真的踏实地活着，否则午夜梦回时，多少会惶惑不安一小会儿。

写到一半，朋友突然将Bon Jovi的*It's My Life*发给我听，我一时竟有些不知如何写下去了。

孤独与星空

身陷于人群中，寂寞如潮水般翻涌而至。

起初，人同万物无二致，繁衍到某个瞬间时突然渴望被理解，被爱，被陪伴，开始思考的那个瞬间起便和万物割裂开来，再也不能一样了——人成为天地间孤零零的存在。

于是孤独感成了人性中基因般根深蒂固的一部分，跨越种族和时空，和人类自身的存在一般长久。孤独而后思归，然而不知归处。“日暮乡关何处是”这种无所指的愁绪被诗人定义为乡愁。

离家乡愁，在家也未必不乡愁。在关于陪伴和理解的问题上，人向来贪心。纵使曾从某些人或事上聊以慰藉，寄托生而孤零零的灵魂，然而世事短暂，总有被抛下或不得不离开的时候。文字和音乐是好的伴侣，但它们只讲述，无法倾听。世人纷杂的步伐乱糟糟地踏过每一条生命，然而这脚步声中隐藏着各自的秘密，各自的焦躁，不足为外人道也。

最好不乡愁，最好不孤独。可惜与生活的关系越亲密，秘密和烦恼只越多，无可奈何。念及此，连诗和歌都变得愁肠百结。

《ノスタルジア（乡愁）》却可爱极了。我不曾想过电音风格的编曲竟能表达这样的主题。日暮乡关何处是，烟波江上升起一片星空。

终于明白一切都在

缓缓变化的那一日

我们 假装没有发觉般的奔跑着

强撑着 四处漂泊着

在无法回去的地方

今天也在歌唱着那后来的事

……

苦痛又可爱的生活

如无法逃脱的莫比乌斯环一般

我不会忘记

你所告诉我的那个星座

因而它仍熠熠生辉

大仓忠义的中音比北极星更辽远和明亮，丸山隆平的吐息甜蜜得仿佛能拉出麦芽糖金棕的黏丝，安田章大与锦户亮的和音柔软而有质感。四位年轻歌手的嗓音清越温和，干净的颤音像鱼尾巴甩出的水珠，好像和世间的一切都不相干。

而歌曲讲的却是世间最复杂且最避不开的事，并不是用清纯可爱的嗓音唱出来就能装作全无所谓的。歌曲里讲述的主人公努力地奔向未来，却因为失落了过去和故地而黯然神伤，又只能强按下感伤，继续努力奔跑。

少年人甜蜜的理想主义，与孤独暗淡的现实作笨拙可爱的搏斗。最妙的是这是一首电音风格的歌曲。相比录音室版本，演唱会版增加了弦乐，鼓和钢琴的声音也更清晰，但电音仍是当仁不让的主角。在快节奏之下，电音很少能表现出太丰富和有层次的情感，并且往往会多少抢了人声的风头。《ノスタルジア》却将电音与器乐融合，以电子鼓点表现辽阔感，以弦乐表现宏大的氛围，宛如星空随鼓点缓缓展开，在听者头顶发出遥远的璨光，正与歌词开头部分的叙事背景契合：

在很久之前的七夕节

喧闹着躺在河岸边

转动天球仪

我们曾和宇宙对话

原来这个故事是从人和宇宙的对话开始的。与宇宙对话虽是回忆，是曾经的事，但宇宙永恒，抬头望去熟悉得仿佛不曾变过，是昨日曾见，于是过去的回忆随熟悉的宇宙星空浮现脑海。孤独，梦想或乡愁，便都是在宇宙星空下发生的故事。

在伟大的宇宙面前，人连孤独都不是永恒的。

无法永恒成了一件既值得庆幸又有些悲哀的事。多么难以言说的孤独，无人理解的焦虑和失意，都终将消弭于无尽的黑沉沉的宇宙，和来自亿万年前的星光中。

这是人最初和最后的归处。被上帝从伊甸园中赶走，与万物苍生格格不入，然而依然在宇宙星空的怀抱中出生和死去，从未离开。

演唱会的舞台上，四位歌手遥相呼应。大仓忠义的第一句独唱响起时，那歌声化作宇宙里最遥远最明亮的星，升入黑魆魆的夜，接着是第二颗星、第三颗星、第四颗星。它们自顾自地闪耀，不问世事，却使地上世间的人们抬起头来。

生死轮转，万物来去纷纷，地球诞生而后毁灭，星空只是天真美丽地闪烁着。

那美丽的光芒是宇宙的馈赠。

“垃圾摇滚”的风格

我在涅槃乐队的 *Where Did You Sleep Last Night* 和 *Season in the Sun* 之间犹豫了一会儿，选择了后者。其实选哪首都一样，一样是垃圾摇滚的风格，一样是柯本有气无力的唱法……或许前者更摇滚一些，金属味更重，那的确是一首很好的摇滚，痛苦，歇斯底里，忧郁而躁动，摇滚最吸引人的东西它都有了。

我还是更喜欢 *Season in the Sun*。这首歌的由来有两个版本：版本一称歌曲原作及原唱为一位癌症晚期的法国歌手，他在临终前写下这首歌向父母和亲人告别；版本二称歌曲的词来自一位枪杀妻子和第三者后投案的死刑犯，他在临刑前写下遗书告别人世，加拿大歌手 Terry Jacks 将这封遗书填进法国歌手 Jacques Brel 的 *Lemoribond*。无论哪一版本为真，都注定了这首歌的气质不会太阳光。西城男孩也翻唱过，快乐得像阳光一样，情意绵绵地拥抱死亡，5 个年轻人的和音的确和柯本孤零零的歌声太不一样。

有句有名的乐评说：“科特·柯本在努力将歌曲唱得欢快些，然而那种无奈、疲惫、忧伤的语气却将这歌曲的所有快乐之处都化为强颜欢笑的景象。”这句话实诚得有些好笑，实际面对死亡的时候，大部分的欢笑和愉悦大概都是强装欢喜。然而我没有相关经验，并不知道死亡面前的愉悦到底有几成真假。

我只知道即便是活着，大部分时候也只能强颜欢笑。

这也只是一句没有任何根据的揣测，毕竟我的所谓悲伤和忧郁在真正的不幸面前什么都不算。我活得很好，父母身体健康，工作还算顺利，爱好一二，小猫三四，好友五六七，一分钟前做好了夏天去日本看演唱会的计划，仅有的烦恼是瘦不下来和微博账号丢了。

但我还是喜欢科特·柯本演唱的*Season in the Sun*。没有人可以说我“少年不识愁滋味”，正如我也无法判定柯本唱的时候到底是何心情，以及他在自杀前到底在想什么。

柯本死后，人人都说他是个善解人意、为人着想的好孩子，但他活着时，无人理解他。当然死后也未必有人理解他。生和死都是难解题，人们难以完全理解死亡，也未必能参透生。哲学的基本命题之一是人为什么活着，但此前有个超越哲学的问题——人为什么死。死刑犯、癌症患者、自杀身亡的歌手，他们在想清楚这两个问题之前就匆匆拥抱死亡，只留下意味不明的歌词：

We had joy. We had fun. 我们曾有过欢声笑语

We had seasons in the sun, 我们曾一起度过阳光四季

but the hills that we climb 但我们一起爬山的美好时光

were just seasons out of time. 都已一去不返

鼓手将镲敲得丁零当啷作响，衬得柯本有气无力的歌声愈发使听众心惊肉跳，好像催命的咒语。

歌曲里的每一句对美好往昔的回忆都被唱得像是在抱怨，喋喋不休，哀怨像阴雨天墙角渗出的水，堵都堵不住。但是谁都没法怪科特·柯本，毕竟他自杀了。

虽然海明威这样的人也自杀了。

我朋友拿哲学命题为难我，我想告诉她：

别瞎琢磨了。谁知道为什么活着，从生到死，谁人做得了主？

用同样的问题去为难一下你妈，看她会不会给你一个耳光。

我们曾有过欢声笑语。

我们曾一起度过阳光四季。

晚安。

披头士与摇滚精神

今天我们聊一聊 The Beatles（披头士），歌曲链接就不放了。

披头士在中国终于有版权了。从 1960 年出道，1963 年发行第一张专辑，时隔五十五年，披头士乐队全部作品首次通过合法渠道登陆中国。

当我们说起中国摇滚时，我们说的是崔健，是万能青年旅店，但不是五月天和华晨宇。前者与后者间有极本质的区别，就是后者的歌卖得比前者好。没错，我不打算抨击“中国没有真正的摇滚”，虽然我的确这样想过。

摇滚算什么，披头士算什么，平克·弗洛伊德算什么，齐柏林飞艇算什么，不就是音乐吗？中国人怎么做不出音乐呢？荆轲在易水河边唱“风萧萧兮易水寒”的腔调太摇滚了，比披头士早了两千年；高渐离的筑一曲弹毕，够约翰·列侬投胎转世几十轮。你看，我说的是摇滚精神。脱离精神的艺术都是行尸走肉，好比脱离了低级趣味的高级趣味都是空中楼阁。前者不难理解，后者其实表达的是差不多的诉求。要把艺术搞得高山流水，闻者动容见者落泪，却半点屎尿屁见不得。繁衍是肮脏的，死亡是腥气的，这样说来尘世间重要的事不如下水道的死鱼，能放在阳光下曝晒的只有轻飘飘的琐事，生命不可承受之轻。

我有点偏激，摇滚精神也不总是“生命不可承受之重”，涅槃乐队可能会唱诸如“my libido ”“ I don’t have a gun ”的歌词，枪花也时不时地会呈现出悲伤而愤怒的情绪表达，但披头士在大部分时间里是温和、愉悦的（包括约翰·列侬后期和小野洋子合作的那首前卫音乐，虽令人摸不着头脑，但也算是爱的表达），回归最通俗的情感与思考。这很好，且并不妨碍披头士成为一支伟大的乐队，理性思考的平克·弗洛伊德也是温和的，同样是伟大的乐队。理性或感性，暴烈或温柔，都是他们自己的选择。

所以摇滚精神实际真正要表达的是自由选择，或者说，任何艺术的生命力来源之一一定是自由意志。如果人们习惯于用其他东西来限定艺术应该表达什么时，它便什么有意义的东西都表达不出来了。

披头士的出现为摇滚乐在技巧、理念与风格上带来了诸多创新，伟大的披头士，重新定义摇滚乐队的披头士，所谓重新定义不正是自由意志的体现？摇滚突破了创作手法的限制，逐渐成为拥有无限可能的音乐类型。

崔健老了，万能青年旅店来自20世纪90年代，也不年轻了，一年不知道能卖出几张唱片……依此类推。五十五年后的现在，我们需要“The Beatles”们再次提醒摇滚精神缺失的这一代人，曾经的我们是如何被这些旋律唤醒和拯救，如何意识到艺术和生活里还藏有多少可能性，多少有趣的人和事。再漫长的黑夜都将过去。

最好的时代

这是最不凡的时代，这是最平庸的时代。相比过去，我们什么都有，我们什么都没有；我们得到了一切，我们失去了一切。

所有的东西都在速朽，永恒离我们越来越远，伟大被封存在时光中和风尘的角落里。

我的这种消极的感叹在去年看《妖猫传》时达到顶峰。那部浪漫主义的商业片再次提醒我，无论是那个盛唐，还是那个李白，那个白居易，都不会再有了。诗人们死在多年前的一声火车轰鸣里，虽然不全是时代的错，但总归是死了。大概还有木心在写诗，他的情诗写得很好，但诗人是没有了。

过去的岁月越璀璨，失落和荒凉感越强烈。好像连神都抛弃了这个如腐烂水果般散发着臭味的时代。

我第一次听到Dream Theater *The Best Of Times* 是在很多年前，那时隐约只记得中间一小段间奏，心里头只感到一种不属于这个时代的荒凉。后来听过全曲，听过尾奏部分那段鼓舞了无数人的Solo，心中依然是这样的感觉。

我以为它和诗歌是一样的，和平克·弗洛伊德是一样的。

我不知该如何形容那段 Solo，是该从揉弦和滑弦说起，还是好好聊聊那段 Riff。它激昂，疾速，富有力度和计较。每一个滑音都干净利落，揉弦和转音是那样千回百转，荡气回肠。旋律的盘旋和重复充满古典主义的秩序感和庄严感，好像应和了某首古老的赞美诗，无愧为伟大而不朽的乐段。

伟大，不朽。在此这两个词成了难以描述的古典主义感知，它是《出埃及记》，是端严的金阁寺，是前人踏过的山川江河，是史书上一个个光辉灿烂的谎言。

因此我称这首歌为“伟大得仿佛不属于这个时代”。

Dream Theater 的好歌太多了，他们本身就是一个堪称伟大的乐队，伟大的吉他手，伟大的贝斯手，伟大的鼓手，伟大的键盘手，优秀的主唱，这首歌也并不是不可替代的。但旋律里的宏大和汹涌，力度和沉静感，使人想起死去多时的古典精神，想起很久未见的勇敢无畏的力量，这是它最了不起的地方，也是这个时代久违的气度。

这首歌来自 2009 年，不到十年的光景。

伟大纷纷死去，或是缄默不语。当我们要寻找勇气时，总是翻开过去的某样东西，在历史的尘埃里寻求慰藉和勇气。听着十年前的歌，想着“那时的摇滚多么好”，获得无限的鼓舞，然而又将被现实的凉水浇个醍醐灌顶。

十多年前的时候，华语乐坛也是有摇滚的，正儿八经的硬核，前卫摇滚，我们是有的。十年过去了，听的人还在，唱的人却都不唱了。前卫摇滚走向迷幻，软弱，迷茫，再次垮掉的一代。唱嘻哈的 Gai 是个厉害的角色，他有好作品，现在不怎么唱了；唱蒙古曲子的杭盖乐队也很好，他们在国内连个好点场子都没有……还有呢？音乐节上卷着京腔的摇滚音乐家们有气无力，音准飘忽，似乎永远都喝多了酒或吃不饱饭。现在好了，他们甚至不敢唱了。

Dream Theater 是别人的，不是我们的。长歌当哭，过去长已矣，未来难可见，无依无靠的“现在”该向谁哭诉沉痛的失落感呢？

值得一提的是，这首歌是鼓手 Mike Mangini 为他死去的父亲而写的悼曲，纪念父子间刻骨的回忆，表白“你的精神每天都指引着我”。

These were the best of times, I'll miss these days

（那些曾是最好的时光，我会铭记在心）

Your spirit lit my life each day

（你的精神每天都照耀着我的人生）

My heart is bleeding bad but I'll be okay

（我的心在流血，但是我会没事的）

Your spirit guides my life each day

（因为你的精神每天都指引着我）

父亲在社会文化中是重要的文化图腾。这个词本意味着特定的生养关系，随着家庭概念的稳固和社会道德的逐步成型，它开始有了象征含义，在很多文化里，这个词代表了教导，传承，期待和成长。教导我，养育我，使我成长的是父 ；促成了这个时代的，为今人留下教谕和教训的过去，是这个时代的父亲。我们向前人和过去寻求慰藉，我们向时代和民族的父亲寻求力量与信念。这样想来，当现在失落时，至少还有过去可以依靠。

好像有温和慈祥的目光穿透历史的尘埃，自唐朝遥遥望来。这个孤独彷徨，被神明抛弃的时代至少不是孤儿。

但我们能回馈的也只有那一句：

你的精神每天都指引着我。

希望我们能早点长大。

送别

今天中午收到消息，我喜欢了很多年的乐队的主唱离开了。他去别处寻找生活和梦想，被留下的人继续前行。

离别是永恒的，相聚与相逢只是永恒中短暂的一瞬。终将相别是宇宙定律，是生命体出现伊始就已约定俗成的事，天地万物都习以为常，唯有人，永远不能接受。

人心太脆弱。

哪怕知道分别后并非不可再见，哪怕知道相逢已是奇迹，哪怕知道未来还会有更多美妙的相遇在等待自己，还是会因为早已预料到的事悲伤、哭泣。

理想在远方。离开是可以原谅的，能够理解的。然而离开者有离开的勇气，留下的人也有敢于留下的伟大之处，生活以外的人没有资格指责当事人的决断正确与否，我们都只是别人生活的围观者，作用相当于旧书下字体小一号的注脚。

所以我也只能在洒了两滴热泪后目送主唱先生脚步轻快地远去，然后封存起过去的歌。

我所认识的乐队里，成员配置从一而终的大约只占其中的五分之一，好像人们彼此认识本就是为了彼此告别，又好像“生活在别处”是一句古老的诅咒。值得庆幸的是离别是他们的，生活是我的。收到消息之后没多久，朋友打来电话问我“还好吗”，我直言不太好，却说不出哪里不好，只是一味悲伤。听到朋友声音的那一刹那，我又觉得这件事与我不相干了。

他人的生活与我们既无关又有关。听过的歌成为我们前进的动力，看过的故事成为曾经的笑与泪，一切都是我们生命足迹的一部分，缺少其中的任何一个都不足以构成如今的我。然而没有什么是不能被时间冲刷干净的，只要生命继续，就终有释怀之日，这样看来他人的生死离别又只是他们的故事了。

但彼时的悲伤是真实的，也只有那一刻是真实的。

就好比当我听到X-Japan的歌时依然会想起死去的秀人，听到披头士的歌时会叹息“如果列侬没死”；又好比后人读史，今人读时文，掩卷而叹，书本入架而悲伤离怀。文字和旋律存在的意义本就是记录当下，好使人在遗忘时能重新回想起曾经的一切，可再想起已是在时间的废墟里重建了大厦，悲伤和快乐都成了压在玻璃板下的褪色旧照。

中午接到朋友电话时，她很慌乱，不知该怎么安慰我。我很难过，我说我挺想你的，周末回来看看我吧。

“现在”只有现在能留住和拥有。

涩谷昴先生，山不转水转，江湖再见。这十五年间谢谢您了。

生死以外无大事

拉赫曼尼诺夫《第二号钢琴协奏曲》（简称《拉二》）和莫扎特《安魂曲》可以搭配在一起听。

前者是对生命的思考，自问，挣扎，摸索，归于安宁；后者是献给死亡的吻，是音乐神童莫扎特献给上帝的半封信。

《拉二》由时年28岁的俄国音乐家拉赫曼尼诺夫创作于俄国革命前夕，较为流行的说法是该曲为作者在渡过了创作危机后献给他的心理诊疗师的康复之作，表达了创作生涯和个人心理上的重获新生。

当《拉二》最为著名的第二乐章的优美旋律响起时，复调如风吹动林间层叠的枝叶，再引起水波的震颤，波浪层叠，和缓有序，后半段强弱音的交替与节奏的变化带来新的生机。在舒缓的主旋律中，第二乐章呈现出由柔和转向激烈又归于柔和的变化过程，同时与开头段相比，尾声处的柔和感更多了层激越昂扬的意味，整段第二乐章生机勃勃，好像每一次春天来临时的世界。

听过《拉二》后再听《安魂曲》，比单听后者来得好。

35岁的天才、年轻的，虔诚而纯净的灵魂，贫穷艰难的年轻人在完成了热烈灿烂的《魔笛》后，怀着神谕所赐般的紧迫感试图完成《安魂曲》，却最终未能在临终时以此曲与世界作别。28岁的拉赫曼尼诺夫与世界作了怎样的对话，35岁的莫扎特又试图与世界如何道别？

庄严整饬。

我听到的是一个整理了衣冠，打算以最庄重的姿态拥抱死亡的灵魂。D小调的沉重阴郁带出了人在面对死亡这一重大课题时必有的不安情绪，但而后又转向了壮丽的、富有秩序感的赋格。生平作品以愉悦高贵为特点的莫扎特，最后留给世界的依然是美丽和优雅。

莫扎特人生最后的完整作品是歌剧《魔笛》。他在弥留之际，请人把钟放在床头，以便计算时间，想象着《魔笛》的演出进程。每当我听到《魔笛》中夜女王漂亮的花腔时，盘旋在心中的却是《安魂曲》冰冷肃穆的D小调合唱，戏剧的世界与现实的世界形成具有悲剧意味的反差。但对莫扎特来说，这些都不重要，重要的是《魔笛》的旋律在剧院大厅中盘旋。

死亡并非不可怕，人对死亡的无所畏惧来源于对超越生死的某些意义的信仰。对伟大的创作者们而言，作品就是他们自己，甚至比自己更为重大的存在。我有时会思考天才何以为天才，得出的结论是因为天才最接近上帝，他们将全部交付于自己的信仰，这信仰未必是上帝或其他某些神明，而也许是对艺术和生命表达的纯粹的爱。

莫扎特迈着庄严的步子走向死亡时，曾属于他的每一个音符，每一段乐章都是神坛阶梯两旁的礼炮。

知生而后知死。听过《拉二》后，更能体会到《安魂曲》的重量与庄严感，我并非意指《拉二》不够庄严，它有它沉重和肃穆的部分，但毕竟生与死是不同的，这中间夹杂着多少挣扎与和解的轮回，夹杂着多么漫长的对信仰的找寻之路。

没有比生与死更重大的事了。只听《拉二》，难解生之可喜；只听《安魂曲》，不知死之庄严。

人间值得

今年本市高考三模作文的命题关键词是名声，草东没有派对的《大风吹》立刻跳入我的脑中：

大风吹着谁，谁就倒霉，

每个人都想当鬼，都一样的下贱。

哭啊喊啊，叫你妈妈带你去买玩具啊，快快拿到学校炫耀吧

孩子交点朋友吧。

哎呀呀，你看你手上拿的是什么啊，那东西我们早就不屑啦，

哈哈哈……

轻快的Disco节奏摇滚，歌词却充满了厌世情绪，尤其那轻飘飘的“哈哈哈”甚至好像含着一缕愤懑。反差感是后现代主义里的时髦玩法，《大风吹》后三分之一处高潮部分的音墙具有鲜明的金属摇滚风味，与主歌部分的表达形成情绪落差，衬得那几句“哈哈哈”“哎呀呀”冷淡无比，嘲意混着悲悯，听不出其中有几层笑，几层骂。从《山海》到《丑》，到《大风吹》，草东的歌里一直都有股子鬼气，由人变鬼的

那种鬼气，好像有谁鬼气森森地回首三途川，来路种种，我执尔执，到了他人眼里全是不值一提的玩意儿，末了化为一句叹息：人间不值得。

人间不值得，虚无主义者的信条。忙一遭，好像上对不起父母下辜负了自己，有意思的梦想实现不了，没意思的梦想实现了也的确没多大意思。过年时回老家，姥姥摸摸头：孩子出息了。被摸着的那颗脑袋正思绪纷纷，姥姥，其实我半年前就辞职去王府井卖唱了……唉，假的，哪有这个胆子呢，姥姥会哭的。

我有个很有品位的朋友，我很喜欢她，她喜欢和我聊古典乐。有次我无意中告诉她 ：其实我不是很懂古典乐。她愕然。我说我其实听得最多的是摇滚。她惊讶得沉默了好久。其实不是什么大事，摇滚挺好，她也只是有点儿惊讶而已，但我总觉得自己说错了话，好像害她失去了一个不错的朋友。

朋友乐队的主唱今年三十又五，突然辞职，远走他乡追寻自我去了。说是乐队粉丝太好了，只知道夸，他想出去试试，看这声夸到底值不值得，他得靠自己的实力“挣取”实实在在的好名声。我为这逻辑瞠目结舌，又找不出漏洞，觉得不值得，又有些佩服。

可能到最后我和这位主唱先生都不会有大出息，我可能比他还要没出息一点，天地之间，站又站不直，跪又跪不下，他好歹有他那套奇怪的逻辑。但总之我俩都一定不会是有出息的那类人，我们满脑子都是值得不值得，应该不应该，对得起对不起，有面子没面子……“干大事”的人不这样，好像草东的歌里唱的：“叫你妈妈带你去买玩具啊，快，快拿到学校炫耀吧……哎呀呀，你看你手上拿的是什么啊，那东西我们早就不屑啦。”

比如大学同学去年辞职去了非洲做志愿者，时常在社交平台上探讨“爱与战争与和平”，她就像活在我朋友圈里的南丁格尔；又比如我认识的一位姐姐最爱陪小孩看《喜羊羊与灰太狼》，看得比小孩儿还开心，一点儿没有心理负担，孩子大人都很喜欢她 ；再比如同样是来自中国台湾的摇滚类乐队，流行摇滚的五月天要比Disco Beats风格摇滚的草东有名气得多……

人间不值得，不如别人酷，不如别人自在。

但是我还是会老老实实地上班，和世界和平比起来我更愿意被姥姥夸两句，看她快乐地和老姐妹们炫耀她“有出息”的小外孙女；我还是会为了朋友去琢磨古典乐，全天下的小孩儿我都不在乎，我只在乎她是不是喜欢我；主唱先生还是会远走他乡，用他的话说“我就是想靠自己出名，我乐意”。

你觉得不值得，我觉得值。

我就是俗气，我想出名，想被人喜欢，我乐意，好“拿到学校炫耀”，能交到一个朋友是一个。

一篇普通的生日贺文

5月16日是大仓忠义先生的生日。上周六5月12日，他的朋友高桥优先生问他，你什么都有，今年想要什么样的生日礼物呢？大仓顺口回答：想要能珍藏一生的东西。

5月18日晚，他们一起做广播节目的直播时，高桥优说：“我给你准备了一件大概值得珍藏一生的礼物。”

礼物是一把吉普森的纯白木吉他。高桥优花了一周的时间请大仓忠义的朋友们在上面写满了字，那些朋友们中有大仓常去的拉面店的老板，有日本著名乐团的乐手，有优君团队的工作人员，有著名演员大竹忍，有EXILE组合的Nesmith，有国民偶像组合的松本润……一周间，优君辗转联系了这些忙碌得必须提前预约才能见上一面的人，请他们抽空写了寄语。我必须再次强调一下这些人中大都是极其有名而忙碌的人，否则难以体现这份礼物的心意之甚——天性怕生的高桥优，为了朋友的一句话而四处奔波，和熟悉的不熟悉的人联络，把来自四方的心意与祝福凝聚于一物。

吉他上还写了高桥优自己对大仓忠义的寄语，寄语中有一句话最能体现这份心意的内涵：

“ただ一人じゃない　そう一人じゃない（只是你不是一个人，是的，你不是一个人）”。

这是一句歌词，来自高桥优的*Beautiful*，当然，正是写给大仓忠义本人的。关于这首歌，有一个有些可爱的小故事。很久之前的某天，大仓先生在旅途中听了优君的某首歌，大概是因为这首歌记录了优君的成长经历，大仓有所感而泪下。两人一起喝酒时他把这件旧事当笑话讲给优君听，优君彼时没说什么，回到家后立刻写出了*Beautiful*。此后又是一次旅行中，大仓听到了这首歌，这时他从这首歌里感受到的不再是高桥优，而是高桥优眼中的自己，再次忍不住流下了眼泪，过了一段时间，又把这件事当成糗事告诉了高桥优。

也未必只是当作一个笑话告诉对方，而是流下了这样的眼泪，感受到这样滚烫的心意后，是必须要告诉对方的。

这首歌写得太过真情实感而几乎是两个朋友间的私语，旁人听了能感同身受而无法置一言，有朋友的人开始想念朋友，没有朋友的人开始感到孤独，却谁都无法对这首歌作半句评价，仿佛面前摆着的不是歌词，而是某个人的生活。编曲上以弦乐为基础，音色温暖柔和，这其实不是高桥优常用的手法。他有一首为父母结婚纪念而作的歌《8 月 6 日》，那首歌的编曲演奏模式依然是高桥优作品中常见的插电乐队模式，有架子鼓，有贝斯，有些微摇滚的味道。

只有*Beautiful*这首歌是纯然柔和的，架子鼓换成了手击鼓，电吉他换成了电箱木吉他，贝斯等等换成了郑重其事的提琴乐团，连钢琴都隐去了踪影，乐器声以温柔的力量托起人声，显出那唱词里真诚的劝慰的心意：你是美丽的，美好的，你的身边有我。

歌词足够有分量，于是编曲越简单越好。其实歌词也只有那一句：“你不是一个人。”想说的也只是那一句，需要的也只是那一句。

我无法以他们的事联想起我自己的任何事，我向来待人冷淡，偶尔的真情流露总被认为是浪漫主义者的心血来潮。的确在表达爱意时，浪漫是缺少力量的，平白如水的叙述才最动人，和朋友深夜对酌时想说却一时说不出口的话才是最触及心底的。所以吉他也好，寄语也罢，都是这一首歌的注脚，告诉你在你身处人群而孤独无依时，其实有人在沉默地注视着你，记录你的成长与失落，时刻准备着鼓励你，安慰你，陪伴你。他可能是你的朋友，也可能是你的家人，你的老师……

没有人的成长是该独自前行的。

大仓忠义先生，大仓君，忠义，小忠，生日快乐。

32 岁的这一年里，你经历过辱骂、赞赏、离别、相识……人生迎来送往，大多不能长久，能长久相伴者十之一二。33 岁也要多吃多笑，珍惜朋友，珍惜岁月，温柔待人。

送给远行的你

离校聚餐结束的回家路上，脑海中突然响起《故乡》这首歌的旋律。某年元旦时在红白歌会上听一群日本人唱着这首歌欢度新年，彼时便被这异乡的歌谣勾起了共情心，大概是因为这歌里不仅有怀恋，还有憧憬，这两样东西不分时代，不分民族，被公平地赋予每个人，每个人又于怀恋中存放过去，在憧憬中创造未来，正如今晚的你们。

我站在乱糟糟的食堂里看你们唱歌，欢笑，流泪，依依不舍，心想你们踏上属于你们的未来了，而我所在的这个乱糟糟的地方，熟悉的木桌，玻璃窗口，存放着你们的过去，于是这里成了你们的一个故乡——事实上，使这块土地有意义的是端着杯子看你们唱歌、拥抱我和我的同事们，我们替你们存放着你们的过去，当你们想重拾它时，只需想起我们。

去年和我的高中老师见面时，她说："我听说了你的事，对你我是了解的，因为我是你的老师。"我当时就觉得很感动，觉得还是当年做什么都要跑去问问她的光景，但其实还是不一样的。我的朋友越来越多，牵挂越来越多，在乎的东西被迫断舍离，眼泪也随之减少。高中留给我的只有现在依然在联系的两三好友和一点点基础教育的底子，生活被现在和将来填满，熟悉的教学楼里坐着陌生的、年轻的面孔，好像过去被占去了位置，无立足之地，人总要活在当下，面向未来。

好吧，这其实是成年人逞强的话。我其实，非常不舍，有些难过，只是明知无能为力而只得放下。再走在母校校园里时依然会被翻滚的回忆惹得感慨万千，和老友的话题常常以“当年的同学如何如何”为主，看到认识的妹妹们分享的校园生活还是会羡慕，目睹你们离别的拥抱和眼泪，多少会有点舍不得。

你们是要离开的，你们最好离开。有同学说，高中三年是人生中最美好的时光，我说最好别这样。最好将来的每一天都比高中三年过得更幸福，更快乐。这三年只是你们幸福而充实的人生中不甚起眼的一块基石，只有在需要回忆时才现出光芒，更多的时候，我希望你们过得比现在快乐，最好连陷入回忆的工夫都不要有。

数学老师说，希望你们不要哭，坚强一些。不过哭一哭也没关系的，眼泪不是坏事。它仅代表离别，带走了你前行所必须丢下的东西。我们替你保管好了，放心。不管你在哪里，我在哪里，在做什么，只要你我再相见，或者哪怕你只是想起了我，这些被丢在彼时彼地的过往和回忆，都将重新属于你。

或许我们将再相见于异乡，或许再也不见。世事流转间物是人非，面目全非，没关系，我仍会是你的过去，你的年少时光，你的故乡。

离别

19世纪的美国民谣《梦见家和母亲》于20世纪传入亚洲，先后被日本和中国词人填词翻唱，日本版为犬童球溪的《旅愁》（目前可考的最早演唱者为美空云雀），中国版为李叔同的《送别》，同一段旋律，一样离家两样愁。前者是即将远行的人对故地故人的不舍，哀哀凄怆；后者是离家后以今望昔，缓缓悠悠的慨叹，离家许久，不复将离家时的郁结，只是再三回首，叹一声而今知交零落，今宵梦寒。

《旅愁》是一首节奏稍快的爵士，配以美空云雀浑厚温婉的嗓音，像以天真懵懂的神情念忧伤的诗，听得懂的人独自吁出一声叹息。《送别》是受《旅愁》影响的后作歌曲，自问世起便经过无数歌手翻唱，流传较广的版本有童声合唱版，朴树版（歌词有改编），李志版。我身边很多女孩子喜欢朴树版。朴树的歌声有少年感，温温柔柔，清清朗朗，声音也不大，像是怕惊扰了谁的好梦。童声合唱版受众最广，历来无数童声唱过这首歌，都好听，这首歌只要是孩子唱的就都很好，也是天真的忧伤，又和美空云雀不太一样——成年人的天真和孩子的天真不一样。我个人最喜欢李志版，歌词也好，编曲也好，都是最简单的一版。最简单，显得孤独极了，什么都没有，一把吉他，一把口琴和一个李志，一个人的愁绪，走累了的旅行者在路边一个人喝杯水酒，如果远方飘来一阵寂寥的歌声的话，也一定是李志的这首《送别》。歌罢酒毕，再背起行囊上路去。

诗人们说人必然离家。或许人不是必然离家，人是一直在路上。心不安分，总是躁动着追求未来，这是生命的本质，说得好听叫向死而生，实则只是天性不安生。中国人安土重迁，也不过是为流浪找一个后路，所以写文章的人们总说家是港湾，是落叶归的那个根。我们为离别洒的那几滴泪于是便显得不那么真诚，好像只是假装不舍，假装怀旧。

必然离家是真，不舍也是真。离家后历数种种，好像失去了很多，知交零落，父母难见，眼前的芳草不是芳草，远山仍是远山，有人或后悔，许愿回到彼时彼地。但有趣的是，再回到那个当下，他们依然会做出离家的选择。

未知危险又美丽。旅途孤独，无人常伴左右，但人生有哪个时刻是不孤独的呢？每一个陪伴都只是一瞬，长相伴的只有自己，于是我们为了那个不知等在某处的知交背上行囊，一路寻寻觅觅，最后发现最好的知交只有自己。

也有人从一开始，就只是为了寻得对自己的相知而踏上旅途。

我最近才真正认识到每一个遇见都会落下帷幕，我们早晚要以各种形式送走身边的每一个人，或被目送而去。只希望每一个人都是在恰当的时候离家，离家就莫回头。在思念时念及故地，而不是懊悔时。

傲慢与偏见，贪嗔与痴癫

玩古典的瞧不起玩爵士的，玩爵士的瞧不起玩摇滚的，玩摇滚的瞧不起玩民谣的，玩民谣的瞧不起玩电音的，玩电音的瞧不起搞流行的，搞流行的瞧不起唱跳偶像，唱跳偶像里又按人气和国籍排列着如上的鄙视链，这本不是中国特色的游戏规则，但是在地大人多的中国被发扬光大并扩散至各行各业，和国民性里敏感脆弱的那个点完美契合。人们不踩着点儿什么就好像活得没着没落，生活的根不在土里，在一地鸡毛的抱怨里，站立和说话的底气来自对他人的鄙视。

人以群分，以标签分。标签明码实价，委婉地表达着贵贱是非。说唱的标签是地下，唱跳偶像的标签是快餐，阿姆在格莱美上唱多少回都不可能凭歌词得诺贝尔奖。脏辫拆掉，文身遮住，亚文化被主流文化摁在水面之下，是冰山厚重沉滞的下半部分。

标签是傲慢，傲慢是七宗罪之首，罪过最重也最难戒除，因为很多时候它的确能给人们以继续心安理得活着的动力。笑这人不如我，笑那人太痴癫，于是我是对的，是好的，我的问题在别人的衬托下都不显得是问题，我的愚蠢总不是世上最恶劣的愚蠢。

最常见的是不同年龄层间的互相鄙夷。长辈们说，这些后生搞的东西我们不懂，我们老啦！后生仔们说，这个老人家不感兴趣的。大家都揣着糊涂装明白，把对方当傻子，殊不知老的也年轻过，小的也终将老去，人们代代更迭，无数人年轻而后老去，却始终记不住这道理。原来大家都不是聪明人。聪明人是不开口的。

西方文化里很重要的一条是不要轻易评判他人，但假设某人评判了他人，我上前批评前者的做法不对，此时的我难道不也正在评判他吗？所以聪明的人很少开口。

中国社会最常做的一件事就是把历史翻来覆去地评价，下定论。这是对的，认清历史是前进的必要程序，那么我得把刚才那句话修改一下：

聪明的人不谈论自己不了解的东西。

曾经中国的偶像文化在我眼中就是一团漂在水里的屎，你看不清它到底是什么样的，但能清楚地知道它的价值。它是混乱的，没有自我的，随波逐流的，处处受限的，散发着粗制滥造的恶臭。今年看了听了一些年轻的国产小偶像们的原创歌曲，发现很不错，歌词有内容，脉络清晰，Hook 有自己的个性，编曲成熟，好像不能再以单一的标签去定义他们。

徐圣恩这首歌的前奏念白让我想起窦唯的《高级动物》。那首歌真是没劲极了，念经似的从头念到尾；它又酷极了，每一个词都在诠释何谓摇滚精神，窦大仙的嘲讽隔着音波喷到听众的脸上，所有人都是台下贪婪的蝼蚁，“地狱天堂皆在人间”——扯远了，徐圣恩毕竟年纪轻，不至于像大仙那样参透世事痛心疾首，像所有有出息的Rapper那样字字铿锵地唱着梦想和自由，没出息的Rapper在北京唱三里屯的地摊儿——开个玩笑，龙井说唱我还是很喜欢的。徐圣恩今年要参加《中国新说唱》，我差不多能想象出他会怎样被那些老油子地下Rapper揉搓。

说不轻易评判他人，我好像也不小心评判了窦唯、徐圣恩和《中国新说唱》等，人一旦开始情绪化就容易变得不聪明，这个时候赶紧承认自己是蠢人就好——评判一下自己应该还是没问题的。

话又说回来，聪明人压根不会把聪明挂在嘴边。

《观》的一句歌词送给大家：

看不见的不用去猜。

和谐与矛盾

有人说维瓦尔第的作品是彼此相似的，多少协奏曲听来听去好像都是一个调调，差不多的套路，听着好听但是听多了没劲儿。可能的确是有点道理的。维瓦尔第的作品多有富丽与整饬的气质，听上去不光和他自己有点像，和巴洛克时代的其他音乐家作品也有点像。

实际上，维瓦尔第本人堪称巴洛克时代音乐艺术的代表人物，其作品起伏层叠、精致的、具有流动性的气质影响了后来的一大批巴洛克艺术家。我们可以很容易地从他的协奏曲中听出强弱的呼应共鸣，节奏的层层推进，复调的旋律盘旋上升，在节奏的起伏中如浪潮一波紧赶一波地卷来。

除了《四季》以外，维瓦尔第还写过一套美丽的协奏曲集，名为《和谐的灵感》。艺术家们的所谓和谐——除了古典主义外——都是从不和谐中生出的枝叶。矛盾是一个故事的核心，没有一个矛盾的点，故事便不足以被称为故事，而只能是一段流水账。音乐自某个时代起也带上了这种潜规则，音乐家们喜欢从不和谐音中寻找和谐的平衡点，以生出新的有趣而动听的旋律。

在维瓦尔第的这套作品里——以这首快板为例，小提琴复调式的呼应仿佛在相互催赶一般，好像有些急切，但旋律的推进又是有序的，于急切中按照一个美好的秩序依次前进；高低强弱的旋律交织在一起，彼此不干扰，又共同成就一个完整的整体。弱音渐强推出强音，低音部为中高音作衬垫，将后者托向更高处。比起古典主义的秩序感，巴洛克的浪漫与奔放在曲子精巧的细节背后闪耀着更为璀璨的光芒。

四平八稳的和谐本身是和谐，这是没有错的。不和谐也可以是和谐，或者说，不和谐可以孕育和谐，甚而这种被孕育出的和谐更具有活力，更显得美丽，吸引人。

真的要说起来，大概是因为矛盾比和谐更贴近这个世界的本质。人和人的世界本是充满矛盾的，和谐是我们期望达成的目的。生与死是矛盾的，但它们是这个世界最重要的东西——一个带来生命，一个带来下一段生命；爱与恨是矛盾的，但爱是恨成立的前提；言语和沉默是矛盾的，沉默以抵抗言语，然而沉默也是言语的一种；未来和过去既是对立的——因为它们不能同时存在，又是和谐的——因为它们彼此成就。世界在矛盾中奔向和谐，和谐催生变动，于是有了下一个矛盾，世界继续奔向下一个和谐。

凡事有定期，万物有定时。生有时，死有时；毁灭有时，修复有时；哭有时，笑有时；寻找有时，遗失有时；静默有时，言语有时；喜爱有时，恨恶有时；争战有时，和平有时。

今天在东北，碰见了一座坚硬、陡峭的高山，花岗岩的山体难于攀爬，人们兴高采烈，气喘吁吁又战战兢兢。山静默着，又以它本身的物质显现出一种暴烈的气质。征服者的弱小和被征服者的强大，热烈的祥和与沉默的暴戾。

世界就是由这些组成的。

普普通通的情歌

普通的情歌，学院派的唱法，干干净净，除了缠绵的不舍什么都不剩。

尤长靖唱歌最好的一点在于他既是有故事的，又像是不带任何私心地在唱每一首歌。他认真地处理气息、转音和假音，又真心实意地唱“我想你啊”，让你觉得他是不是真的在想念着某个人。

有的人会把歌唱得太愁肠百结，痴缠纠葛，一个音转几个弯，怕别人不知道自己的悲伤和痛苦；有的人会唱得极尽克制，冷淡压抑，所有的哽咽死死压在心底，怕听者察觉出自己的悲伤和痛苦。恰到好处是很难的。什么是恰到好处呢？

你怎么样爱，怎么样就是恰到好处。

孩子们在微博上赤裸裸地暗恋，希望这些酸涩的小心思能让自己快点长大，长大了就能获得更多以前得不到的。这是多么甜蜜的小痛苦。爱或不爱的枝枝叶叶毛糙茂盛地生长，高墙挡不住，天空压不住，卧室的窗棂拦不住，捂住嘴的指缝遮不住。它们比想长大的心思更自由和快速地蔓延。唯一能抑制这种勃勃生机的又只有长大。我们终有一日羞于说出自己的爱，甚至为爱这件事本身感到羞耻。

会写爱情小说的人未必是情场老手，谈过很多次恋爱的人大多写不出动人的故事。

每一个动人的故事说到底都是本质纯洁的，不是在塑造美好就是在破坏美好。现实大概不是这样的。我不知道现实的爱情故事怎样才是对的，莎士比亚自己的爱情也充满了现实和无奈，令他活在我们的时代可能还要更无奈几分，罗密欧未必写得出。

我们很久没有有力量的爱情故事问世了。小说家们写婚姻，写人们如何不相爱，写爱情中的算计纠葛，却避而不谈该如何相爱。好像真的只是因为“悲剧是最高形式的艺术”。

爱有什么可羞耻的呢？

大概是羞耻于爱会被现实改变甚至抹灭。它会随着多巴胺分泌的减少而消失，它会被质疑，会被压抑，会被任何其他东西打败，它太脆弱，又杀伤力巨大，而我们终将是要活下去的。

朋友爱而不得，我不舍她痛苦，想劝她告白，又想劝她放弃，觉得怎样都是于她不公。要是没有这份爱该多好。我和她在写故事的时候从来不忍设置这样的情节。

另一个朋友说，这首歌前半部分都平庸，最动人的是最后那句“你在吗／你要幸福啊／我想你啊”。她说这句一响，所有该想起的不该想起的都出现在脑海中，前面所有的剖白都像是为了带出这一句，呐喊一样，你在哪儿，不管你在哪儿都要幸福啊，不管你是否幸福我都想你啊。只有这一句是真话，并且不需要任何回应。

这才是爱情的真实。

从十几岁到成年，再到中年乃至老年，“我爱你”的枝叶自由生长，从来没有停止过，自供养分，它是来自我们每个人自己的小宇宙。

即使不被认可，不被回应，它也依然自顾自地生长着。

我本想写个好看的故事来衬托这首歌，可惜我写不出来。我是个没有故事的女同学。送一段小文字给大家：

歌没唱完

一条鱼飞在天中

一片树叶落回枝头

一颗星子坠入海底

你离开我的心

歌唱完了

夏去秋来

风止鸟眠

瓜熟蒂落

半轮月破碎在水里

你离开我的心

送给旅途中的你

京都第一日，岚山避暑。

在岚山被人夸了。

转了一天山，傍晚找了一家小店泡温泉，寄存了鞋包，鞋柜的钥匙换更衣间钥匙，此时我的鞋柜钥匙突然不见了。我和老板夫妇找了不知多久，期间耽搁了若干客人结账，直到三个人都开始怀疑人生时，我突然在口袋深处摸到了钥匙。其实我今天一直在落东西，然后被各家店的老板喊回来拿东西，彼时实在是又惭愧又抱歉——老板问了我三次钥匙会不会在口袋里——心想实在是马虎到国外去了。好好道歉，好好泡温泉，老板娘始终笑嘻嘻，像哄孩子一样捧着我的手同我开玩笑；老板没什么表情，普普通通地回了一句“没关系”；服务员埋头笑得停不下，被老板娘凶了一句。日本的服务业从业人员实在是脾气好又敬业。

泡温泉的时候老板娘又进来服务了两次，始终满面笑容，亲切亲热，我想起进门时闹的乌龙，更觉受之有愧。

洗完结账时老板夫妇突然对我说：“刚刚你道歉的时候，我们都觉得，你真是个很好的孩子。”只是一句道歉而已，实在不值得如此郑重其事，我推说因为各位待人和善包容，老板娘拉住我的手很认真地说："人的交往是相互的。"这是一句很常见的箴言，但由陌生人说出来，又有了点格外的意义。我说起前两天在名古屋的活动，说起岚山的见闻，说起想去而没来得及去的地方，她突然又认真地说了一句很有意义的话："圆满也好，遗憾也好，都要经历，各种事情都经历过的人生才有意思，人生只有一次嘛。"像日剧的台词，又像某个长辈说过很多次的道理。好像的确到了日本，又好像还停留在往日的生活中。

老板人看起来很冷淡，实际却是第一个真心实意夸我日语的京都人——当我说我日语是自学时——甚至说我聪明，我走的时候，他还在对店里的老顾客说"这是个非常好的孩子"。

我不是第一次被人夸，但是第一次因为一个举动被人夸。大概还和他们聊了些别的，明天的祭典或是前两天的演唱会，仍记得的话语还剩一句，也是老板娘说的："人心和人心是相互的。"

回程时搭了一段路程的计程车，司机师傅是我来京都两日以来遇到的第一个有关西口音的人，长得像个和尚，开口像个冷面漫才师。

晚上吃夜宵时对厨师说烤鸡肉串的酱汁好吃，厨师郁闷地絮叨了好久。

回民宿的时候问路问到个中国妹子，我一开口她就操着一口东北腔发问："你会说中文吗？"

白天在岚山天龙寺见到一座精致的枯山水庭院，站在廊下观到的景与坐在廊下所见的景截然不同，同一间屋子各个窗门望出去的景色又各不相同。

我眼中的京都也在不断变换中。

朋友说，旅行的好处就是让人明白人生之所以有趣，是因为有所欲更有甚于生者的东西。她刚从海边回来，指的应该是伟大的自然。

山和大海让人忘却生活，甚而忘却"生"这件事本身，教我们从好的意义上忘了自己是个人，忘了要做个人。我们有时很需要这个。

但做人也是件很有意思的事。我们得以遇到不同的人和事，这些人事物又往往是不断变换的，每一次相遇都和上一次不尽相同。

所以我们才能相识啊，我亲爱的朋友。我们所见的世界，站着看它是这般姿态，坐着看它是那般姿态，彼时遇到的人又同此时遇到的人不同。怀着温柔和爱意，不要停止对相遇的期待。

送给我的朋友引引。

世界

你要爱荒野上的风声，胜过爱贫穷和思考。

因为陪伴而生，死时留下牵挂，其间全部是孤独。

但我爱你的每一瞥，使我知道你认得我，记挂我。

我们迎面偶遇，不发一语，约定下次再见，而后次次爽约。

但我每一次拐过街角时仍希望遇见你，令我以为我们每一次都是初见。

我们最好装作陌生人间的偶遇，即使我思念你。

我在荒野里的时候，只有一只鸟从我的脚边起飞，猎猎风声消融了所有飞鸟爬虫的形迹。

我在城市里的时候，只有一个人对我点头致意，我们听不懂彼此的语言，遗憾地相互微笑。

城市是城市本身，不欢迎任何人，不拒绝任何人，是所有人的故乡，也不是所有人的故乡。

山川是山川本身，有人时兀自兴衰，无人时兀自兴衰。

人们同我交谈，彼此理解，握手拥抱，记住遗忘。

人们与我擦肩，互不理解，打量揣测，始终陌路。

你来到我的城市，我来到我的城市，而你我始终是你我。

我们辗转爱恨时，天地悄悄走向衰落；我们寻找神迹时，自然说，看一看我呀 ；我们悔恨于铭记，释怀于遗忘时，世界说，这都是我。

你始终是我眼中的每一个模样——我爱你时，不爱你时，我生长时，停止生长时。

在我和你独处时我才发现我是爱你的。

陈鸿宇的作曲始终有一种横渡过大漠般的苍凉感。中国大多数的民谣都不会很热闹，旋律也不会太复杂，两三个小节来回重复，期期艾艾地讲故事，说得极端一些，透着一点穷酸的劲儿。陈鸿宇的曲子当然是典型的民谣，但与其说他的作品听起来穷酸，更不如说听起来好像舍弃了来路在荒茫天地间不管不顾地流浪。唱得低沉舒缓，节奏永远不会太快，却充满了勇往直前的意味。

唐映枫的词作与陈鸿宇的曲气质相似，又多了股文人气，字斟句酌，精致讲究，同时气韵绵长。

今天上午爬稻荷山的时候一直在听《途中》这首歌。这首歌的气质与秀气的稻荷山是不大符合的，一边听一边在绿树与鸟居的掩映下步履匆匆，有种“在此地也不在此地”的错位感，这种感觉又恰与我这一次日本之旅的整体感受一致。很多个瞬间我惊觉自己在异国他乡，很多个瞬间我又以为自己仍在旧地。

任何一处的世界都只是世界本身。

暗恋西西里

跳跃的探戈，生机勃勃的节奏。

树林里的刚成年的牝鹿，西西里的玛琳娜。他们匆匆来，匆匆去。

而我们活在此地。我们所在的地方叫此地，我们永远在此地。探戈跳跃急促，呈现奔向远方的气质，这不是这个世界能理解的，我们只能理解“此时”和“此地”而已。一切活泼的、反抗性的东西都不能作长久之计。人们理解他们想理解的东西，向来如此。

所有的探戈都能使我想起玛琳娜。我爱她，渴慕她，用我充沛的爱意去保护她，使她保有她完整的美丽和天真，使她幸福。我可以是女人，也可以是男人。她可以是女人，也可以是男人。玛琳娜在西西里的街头风姿绰约地走来，坐下，抽出一支烟，所有的男人都凑上前掏出自己的打火机。她只消坐在那里便成了。我本就只是爱她天真的姿态，迷茫又小心的高傲。她也本就只是美而不自知罢了。

但玛琳娜不被西西里所容，因为众人皆丑她独美。我也就不该爱她。

一切与他人不同的诉求与欲望都不该被第二个知道，我悄悄告诉自己。我爱谁，谁爱谁，这是不太能说的。我厌恶谁，谁厌恶谁，这是无所谓被世人知晓的。倒不如说，我们总能知道别人憎恶的对象，而鲜少得知他爱慕的对象。很多事情莫名其妙地被定为不能公开的秘密。

不像男人的男人，不像女人的女人，太像男人的男人，太像女人的女人，他们被以不同名义宣判有罪，恰到好处是唯一的正道，但恰到好处又是多么主观的标杆，又有多少人是真的恰到好处呢？

我有个朋友很害怕年龄超过 40 岁的男性，她害怕他们身上的攻击性，害怕他们身上的汗味和肆无忌惮的姿态；我有几个长辈很讨厌年龄小于 25 岁的男明星，他们讨厌这些公众人物脸上的眼线和无精打采的口音；我有几个网友很反感 50 多岁阿姨们的催婚行为；我父亲的几个朋友最不赞成年轻女孩挑三拣四故作姿态……

他们活在同一个世界里。我有时怀着恶意想，如果介绍他们彼此认识会是怎样的场景？安排一场彼此厌恶的见面会是会让矛盾化解，还是加速社会的崩溃？

年轻人对美不成熟的试探，中年人劳碌奔波后的不修边幅，长辈以自己认为最正确的生活模式给予的生活指导，对未来心怀不安而不敢妄作判断的女孩们……我们是一地鸡毛里的常住民，都不是玛琳娜。我们或是欺侮玛琳娜的人，或是围观她被欺侮的人。

玛琳娜是谁呢？

她是独一无二的美丽，是唯一的被嫉妒者。她被欺侮，被孤立，被赶走，但她离开又回来。她永远是一个人。

玛琳娜不可能变成“玛琳娜们”，她不可能和其他人聚在一起，宣判另一群人的罪名。

因为她是真正的受害者。

有人在评价《西西里的美丽传说》这部电影时说，人民需要一个荡妇以显示自己的道德，于是玛琳娜成了“荡妇”。这句话在任何时代，任何事件中都适用。

探戈节奏再跳跃，旋律却是小调，小调是忧郁的调式，沉郁的提琴组，忧愁的吉他。这首歌的名字翻译成中文是《崇拜者、伪君子和绝望者》。电影里，玛琳娜踏着节奏款款而来，人人为她神魂颠倒。

只有我是爱她的。因为我不需要证明自己的任何，因为我是在她电影之外的世外人。

生活在脚下

词好，有劲儿。

曲好，顺耳。

我们还能对流行音乐有多少期待呢？这不是一句贬义性的反问，客观评价罢了。

不登庙堂的流行音乐中，被归划为地下音乐的说唱，草莽中的小众娱乐。艺术和人一样，出生时便被刻上阶级的烙印，街头表演，宫廷艺术，给俗人玩的，给雅人赏的，给小孩逗乐的，给大人消遣的，男人看的女人看的……不入流的东西担不起太多期待，差而不多便得了。

我为这首曲子写了起码五百字的技术分析，后来听了一遍王力宏和黄明志的原版，又把那自作聪明的五百字一股脑儿删了。

我得对得起那吾克热的真心。

那吾克热很多说唱作品给人的感觉都是相似的，包括这首曲子的词也并不能给人以多少新鲜感，和黄明志的Rap比，那吾只是快而已，节奏随曲调的上升而渐快，说他富于技巧多少有些违心。

但我太喜欢那句词了，那句“拿起了电话说，妈妈我还好”。昨晚第一次听到这句的时候我在二楼玩电脑，我妈在一楼看电视，和我爸看电视联蒋抗日再内战。我一个人关在书房里，听着那吾克热模仿Eminem的怒音，心想这是多么俗套又清新的故事啊。

上海每月房租三千的同学，成都刚分手的朋友，工作第一年的闺蜜，工作第三年的我，不认识的他和她，认识的我和你，谁都说过“妈妈我还好”。现实生活就是能真的振臂高呼“Hands up Everybody”的人寥寥无几，我们真的能说出口的只有这一句“妈妈我还好”。求助是人的本能，报喜不报忧是爱的本能。诉无可诉，生活在脚下，家在远方。从行为上看，每个人都正在或试图离家，飘向远方，实际从结果上来说，是家被遗落在了远方，归家即回到远方。令我们感到熟悉而慰藉的种种存在于远方，遥不可及，彼此相望，于是只能远远喊一句“我还好”。

我时常感到我们永远战胜不了生活，所以我很能体会那吾克热试图表达出来的愤怒和抗争性，活着即战斗。荒诞小说《堂吉诃德》之所以经典，是因为每个人都能在爵士身上找到自己的影子，生活是沉默的风车，静默不语，不战而胜。

“拿起了电话说，妈妈我还好。回到现实，继续解决我的温饱。”我们还能对流行音乐有多少期待呢？它不需要承担太多，能从中看到人们的生活便足够了。步履匆匆的人走过一家店门口，店里传来的音乐声让他脚下一顿，想起近处的恋情或远方的思念；深夜做题的孩子掏出耳机，里头传来的歌声使他愿意明天和同桌为此分享同一副耳机；无所事事的人为了一句歌词流下眼泪，孤独的人为了一段情歌露出微笑，下班的人听着歌解乏，失眠的人伴着曲入睡……有人歌颂日月星辰，也得有人歌唱日日的苟且，使我们看到脚下的生活，使我们因人人相似的幸或不幸而慰藉，不至于为对远方的思慕失去神志，不至于被打倒。

尤长靖把入门改成了吟唱，副歌部分放轻放缓，像是存在于生活背后的某个温柔的慰藉，高音也动听，那是主人公表达信念的呐喊，是高潮，要心怀梦想啊，要奋斗啊。多么铿锵，我们要为梦想而奋斗呐，然而又是和什么奋斗呢？

不还是生活吗。梦想不知在何处，但生活是真的。口中说着梦想，心里想着生活。说来说去，还是堂吉诃德。

我听人呐喊心头发热，可日日苟且间，令我真落泪的是那温柔的吟唱。

众生皆苦，且活着便不易，歌好听就够了。

旧日斯人明日黄花

原来2007年已经是11年前了，原来这已经是一首不折不扣的老歌了。

原来那些令我陷入旧日迷思、俯仰唏嘘的，都已成明日黄花。

一首歌被来来去去重填词再翻唱，男的女的老的少的歌手，听到最后还是邓丽欣的这一版《电灯胆》，温软的女声唱无可奈何的情歌，衣不如新人不如故，歌是原唱好。

爱人是初恋好吗？我不知道。满天下多的是那想不开的，也多得是那想得很开的。长辈说，想开想不开都是一辈子，爱谁不爱谁也就是一辈子。

偏偏这首歌讲的就是一个想不开的故事。男不听《七友》，女不听《钟无艳》，动人的歌讲的都是人间不幸事。如果一个故事讲到尾是皆大欢喜，人们会说它不真实，反之一个故事讲到最后四大皆空，哪怕中间胡编一气，大家仍然会赞其现实主义力作。我们就是如此不信任生活。

熟龄夫妇吵架最爱说的一句话是“早知道”，从三四十岁说到八九十岁。王宝钏苦等薛平贵十几年，戏文里也没说半句“早知道”，所以他们成了传奇故事。

我们不是。说来说去，哪能“早知道”。命如此，运如此。爱不得便命里无，“善良人埋藏着最坏的心眼，妄想一天你们会散”。实际也只能想想而已。每一段故事该怎么走是天时地利定好了的，人和能改变的选项少而又少，兜兜转转怕是指向不变结局。所以没有什么“早知道”。主角是主角，配角是配角，电灯胆是电灯胆，各司其职。

爱听情歌的人谁没有两首百听不厌的粤语歌。南方舌头本就绵软多情，吐字归音带着古音的余韵，最是千回百转的深情。我爱广东的女孩子，一如我爱甜味的烧味。她们小心翼翼地同我讲普通话，我央她们示范两句粤语，也是一字一顿地念给我听。熟悉了之后会用不熟练的“广普”和我发语音，语速很慢，声音不大，透过电波像是在说私密的情话。听到好听的粤语歌时我会想起她们。

学生时代一直听粤语歌。细数来也都不止十年。当年前座女生和后座男生谈恋爱，以歌传情，坐在中间的我是他们共同的朋友，也顺带分享了很多好歌。词句间全是词人年轻时的爱恨情仇。

再往前数是卡带时期，我上小学。小区音像店里买周杰伦的卡带，顺带拿一张陈奕迅，傍晚随身听放车篓里，一边听一边绕着小区骑车。那时候实在听不懂，也只记得个《K歌之王》。

李峻一的作品我的确是第一次听，原来也这样好。二十年前出道的这批粤语词作人作品里有相似的精神气质——缠绵又现实，浪漫又失落。

不知是不是时代造就。

我们无法回到十年前。只是听到这些歌时的所想与十年前、二十年前没有差别。王宝钏就那一个，“电灯胆”们世世代代，还有各式各样的痴男怨女，现实的故事无所谓幸或不幸，唯其相似耳。

当我们不知该写什么，或是不知什么能写时，写爱情总是没错的。反之，当人们连爱情都不能自由地讨论时，便是时代陨落之日。

多情自不必，命也运也

日本人做伤情文艺片配乐，味道大同小异。湿漉漉的情调，小调的伤感，弦乐器运用自如，充分显示了这个民族多年来接受的西洋古典乐熏陶之深。

仔细数数，似乎很多表达悲伤情绪的曲子都会大段使用小跳音，大概是节奏和旋律的反差感令人着迷。这首曲子由郎朗改编为钢琴曲，提琴悲切的音色换作钢琴温润中性的音色，跳音的色彩被抹去，乐曲起伏更明显，别有一番风味，也未失原曲的伤感情调。

真为乐曲增色的可能还是台下梁朝伟的眼神。台上郎朗琴声回荡，大屏幕上张曼玉巧笑倩兮，梁朝伟坐在刘嘉玲身边，盯着台上眼眶湿湿，末了对着身边佳人笑笑，谁都不知道他在想什么。

他自己都未必想得清楚——也没那么重要了。时也命也运也，我最近老喜欢说这句话。人每当要为无可奈何的事情翻篇的时候最适合说这句话，搪塞他人也搪塞自己。这句话和热水等同，可解百忧。把头埋在热腾腾的沙子里是天底下最惬意的事。然而有时热水真能止疼，造化确实弄人，时也命也运也，真的起作用时人也总拿它没办法。眼看红颜擦肩，有缘变无分，身旁坐的哪知是哪个谁。

梁朝伟有双多情的眼，看根萝卜都像有事，何况怔愣地盯着不知某处时，于是我们更无从计较他究竟是想着某个她，还是怀恋自己的青葱岁月，还是仅仅只是发呆。多情不宜过，也不要同多情的人讲情理，稍有不慎便成了自作多情。好感本就来得快，把好感当真心的转换率也过高，谁见过哪本爱情类的话本传奇是以村妇或山匪女儿为主人公的？刘兰芝出身一般，但自小深居简出，无所不学，被当作贵族小姐似的养着，和崔莺莺差不了太多。

中国小说里最具主导权的女子是潘金莲，悍匪般的美女，多情是那美貌的表象，绝情是那半掖半露的里子，多年夫妻说杀就杀，干脆利落。且不提《金瓶梅》里如何美化，原作《水浒传》里的潘金莲未必有多爱西门庆，哪天看不过眼了保不齐也是一碗药：阿庆，该喝药了。

《孔雀东南飞》是悲剧，《罗密欧与朱丽叶》是悲剧，《西厢记》的原故事《莺莺传》是悲剧，王实甫心善给改成了喜剧，潘金莲和西门庆如不是遇上武松，结局未必是悲剧。当然妄作假设太草率，前三作的结局导向也有一两个假如的偶然因素作为条件，世上绝大多数事都如是，自古假如几回成真。

所以又回到前文的那句话：时也命也运也，二十几岁时哪知道二十多年后身边坐着的是张曼玉还是刘嘉玲。花样年华流金岁月，这是昙花，是水中月，是偶然；垂垂老矣，相离而怀念，是必然。所以也没有太多必要伤感，提琴浅吟轻唱，拉几个小节歇半个小节，断断续续，告诉听众悲伤不必太过；跳音齐整、诙谐又庄严，像一个小玩笑，又像命运本身。

悲怆与祥和

《悲怆第二乐章》是整首《悲怆奏鸣曲》里最受通俗大众欢迎的一段。无论如何演绎，钢琴或小提琴，它赠予听众的只有作曲家温柔的胸怀。

我第一次听这一段，是由日本音乐家溝口肇演绎的提琴协奏版，实在缠绵至极，配得上所有复古色调的文艺小电影，镜头里岩井俊二式的女主角翩翩起舞，提琴的弓长长缓缓地拉出来拉回去，应和着钢琴的情思，使一切乐章带上小调般的哀伤情调。

我真正注意到《悲怆第二乐章》实际是在沈文裕先生演奏的这一版。起调平和，如果拿写文章讲故事作比，便好比每一段寻常故事的开头——家门口有棵老树，母亲某日说的话，“壬戌之秋，七月既望”。普普通通的月光笼罩大地，既不过分惨淡也不十分热烈，是不会轻易察觉出的柔和。

悲怆是个感情色彩浓烈的词，贝多芬在谱写《第一乐章》与《第三乐章》时，也将节奏与曲调处理得激昂而热烈，使人一听便知这是悲怆。

然而第二乐章也的确叫悲怆，我听过之后，也从不会将它与《月光》等混淆。非要通过名字去理解曲意，文艺评论里有这么一句话，大意是“最高形式的悲伤是流不出泪的哭泣”。在简单理解乐章之间联系时，乐评家们还会说这是由悲怆转向平息从而走向坚定的过程。曲名与旋律间的简单矛盾已不必作过多解读，包括贝多芬在《悲怆》《月光》《暴风雨》等作品中将小调演绎得时而激烈慷慨，时而哀婉缠绵的高超技巧。

前人已尽述。使我一听再听的是这一版中的平和克制。它既不过分轻柔哀伤，也不十分铿锵。它的诉说甚至带上了温暖的意味，当我听或读一部以“悲怆”“悲伤”为主旨的作品时，这才是我最需要的。人们有时会记住困境时的拥抱和亲吻，但大多更愿意将它们与那些困境本身一并忘却。人们也不会对欢愉印象太深。人们不需要记住太多。最伟大的人生是将欢愉与悲伤当作每一个寻常的日子，度过然后遗忘。

第二乐章在两分半的时候迎来了一段小高潮，跳音和渐强的强调为第三乐章作铺垫，而后又回归第一部分的旋律，小跳音却不停息，到底不同于第一部分，“到底意难平”。起伏不大，但也是意难平。

人生中重大的崩塌在心中留下的大多是轮廓模糊的一片暗渍，小的伤痕始终细节分明，后者却是前者的具象化，好使人们郁结难纾的时候起码能叹出一口气来。艺术家们将这种人心自我开解的微妙变化刻画出来，弱化“悲”的本质，强调人心坚韧和甜蜜的力量，这是艺术家温柔敦厚的胸怀。

我总是在听这首曲子的时候想起苏轼，这个人也喜欢用波澜不惊的语言表达自己汹涌的苦闷与情怀，谈论伟大的风月天地，用伟大的句子慰藉自己，却极有可能只宽慰了后人。假如让他听《悲怆》，不知能不能真的稍有释怀。

无论释怀与否，他仍写出了他的文字。无论痛苦消融与否，以悲怆和痛苦生出花朵，这便是人的艺术。

人多么伟大。

自由引导现代人民

爵士是摇滚的先祖。摇滚精神中最核心的自由意志由爵士赋予，而后的发展中在技术性上逐渐添加了其他门类音乐的色彩。

我爱摇滚，因此我也爱爵士这种出生便是为了表达自由的音乐形式。但“自由”的含义是多样的。人们有宣泄的自由，也该有沉默的自由，于是爵士也是多样的，柔和典雅的冷爵士、激烈活泼的新奥尔良爵士、接近现代审美的Swing……不同的人从不同类的音乐中找寻自己的自由。

椎名林檎的这首歌是一首风格鲜明的融合爵士，爵士典型的管弦乐编曲，大段的散拍加入一些百老汇音乐元素，作品比传统意义上的爵士来得更华丽而层次丰富。编曲笹路正德本就擅长融合爵士，又及编曲中由他本人演奏的钢琴部分以及歌手宫本造次的演绎，为这首歌增添了强烈的表现力和张力。唯一可惜的是，这首歌的某些段落和椎名女士自己的旧作实在相似。

椎名林檎本人本就是出类拔萃的爵士音乐家，她擅长表达此道——人的贪婪、懒惰、野兽的一面，不如野兽的一面……

现代主义的喜好就是使人尽量赤裸裸，在上帝和万物鬼神面前一丝不挂，任凭嘲讽。椎名林檎可算其中佼佼者。

但我没想到她写这首歌来送给 *News Zero* 作主题曲。深夜新闻节目，即使比一般新闻稍显轻松些，也还是和这样热闹的音乐格格不入。

“自抄袭”可叹，但不涉及创作道德底线，实际不是大事，只不过我们对别人做出来的东西向来尽量苛刻罢了。评判一件作品，一位艺术家的优劣有时很复杂，需要漫长时间的检验。有时很简单，一个句子就行。

“我也曾想过何时在成为一个家畜般听顺的人之前，我其实也是羊皮下的一匹野兽。”

“‘孤独’换言之就是‘自由’。”

现代人分明比任何过去时代的人都要远离自然，却自比林中野兽，然而怎么能相提并论呢？实际比较下来，无知无觉的野兽的自由哪里比得上人类的呢？

人类时时感到恐慌，但了不起的是人总能从各种方面以各种形式获得自由——比如将独处时的孤独感诠释为自由，好像不大一样，又好像确有道理。

椎名林檎高超的一点在于，她在末尾将主题由自由上升到了对生的意义的探究。

“幸福或不幸，只要你认为有意义就可以了。”

“反正生命只有一次既然如此就将其利用殆尽。”

椎名林檎认为，自由就是将现实挥洒到极致。

生与死的议题从未从各类艺术中消失过。人类存在一日，对生死的讨论就一直存在——即使人们早已认定结局是既定的，即死亡，也早明白无论是个体还是人类整体都在走向消亡。

但活着又是多么有趣。正如即便明白下月得还信用卡，购物的那一刻心中依然充满了无上快感。活着的本质一是为死亡做准备，一是找寻各类即时的快感。吃喝玩乐是即时快感，爱欲是即时快感，对自由的需求也是。现代人的自由——也可以说是梦想，它们以内容论是相同的——因厌倦感而渴望远方，所谓远方，不过是另一个地方，另一种生活。我习以为常于是心生厌倦的生活，可能是你所陌生和渴望的，厌倦和向往相依相生，交互出现。由此说来，自由和现实的关系也是如此。

坐在家里听一首充满躁动的爵士，宽容地说可算是在拥抱自由。每周定时收看的新闻节目，又是实实在在的现实。然而他人生活做成的新闻，看似与自己有关实际是少数人游戏的政治的新闻，名人的花边，鸡零狗碎，看上去接地气得很，又实际上都存在于远方，无不是另一种生活。

日本的观众们坐在家里看着他们国家的大小事，不知心里和我们是否一样，但至少还有音乐家们的提醒：

“反正生命只是借来之物，干脆就让我厚颜无耻地

彻底榨干一切再归还”

身囿家中，心有自由。活着本身就意味着不自由，倒不如将有限发挥出尽量接近无限的价值，将屋檐之下活成荒野。

这不就是爵士精神吗？无家的黑人背着乐器在街边即兴演奏，于是诞生了爵士，而后是摇滚。心在哪里，哪里就是舞台和录音室。

风大赶路

昨天风特别大，中午冷得没法，跑去学校外面吃炸酱面，热腾腾，扎扎实实的一碗下肚，半条魂儿归了身。

回校时风还是很大。一个头发灰白的男人坐在商场前的台阶上，薄运动外套，运动裤裤脚拉到小腿，两只脚赤着，他坐在寒风里仔细地剥脚指甲——大概是找不到指甲剪，只能一点点地把里头的污垢抠出来。

他专心得很，好像习惯了寒风，又好像的确在做什么大事。那件脏到看不出本色的外套快要被整个儿吹翻过来了，他却还捧着他的脚，脚板底黑乎乎，却小心地剔干净每一道指甲缝。

这个场景实在有些诡异，我走两步回头看一眼，他头都不抬。更诡异的是，整条街只有我注意到了他。只有我在看他，在做怪事的人反倒是我。

一个算命的女人拉着过路人要给人算命，卖报纸的老哑巴攥着铃铛板着脸走过去，他们时常在这一带做买卖，却多年如一日地谁都不认识谁；有人穿着材质粗劣的旧外套，手里拎着阿玛尼的袋子，反过来说也一样，有人拎着阿玛尼的袋子，却穿着材质低劣的旧外套；一对母子边走边吵，乍一看像被拐儿童和人贩子，或前世的仇人，再看却像是实打实的亲母子；有人悲伤地打电话，有人快乐地聊八卦，有人神色僵硬地赶路。

他们都是寒风中的一员，同时又都顾自做着和寒风毫无关系的营生。

生活是生活，寒风是寒风。所有人都迅速地接受和默认了冰冷的现实。只有我站在风里茫然不知所措。

回到办公室时，同事们在聊最近的新闻，聊到今年的金马奖，聊到隔壁某校学生举报老师的事、聊到某校老师被学生举报，某校学生被老师打。又不知怎的提到“五四”，有人提张载，背他那句说得特别好又特别缺乏现实逻辑的名言：

“为天地立心，为生民立命，为往圣继绝学，为万世开太平。”

一时满室沉默，有轻轻的叹气声：干我们这行呀，所谓教书育人……

办公室里的暖空调开得很足，我听着大家东拉西扯，长吁短叹，又忘记刚才为何茫然了。

理想主义的象牙塔谈话，现实主义的室外营生。有人担心大风刮倒了大厦，使天地变色 ；也有人忙于脚下的一地鸡毛，无暇顾及屋外是阴或晴。这样说来，前者是空谈家，后者是愚钝者；前者在生活的铁蹄下垂死挣扎，后者放弃甚至忘记挣扎。

尧十三的《瞎子》让我开始重新思考这个问题。这首歌是新电影《无名之辈》的插曲。歌是好歌，电影也是好电影。电影中几乎每个角色都是小人物和失败者。他们中有人想做一番大事，愿望却很朴实——为了一份好工作以供女儿上学，为了和心爱的女孩回家盖房子，为了获得一点关注度和尊敬；也有人无心恋战于人生，一心求死。然而无论是伟大或微小的愿望，到最后几乎都落了空——陈建斌饰演的保安想当协警，这愿望似乎是被许了承诺，却怎么看怎么像一张空头支票，何况他在片尾被人一枪打中了肚子，未必活得到愿望实现的时候。

又好像所有人的愿望都以不同的方式实现了。他们仍然卑微、无能、贫穷、无路可走，却都最终为人所爱并爱着某个人。这些爱和他们的生活本身一般卑微又无奈，却使得所有生活和生命有处安放。

尧十三的歌讲的是一个关于告别的故事。行将离家的人再三不舍，再三道别，天已黑，终要走。尧十三大约是个诗人，歌词有点柳永的味道，用方言唱出来，又更添了一份纯天然的悲戚。看电影时影院里有人说“这是什么啊”，听到最后大家却都默然了。背景的琵琶声断断续续，像哽咽，尧十三扯着嗓子拖着腔地唱，像在风里卖唱的流浪人。

我走了就要好多年了

漂亮的小姑娘就不在我身边了

就算这日子再怎么安逸

我也找不到人来说话

漂亮的小姑娘不在我身边了，极朴实极坦白；我找不到人来说话，又极悲哀。

寒风里的流浪汉和空调间里的谈话都是这世上的真实，它们都不能帮助这世界变得更好，空调间里的暖风开得再大，也只是寒风中临时停靠的小小孤岛而已。这世界原本有多好或者有多坏，和我们的麻木或焦虑没有关系。我们只是风中被吹着往前走的人。

成年人都对这个事实心知肚明。即使心知肚明，大家仍然脚步不停。或许是无法停，或许是不愿停。

即使要和漂亮的小姑娘分别，仍然要离家远行。

这样说来所有人其实都是勇者。可在风暴中砥砺前行，可在寒风中心怀慈悲。

卫仁磊再见

卫仁磊出院了。

卫仁磊飞了。

卫仁磊再见。

304房的精神分裂患者卫仁磊出院了，他哼着歌——AC/DC的*Highway to Hell*。院门外阳光明媚，鸟语花香，一派祥和。

卫仁磊知道自己没好透，但没关系，他吃过药了。药物作用下他稍稍有些昏昏欲睡，沿途遇见不少熟悉的街坊邻居，他打起精神一一问好。得体的衣服，得体的微笑，得体的问候……回到正常生活状态使他身心愉悦。

卫仁磊状态良好，这得益于家人和街坊邻居们良好的状态。在可口饭菜、热情问候、嘘寒问暖的包围中他得到了一个大病初愈者应得的关照和体恤。

父亲催他及早上班，说和单位领导打过招呼，明天就能返工，卫仁磊有一瞬间以为自己只是出了个长差。他又很快回过神来，答应了父亲。单位前台那个可爱的姑娘不知还在不在。

第二天早上卫仁磊上班去了，两个小时后他回来了，卫仁磊妈妈中饭的菜还没买回来。卫仁磊回到家后只说了两句话，便不再开口，他甚至连妈妈让他带去办公室的仙人球被他送给前台姑娘这件事都没提。见他回来，父亲没说什么，不再像昨晚一般念叨着忙碌使人充实而充实才能避免胡思乱想云云。奶奶依旧一言不发。买菜回来的妈妈一进门便看到卫仁磊。她看了一眼卫仁磊的父亲，也一言不发。

但卫仁磊能感觉得出，妈妈的一言不发和奶奶的不一样，甚至妈妈的和爸爸的也是不一样的。三个人各自的沉默彼此不同。爸爸以沉默代替千言万语，而妈妈沉默时看了一眼爸爸——这一眼同以往并无差别，同卫仁磊进院前刚发病时母亲向父亲递的一个眼色，同他们去病院探望卫仁磊时交换的任何一个眼神都无差别。

卫仁磊说的第一句话是：

“爸，妈，奶奶，我和你们说一件事，你们千万别当我是在说疯话。”

妈妈又看了父亲一眼，这一眼很易懂，眼神里简洁地写着“了然”。

这一眼或许催发了药力，卫仁磊觉得自己的病其实全好了，于是他又说了第二句话：

“其实，其实地球就要被毁灭了，海带星人下周三攻占地球，快逃吧。”

说完这句话，他立刻觉察到这句话是否该被说出口——然而心里想的，包括感受到的，往往又同语言确实表达的不相一样——奶奶仍旧是不发一语，父母却不再交换眼神，只直直地盯着他，用眼神辨认真伪似的直愣愣盯了好一会儿，犹豫地点头算是接受了这句话。

卫仁磊突然有些不确定自己的病到底好没好了。在单位时同事们也是这样的反应，自己似乎和大家没什么差别了，又似乎实在病得不轻。

晚饭的时候卫仁磊开始发帖子，客厅电视里正放着海带价格飙升的新闻，专家耐心地分析着全球气候变暖和海带数量骤减的关系。没关系，吃不起海带咱们还能吃裙带菜呀，差不多的。海带确实贵，好像已经三十块一斤了。妈妈下午买菜回来直嘀咕，可卫仁磊知道这是怎么回事。他无心分辨其他，想要活命必须在外星人来时用海带缠满全身，他把这件事告诉了家人，现在要发帖子以挽救更多的人。

卫仁磊终于赶在晚饭凉透前发完帖子，他不知道能救多少人，但父亲让他别管了。他觉得自己有些向焦虑症过渡的倾向，于是他又吃了一片药，一片让他昏昏沉沉的药。

周末来了又走，海带越来越贵，市场里已经几乎买不到了。卫仁磊待在家里整日计算一个人要耗费多少克海带，几乎失去时间概念。但他比谁都清楚哪一天是周三。

没有海带。

妈妈并没有依卫仁磊的吩咐准备好海带，厨房里甚至连一片海带都找不到。

海带星人也没有来。

卫仁磊不知该先在意前一件事还是后一件事，但是父亲抱着他哭，说："儿子，咱有病就去治，好吗？"妈妈也在一旁哭得说不出话。

卫仁磊依旧哑口无言。他第二天便被送回了病院。换上病服的那一刻，他的心终于安定了下来，病好没好的问题再也不会纠缠他，海带星人会不会来，甚至地球会不会毁灭，也都与他无关了。他坐在透不进光的走廊里冷静回想，发现自己一直在某种是与非之间左右摇摆，这就好像一个孩子跨坐在墙头，不知该往墙的那一边跳；又或者说，他以为在墙的那一边，实际是在墙的这一边。这边是哪边那边是哪边，他说不清，也不知道其他人说不说得清。

总之他现在被推下了墙，他解脱了。

卫仁磊回院的第二天晚上，他的奶奶来看他了——带着一大包海带。卫仁磊流出泪来，忍不住脱口而出："奶奶，海带，缠海带！缠……"奶奶仔细地摸了摸他的脸，转身走了。

对卫仁磊来说，海带星人到底来不来，至此真的不重要了。但他泣不成声，悲伤又悲哀，他又回到墙头了，并且大概久无解脱之日。

再往后的一个周三，海带星人真的来了，他们接走了卫仁磊，这件事被很多人见证，以精神病院304房的病友们为首。他们挥着手对天空大喊：

"卫仁磊飞了！卫仁磊再见！"

卫仁磊看着他们越来越远，心想，世上多的是没有被海带星人接走的人们。他们该怎么办呢？

传承

三国时蜀国老将黄忠要去打夏侯渊，诸葛亮出言阻拦，说他太老啦，打不动的，别去了吧。黄忠一听气坏了，看不起老年人？十天之内，我必把夏侯渊的人头拎回来。十天之内，黄忠换回部下陈式，射死夏侯尚，斩杀夏侯渊，夺取定军山。

1905 年，北京的一名照相馆老板任庆泰邀谭派老生谭鑫培拍摄了中国第一部电影《定军山》。

2005 年，安战军导演以《定军山》的拍摄为背景制作了纪录电影《定军山》，谭鑫培先生曾孙谭元寿先生饰演片中的“谭鑫培”，其子谭孝曾为片中相关唱段配音。

上周给孩子们布置了一篇以“传承”为主题的作文。不曾想孩子们耗尽了脑汁，咬牙切齿地夸尽传统文化中的方方面面，贬完了文化变迁中与古有异的种种，连文字都是以前的好，也不管合用不合用，藏在抽屉和手机里的“吴亦凡们”和“科比们”成了明日黄花——这帮孩子写起作文来“六亲不认”。

吴亦凡多可怜，昨天还是你的眼珠子，是你未谋面的“亲哥”，今天就成了你笔下传统文化传承路上的拦路虎，文化史上该大大记一笔的罪人，简直比那受过千万次宫刑的司马迁还要无辜。列个单选题给诸位：一个唱流行歌曲的年轻人，唱得十分好，另一个一般票友水平的年轻人，唱了两句京剧，二者站在同一方舞台上，观众们会给谁叫好？对着文章细细想是一个答案，现实里大概又是另一种答案了。

“传承”这个词好像重点往往落在“承”上，总是年轻人的事，年轻人既要发展好新的，又要牢牢接住旧的，新的可以先不必急着发展——因为尚未及验证其优劣——旧的一定要接好，凡事得以流传必有其道理。年轻偶像站在台上，一定要记得为传统文化吆喝两句，显其立场正确，抵其罪名；年轻孩子会背的文言文多多益善，中国上下五千年历史起码熟知其三千，这才是能承前启后的中华好儿郎。

这种焦虑感使我想起小时候我妈出差前一天晚上，让我熟记并背诵家里水电煤气的开关以及微波炉使用方法时的场景。这个类比大概不够恰当，但道理相类，背了一夜微波炉说明书的我实在有点可怜，被逼着假装热爱传统文化的孩子们也可怜。

廉将军饭量尚好，黄忠也还能打，杀那夏侯渊不在话下，不能什么事都交给赵云做。“传承”为“传而后承”，传的人先将那火炬攥牢了，火光护好了，不使它灭在自己手上，是否后继有人是后来者自己的选择题。所谓新旧文化，其实也是审美，审美又是多么私人而无法强求的事，又是多么没有定数的存在。十几岁时爱摇滚，或许过三五年便觉得西河大鼓更顺耳，也或许一辈子都只爱摇滚乐，各人各缘法罢了。

具有传承价值的艺术，至少是能够打动某一群人的——以年龄分，以性别分，以经历分，人不分贵贱，则艺术也无贵贱。我过去听《汾河湾》，薛丁山被亲爹糊涂射伤，其母站在门口一声声地喊儿子回家：“丁山儿，来也。”这段我是听不出滋味的，不知何时突然听明白了，觉得悲从中来，也并非我有所长进，只是不再是孩子，开始理解我的母亲罢了。

孩子们长大了多少会懂得老一辈的趣味审美，当年《定军山》当街放映，百姓们看得津津有味，和放映技术手段关系不大，主要还是因为谭鑫培本人带着弦儿站在幕后亲自配音。

戏剧改成电影，电影再改成电影，技术变了，唱的人变了，内核没变。该变的要变，非要在时代的洪流中做块静止的石头太不现实。不需变的也不用变，我们大可对自己的耐性多点信心。

真有那无人接过火炬的，或有其自身原因，不该全怪罪于后继者。

亲启

我一拥抱你，

你就融化啦。

——脸红的思春期《You=I》

动笔前构想这篇文章要怎样写，要如何理性地叙述爱情是什么、为什么以及怎么办，荷尔蒙、多巴胺或者力比多，它从哪里来到哪里去，如何来如何去。

一听到这首歌，想好的种种全部飞走了。“我一拥抱你，你就融化啦。”甜蜜的女孩子们想象对方如何爱自己，这种没有意义和结果的作业多引人沉迷，这是人无可救药的本性。我们发掘人的理性光辉，花了千百年的时间告诉自己要理性呀，要思考呀，临到事前，却总还是会去做很多无意义的事。

无意义，但很美好。

要打扮得漂亮一些，言辞甜美一些，对方或许会被这精心排布的心思打动，或许不会……不，他一定得被打动。

因为我是那么爱他呀。

对了，歌名叫《You=I》，唱的是对方，实则说的是自己。歌曲末尾节奏放慢，道出主人公的真心：

事实上连牵手都紧张的就是我

今天也学到了不少

更接近你了

如今因我与你相似

可以一起笑了 真好

在拥抱里会融化的是我呀。爱情里没有幸存者，当然，大多数感情关系都是如此。感情本就是一个双向性的存在，或也有暗恋这类的概念，但被暗恋者到最后总多少有所知觉，或享受其中，或深受其苦，假如真有被爱着而全然不知的傻瓜，那也是这人的一桩大憾事。

被人爱着是多么好的一件事，人从生物角度讲由各种人体组织构成，从物理角度讲由原子（或其他更微小的元素）构成，但是从上帝的角度讲，是由各种各样的爱意构成的我不信仰西方宗教，但此时可想到的只有上帝，《圣经》向人们讲解了爱——人由各种爱意构成，在奔向死亡这一最终结局的过程中，拼图一般搜集各种爱，然后以尽量完整的自我拥抱结局。

被恰当地爱着的时候，好像缺失的拼图回来了；恰当地爱着别人的时候，好像一直给不出去的拼图终于有所安放了。你给予了恰到好处的那一部分我，我给了恰到好处的那一部分你，世上还有比这更了不起的奇迹吗？

爱是恒久忍耐，又有恩慈……凡事包容，凡事盼望，凡事忍耐；爱是永不止息。

这句话我一度很喜欢，那会儿我还是个连恋爱小说都懒得看的女学生，却将这段话认真记录下来，彼时并不知会有今日，也不知多年后的这个阳光明媚的上午，我以怎样的心情敲下这段话。

“爱是永不止息。”昨天我说，爱情是多巴胺。多巴胺的作用时间能有多长？你说，那么我每天、每时每刻都分泌多巴胺呢？

你看，这是一句多么可爱的傻话。所以，请翻回本文第二段最后一句话：

我们总会去做很多无意义的事。

“爱是恒久忍耐。”这是一个容易失去的时代。时间太苍茫，人的耐心、智慧和精神却是有限的，转瞬间连亲情都如指间沙，遑论其他呢？大概你又要反驳我，说亲情是遗传本能赋予的责任，责任这种社会性的东西是可推翻的——的确，爱情是陌生人之间突然而至的联系，它的成立难度大于亲情，原也该比亲情可靠。

但是亲爱的，这是个多么庞大到可怕的时代。

但是亲爱的，没有关系。我对自己最大的自信，就是擅长忍耐。

我知道你又要摇头，对我说千万别，别忍耐。

那就不听上帝的。

拥抱吧。在拥抱中融化掉所有意义，所有彷徨。

今天阳光正好，我没睡多久，但精神十分好，每打一个字心里便添一分对这首歌的歉意，因为每一个字都只是我个人的私心。万望原谅，因为唱的或许是关于你的歌，说的却的确是关于我的故事，又或者你就是我。

好的作品，能让人想起自己的一切。好的爱情，能让人找到一切的自己。

“经历过的一切，都是为了遇到你做准备。”

我也是。谢谢你，也谢谢我自己。

撒野

我从中学时就开始看小说。很多人问过我不同爱情小说的差别，我其实并不太清楚，对我来说差别不大，都是爱情。

爱情罢了。

巫哲的《撒野》我看得很慢，年轻人带着生长痛地读起来并不十分令人爽快，爱情明明是这么好的东西，作者也好，上帝也罢，就不能仁慈一点吗？当初读完这本故事的时候，并不打算看第二遍，太痛苦了，两个处于泥潭中的年轻人彼此取暖，这么现实的事情在现实里演一演就好，但是出了这首同人歌曲的时候，我一遍遍听，一遍遍想起这个故事。

“我想在你眼里，撒野奔跑。”

“我不喜欢那个小破城市，也看不上钢厂那个破地方的人，但我还是很舍不得那里，那个地方，那个钢厂，因为我在那儿把你挑出来了。”

“你是我意料之外的意外，你是我的骄傲。”

蒋丞去外地上大学，想到顾飞陪着他去报到，再一个人孤零零地回来，不敢想象对方彼时的心情。临别时，顾飞说：丞哥，我很想你，就现在。

这么想的话，好像真的一样。《撒野》里那趟去往北京的列车，现实中的确是有的。陪着爱人去远方再独自回来的人也是有的，独自一人去远方看望爱人再独自一人回来的人也是有的，甚至只是站在原地看列车开走的人也是有的。

有的人心血来潮地奔过去，有的人急匆匆，外套都来不及穿地迎出来。

世上什么样的故事没有啊。然而，然而啊然而，故事背后的心情从来都是一样。

我想转身就能看到你。

我想拥抱你。

我想在任何风和日丽或风雨交加的日子握着你的手。

我想在你眼里撒野奔跑。

在过去，现在和将来的每个时刻，我都有可能正在想念你，哪怕你就在我面前。这是早该做好心理准备的事，这是自然而然的事，这是好事，因为这意味着我爱你，爱是好事。对于上帝，即使总是显得不那么仁慈，在这个问题上我们也应是感激的，因为它把你送到了我面前。

你是我意料之外的意外，惊喜之中的惊喜。

所发生的一切都只是为了帮助我从人群中挑出你，这是多么不容易，又是多么顺理成章。

而我想要的又是这么简单。

打电话的时候，我在你轻轻的笑声里撒野；发讯息的时候，我在你温柔的文字里撒野；在远方的时候，我在你留的记忆里撒野；在身边的时候，我在你眼里撒野。

我在你温暖的指节间，我在你心跳的间隙，我在你发梢，我在你毛衣高领下那块热乎乎的皮肤上，我在你每一个注视中，我在你的心头眼中，墙头马上。

亲吻的本能

本次向大家介绍的是日本作曲家Ken Arai的作品*Last Kiss*。

让人听了想接吻的歌。

Ken Arai的风格太强烈了，清新甜蜜，节奏轻快，总能让人想到阳光下的亲吻，暖风中的树影，明月皎皎的夏夜，喜欢的人。

几年前追剧时认识了这位音乐家。我喜欢的男演员在音乐声中目不转睛地看着女主角，说出苦涩的爱恋蜜语，乐声像他眼中流动的光波，于是我打开浏览器开始搜索配曲作家的名字，并牢牢记住了他。

Ken Arai的作品风格温和亲切，哪怕是对电音毫不感兴趣的听众都能轻易接受，甚至沉浸在作品的世界观中。时隔数年，每每再听这首歌，我依然能清晰地想起男主角颤动的睫毛和痴迷又绝望的眼神，这首歌于我便多了一层苦涩的意味，甜蜜又苦涩。

大概也算恰如其名：*Last Kiss*，最后的吻。亲吻是好东西，尤其是两情相悦者。单恋者哀求的亲吻但愿能取悦自己这一方。唯有告别吻，最后的一吻，无论如何都是苦涩、无奈居多，道别者依依不舍，不舍者难以释怀，爱憾交错，纠缠不清。

吻得再缠绵终有挪开嘴唇的一时，万事皆有时是这个时空维度的绝对真理，但人们仍乐意亲吻，并花费大量时间和精力去寻找亲吻对象。人类这种摆脱不了的向往爱的本性同样甜蜜又苦涩。

前几日在公交车上昏昏欲睡，连日阴雨后恰好那天阳光明媚，坐在我前面的女孩睡得东倒西歪，发色是我喜欢的颜色，像一只干净小巧的云雀。车子转过一个弯，闪亮亮的日光透过玻璃照在她头发上的那一瞬，我的耳机里正好切入这首歌。熟悉的、回旋的、轻快的旋律比日光还要清澈，轻轻笼罩在那铺天盖地、散发着草木气息的阳光上，而后阳光再笼罩到那个女孩的头发上。我想轻轻扶住她瞌睡的脑袋，或者拢住她柔软的长发，甚至在那温暖的发顶落下一个吻。

我不认识她，也并不爱她，甚至连她的正脸都未及看清。她始终在我前方安静地睡着，坐在一大片阳光里，像一只云雀。而我想吻住她发顶，告诉她在那一刻，那样的天气那样的时刻，她那一小块背影是多么美，给了我多少欢喜。

多么唐突。抛开生理作用，人的欢喜很多时候本就突兀，或不如说，人最了不起的一点就是会去做很多明知无意义的事，例如喜爱和亲吻。

最后的吻也是没有意义的。如果这是与对方相处的最后时光，最实在不过问清楚对方银行卡和支付宝密码，再不济搞清楚某个一直想知道而无法问出口的悬案也好，连互诉衷肠都显得有些浪费时间——知道对方爱或恨又能如何——何况无言的亲吻，基本给不出什么有效信息。

但是接吻时能分泌多巴胺和内啡肽，内啡肽有止痛功效，上帝在基因里就刻下了亲吻的指令。它不能使我们富有，不能解除现实的难题，但能在那一刻给予我们由生理到心理的愉悦。尔后的事容后再说。

其后是离别也好，萍水相逢的擦肩而过也好，亲吻的那一刻我们是幸福的，亲吻本身便是重要讯息，告诉我们人时刻有爱和快乐的权利。

苦涩却甜蜜。

虚构与宣泄

推荐一首歌曲，草东没有派对乐队的《烂泥》：

噢 多么美丽的一颗心

怎么会 怎么会 就变成了一摊烂泥

噢 多么单纯的一首诗

怎么会 怎么会 都变成了讽刺

我想要说的 前人们都说过了

我想要做的 有钱人都做过了

我想要的公平 都是不公们虚构的

昨天和恩师聚餐时，他问我："你们年轻人听的歌和我们那个时代的歌差距好大。我们那时流行有故事有画面感的歌，你们现在的歌词都支离破碎，为什么呢？"

我打个哈哈说我们也爱听叙事性强的歌，但心知到底不如上一代流行歌那样明白晓畅。

年轻人们太浮躁，不注重歌词，歌曲强调功能性，旨在宣泄情感，云云，无从辩驳，好多类型的音乐本就是功能性娱乐的产物，宣泄情感又何罪之有？人活百年之苦，有苦无处说，父母老矣，朋友远矣，爱人碌碌不知所踪，或可偶一抱怨，终究“不足为外人道”。宣泄一下又怎么样呢？付诸艺术总比付诸具体言行要好。

然而这也不妨碍我们把歌词写得连贯明白些，或者大可不加歌词，所以病灶并不在此。现代诗越来越朦胧，歌词也是，有时和审美有关，有时又没有。深究起来，审美意趣的形成有着审美本身以外的原因，真要一一细数便说来话长了。单就音乐而言——再缩小点，单就中文摇滚而言，答案是既明显又难说的。《烂泥》里，美丽的心变成烂泥，单纯的诗变成讽刺，或者说看上去美丽的心和看上去单纯的诗，它们变成烂泥和讽刺，这样的事是多么常见，过于常见而难以历数。貌似真善美的事物变得泥泞不堪，被扒下画皮，这叫揭露欺骗。这种事本就令人毛骨悚然，越是令人胆寒的事物越是容易戳中他人痛点，于是人们含糊其词：我想要的公平都是不公们虚构的。

还需要更多的解释吗？还能有更多的解释吗？

草东还有两首我很喜欢的歌，《丑》和《情歌》。《丑》里说，原来自己那么丑陋。《情歌》里说，杀了它顺便杀了我，拜托你了。看到的人又要说，年轻人们何其脆弱，但是头里还有两句歌词：我把故乡给卖了，爱人给骗了。你看，又是对欺骗的揭露。

这个时候人还能再多说些什么呢？左右都是大家心知肚明的事，难道要把人的罪恶细数出来晒在太阳底下吗？这又该戳得多少人辗转难眠，又该使说真相的人立于何地。既无法明说，又实在不吐不快，只能这样含含糊糊地呐喊。或许悲痛的呼喊能多少唤起点注意力，虽不比直抒胸臆来得效率，总算在自保与表达之间找到一条能让人看到希望的出路。

不可说而委以含糊暗示，无论这暗示是喊出来的，还是哼出来的，唱出来的，这都不能算简单宣泄。

也可以说是宣泄，因为这样说比较安全。

太阳底下无大事

班上小孩玩你画我猜的游戏，谜题是“围城”，他拿手绕身比了个圈，我偷笑，这是画地为牢，不是围城。

有区别吗，老师？

一个成年人回答不了的问题，一群未成年人照样回答不了。问朋友、长辈、兄弟姐妹，围城是画地为牢的意思吗？对方反问：你要搞这么清楚干什么？

“谁的日子不是含糊着过。”不记得哪位长辈这样语重心长地教导过我，“太聪明的丫头不会幸福。”心知不是“女子无才”那一套，但怎么想都缺乏逻辑支撑，不足信。然而日久天长，天长日久，好像的确是这么回事。至少前一句是对的：谁的日子不是含糊着过。

明面上都是好的，揭开盖子总有一二难为外人道者，有些已可一笑了之，有些仍是未过期的地雷，轰——看书的时候，听歌的时候，和你无关的一句话都成了引线，引爆了小宇宙，被波及的人大概至死都不知道具体缘由，然而你又始终说：这难道不是我的故事，我的不幸，我的无辜吗？

哪里是，从头到尾和你毫无关系。电视剧《都挺好》热播，突然多出了很多原生家庭受害者，几乎每个人都有了不明事理的父亲、胡搅蛮缠的兄弟。听《小城大事》，不论歌里讲的是个真失忆的故事，还是唾弃负心情人的假失忆故事，不论词人要的是与旧爱生离再不见，还是死别，总之每个人又突然多了个冷心薄情的前任或现任，各人有各人的悲情故事，却都是歌曲的主角，听同一首歌。

听同一首歌，却有不同的故事，彼此觉得可互相理解，事实不知如何。然而一首首歌听过去，《小城大事》，《无艳》，《七友》……好像这样的歌都是如此。明明是完全不同的词曲，听的人一样流泪，想的又是一样故事。可以说是艺术共通的伟大感染力，好像也可以说，这哪里是在听歌，只是在寻找自己故事的影子罢了。

我并不是说这样有问题。难为外人道的小疼痛，借着艺术这么个暧昧不清的理由偷偷发泄掉，于己于社会都有益。歌里唱的是怎么回事，自己经历的又是怎么回事，人人都心知肚明。

歌里唱着“吻下来，豁出去，这吻别似覆水，再来也许要天上团聚”，实际又怎么舍得，连咬下对方一块唇尖肉都舍不得。舍不得，也心知自己并非纯然无辜，所以也只能在听歌的时候暗自歇斯底里，假设自己才是歌里悲惨至极的主人公，以求这复杂关系里一霎的心安理得。

能在围城里活到决赛圈的人都不是良善之辈，同一段故事在不同当事人嘴里可能衍生出全不一样的版本，全民自诩被害人，实则大概个个死罪可免，活罪难逃。

爱情如此，其他类似的人间关系大概也如此，和他人建立稳固联系本就是画地为牢。

某次吵架后我问男友，别的情侣也会像我们这样吗？为了一点点小事吵架。

他说，都一样的。不爱才不会吵。

这样想来，好像不同的故事又都成了一个模子里出来的了。歌唱了一年又一年，听众合了又散，散了又合，左右不过围城里的这点儿故事，互相嘀咕一下，彼此喟叹一句：嗨，就这事啊，正常。

然后欢欢喜喜，继续关起门来过生活，含含糊糊地幸福着。

另类

前阵子，突然很想穿 JK 百褶裙（日本学生制式校服裙），和男友提了，他反应平淡，因为太多女孩这么穿了，大家都这么穿所以我大可以不跟她们一样。我不忿，大家都这么穿而我为什么不可以跟她们一样……无意义的争执。该不该和别人一样？穿别人都在穿的，做别人都在做的，想别人都在想的，还是尽量显出独特自我，穿别人都不穿的，做别人都不做的，想别人都不想的？

左右为难，焦虑不安，好像选哪边都是万丈深渊。

电影《波西米亚狂想曲》中，经纪人问乐队成员，皇后乐队和其他想成名的摇滚乐队有什么区别时，主唱 Freddie Mercury 说，我们是一群另类唱歌给另一群另类听，我们是他们的一员。于是看电影的时候我一直在分神想这句话，一边想一边看着电影里主人公们创作、演唱、受追捧，像每一个传奇音乐人必然经历的那样，而后又像每一位传奇艺术家必然经历的那般，写出一首创世纪性的、特立独行的作品，不受好评又大受追捧——皇后乐队 1975 年发行的单曲 *Bohemian Rhapsody*（《波西米亚狂想曲》）。

这首歌当然不适合在那个时代作为单曲发行。那时的传播媒介依然以广播为主，广播节目间隙的三分钟用来推一首新单曲再合适不过了，超过这个时长，节目无法安排，听众也很有可能转台——如果歌曲不足够好听的话。同时，一首曲风大杂糅、音轨复杂、歌词偏意识流的歌曲，在四十年前绝对可算是前卫的创作尝试了。

但它真的一炮而红，也是真的好听。虽然它在重金属里插入了一大堆长而声部繁复的咏叹调，听众们也并不很在意歌词里为什么会提及伽利略和费加罗（事实上只是为了歌词押韵），但是当主旋律部分的钢琴响起时，所有人都能明白这是一首好歌。

人们爱这样的作品，并不因为它是什么流派的什么风格。金庸因为歌词里那句“A little high/ little low”流泪，我因为那句“Mama, just killed a man ”黯然。

我又想起主唱那句得意扬扬的宣告：我们是一群另类唱歌给另一群另类。还有另一句：我们希望所有人都能在这首歌里找到归属感。这也是电影里Freddie的台词。这是多么具有摇滚人职业素养的两句话啊，大家都将这句话刻在音箱顶上，上台前熟读并背诵。世上需要归属感的怪胎大有人在，如果语境允许，人人都可以是怪胎，然而语境大多数时候不允许，于是只能在内心里默默寻求忏悔，如歌里反复咏叹的那般，let him go，让他走，让我走吧。我是多么无能又无助，孤独又迷惘。人们彼此擦肩而过的时候，并不知道彼此都有着怎样共通的挣扎和呐喊，只有当乐声响起，一同流泪的时候，才发现我和音乐家、诗人、上班族、铁路工人、中学生，或是等等，都是一样的。

人人都是怪胎，于是从某种意义上，没有人是真正的怪胎。没有关系，没有关系。

《波西米亚狂想曲》是传世之作，它独特、大胆、真诚、自由。四十多年前人们说它不像一首正儿八经的摇滚乐，而今它成为摇滚乐史上不朽而最具代表性的作品之一。风格和形式是外在的，以本质论，摇滚乐的内核不正是特立独行、大胆、真诚和自由吗？人们需要呐喊，需要光明正大地宣扬自己的内心，于是借由这样的音乐说真话，说不敢说或不想说而非说不可的话——或是仅仅沉默，如同《波西米亚狂想曲》里的那两段吉他 Riff 和高亢而无意义的咏叹调，在嘈杂的音墙中叹息或呐喊。

我起初听摇滚乐，是因为它可以让我暂时忘却自我。我想大声地宣扬些什么，却在眼光的包围中不知如何开口。而后我开始写不成样子的乐评。我所受的教育，我所从事的职业不允许我轻易发泄的轻蔑和愤怒，它们融进旋律里，化为文字。白天，我是普通上班族，这个时候，我是听音乐的人，写故事的人。我是我，合群时是我，不合群时亦是我，琢磨奇怪念头的家伙是我，和大家都一样的人也是我。

重要的并不是这些。人们只是想穿自己想穿的，唱自己想唱的，说自己想说的，做自己想做的。

太阳底下，诗歌死后，如果有什么语境能做到这个的话，只有摇滚乐了。

所爱隔山海

《1874》这首歌讲的是一个有关妄想的爱情故事：假若命中注定的爱人同自己相错百年，误生于一百年前，该如何？1974年出生的人和1874年生的人，不知彼此存在于何地，“邂逅你，看守你，一起老死；互不相识，相处在，同年代中；仍可，同生，共死。”

相拥比什么都好，和平年代的同生也好，战争年代的共死也罢，都比遥想张望要幸福得多，空间上的距离已够可怕，哪经得起再加上百年时差。

哪怕多一秒能相伴，都是天恩。

你告诉我，我爱你这件事能令你感到安心，我内心是极诧异的。我是如此迟钝，以致从未真的意识到你需要我的爱。我揣测身边所有人的心意，需要、期待、不安……包括你的，却忽略了最简单直白的那一条答案。

聚少离多是我们的日常，这样的日常还将持续很长一段时间。你总告诉我说要有耐心，包括那句我恨极的“欲速则不达”。道理是朴素明确的，但理性不是人类的本质，更不是我的。他人的爱情过去只是眼前的故事，如今每每成了委婉的提醒：我本该也享有温暖的拥抱、和煦的爱意，却只能等待、等待。空间上的阻隔，时间上的等待，所爱隔山海，山海不可平。

某次分别时，我一错眼似乎看到你在偷偷抹眼泪——兴许真是我看错了——总之我没敢开口问，也没敢伸手去摸，只是悄悄抱了抱你。我不舍时，你可以软声宽慰，一个小时、两个小时、一整晚；你不舍时，我却什么都说不出，什么都不敢做，生怕打破你的铠甲，进而也打破我最坚实的堡垒。我是不是有点自私？

不敢轻易说思念，怕勾起你的思念；不敢诉苦悲，怕扰乱你的心神；不敢催早归，怕误了你的行程……这些不知算不算我不那么自私的小小证据？即使我知道自己做得不很完美。然而不说、不诉、不提，是不是也不太好呢？来自远方的爱，虽然总是延迟，但始终炽烈，或能令孤独的远人得以在辛劳的长夜，露出一朵小小的微笑。

我希望你想起我时，总是微笑的，哪怕我想起你时，总想哭泣。我想起你想哭泣，如同想起千百年前一朵孤独的黄玫瑰时的哭泣，海底月亮被鱼群搅碎时的哭泣，末日黄昏，疲惫的旅人共享一轮西沉红日时的哭泣，也如同黎明破晓夜莺啁啾时的哭泣。馨香的花朵含苞带露，清晨的空气清冽甘甜，我想起你，会不自禁地笑，却也总是会哭泣。

所以相比《1874》，我更喜欢刘瑞琦的《房间》。常见而通俗的流行爱情歌曲，歌词同你说的大道理一般朴素易懂：

房间无论大小，因为有你在而显得温暖又令人眷恋。但愿在将来，我们不必忐忑地等待大假小节，算好日子安排每一件工作，掐着时刻珍惜每一个拥抱。我们可以挨在一起看一下午书，我陪你打游戏，你听我练琴；我可以有时间读每一篇我写的或好或烂的文章，你可以挑出我的每一处逻辑错误；早上我拉你起来晨练，晚上你催我早睡。

或是就那么待在一起，奢侈地什么都不做，就这么静静地待在同一时刻，同一狭小空间内。

我爱你，每时每刻。

公主梦

班上的小姑娘问我：老师，你希不希望自己永远 18 岁？

不希望。每一个年纪都有这个年纪应有的担当和美好，18 岁未必是人生最好的时光。

她们又问：那老师你希不希望自己是公主？

我结舌。我的小公主们啊，我不知道你们所指的公主是哪一类公主。

小时候心目中真正的公主是水兵月。那个包子脸、成绩很差的女孩儿一点儿不像公主，但坏人出场的时候我总觉水兵月一定能打败他们，因为她代表正义，代表世上绝对的真善美偶尔救场的夜礼服假面被我选择性无视了。印象最深的是某一季最后一集，美少女战士们为了和反派角色对抗，一个接一个地牺牲，最后剩下水兵月一个人，在冰天雪地里孤独而决绝地前进，背后是她的伙伴们的葬身之处。儿时看过的动画片已忘却大半，但唯独这一集印象深刻，那个场景让我第一次意识到，公主和普通女孩的区别。

第二个让我意识到什么是公主的是《冰雪女王》的艾莎。当然艾莎是女王，但她曾经是公主。一个人拥有怪异的能力，无法接触他人，孤独、迷茫，却依旧活下来，扛起支撑一个国家的重任，这是公主。只有真正的公主能成长为女王。看《冰雪女王》的时候我已经大学毕业了，同年，我去了上海迪士尼，晚上在灯火秀里听着*Let It Go*看着绚丽的迪士尼城堡，一句话都说不出。小学毕业后，家里的《美少女战士》光碟不知落在了哪里，整个中学和大学时期，我的公主情结一片荒芜，没有榜样，没有寄托，我活得越发像男孩，不觉得身为女孩有什么好。

直到大学毕业后，直到看着迪士尼城堡的时候，我才意识到，从小到大看过的那些童话、那些公主、那些美好的形象，她们早就内化为我的梦的一部分，我或许无法真的成为她们，但她们是我对美好所有的想象。白雪公主，被皇后陷害、驱赶，却依然天真快活；灰姑娘，生活在炉灰和家务间，却还是想参加舞会也只是想参加舞会，而非攀附王子；小美人鱼，爱得勇敢又坚韧；贝尔公主、长发公主……还有花木兰，在中国传统文化中她并非公主，但在迪士尼的划分里，她是公主之一。

还有茉莉公主。这个源自中东故事的公主，她该有一双明亮黑色大眼睛，好奇地俯瞰自己的国家。《一千零一夜》版本的《阿拉丁》给我的印象并不深，但迪士尼的这一版改编太令人惊艳了。陌生王子来朝，茉莉公主昂着头，隐藏着自己小小的不安，骄傲地走下台阶时，我想起十多年前看过的水兵月的背影，我想，这就是公主。回首看来，这些被虚构出来的公主们，并不个个出身贵族。熠熠闪光的不是公主裙，而是公主们脸上的荣光。她们始终快活，从不屈服，不曾有一人说出求饶或丧气的话，目标坚定。最重要的，她们爱意充沛，无论在何种境地下都善于爱人。她们兼有女战士和爱神的品格。这些品格令她们高贵，即使王子没有出现，她们也是公主，或可说，王子的存在是为了证实公主的确是公主，也仅此而已。

童话里能让女孩们振奋而落泪的不是王子，是公主。没有女孩不憧憬公主，没有人不憧憬高贵而伟大的灵魂，没有人不被充满爱意的心灵打动，这是公主之所以是公主的真正原因。

《阿拉丁》里，茉莉公主被卫兵抓住时所唱的插曲*Speechless*，里面有这样一段歌词：

我不会沉默
没人能阻挡我发声
尽管尝试，我不会退却半步
这一次所有沉默都将作
都将作古
让风暴来得更加猛烈
我早已坚不可摧
默不作声的日子就要过去
从今天起我要掌控我的命运
想要把我囚禁在牢笼里

我绝对不会坐以待毙

我要带着这些破碎的羽翼

浴火重生，穿越天际

整片天空都将充满我的回音

我不会沉默

在天空和城池的背景映衬下，茉莉公主的眼眸比日光还耀眼。我想起很多事，自己的事、他人的事、新闻里的事、新闻外的事、为人所众知的事、被掩埋掉的事……

她是茉莉公主，还是一个普通的坚毅勇敢的女孩？

那个时刻，我在她的歌声里找到了归属感，这愤怒是我所有的，是我身边女孩们所有的，是千千万万女性所有的。这时我想到的不再是《美少女战士》，而是去年的中国版《芝加哥》。

神是由凡人造出来的，王子和公主也是。公主只是比凡人更坚毅，更敢于表达爱和坚守追寻爱的权益，她们只是更勇敢。

换言之，每一个勇敢而伟大的灵魂都是高贵的。你们都是公主。敬我身边的公主们。

一地星光

诸事缠身，心乱如麻，越挣扎越挣不脱。社会新闻更使人绝望，觉得到处都是隐喻的黑暗，不公，不自由。大环境净是矛盾，个人的小环境一地鸡毛，不知所往。

回头想想，学生时代所说的“为理想而活”，到头来最关键的概念——理想，竟越想越不知到底该如何准确定义。它成了水底模糊的月影，有大致轮廓，却看不真切，也无法凑近了看。好像当初只是想做个大人物，成就个有点名堂的事业，至于具体要到何种地步，怎样操作，实际是没有想过的。抑或实际是想过的，只是忘记了。

半途而废也好，空想也好，说起来难听，实际做起来真是世上最舒服的事了。越是困难的、伟大的、了不起的目标，越适合“想想就算”。人有时连活着这项归属于本能的活动都可能突然泄气而废止，何况其他。

婴儿诞生的时候，父母们欢欣雀跃，想象这孩子该如何出息，鲜有人想到这孩子将来要受多少苦，忍受多少难预料之事，依我看，对新生儿最好的祝福，便是祝它能无痛无灾活到白头。

我的朋友有抑郁症，我担心她离我而去，又担心关心太过给她负担；和别人产生纷争，纠缠久了突然泄气，觉得人生不过如此，争赢了又如何；和爱人有矛盾，如何苦闷都只付之一叹，不是不在意，只是在意了也无非尽人事而听天命；想去了很久的地方，觉得也不过只是个地方；想见很久的人，思及见到了也只是见到了……事事都值得忧心的结果便是事事都不值得在意。

恋爱谈或不谈，工作做或不做，结婚或不结婚，生病或不生病，事事缠人，这样苦苦挣扎的姿态真狼狈，且的确消耗对人生的爱意，一边觉得痛苦，一边不甘心地与生活缠斗，一边又因缠斗而加剧痛苦。

很长一段时间里都走不出这怪圈。

直到前两天，某个晚上回家的时候，我沮丧得不得了，似乎一切事都在往令人心烦的方向发展，无处可逃，几乎想索性放弃，做个彻底的逃兵——这个时候，周围忽然一点声音都没有了。邻居家的狗叫声、夜猫窜动的窸窣声、住户们洗碗、骂孩子的声音……全没了。天地寂静空旷，我抬头望望，城市的夜空中居然能隐约看到一颗星子，小而不起眼地蜷缩在夜空的一角闪烁，冷淡的光芒不很耀眼，但确是货真价实的一颗星星。不是路灯，不是萤火虫，是星星，是来自很久之前的遥远宇宙深处的信号，是比我的烦扰长久得多，比我的天地辽阔得多的存在。

也曾通过手机软件搜看过漫天星辰的景象，但终究不是亲眼所见。大概是那天晚上的星子看上去太遥远了，又也许是它的光芒显得冷淡又孤独，总之它显得和我之前看过的任何一道星光都不一样。

我第一次真切地认识到，人的头顶有星空的存在，有宇宙的存在。脚下的生活，延伸无限远，十分遥远的天地间，是沉默、寂寞的星星们，无可计数，璀璨夺目。而我们永远难以企及它们。

天地是这样广阔。

万籁俱寂，我一个人站在初夏的夜风里，哆哆嗦嗦地翻出蝎子乐队的 *Life is too Short* 听：

你是否会驻足停歇

享受这般静若止水

感受世界

瞬息万变

你奋起奔跑

因为人生苦短

无止境的奔跑

因为生命如此短暂

我的确想不起学生时代的梦想了，只记得是要写东西，实际该写什么却不曾细想，但我想起当时为什么以此为理想了：

那时无忧无虑，觉得人生太美好，事事都值得珍惜，值得记录，于是想好好地写下来，让看到的人能因此而感到快乐。

不是为了成名成家，只是觉得人生太美好，而我恰好有能力保留这份美好。

仔细一想，又觉得这是顶重要的一件事，比和谁吵架、和谁和好要重要得多，起码，如果我实现了这梦想，说不定就能治好朋友的抑郁症了。

校园时代的流行情歌

一个艺术作品要能流行于世以致成为经典，非常必要的一个因素就是一定要有鲜明的记忆点。文学作品得有令人难忘的形象或句子，音乐作品必有至关重要的一段旋律或一句歌词——不必多，一句即可。这至关重要的一句，未必技巧独特，花样丰富，只需足够动人。

一位歌手，所唱的歌里能有起码一句歌，令这样陌路的大众都觉得耳熟，便是很成功的职业生涯了。

说到底，这真是再简单不过的一句词。作词人施人诚创作出很多脍炙人口的作品，皆如此明白如话，比如*Super Star*里的那句“你是电，你是光，你是唯一的神话”和《很爱很爱你》的那句“很爱很爱你，所以愿意，舍得让你，往更多幸福的地方飞去”，技巧质朴，用词通俗，直言其事，与如今的风尚大相径庭。然而恰是这些句子，是这些歌曲里让人听而难忘的记忆点，一提到这几句，关于整首曲子的回忆便纷纷涌上心头。有趣的是，与歌词对应的旋律也并不复杂，两三小节相似旋律的简单重复，就足够使人记忆深刻了。

人脑是很偷懒的，它会选择更便捷易懂的事物去记忆；

人心又是极挑剔的，无法打动它的事物无法在其上留下痕迹。一句话，它要足够通俗到一听就能记住，又要足够美丽到动人心弦，该有多难。唱歌也好，讲故事也好，对某个人陈述心迹也好，都这么难。

千禧年往后十年间，是华语流行乐坛的黄金时代，那十年间出现了很多至今传唱度仍很高的流行情歌。它们如同《说谎》这首歌一般，从作词作曲到编曲都简单通俗，受众面广，生命力持久，至今听到，哪怕是第一遍听的年轻孩子也会有所触动。

触动是什么呢？是听到歌词里描述旧情人重逢的景象，讲到故人故地重游，熟悉的餐厅变得陌生，即使自己尚未恋爱，至少能想象与暗恋的前座某天形同陌路的痛心场面；是歌手剖白内心，祝福爱人时，年轻的感情充沛的心有了个寄托爱意的对象，因此对爱情多了更多向往；是当听到“我何必说谎”时怅然若失，既是多愁善感的听众，又是歌中人，故事既是别人的，又是自己的。

是由他人的真情勾起自己的真情。故事有虚有实，经历有同有异，人们的喜悲在艺术面前达成了统一。

从没有成型的艺术形式开始，一颗心打动另一颗心的方法内核从来没有变过，唯真情动人。听的人，看的人，某个瞬间以为这些句子是讲给自己的，自己是被爱的人，对面是爱人，故事与自己的回忆真真假假缠绕在一起，谁不会被这样的时刻打动呢？旋律何必多么复杂，好听就够了，一段好听的旋律，贯穿整首歌也不会被听众厌烦；歌词何必多么玄妙，能勾起回忆和真情就够了。创作者总喜欢把那头的人想得过于难于讨好，实际人心总逃不过真情。

然而这又是世界上最难的事。创作者如何确定所写的确是内心最深处最真的情，又从何确定它们能打动他人的真心呢？言语的效果很多时候要靠天时和地利。合适的年纪，合适的经历，合适的处境心境，听到听过千万遍的句子，或许会突然心弦一动，明白其中是怎样的故事。

很多年之后，想起当初听这首歌时同桌的侧脸，心里突然很怅然，后悔毕业后渐行渐远，虽然和这首歌关系不大，但就是觉得很惆怅。

如此真情，也是很好的，也是这首歌的功德了。

希格希日

赴日旅游，顺便看了场演出，观众里外国人不少，同胞尤多，有会说日语的，也有站在日本街头连路标都读不懂的，大家都挺尽兴。

演出过程中，知其所以然的，云里雾里的，被吵得哭起来的小孩，结伴而来的中年主妇，刚下课的中学生……总之各色人等，振臂欢呼，随乐挥手，笑作一团，安可曲时大家手牵手，欢呼着送乐队下场，真是盛大的狂欢。

我当然也很感动，被乐声和人群的热情裹挟着，在该挥臂的时候挥臂，该和声的时候和声，该沉默的时候沉默。有些歌我很熟悉，有些我则闻所未闻，但彼时我也是这场狂欢里造势的一分子。

散场后寂寞极了。身边走着的都是方才一同欢乐过的“同志”，但我们又恢复了彼此陌生的状态，甚至，在我看来，比此前更陌生。联结我们的是某种力量强大又短暂的东西，联结失效后我们又是孤独又寂寞的个体。

其实演出过程中我并非全神贯注，有好几个时刻我都在走神。

我在想家乡的家人。在最欢乐而几乎忘乎所以的时刻，强烈的遗憾感突然涌上心头：我多遗憾这种欢乐无法分享给家人啊！并且我可以预见，我将无法用语言完全还原那场景和心境，语言在大多数时候都是苍白的，所以我们需要音乐、舞蹈和绘画。我希望将快乐分享给家人，是因为我知道他们能体会我的心情，因我的快乐而快乐，没有媒介，我们的悲喜也是相通的。大概散场时的寂寞感有一部分也源于此。

从另一方面讲，看演出时的我或许也是寂寞的，因为寂寞而更努力地投入气氛中，内心深处未必不清楚。

音乐没有问题。语言只是助兴，音乐本身不需要太多的文化和故事做诠释，尤其是在现代流行乐领域。那些美丽的旋律使我想起我学生时代在音乐中独自度过的时光，和走上社会后靠这些旋律迈过的坎坷。然而越是感慨万千，越是感到寂寞，思念家人、家乡和一切给我以亲切感和熟悉感的存在。

街头是爵士乐和日本流行乐，我并不陌生，但谈不上亲切，我需要别的。

不知怎的，就想到了杭盖乐队的《希格希日》。或许是因为出发前刚和家人分享过这首曲子，或许是因为我真的喜欢杭盖乐队。

作为有蒙古族乐手参与的乐队，杭盖乐队的歌基本都是蒙古语，他们的作品我完全听不懂，呼麦这种音乐技巧我也所见不多，可以说除了语言学习爱好者和蒙古族同胞外，能无障碍听懂他们作品的人不会太多。

但《希格希日》这样的作品实在是太好了，我爱它，在英国、德国等地的音乐节上，那些欧洲人们也爱它。它的歌词极简单：

温顺的褐红马步伐匆匆

八串珠的头饰刷啦刷啦

花褐马的步伐匆匆

十串珠的头饰刷啦刷啦

肥壮的褐红马步伐匆匆

六串珠的头饰刷啦刷啦

矫健的褐红马步伐匆匆

五串珠的头饰刷啦刷啦

听不懂也没什么关系。褐红马还是花褐马也没关系，骏马在大地上奔驰，大地茫茫，四野苍苍，一切都没关系。

骏马在天地间奔腾，人间有言似无言，而天地默默。

天地乾坤，人如何会彼此分离，为何会孤独寂寞，有分别之心？天地仁厚，从未有分别之心，人又为何在彼地不同于在此地，与此人相伴不同于与彼人共处呢？

天地以万物为刍狗。以天地秉性，本该四海一致。然而只有褐红马，匆匆奔驰，自在潇洒，不问东西。

我无法昂首奔驰，不问东西，但我想，将这样的音乐介绍给日本的朋友们，他们也会喜欢的。谁不愿做天地间的潇洒行人呢。

然而，人身后有家。我又想着回家了。

面会菜

假期里看了一部电影，叫《大佛普拉斯》，黑白电影，也几乎没什么背景配乐，整部作品像我从日本带回来的粗陶碗，质感粗粝，又带些细腻入微的心思。最点睛的是其中一段配乐，叫《面会菜》。

主人公肚财无父无母无姓无业，收入来源是拾荒卖废品，爱好是抓娃娃，朋友是佛像工厂夜间警卫菜埔和流浪汉释迦，最常做的事除了抓娃娃就是在晚上带着便利店丢弃的过期食物，找菜埔看他捡来的杂志。

整个电影几乎全程黑白色调，演员的闽南语咬字和肢体语言统统透着小人物的颓唐、懒洋洋、无能为力，也懒得挣扎。这样的人生会有怎样的收尾呢？是默默无闻地来，悄无声息地去，还是低开高走，咸鱼翻身？人们总认为前者才是现实的人生，可后者又何尝不能是真实的剧本呢。

肚财的人生实在太贫瘠了，贫瘠到要靠偷窥别个的人生来获取一点新鲜的滋味。肚财开始怂恿菜埔去偷工厂老板黄启文的行车记录仪的内存卡，然后两个人在无聊的长夜吃着过期便当，看记录仪里有钱人的对话，窥探点自己平日里摸不着也不敢想的新鲜事取乐。有趣的是，以肚财为主人公的电影是黑白的，电影中行车记录仪里的影像却是高饱和度的彩色，肚财和黄启文间的距离，就如同黑白电影和彩色电影间的距离那么遥远。这样的肚财自然没过上低开高走的人生，他窥探到黄启文杀人埋尸的秘密，引祸上身，还牵连了朋友菜埔。

黄启文对菜埔威逼又利诱，菜埔一个字都说不出，只得唯唯。至于黄启文有没有找肚财谈，电影里没有交代。肚财只是在不久后去见了自己所有的朋友，然后跑去吃了顿面会菜。

面会菜实际就是探监饭。监狱旁的小店做的家常菜，供探监的家属买了捎进监狱里。肚财和店里的阿姨相熟，那天帮阿姨做了一天的事，吃饭的时候阿姨多送了他一个别的客人剩下的鸡腿。那是肚财能吃到的最好的食物了。吃面会菜那段，很突兀地响起一段悠扬的音乐，吉他、口哨、钢琴，循环往复的旋律，和缓的节奏。口哨是这段音乐的主角，像走在田间时顺口编的无名小曲，和任何一个惬意的了无心事的午后相衬。

然而吃完面会菜的第二天，从不喝酒的肚财被发现因醉酒，出车祸死在荒地里。他的朋友们赶到时，地上只有用白线画出来的人形，他们找不到合适的遗照给肚财出殡，只能从社会新闻上抠出一张面目扭曲模糊的截图，送殡的音乐是《友谊地久天长》。

肚财的人生是黑白老电影，寡淡，没有合适的伴奏，没有清晰的主题，上一句台词接不上下一句，不知所云，荒腔走板。他或许走得像个充满正义感的电影主角，拒绝了反派角色的利诱，为坚守正义而死；他也或许死得像他本身的角色定位一般，被随意地以不留后患的方式处理掉。总之，肚财死后只留下一个白色的人形和一张模糊的截图。

他人生中最盛大的事，是在预见死亡时跑去他熟悉的门卫室见了菜埔，在梦里见了见释迦，然后吃了人生中能吃到的最好的食物面会菜。

据说某些地方监狱，死刑犯临刑前最后一顿可以预定自己最想吃的食物，监狱会尽量满足。人在死亡面前所想到的食物会是什么呢？那食物吃到嘴里又会是什么滋味呢？日常的鱼肉蔬食，在那时会否具有异常的口感，还是和平常的每一口都没什么区别？奢华珍贵的食材，在那一餐中又能被品出多少滋味呢？

对肚财那样的人来说，生死之间，无非是多一个鸡腿或少一个鸡腿的事，甚至那一个鸡腿都不是他预料到的。肚财见过的太少，他能想到最好的就是吃得饱一些，做平日做过的事，见平日常见的人。在悠扬的乐声中，这一天被刻画成肚财人生中最平凡又最轻松的一天。他终于不用担心酒瓶和纸板箱卖多少钱，明天要怎么填饱肚子，收废品的车会不会被警察收走了。他今天吃得很饱，无忧无虑，不被贫穷的人生烦扰。

有一个笑话说，农妇们对王后最了不起的想象，就是王后下地干活用的是金锄头，吃柿饼不用自己动手。不知道肚财那天有没有感觉自己和黄启文变得差不太多了，还是他根本没有考虑过这件事？在吃过那顿面会菜，见过所有的朋友之后，黄启文是谁，对肚财来说，可能已经没必要去计较了，肚财已经体会过肚财人生所能有的最美好的一天了。

一饭一粥，一点点堆砌起每个人的人生，我们又在这一口一口的饮食间寻找人生的意义。有人活得举足轻重，有人生如蝼蚁，然而吃得饱就幸福，吃不饱就不幸福，想打发时间的时候有人陪就幸福，没处打发就不幸福，此外种种，如肚财，如我，也无法懂得更多了。

饮食男女的人生，其中的意义和无意义，不过在这肉蔬饭食之间。

博弈

艺术的天职是审美、娱乐、宣泄，人们对它的期待则不仅于此。艺术的社会性职责与日俱增，“娱乐至死”却仿佛成了一句挥之不去的诅咒，观众与作者双方都有些无所适从。

我身边的朋友们对音乐的诉求大致分为几类。一类以舞曲电音为主，讲究节奏和律动感，不讲求歌词和含义，只为释放自我；另一类以抒情歌曲为主，对歌曲的叙事性有要求，在歌曲中寻求共情和共通感；也有为某个歌手而专去听歌的朋友，他们想必不会是作品本身太忠实的听众……然而无论如何，大众对作品最朴素的诉求，依然脱不开好听和可理解，新颖与否，技术如何，实验音乐还是前卫艺术，除去专业评论家，普通听众们实际并不在意这些。

究竟是大众审美影响艺术走向，还是艺术风潮引导大众审美？这很难说清楚。比如选秀节目的结果本该最符合“大众审美”，但选秀明星们每每一出道便成了大众群起而攻之的对象，多么自相矛盾的社会现象！或许你极力欣赏，投票选出的那一位，到了家中父母、班上同学的眼中，便成了“娘娘腔”“不男不女”。你们共同生活，是亲密的家人、志同道合的朋友，偏就这件事难以一致，多么奇怪！

十几年前选秀明星李宇春横空出世的时候，我们这批人正是小学生，懵懂无知，审美正萌芽，既认不出什么是特别美的，也看不懂什么是丑的。对这样一位与众不同的明星，只看得出她不一样，至于不一样好还是不好，不在我们的思辨能力范围内。大众舆论说，李宇春怎么这样，她太不一样了，她太奇怪了，真异类。“奇怪”“异类”，这类词在孩子的世界里是多么可怕！这意味着你可能没有伙伴，不被理解，形单影只，所以是不折不扣的贬义词。所以关于李宇春和她的一切，先是由部分大人们撇除她的粉丝定义，接着影响到孩子，最终被大众审美封印起来。

十多年过去了，不同类型的明星越来越多，李宇春的粉丝数目依然十分可观，甚至持续增加，可大众提到她依然是当初的刻板印象：像个男生、选秀明星，“奇怪”被改成了更柔和的“独特”。李宇春的模样没怎么变，大众的想法也没有变。恰如情侣分手，往往谁都没有错，只是不适合。

当我时隔多年再次在电视上认真欣赏李宇春的新歌，作为大众之一的我却突然有了新的思考。新歌名叫《哇》，先锋电子音乐，旋律和元素都很简单。这时歌词更为突出：

家世 职业 身份 性别
肤色 年龄 文化 语言
时代 观念 标准 眼光
与我无关
……

我们不必陌生人赋予

我们时间已所剩无几

曲是请外国人写的，好听好记，词是她自己写的，简洁易懂，也很有意思。

这首歌让我想起很多年前窦唯写的《高级动物》，大意相似，只不过窦唯的词更犀利厌世，充满对群体的批判性，而李宇春词作更多的是对个人自由意识的呼唤。李宇春的歌里听出了窦唯的影子，居然，居然！然而为什么不能呢？更何况，这两首歌是既有相似处又有极大不同的。更年轻的歌手，更具有个人意识和独立精神，传承了音乐艺术里的精神与勇气，表达艺术所应表达的，这是多么顺理成章又理所当然的事。窦唯的歌被奉为神曲，李宇春的歌只有粉丝问津，后者的歌真的如此不值一听吗？

歌里说："成为自己。"粉丝们说："偶像真棒。"路人们不屑地瞥一眼而后离去。

艺术从业者创造艺术，制造风潮，这艺术风潮或许是大众意识的反映，但未必没有试图纠正后者的意识。可惜大众总是固执的。一部分大众所选的偶像不被另一部分大众所认可，或许此人确有问题，然而更多的，是人们抱持刻板印象不愿放手，谁"应该"如何，"居然"如何，撕不掉的标签成了一件无须考虑的事，大众在接受度上的进步始终很缓慢。当年选偶像的那群人也成了他人口中的"大人"，似乎也并没有好多少。

艺术的种类在变多，技术手段在革新，台下的观众却只是变了面孔，未变内核。音乐等艺术不断更新迭代，从现代到后现代再到复古风潮，在娱乐了人们的感官之外，的确还有更重要而艰巨的任务要完成。

爱乐之城，如果的事

前几天与爱人一起看了《爱乐之城》，他是初看，我是重温。第一次看是在两年前，2017 年这部片子上映期间，我一个人跑进电影院，坐在一群情侣中看完。看完心里充满惆怅，又不知该与何人说，和远方的朋友发微信讨论，然而我们既没有恋爱过，又未能实现理想，女主角关于爱情与梦想的两难抉择，我们无法体会。

时隔两年多再看，依旧无法体会。男女主角在艰难的生活中彼此取暖，为了维持生计，男主角做了他不屑做的工作，报酬好，但需要四处巡演；而女主角忽然得到了一个极好的工作机会，但需要去巴黎数月。故事走向既戏剧又现实，而编剧选择了现实的那一种结局：分手。我问爱人，爱和梦想为什么不能两全？既是两情相悦，为什么不能在一起？他说，对女主角来说，梦想大过爱情，且即将实现，另一方又怎么忍心留她在原地？

为什么不等呢？怀揣爱情，耐心守候，总能等到两全的时候。对我的疑问，他不置可否。

有情饮水饱，在饿不死的情况下好像真的可以因为爱舍弃掉眼前的某些，但理想呢？当两个同样遥远和虚幻的东西碰在一起，谁该为谁牺牲，或者如何可以达到和谐兼容？

电影末尾男主角弹奏的那一段是全片的集大成，兼收了主题曲和那首堪称经典的插曲 *City of Star*，囊括全片所有曲目的高潮曲段。在乐曲声中，男女主人公们的邂逅经历被重放、改写，故事走向了理想中的那个“如果”。

如果他等她，如果他们都能在合适的时间交好运，如果所有的选择和机遇都恰如其分，那该多好。如果谁都不早一步，也不晚一步，谁都不必等谁，或为谁牺牲，该多好。

爱人回答我：世上哪有如果。

聪明的人，走一步看三步，能预见到选择背后可能存在的结果，懂得暂时牺牲，再聪明一些，甚至可以猜到他人的心思。然而饶是聪明绝顶洞悉人心的人，算尽人心天时，也终有不备之时。世界由“如果”和“万一”构成，选择背后不是系统有序的算法，而是变幻莫测的人情人心，没人算计得清这些“如果”。

每一段故事或许都有许许多多种可能的走向，但真的落到现实，却好像实际只有一条路，并非其他的路走不通，而是我们不知“如果”，故事也不会倒放重来，短视的我们只能踏上一条路。

电影主人公在爵士味明显的乐曲中度过了短暂的“如果”的人生，在交响合唱伴奏的乐段中感受了爱与理想两全的完美人生，又在寂寥的钢琴声中回到现实生活。那几分钟的想象，是对过去缺憾的弥补，也是告别。现实世界里的我们，只有直视坑坑洼洼的人生缺憾，拥抱它，接受它，坦然前行。

我依然无法理解男女主角为何会分开，正如我无法想象他们如果真的结婚生子，会不会真的幸福美满，还是彼此厌倦，和电影里一样，分开，多年后故地重逢，相见不相认。

天使爱美丽

我说不清《天使爱美丽》中的主人公艾米丽是聪明还是傻气，也搞不明白世上是否真的有这样的人。

每个人都希望自己成为艾米丽。一个绝对善良，大致无害，天真好奇，细心狡黠，利他主义的漂亮怪胎。然而我们又期望自己尽量合群以减少不必要的麻烦，于是最好情形是身边有一个艾米丽这样的朋友——甚至伴侣，伴侣或许也是不要的，像艾米丽这样程度的热心和利他，于现代社会模式下的家庭和谐而言，是有些多余的。

然而，假如身边真的有一个艾米丽，又有多少人愿意同她成为朋友？她在人群中不动声色地沉浸于自己的小乐趣时，她在森林里的河边一个人打水漂时，你会怎么看她呢？

正如艾米丽喜欢在电影院里偷偷观察其他观众的表情，喜欢勺子敲碎焦糖布丁的瞬间，喜欢幻想……每个人都有一小部分不足为外人道的自我，这部分自我或被放大为全部的“我”，或被对“不合群”的恐慌掩埋。总之，我们本都是艾米丽，大部分人放弃了这个选项。

选项之间彼此公平，人世如海，选择做什么样的人都没关系。只是放弃成为怪胎的代价实际比预想的要大，你要考虑清楚。电影里，艾米丽从心所欲地做人生选择，怪异，孤独，又自由。背景音乐是法式轻快节奏的诙谐曲，或传统文艺片的抒情钢琴独奏，皆自成一体。好的音乐就是流水，能包裹一切故事情节和人物，能流过时间的峡谷，流进空间的缝隙，填补一切的不相容，所有的人事物在这音乐中都是自在自如的。音乐配合高饱和度的色调，电影里的世界是另一个维度的时空，艾米丽在这里依然怪异，却不显得不合群——或者说，这里的每一个存在都不合群，每一个人都是怪胎，反倒和谐。

全片的音乐都是有些独特的诙谐曲风，不像通常的电影配乐以提琴和钢琴为主乐器，而采用很多音色较亮的效果类乐器，节奏多变，有时给人以童话的梦幻感，有时又使人想起光怪陆离的马戏团布景，回归主题曲时，又回到了传统、抒情的钢琴曲。

因为这个故事讲到最后，不过是个爱情故事。再怪异的人都有对人世最普遍美好的向往。擦肩而过的陌生人，她或他也许钟爱汽车尾气的味道，也许靠想象自己是一只捕猎的蜘蛛来获得快乐，也许也像艾米丽那样喜欢帮助别人弥补生活中的小缺憾，这个人是合群呢？还是不合群呢？

如果人人都承认自己是怪胎，那么我们是合群呢？还是不合群呢？

我们该合群呢，还是不该合群呢？

嘉莉珐夫人

1970年意大利电影《嘉莉珐夫人》同名配乐，由意大利作曲家埃尼欧·莫里科内创作，后被华裔音乐家马友友改写为大提琴版。这首曲子被陆续应用于不同的影视剧、短片，甚至广告片中，在中国家喻户晓。

我却怎么都找不到完整的片源。时间久了再迫切的渴望都会褪色消逝，我急于在这个午后趁感动还新鲜，找来全片一窥究竟，却无论如何都找不到，似乎大家都慢慢忘了它真正的出处，或者已经不在意了。我想我总有一日也会忘记。

是因为这片子太老旧而不值一提？无论怎么看，这原因都太说不通。音乐会里的号手微笑吹奏，这乐声和笑容如此感动我，他又因怎样的电影场景而感动，因此有这样美的演奏？我无法想象和感知，难以与这高雅灵动的喜乐相通，十分羡慕，万般无奈。

提琴的伴奏和谐悠扬，轻缓得宜，窗外初秋的风带着夏末未散尽的暖意，澄澈的天空下是生长的树，沉默又明亮地生长，最沉默，最欢快喜乐。午后万物最葱郁蓬勃的时刻，反倒最四下无人，只有天地本身，我是窗内的旁观者，无权参与，被迫沉默。天地寂寂，此时号声响起，是风中飘过的一片叶子，或草木汁液的气味，不经意地融于背景，却又在一片祥和中那样显眼。

也有提琴版本。也是如此。雍容的伴奏，优雅的独奏，祥和优雅，使人想得起每一件生活以外的事物，眼前的一切皆被暂时搁置。遥远且美丽。遥远感则又催人泪下，教人情不自禁地怀想某个高远的存在。

音乐净化人心的时刻大约如此。或并非真的改头换面，而只是暂时想不起一切苟且，短暂地释怀于眼前，放开心和眼。

有人爱在博物馆里席地而坐，凝神与钟爱的某一幅画对视一天，也有人爱在无人屋室用最好的音响危坐聆听钟爱的曲子。没钱的学生用百十来块的耳机反复听一首免费下载的曲子，或是用局促的几分钟享受教学楼下的一小块绿荫，或是认真地看着座位旁白墙上斑驳的光斑……无边界的美隔绝了一切，又包裹了一切。人们在美里迷失自我，又寻回自我。

在美之中，本不平等的人世获得了平等。

越是感受到这些，我越是恐慌。艺术的自由是自由的底线。没有人会偏执于一首歌能否被知道，一部电影是否可以流传，只是太久不被提醒，我们将忘记美的广博，不会记得有多少远超人心灵的生动曼妙，不会知道我们本拥有多么敏感锐利的心，不会知道世界是这般复杂又如此单纯，万物是那么遥远又这样亲切。

浓郁的阳光与郁郁生灵包围着我们，我们一无所知。而我们本身的渺小与伟大，则更无从得知，仿佛上帝赋予我们生来敏锐的感知，我们却经由后天的习得而逐一抛却。艺术使我们暂时恢复这珍贵的感知，我们则无知无觉。

我可能永远无法感知小号手的喜乐、作曲家的喜乐，但愿我能稍长久地保有我此时的喜乐。

鱼

她就像一条鱼，肌肤光滑、身段灵活。她是海里的鹞鱼，有一张不自觉微笑的天真的脸，仿佛在海的任一个角落都能活得很快乐。

不知道别人是否喜爱她，我则几乎总是远望着她，她找我聊天时，她不找我聊天时，她在我身边时，她在别人身边时，我都在望她，望不见时就想念她。我对她的感情也仅限于此。“看着她”这件事本身给予我足够的快乐，但这件事不值得让第二个人知道。

她是我目力可及的天真、自由和浪漫。别的女孩都在假装自己是“女孩”，她们或尚稚嫩或已老去，只有她确是最好年纪。她说没见过什么时，是真的没有见过；她表示赞赏或批评时，只是赞赏或批评；她的快乐无来由，她的愤怒有原因。我从她的嘴里听得到真正的实话而不致感到刺耳，我可以对她讲实话且也可以讲假话；看着她的眼睛，我既无法总说傻话，也难以表现得太聪明。

夏日，在晴天的海边，人总会感到穿得太多而对不起明艳的碧海白沙，我在她身边也是这样的感觉。

然而她并不会使我自愧弗如，我喜爱她如呼吸一样顺理成章。她就是这样好。

某天某事发生后，我烦躁又抑郁，愤怒又悲伤。我问她，要对别人说实话吗？她摇摇头。要说假话吗？她又摇摇头。她只是微笑。那么换作你，你会怎么处理呢？话音未落，她不知去了哪里。虽然我爱她，但我们之间总是会出现这样的情形，我始终只能远远地看着她，一切爱慕和羡慕都无法变现。我知道她不是有意的，我们本就相去甚远，我只是有些黯然。

听到理想后花园乐队的《我的身旁是一扇亮了又暗的窗》时，我想起她。

我能看见你
却隔着一层玻璃
虽然是透明的
可也还是一堵墙
我的身旁 是一扇亮了又暗的窗
我的脑袋突然沉重
我的记忆不止是七秒钟
快给我新鲜的空气
让我尽情地呼吸
快给我柔软的沙子
……
把我丢进清澈的水里
我要摆出最优美的身躯

鱼是她，也是我，她在海里，玻璃鱼缸里的是我。我用我狭隘的生活视野揣测大海里的自由和快乐，然而鱼缸外是盆栽，是橱柜，是他人的生活和限囿，却绝不可能是大海。

我不是远望着她，而是“想望”着她，想着她的天真、自由和浪漫，作虚幻的仰慕。她是我，是我永远不可能成为的那个我，我却永不可能是她，她是我憧憬而无希望抵达的理想人生。她是我生活以上的念想。

希望还有别的人也爱她，最好是真有某人能触碰到她，那这个世界，真的是太令人向往了。

春夏秋冬

多事之秋，指事故或事变很多的时期，多指动荡不安的政局。

也指这个秋天。我的朋友们不太好，她们都有各自的烦恼。

我也不太好，冬天即将来临，世界的繁荣正在缓缓收场，湿度、温度、和从容温润一并离去，秋天来势汹汹，冬不久矣，冬天来了意味着即将翻入新的一年，我们都尚未准备好。

严寒带走生命的温度，众生抱团取暖，抱不了团的黯然逃开，春暖时再见。我不知该怎么安慰那些黯然的孤独，陪伴不是光靠等待便能得来的，陪伴和陪伴也并不能相互替代，好像衣服穿得多了，和别人的距离也隔得远了。

夏天很好，只要不下雨，燥热的天很适合作为度假的铺垫，又不会消磨掉人玩乐的斗志——酷暑就另说了，下雨天也不好，下雨天粘腻潮湿，坐立难安，室内室外皆不宜。

江浙一带没有春天，可忽略不提；冬天自然更是寂寒难耐，可已是定局，抱怨无益。

四时皆苦，人各有其苦，春夏冬之于某某人，秋之于我。

想找一首赞颂秋日的歌转化这偏激认知，比如疏朗晴空秋高气爽之类，法国的香颂，韩国的轻爵士小曲都找不到，偏一下点开张国荣的《春夏秋冬》：

秋天该很好

你若尚在场

秋风即使带凉亦漂亮

你若尚在场，秋天该很好，冬天该很好，夏天该很好，春天也一定很好。在这个寒风瑟瑟的秋天，回家煮一锅热粥，热乎乎地和爱人喝了，

在浴缸热水的雾气里昏昏欲睡地看点儿电影，挤在被窝里手捂手地读同一本书，或是一家人就着一部肥皂剧有一搭没一搭地聊闲天……忙也没关系，打仗般的忙完所有，一头钻进被窝相互取暖，发出满足的喟叹，也是秋天才有的景色。

昨天买了柿子和蜜橘，为了庆祝秋天的正式登场。

夏日蝉鸣的噪音带出一场缠绵的午睡，醒来拿出两根冰棍，你吃吗？你吃那我也来一根。冬天听北风呼啸而内室祥和，天地风雨与我无关，埋头烟火琐碎，无不温暖。春天是虚妄美好的等待，像初恋许下的话。

四时皆宜，你若在场，这个世界好得很。张国荣的歌声温柔质朴，自然清新，勾起人本能深处对幸福日子的怀想。每个人想到的必都不同，有人暂时想不到谁能充作那在场的“你”，有人并无特定对象，有人作陪就很好，也有人脑海一瞬间便浮现出一个剪影……

当然，最好是春夏秋冬你都在场，我不必空作怀想，一伸手便能触摸到温热的陪伴。

秋天你在场，世界严酷的大门缓缓合上，小世界里，不好的都与我无关，与你有关的都很好，想到这点，一切便不治自愈。冬天、春天、夏天，也将如此。

我珍惜那些陪伴，怜惜且尊重那些孤独，整个世界四季，都藏好了属于自己的美好，共伴你等待一个陪伴。

童话三则

那个男孩子跑到办公室，偷偷问我什么是爱的时候，我刚挂掉堂姐的电话。听说我在某中学入了编，她打来电话核实信息可靠性。堂姐此人，总是能在三句话之内显出她的个性来，比如她探寻而强硬的语气，比如她挂电话前一句为显亲热而特地追加的叮嘱：

“你好找女朋友了哦！整天赚钱工作，没老婆白忙！”

这个时候，一个朝气蓬勃，跑得浑身热乎乎的小男生跑来问什么是爱，我实在无言以对。

我知道他在问什么。隔壁班那个女孩子的眼神比春水还要温暖，轻轻地一瞥都含情，真应了徐志摩那句“最是那一低头的温柔”，少女心事瞒不过心思复杂的成年人，狡黠地以温柔搭就精致陷阱，看上去是无意的钟情，实际是早有秘密的猎捕，哪个男孩子能逃得过呢？

可我真的不知道什么是爱。世上所有的事都有好坏两面，爱是其中最多面而缺乏规则的一个，无法以常理判断该如何、不该如何、会如何、不会如何。

什么是爱呢？

我这个堂姐，和丈夫相亲结缘，初见面无可无不可，彼此评估后认为对方是合适的结婚对象，于是结婚生子，顺遂平静，买房，还房贷，勉力度日，窘迫却不曾听过他们互相抱怨，这是爱吗？

我的大学舍友，认识了一个漂亮的女孩，解语花一般，两人情投意合绵绵倾诉，连曾经的创伤都如此相似，仿佛找到了世上的另一个自己，对对方的期待越来越高，这是爱吗？

我的这个学生，在纯洁的年纪遇到了纯洁的女孩，获得纯净到几乎毫无理由的喜爱，没有负担，没有顾虑，没有过去，只有当下，只有喜爱，这是爱吗？

我生平第一次地后悔起了自己情窦开得太迟，没有早一点踏入爱情，所以说不出任何实在的真实可靠的意见。

堂姐总是喜欢活在别人的生活中。亲戚朋友中有谁突然过得好了，她会格外关心，有谁突然过得差了，她更会格外关心。他人的生活于她是一把利器，轻易便能割碎她脆弱的自尊。她审视他人衣物用品的价格而实际认不得多少品牌，她窥视他人的收入水平和娱乐消费以吹捧自己生活的优雅，实际却连旅游都只是打卡式组团游。平静平凡的小日子背后，是对平凡的不满，她不曾在他人面前流露出对爱人的不满，却总是遮盖不住对他人的爱人和生活的羡慕。

我的那位大学舍友，和女朋友分合数次。他越来越频繁地说："我以为她该很了解我，可是原来她和别人一样。"他开始不耐烦花时间费心费神地沟通交流，回到电脑前，把时间留给爱好、电影、消费和社交——他本就是个爱打扮的男孩子。最后一次听他提及女友时，他对我说：“别傻了哥，多赚钱，好好打扮自己，什么样的女孩没有？”

早恋的小男孩终于被班主任找了谈话。女孩的爸爸西装革履，有我不曾见识过的非凡气质，压得男孩抬不起头。班主任列数着男孩的斑斑劣迹，那父亲轻蔑地沉默着，只在最开始轻描淡写地说了句：“我的女儿我知道，她不会主动动歪心思的。”女孩红着眼睛不敢抬头，更不敢开口说半个字，男孩愣愣地看着大人，哑口无言的样子像被冲上岸的鱼，挣扎不能。

我走出办公室的时候，谈话还在继续。不知女孩的爸爸问了女儿什么，女孩轻轻点头；另一边，男孩和班主任对话的声音远远传来：“老师，我会收心的，我不谈恋爱了。”

我回头看去，女孩没了春水样的眼神，满脸只有对父亲的畏惧，男孩茫然四顾，最终抬头给了我一个惶惑的眼神。

昨日难再

1995 年出道，平均年龄不足 13 岁，Speed 成为日本音乐史上堪称神话的女子偶像组合。1997 年迅速红遍全日本，出道两年便登顶日本乐坛，三年后于 2000 年事业巅峰期宣布解散，四位成员或专攻他行，或回家相夫教子。八年后，原成员再次集结重新出道，但早已错过盛时，风光难再。

二十多年过去了，当年的歌现在听起来依旧悦耳，歌手发声干净有力，合音甜美和谐，配合得当，四人的声线各有特点又互不相妨。编曲虽有些过时，音乐处理技术也远没有现在多样和来得自然，但充满变化和技巧，没有多余的炫技，所有的乐声都是为了凸显主题和歌声而存在。

Speed 的主唱岛袋宽子和今井绘理子上音乐节目唱歌，同台的有动漫配音演员，有新生代偶像——几十个人合唱一首歌的那种新偶像时代的年轻女孩子，视频底下的评论讨论热烈，却没有人认识这两个 15 岁不到就拥有 3 张冠军专辑、5 张冠军单曲、1200 万张的 CD 销量前辈了。大家都说：这两位姐姐唱得真好啊，是准备的新人歌手吗？

时过境迁，往日种种成为明日黄花，大多数时候是势不可当的。听到很老很老的歌在新的影视剧里重焕光彩，或者被新人翻唱再获热度，也未必代表什么，新的就是新的，旧去的已然旧去。听过老歌的人们笑笑，失落是肯定的，因为无法尽现昨日的光彩，因为自己的日子连同这些褪色的历史也一同消散了，所以我也只能在那条视频下评论 ：不是的，她们曾经是很畅销的偶像组合，歌好听，舞蹈也不错。

其实那天看到视频的我最初也没能认出她们来，即使介绍了歌手名字，也毫无所觉。二十年了，她们保养得很好，文静又美丽地站在舞台中间，是 30 岁轻熟女性的风韵。然而十几年前的她们，带着棒球帽，表情青涩而傲然，舞蹈动作干脆有力，物不是人已非——直到她们开口唱歌。

她们是一起唱的。和声的第一个音节甫一出口，所有关于声音的回忆立刻苏醒：是她们，熟悉的充满活力与力道的歌声，清脆的和声，没错，是她们。那一刻既感动又悲伤。那么久之前的感动，如今能再次重现，足可见两位歌手数十年间未曾荒废专业，歌手依旧年轻、有张力，是为感动；越如此，越为失去的时机和时光而惋惜，是为悲伤。

天底下多的是遗憾。也有走运的有心人，能抓住再一次的机会，重获荣光，但想必这只能是稀有的佼佼者，更何况时间到底是流逝了，多年的彷徨蹉跎，各种百般滋味，实难为外人道。或也有豁达的智者，被淘洗出一颗通透的心，认为得失皆吾命，不可也不必强求，然而这样的人更未必多见，在彻悟的途中，又经历了多少，舍弃了多少。

自那次后，我又一次失去了关于这个组合的一切音信，组合里的另两人也始终销声匿迹，只是偶尔会在听到她们的歌时，想起那天节目里两位主唱美丽的姿态，不卑不亢，从容专业，像是始终不曾被追捧过，又像是始终不曾落魄过。

悲欢相通

学校安排学生开展校园暴力相关的主题班会，学生们尽力去做了。他们搜集了非常多的社会新闻，佐以翔实的影视资料，下了很大的功夫，台下的同学们也屏息凝神地听。他们认真而专注，是因为觉得新鲜。“校园暴力”这个词，对这些关在温室里闷头读书的孩子们而言，太遥远而几乎是另一个世界的产物。他们的新鲜感得到满足，心中讶然又震惊，却无法说出再多的感想和体验了。有关那些血淋淋的真相，当事人的感受，他们可以凭借教育带来的共情力加以感受，却始终无法达成实际意义上的感同身受。

鲁迅说，人类的悲欢并不相通。

听别人的故事时，我对弱势方予以同情，对强势者给予愤慨，振振有词，慷慨激昂，责怪他人为何当局者迷，为何被私情蒙蔽了理智的眼，当事人哑口无言，黯然垂头。旁观者总觉得事情很好解决，然而或许只是看上去如此。

一个小孩的脚踢到石头，疼得哇哇大哭，孩子妈责怪他不小心，孩子自己觉得疼且委屈，我只觉得他吵闹；夫妻俩从楼上吵到楼下，丈夫觉得烦躁，妻子觉得哀痛，邻居觉得热闹；熟悉的一位姐姐的猫不见了，她妈妈为自己没关好窗感到抱歉，她自己觉得失去精神依赖，我妈觉得姐姐为一只猫折腾自己妈太不懂事……

人类的悲欢是否相通并不是最大问题，问题的关键在于，人们各有各的悲欢。情感是不能用公式和逻辑去推演结果的，理性一丝一毫都替代不了它。我们现在之所以能理所应当地认为自己可以理解他人的感受，全赖于文明文化的进步。文字记录下一个个悲欢故事，智者把它们提炼成各种箴言谏语。故而哪怕不能完全明白和体会，我们起码能以一种约定俗成的道德常识，大致知道哪些事不能做，哪些话不能说。然而也仅止于此。即便是心理咨询师，也几乎不会轻易对来访者说“我能体会你的感受”，而宁愿做个沉默可靠的听众。

道德常识是文明的产物，证明人类试图以理性分析去分解永远无解的感性情感。我们知道疼痛和死亡意味着悲伤，新生和收获意味着喜悦，看到他人的爱情时想到自己的爱情，知晓他人的失去时想到自己所痛失的，见证他人的收获时思及自己曾经的收获的瞬间，于是我们以自己的欢喜去祝福他人，以自己的悲痛去抚慰他人。

对我们不曾经历过的，我们予以包容的沉默。

人类试图使各自的悲欢相通，只有人类会做这样的努力。

我对我懵懂而纯善的学生说，各位或许不能完全体会受到校园暴力的痛苦，但起码现在你们知道，它不是一个好东西，那么我们至少可以在自己的理解与能力范围内，拒绝它，阻止它，远离它。

微弱星光

当年看《火花》这部电视剧的时候，满眼都是男主角忧伤清澈的眼睛，漂亮又纯情，让人移不开眼光。时隔多年再想起它，却只记得第一集开头那段旁白，大意是烟火灿烂，夏夜舞台边狂欢的人群喧嚣欢腾，主角和他的搭档在这样的热闹环境中央的舞台上，讲着无人理睬的孤单相声。

哦，还是有人理的，那就是另一位主角，后来成为他师父的同行。虽说好歹有人理睬，这二人彼此衬托之下，却更显得孤独相依，像偌大宇宙中遥相呼应的两颗卫星，在寂静的纯黑中光芒微弱，甚而故事结尾，主角名声大噪，我还是会想起最初的这一幕，喧嚣人群中无人理睬的孤独的两个人。

剧情弯弯绕绕，无非就是年轻人追逐梦想那么回事，歌倒是很让人难忘，齐藤和义的《空中群星璀璨》。有人说这首歌节奏轻快，旋律明朗，让人情绪愉悦；有人说歌里有对往昔的回忆，透露出点昨日不再的惋惜感叹，使人惆怅……这么说来，倒有点“笑着挥别”的潇洒意味了。

头一句就很潇洒：

吹着口哨向前走吧　失落又沮丧的吾友

虽然烦心事有许多　天上星星璀璨依旧

一边轻快地唱着，一边略带惆怅地回忆，好像在不变的风景里走了很久，处处景在，事事人非一般。

末尾唱道：

那个时候的我们啊　如今总是向人低头

虽然脸上露出笑容　泪水却偷偷地流落

吹着口哨向前走吧　失落又沮丧的吾友

其实谁都没有错啊 这个世界就是这样

吹着口哨向前走吧　天上星星璀璨依旧

这个世界就是这样。人只有前方这一个方向，而身旁的旅伴总在变换。孤独之后有更孤独。天真的人们期望找到十全十美的人，十全十美到能够永恒陪伴自己，好像只要对方足够好，自己便能够甩开孤独，从此无虞。但越是这样想，越不容易找到这样的人，甚至到最后不知问题是出在自己身上，还是对方身上。或许谁都没有错，世界的本质就是孤独，哪怕有人陪伴，也依然甩不开它，和世界相处的诀窍是拥抱孤独。

这样想了，就能原谅很多事。你要找的，不是一个治愈孤独的人，而是能和你一起，接受彼此的孤独的人。

一个旅伴，黑夜行路时你想起身旁有他，于是转头相视一笑。狂欢的人群中，和你沉默相望的人。

班上一个咋咋呼呼的小男生被高三的学长打了，好几个平时不怎么和他说话的同学跑过来找我，说老师你去问问他怎么回事吧。

强忍失落或沮丧，吹着口哨向前走的时候，其实也有人在几步之外一同走着。

艾莎和我

周末去看了《冰雪奇缘 2》。网上对这部续作几乎是毁誉参半，赞誉的多为公众营销号，毁谤者多为个人观众，称作品不如预期，不如前作云云，攻击点主要集中于作品中歌曲占比太大。

一部作品被寄予的期望有多大，可能承受的失望就有多大，就好像我所看的那场，后排有两个女孩乘兴而来，后半场几乎全程都在小声吐槽，大有“我被扰了兴旁人也别想好过”的架势。我被她们扰得几回憋回了眼泪。

是的，后排在吐槽，而我在偷偷抹眼泪。时隔三年再见艾莎，她看着更成熟妩媚，我身旁多了个陪我一起看的人，我们都不再是三年前彷徨迷茫的女孩子，有了各自的担当，各自的爱和职责。三年前，在最迷茫的时候看着她穿过风雪，寻找自我，对着苍茫天地呼问我是谁，从何处来，该向何处去，而后又被爱化解，为爱所救，也救了她爱的人。大银幕中，仿佛不是迪士尼美丽的公主，而是在现实的风雪中找不着北的我，和其他同伴，孤独孑然的独行者；又仿佛就是迪士尼最正统的公主，最充沛的勇气与毅力，最坚定而高贵的姿态。

真正的勇气不是无所畏惧，而是明明畏惧却最终选择砥砺前行，是几经挣扎后能够正视内心最软弱的一面，以及人生最无测的一面。从这一方面来讲，艾莎和安娜无疑是最符合迪士尼精神的公主、女王。

三年间，每每看到艾莎的形象，总觉得似乎是找到了一部分的自己：现实中再不能找到更合适的形象，如此恰当地描绘了我曾经的软弱迷茫，又如此完美地勾勒了我对自己未来的期望——坚毅、骄傲，拥有勇士的高贵气度。

《冰雪奇缘2》中，艾莎再次说出了那句曾令我潸然泪下的台词：我要自己掌控自己的命运。前作中，她出走寻找与自我和谐共处的方法，学着如何面对自己的强大力量与软弱内心，从而达成真正意义上的强大。《冰雪奇缘2》中，她遵循内心的声音，追寻自己的来处，从本质意义上追问“我是谁”。虽然答案依旧不甚明朗，但在情节高潮部分，当她即将抵达真相时，那姿态真是无比快乐和自由，无法不让人羡慕，无法不令人动容泪下。

我们可能终身都要追问“我是谁”。难以面对自己的软弱时，我们会问这个问题；不知如何与自己的力量相处时，也会问这个问题；孤独时会这样问；身处人群中时或也会如此发问。这个问题既是追寻真正意义上的自我，完整意义上的自我，也是另一个问题的潜台词：我从哪里来。

我是谁，我从哪里来，追问自我的本质，追问精神的“家”。然而“家”是归处，是安顿感与归属感，看似是为了寻找某地，实际上却总也找不到确切的所在，或者找到了，依旧觉得灵魂无处安放。

实际是因为，我们寻找的或许并不是一个地方，而是一个答案，这个答案回答的是关于过去的问题，更是关于现在和未来的。

我曾经如何诞生，我最初是怎样的存在。

关于“我”的河流从何处源起，又流向何处。于是我是这样成为如今的我的，那么我将向何处眺望将来的我。

我的归处在自己的内心。我希望每个艾莎都能找到属于她的那条河。

无法寄达的信

Vanilla（香草），我第一次在美国遇见你
你告诉我那条通向你寂寞的火星的路
我在那里跌倒，我在那里崩溃

你是否会让我呼唤你的名字，Vanilla
之后你搬去委内瑞拉
幻化成公园里怒放的花儿
我祈求太阳，别让你受伤

你是否会让我爬上你的梗秆
采集你的菁华
我将把它种在沙里
或许是在十一月吧，你将明白
我们的下一次见面不会等太久

Vanilla，你是独自飞往佛罗里达的吗？
雷达说有风暴

今晚雨下得很大
我将成为你废弃庭院中的避难所

这是我最后一次呼唤你的名字
Vanilla，我曾是那流星的驾驶员
我已去过一些地方
如今正在你的寂寞的火星
在黑暗中编织度假别墅
——*Vanilla* 歌词

今天本打算写写大张伟和新裤子乐队合作的新歌，《我们羞于表达的感情》，一首节奏轻快、歌词带点朋克味的歌，讲的是当代人如何喜欢把喜悲深埋心底，心中却又总澎湃着复杂情绪。“我们羞于表达的感情，身陷内心花园里……浪终归息波涛涌眼底，从来由不得我和你。”听完正琢磨该写点什么，来说说我是如何善于言辞又是如何不善于表达内心的，或说说曾经青春里难以言语的种种不平心思，来自奠往日或告诫来者。不想歌放完后，播放器自动跳转到落日飞车乐队的 *Vanilla*，一首语焉不详的迷幻摇滚，恰像是一个不善于表达又长于文字的青春期少年，写给身份不详的心上人的情书。

没人读得懂这个 Vanilla 是谁，到底是美国人还是火星人，如今人在委内瑞拉还是佛罗里达，“我”又是谁，如今身在地球某处还是火星，以及，“我”将如何和“你”相遇。

一切都像是一个虚幻无着落的梦，一个忧伤缥缈的约定。说到底，又不过是那几个永恒的问题：我是谁，我从哪里来，我要到哪里去。“我”换成“你”也一样，或者说“你”大约也是“我”。大家都同样迷茫。

但我们永远不会放弃追寻这些问题的答案，一如歌中的“我”永远不会放弃追赶Vanilla。“我”追寻心中的爱人Vanilla，呼唤她——我们姑且称之为“她”，因为Vanilla这个词给我的感觉太具有女性气质——的名字，祈求她的平安，渴望同她再见面，渴望终将成为她的庇护所，用各种朦胧的意象形容对她的渴慕和思念，而非她本身的美。

这正是青年人的爱比诗人的爱更美的所在。诗人爱对方的美，或老去的饱经沧桑的容颜，或不朽的灵魂，而青年人从说不清爱的缘由，夜莺不假思索便把胸膛插进玫瑰的刺中，玫瑰没有预兆地盛开，未必是一见钟情，却大概率地没有逻辑，没有清晰因果。

我俯视这些故事时，常常觉得他们爱得像诗歌，他们也总是把自己搞得像个诗人。诗歌的含糊朦胧恰是一种美，含糊的情歌情诗也总比条理清晰者更能打动人的内心。同时，这些故事又正如所有的杰作一般，大多以悲剧收尾，使所有人遗憾无穷又回味无穷。我俯视他们，怜悯又羡慕，心里知道这些故事只有真正作为故事时，才最有价值。

好在人们是那么怯懦，人日渐成长，说心里话的勇气会逐渐消散，现代人成长的步伐又这样快，连幼儿园的孩子都不太敢大声哭了。*Vanilla* 终究只能是一封寄不出去的信，击中每一个听众的青春回忆，却说不出那香草美人到底是谁，就好像歌曲的最后，“我”最终抵达 Vanilla 的火星，她曾在的地方，Vanilla 不知所踪。Vanilla 可以是现实的爱人，也可以是东方意义上含义丰富的“香草美人”，梦想或其他，但总之，“我”始终是孤独的，“我”的爱意含糊浓烈，“我”的追寻毫无着落，Vanilla 不会知道我爱她。

我们羞于表达感情，身陷内心花园里。

瑞克的眼泪

第一次听说艾略特·史密斯的名字，是在动画片《瑞克和莫蒂》中。片中的绝世天才瑞克，一个老头儿，某天寄身于青少年的躯壳，并沉溺于这种无限的活力，以及青少年特有的、被朋友们簇拥着欢度时日的感觉，他不愿回到原先那具苍老的躯壳里。待在自己不该待的地方对人有害无益，为了唤醒他，他的外孙女让他听听艾略特·史密斯："听听这个天才而早逝的歌手在唱些什么吧！"瑞克听完潸然泪下，意识到自己所沉迷的快乐是如此虚幻而不真实。

彼时播放的是艾略特的 *Between the Bars*。歌曲开头便是：

喝吧，孩子，喝一整夜

那些你能做的事都没有做

你永远不会发觉你的潜力

你能做的不过是不停地发誓

歌曲是沉郁悲伤的布鲁斯，歌手近乎轻声呢喃的唱腔更添忧伤。我找了很多译版，都觉得仅仅差强人意，总有不合之处，尤其是最核心的那句：

The people you've been before that you don't

want around anymore

That push and shove and won’t bend to your will

I'll keep them still

不同版本的译文相差甚大，我最后选择了网易云的版本：你最终成为你不愿变成的那种人，你的意志还在挣扎，我会让它们安静下来。

早逝的天才的内心和凡人究竟有几分共通？大概是有的，然而其程度就无从得知了。最庸常的凡人也会偶尔自感怀瑜握瑾而不知所示，由此生出些失落和孤独。此种情形下，在人们的内心里，自己与天才是一样的。未被他人察觉和认可的天才便如同无物，天才们或许也有怀疑自己是否资质平平的瞬间，我不知道。在人的内心世界里，什么样的假设都可成立，在被验证之前，不能判其为假，统统是真。

我们都曾经或正在认为自己非同寻常，只是缺少证明的机会。机会却好像蛋糕上的樱桃，总是不够分。甚至有时，连“有才能”这个假设被证伪的机会都没有，既不能被证伪也不能被证实，卡在犹豫不决的当口，如同戳嗓子的鱼刺，有人硬生生吞下，有人倔强地让它就这么卡在那儿。

有人一边不愿屈服一边只得屈服，有人继续抱持幻想等待假设。有史以来另一位更早而更出名的艾略特，是诗人T.S. 艾略特，也是一位天才。诗人艾略特说现代生活是荒原，现代人精神世界的荒芜使生活变成了荒凉的碎片，而歌手艾略特歌唱人内心的另一种荒芜，一边自视甚高一边只能无所事事的惶惑和迷惘。后者某种程度上解释了前者。

我大概能知道瑞克听这首歌时为什么落泪。一个人有才能，完全地发挥出了才能，持久而稳定地发挥了才能，却突然意识到自己垂垂老矣，又有那么多事还未完成，这是多么大的幸中的不幸！才能和机遇兼得，想做的事都可以尽力实现，这是最大的幸运；能做而没有时间做，这又是最大的不幸。做一个平凡而活力无限的中学生，还是做一个天才的老科学家，哪一方的生命更有价值，这对瑞克来说的确是一个难题。

“哦，天呐，生命是什么？”“这么有才华的人为何会英年早逝？”“年轻是什么？”“不，我不年轻了，我老了。”“我，我会死。”——听到这首歌后，瑞克这样说道。

两道判断题

正义是个兼具主观性与客观性的复杂概念。一方面，在长期形成的社会习俗下，人们对正义已经有了一套被广泛认可的、较为成熟且逻辑自洽的界定方式，此为其客观性；另一方面，在不同文化语境中，不同个体价值观下，正义和正义间存在着微妙而难以忽略的不同，此为其主观性。这些特性综合作用下，使得正义的内涵似乎总是在不断漂移，或又有时显得刻板得可怕。

很多艺术作品中都探讨过关于正义的思辨问题，小说、电影、电视……近现代文艺作品中关于此的争论尤为尖锐。最近上映的国产电影《误杀》同样如此。

让我在尽量不剧透剧情的前提下大致介绍一下剧情：在异乡打拼的李先生大女儿惨遭不幸，小姑娘慌乱中误杀了警察局长的独生子。该独生子行为极为不端，理当受到法律制裁，却在母亲的庇佑下一再躲过惩治。案件发生当晚李先生不在家，其妻子帮助女儿抛尸。李先生得知事情全貌后决心运用自己的智慧，编造出完美的“不在场证据”，以自己有限的能力保护家人。

弱小、无助的平民对抗手握权势的警察局长，观众群体的情感必定会偏向前者，除非观众中有人正是警察局长。同情弱者既是人类社会的某种潜规则，更是人的本能，因为人的本能是会与和自己同一阵营的存在产生共情。世上的绝大多数人都是弱者，弱者自然同情弱者，而这也正导致了我不大确定如果警察局长看这片，心中天平会偏向哪方。同情催生的正义是感性的、主观的，同时当它又与社会最基本的客观约束法律相冲突时，我们到底该如何判断其正误？

社会学家们往往将大众这种纯感性的正义观称为朴素的正义，即对错黑白极其简单，害人作恶者为恶，无辜者为善，为正义。

真有这么简单吗？我看未必。

毫不知情而失去孩子的母亲无辜吗？明知犯人是谁却不能将其绳之以法的母亲可怜吗？可是她手握重权。不知情者在知情人面前是弱势，手握重权者在无权势者面前属强势，这该如何判断？

女儿无辜受难的老好人无辜吗？一个贫穷的、整日为生计奔波的中年男子可怜吗？可是他知法犯法。

当然，编故事的人如果再坏一点，将误杀改为女孩儿不堪其辱下的刻意谋杀，这个问题就更有意思了。

好像问题也可以换个角度问：

当我们判断正误时，在只能二选一的情况下，纯依靠逻辑的理性和极度人文的感性，哪一个更接近真理？

你或许会说，这是一个伪命题，事实上在任何问题中这二者都不可二选一，就好像正义从来不是一个能简单说清的事情。

艾米丽在人间

生活就像雪花水晶球，只有晃动时才显得动人，其余时候只会随时间而越来越单调无聊。

虽说如此，我还是买了一个水晶球，打算摆在台灯下最显眼的位置。拎在手上往家走，想着球里头的小独角兽神态安然地蹲坐在彩色的雪里，心情变得很好，日光晴朗的冬天也很宜人。想着，一辆装满大小纸盒的快递车迎面驶来，一抹鲜艳的红。定睛看去，骑车的是一位女子，围巾遮住小半张脸，却完整露出搽了口红的嘴，烫卷的头发被帽子压住，也露出了刘海。

口红是亮亮的正红色，很妥帖地照唇形画好，头发是烫过不久的新卷，板板正正地蜷曲着，风和地球重力都没有影响它的形状，于无风的午后安稳地贴住主人的脸。

那女人脸上的神色更令人难忘。并非多么惊人或多么美丽，而是因其呈现出一种少见的平静。没有冬日里户外劳作者常见的瑟缩，也没有小资情调的愉悦，不是烦躁、不耐烦，更不是空洞麻木。平静就只是平静。这使我想起被无数“小资”写手提到过的法国电影《天使爱美丽》。隔着银幕的观众们没有人不爱艾米丽，这部作品几乎展现了大众对法式情调的所有幻想 ：轻盈的美，不经意的浪漫，轻俏而洒脱。相比之下，小城里千篇一律的房屋，广告标牌，来往男女，是幻想极合适的衬托。艾米丽灵巧地穿梭于色彩斑斓的街巷，艾米丽沉默地编织自己愉快的小世界，艾米丽是个不一般的姑娘——看上去也的确如此。

艾米丽是女招待，在法国人看来或许平平无奇，在我们看来却有些特别，毕竟那是怎样一个充满了各色怪人，别致有趣的小餐馆呀！人们对身着合身制服，身材姣好的女招待的幻想，远比宽大单调外套下的中年快递员要丰富得多。对后者，我们从不认为其浪漫或有趣，因而也没有任何了解的兴致，就这样以蓝色或红色、黄色的制服统一地贴了标签，堆成一叠。

我的“艾米丽”匆匆而过，她在我眼中是那么与众不同，却最终连一丝风都没带起。或许是我想太多，或许她只是我对生活某种期待的投射，总之她轻而易举地勾起了我的期待和幻想，这是那个沉闷的午后我最急需的。过了彼时，她八成只是他人眼中的配角，而他人的艾米丽，可能也在不经意间成了我故事里一抹不起眼的背景色。我们与多少人擦肩，从不知他人心中有怎样的故事，我们什么都不知道，多无趣。

我最终和她擦肩而过的时候，她没有注意到我。可惜了，如果她能看到我手里漂亮的水晶球，说不定我也能成为她的“艾米丽”。

说废话

周五早上，在单位门口买早饭偶遇领导，一时间，我和他都有些不自在。大早上的，都没醒明白，饿、冷，分不出多余的精力寒暄。该怎么开口，我都想好了，甚至接下来对话将如何发展，我也能知道，可正因为知道，才更开不了口。

“主任，买早饭啊？”

“嗯，买两包子。”

“……”

“你也买早饭呢？”

“嗯，买杯豆浆。”

“……”

“今天冷啊。”

“是啊，比昨天冷。”

“……”

没有任何有意义的信息，简称废话。熟而不亲的人面前，开口能讲的，尤其张口即来无须多犹豫的，大多是此类内容。不想讲废话，便只能暂且避而不见。

回去的路上便琢磨，废话到底是推动了社会文明的进步呢，还是有所抑制？人们把相当比例的交流时间用于说无害的废话，或为铺垫正题，或为填补尴尬，或为顾左右而言他，总之，在各种情形下，人们说各样的废话。有些是浪费时间，有些是必须，有些则看似无用实则必要。

比如早点铺前与领导偶遇。所谓有用的话无非工作相关的种种。生活琐屑是不算数的，一来太有用的内容涉及隐私，不妥；二来不涉及隐私的话题——诸如孩子上学了否，菜价涨了没——也大多就是废话。社会话题也属于废话的一类，一切纯感叹而提不出切实修正意见的讨论都是无意义的，一切无法实际实施与验证的修正意见也都是无意义的。普通老百姓对政事的热情，与对隔壁邻居私生活的热情没有太大区别。如此说来，和领导、同事能聊出口的，除废话外，还真的只剩工作。然而饿着肚子谈工作着实残忍，更有可能不小心溜出一句抱怨，实在是无事生非。

假如人类不说废话，沉默必将成为社会的常态。让人们变坦率是不可能的。文明发展至今，最显著的一个成果就是语言越来越富于技巧。人们发明了各种社会潜规则，名曰“礼节”，或“社会风俗”，就好像亚当和夏娃身上的树叶一般，文明程度越高，羞耻心越重，树叶越多。或许是文明背后的真实实在是不堪展露。为了应付这种种潜规则，人们学会了各种遮掩真实意图的方式，其中最常见和便利的一种，便是各种拐弯抹角的话术了。

直抒胸臆会使文明人惊愕，浑身不舒服，甚至产生纠纷和争执，最糟可能引发混乱与战争。文明社会的秩序并非建立在公约、法律和明文条例之上，也绝非哲学和逻辑学之上，而是感性的、缺乏逻辑的、盘根错节的潜规则之上。这些潜规则隐藏在一切明文规定与公约之下，如同浮动冰山水下的部分。

说谎也是不对的。谎言在某种意义上也是真实。至少它能指向真实。

所以除了沉默，我们只能说废话。废话是现代文明社会长治久安的重要保证。

意义无意义

闲来无事的时候喜欢看吃播。主播是个长得很舒服的女孩子，自己煮了面或者菜，再买一份小甜点佐餐，不吧唧嘴，不多话，规规矩矩地捏着筷子勺子大快朵颐。

我身边的人大都不能理解我的这种既无意义又无内涵的爱好，不具备审美性质，纯日常性的观赏，除了满足窥私欲外，还有什么价值呢？

我自己也搞不太明白，但还是会在一个人吃饭的时候点开吃播视频，她吃她的，我吃我的。这种状态持续了很久，从我大学毕业，到她大学毕业，各自工作，直到最近。

然后她恋爱了，又分手了。她像平日那样认真地做菜，端正地坐在镜头前大口吃饭，吃相良好，不粗鲁不做作，使人想跟她一起动筷子。我看着她勉强地吃了大半碗，小声说吃不下了，沉默了一会儿，突然迟疑地说：“我分手了。我很想不通。”

这个我有些熟悉的陌生人，自言自语式地说“想不通”，我突然很难过，好像是一个老朋友遭遇了不幸。评论里有成千的人讲述自己相似的经历，谴责、同情、鼓励或安慰，而我只想给她一个拥抱。可我给不出，她也得不到。我只能继续看着她，看她在下一个视频里重新开心起来，看她眼中的阴霾逐渐散去，我就这么看看。

她看起来振作得很快，我却始终认定她仍然悲伤，这毫无依据，感性、片面而武断。我恨不能让她重新得到她想要的，她原本拥有的，也只能就这么想想。

我的一位久未谋面的同学意外去世了，我想到他的父母，黯然神伤，又想到同学时的一些场景，他的好一一浮现，心里意外堵得慌，问其他同学，说一样一样。

他人的遭遇有时不只是一个一掠而过的故事，不知名的时刻，会突然内化为我们自己人生的一部分。我不带感情地审视这件事，分辨不清这种同悲同喜的情绪是否可被称作同理心。实际上它是没有意义的，很多时候帮不到任何一个人，只是情感不受控制的流淌，其中几多因己生——所谓兔死狐悲，几多因他生——所谓无私共情，就谁都说不清了。

意识到这些时，我再次感受到身而为人的身不由己。头一次感受到这身不由己，是在那个女孩子轻声说“想不通”的时候，人总是无法掌控人生的走向，多么无可奈何，身不由己。此时，我又想，人甚至不完全了解自己，我们能牢牢把握住的多么少啊！愈发无奈，觉得既然把握不了任何人事，便也没什么意义了。

我又点开那个主播的视频，她的小侄子闯进镜头，她转过头专心逗孩子，笑得很开心。想不通的事情大概依旧想不通，可是她看起来是真的开心。我又觉得无所谓了。她的重展笑颜和她曾经的悲伤毫无关系，这使得后者立刻也失去了意义。或许想不通的事情可能本身就不存在答案，正如无意义的事情本就不需要意义。

人本不是因为有意义才活在这世上的。生这件事从最开始就不具备意义，也非我们所能掌控。无可奈何或许是上帝赋予生灵的灵魂基因。这样想来，如果可以拥抱，我自会给一个紧密的拥抱；如果不能，也就罢了。

这样想着，我却还是想尽可能多做一些有价值和意义的事，不做无意义的事。然而努力做做不到的事，试图思考“想不通”的事，又或者认为人生无意义，这实际上不正是种无意义吗？

我也“想不通”了。

厨桌上的星空

伍尔夫在《到灯塔去》中提出过一个有意思的比喻。她借用存在主义的观点，将哲学家探究事物本质的工作阐释为“想象厨房里有张桌子”。当人进入厨房，切实地看到、触摸到、真实感知这张桌子时，桌子是确实存在着的。而当人不在场，桌子的存在即为“假设人在厨房，那么这张桌子是能被真实感知的”。那么，被想象出的厨房桌子到底存在还是不存在呢？总之，这是个复杂的存在主义议题。

伍尔夫的比喻是指，人们似乎总在追寻那张“被想象出的厨桌”，出于空想的、虚无而朴素的厨桌。它坚硬、棱角分明、清晰无比，但当你坚定不移地为之努力后，可能会突然开始怀疑：它真的存在吗？我为此付出的一切是否值得？

这个问题真是戳到了我痛处。我不是学者，但的确总是做一些末了找不到价值的事，或者说，回首看去，尽是无价值的事。有人快乐地晒着自己的家庭生活，有人津津乐道于新的技能和知识，有人对生活的每一点滋味都充满好奇与雀跃，好像每个人都摸到了自己的“厨桌”。摸不到的人，既无法论证其为真，也无法判定其为假，只能硬着头皮继续混沌下去，活在虚无的假设中。

“想象中的厨桌”最妙的地方在于，它将所有人困在假设的牢笼里。以为找到价值的，可能实际并没有找到；以为没有找到的，可能实际触碰到了价值的裙裾，也有可能的确没有。我们无法判定自己所以为的价值是否真的有价值，一切都只有经由时间之手才能考证清楚。时间太伟大，我们无法战胜它，无法凌驾于它之上。

所谓价值，是头顶的星光，我们看到千万年前的光芒，而当下的光芒，只能被不知姓名的某个后来者见证，或索性湮没于漫漫长夜。

“厨桌”变得硕大无朋，升上星空，以庞大而不可战胜的姿态俯瞰大地。它俯瞰着大地上渺小脆弱的生命。它注视着人们忙忙碌碌，挣扎、抵抗，被命运击碎，被同类击垮，而后再前赴后继地继续忙碌和挣扎，在无限面前，在真正的伟大面前，人的一切价值都显得微不足道，失去价值。

我看到有哭号者，有苦痛者，有顽强反抗者，有以己身光芒照亮他人者。他们的生命放出耀眼的星光，被他人看到、听到、注意到。于是像星星们彼此传递星光似的，这哭号声、挣扎声被传递，被放大。这之中，原本不起眼的善被放大，原本微不足道的恶也被放大。然而，然而，人间嘈杂的声响，要过多少时间才能穿透云层，永恒闪耀呢？

它会不会被吞没呢？

终有一天，一切归于沉寂，我们汲汲于之的全部化为尘埃，我们挣扎过的痕迹也会一并消逝，有什么是能被时间的指缝漏下的？人们将不再记得此时善的动人，也不再记得此刻恶的嘴脸，甚至，我们会不再记得“要记得”这件事。

我害怕的不是没有价值，而是不知道是否有价值，我害怕的是迷茫本身。“厨桌”是一个魔咒，它本身就是一种虚无的想象，却在论证虚无的存在性。越是想，越是感到迷茫而恐慌。使我敬佩的是抛下这个问题，全力奔跑的人。所做的或许无价值，所追寻的或许不值得，此刻暂且不顾，且认定其为真。我认为这既愚蠢，又智慧。我做不到，因而敬佩他们，并且希望他们做的一切是有价值的。

我不是存在主义学者。我只希望那张厨桌最终能砰然落地，过去和此刻的星光被悉数镌刻于上，记录了人类的一切善举和罪行，每一点悲欢都被记得，都有价值。

睡着的城市

像约好了似的，城市一个接一个，陷入熟睡，沉进深海。头一个睡着的城市梦见了自己的童年，欢快的，热闹的，被节日充斥的喧闹的记忆碎片。它在梦里赤着脚奔跑，跑进生机勃勃的青年期，那时身上挂了多少勋章，多少伤痕，多少牵挂啊！它感慨而伤怀。睡着前，它想起来了，睡着前自己也才正值壮年，有着满把子的力气以及责任。可不是睡的时候啊！它对自己说。这座城市沉得最深，也最想醒来。它拼命地浮浮沉沉，一会儿没入海底，一会儿漂上滩涂，躯体如古旧的沉船，挂满了附生的藤壶。

它疲惫极了，疼痛极了，梦境接踵而至。

城市在海底长睡，陆地上的旧址只剩空寂，往日城市们的窃窃私语声不见了，攀附其上的一切都随之沉入海底，其中有些无法在海中生存，一入水便死去，还有些太过卑微渺小，被留在了岸上。城市像肢解自己一般把带不走的居民们割去，孤零零留在空无一物的岸上，后者沉默地看着同样沉睡之海，陆地如海洋一般沉默。总有一天会再见的，居民们想。他们生活过的痕迹随着城市一起沉入海中，但愿海波足够宽厚，不要抹去这些无主的痕迹。

那些随着城市一起沉没的，大部分有幸和城市进入同一场梦境。城市的回忆和理想，荣光和惨败，圣洁与阴暗，油彩涂抹的天花板和粘着油垢的下水道壁，居民们第一次了解，自己的城市原来是这样的。

他们同时循着城市的足迹找到了自己的祖辈，未被湮没的荣耀和罪过，城市是这样诞生的，城市是这样老去的，城市是这样庞大的存在。

有人说，我知道了，城市即将死去；有人说，我知道了，新的城市即将诞生。

剩下一小部分居民，在海底醒着。醒着在海底。他们分享包裹氧气的气泡，他们像游鱼一样企图奔向别处，其中一些人，游走了就再也没能回来，于是他们传递着这样的谣言：阳光会让自己化作海浪的泡沫。

城市在梦境中奔忙的脚步声，醒着的人们划动海浪的水波声，陆地上人们心中的祷告声，有时会彼此交织，世界仿佛又找回了往日的嘈杂。现实和梦境仿佛透明的墙，阻隔在人群之间。人群和人群互相望着，他们围作一圈，彼此依偎，却又无法相互触碰。

在这中央，是城市巨大的躯体，绵绵地呼吸，睡意昏沉。

人们开始忘记自己是从陆上来的，逐渐忘记自己是在梦里还是在现实。清醒者敲打城市铁锈的躯体，敲打上面的藤壶，发出震天动地的巨响。

他们相信城市一定会醒来，在阳光下茁壮地生长繁衍，死去，再诞生。

月经与“好嫁”

我跟学生说，女生如果痛经了可以找我，我这里有止痛的药片和热水，学生很不好意思地笑了。

我学生时代最难忘的一位男同学，是初中班上的班草。有一次他课间戳戳我的背，坦然地说：“兄弟，你姨妈漏出来了。”我起身一看，果然血染板凳。从此对他青眼有加。

我说我痛经不舒服，我的同事对我说：说这个不合适吧？

月经这个东西，是我亲密的朋友，是我难缠的敌人。她比我自己更知道我的身体状况，我吃冷饮了、熬夜了、咖啡巧克力吃多了，都瞒不过她。她带给我的痛苦激烈而持久，我与她战斗多年，从未摸清过敌方的出牌路数。

她是一摊常见的血和人体组织。她是我的一部分。她也是我母亲的一部分。我们，女性，我们的成长和衰老都经由她告知，甚至可以说，她是女性生的一部分，以及死的一部分。

同时，她也是羞耻。她是男性及一部分受男性影响极大的女性心中，极其神秘的存在，因为神秘所以笼罩了一层不可说的阴影，好像肮脏，好像下流，好像羞耻，实则一无所知。

我有时觉得，羞耻是人本能性的感情，缺乏逻辑，难以梳理。要命的是，值得羞耻的事还有很多。最近学了个有意思名词，叫“好嫁风”。倡导这一潮流的是个名校毕业的女律师，微博粉丝几十万，上到高知女性下到高中乃至中专未成年女学生，类别丰富且全女性。大概是看多了中年人一地鸡毛的婚姻官司，她总是恨铁不成钢地痛斥投稿求助的粉丝丑、不会说话、不会打扮，“不太会”。所谓“不太会”是专指“不会展示自己的魅力”。“好嫁风”提倡女性要有柔顺乖巧之美，从约会打扮，到朋友圈发照片，都要“立好人设”，精心展示自己，随性打扮。对自己的长相有着盲目自信，是蠢笨的；不懂得问男人要礼物、要充分数额的红包，更是无可救药、没有前途的蠢女人。

在这种全方位的轰炸下，不消说她的粉丝，就连我都感到自卑且羞耻了。虽然平时也爱打扮，但的确不精通，配色不清新、不柔美，有时甚至男装上阵，谈何女性魅力？朋友圈极少自拍，除了猫就是食物，谈何人设？长相一般，性格中性，不乖巧和顺，不心灵也不手巧，简直无一长处，一分都拿不到。

月经羞耻之外，另一部分的“我”觉醒了。这部分的“我”羞耻于自己不够美，不够有女性魅力，不够和顺以符合男性的需求——或者说，社会通常意义下的男性需求。

如果说，“月经之耻”是因为女性独有的某些东西而羞耻，因为自己过于女性而羞耻——类似于在力量型作业中被男性排除在外，某人感性哭泣时被说“娘娘腔”的那种羞耻；那么“好嫁风”对于“不太会”的女性的羞辱，使她们（或者说我们）感受到的羞耻，就是羞耻于自己不够女性。

我把“好嫁风”分享给丈夫时，他并不承认“好嫁风”对他具有吸引力。他说：“你要知道，认为女性要柔顺才有魅力的男人，是怎样的男人。这和要求男性一定要有力量——实际意义上的或抽象意义上的——的女人，有什么区别。‘好嫁风’在羞辱了女人的同时，又何尝不是羞辱了男人。”

我喜欢他的话，满意地抱着他开始看《灰姑娘》的电影，看到王子对灰姑娘说：“你愿意接受这样的我吗？”我突然想通了。灰姑娘忐忑于自己的出身时，王子也有着同样的忐忑。我们在给女性设立自相矛盾的羞耻陷阱时，不也是在给男性设置同样的陷阱？当王子和灰姑娘对峙，认为彼此本不在一个世界，当男人和女人对立，视对方为需要竞争或讨好的对象，矛盾便成立了。

而当灰姑娘说“我爱你”，说“我爱的是你这个人而非王子头衔”时，王子发现他们本就是一体，是同为爱人的人，矛盾不复，没有身份之别，只有爱。这就和男人眼中的月经，女人眼中的男性择偶标准是一样的，本可以很简单的问题被复杂化。

种种有关羞耻的问题，我认为只在于爱。正确地爱自己，便不会为自己而羞耻；真实地爱别人，便不会因别人而感到羞耻，或使别人感到羞耻。可惜的是，真的有人始终不懂得正确的爱，甚至不相信爱。

那的确是值得羞耻的一件事。

一直向西

小区里的玉兰花悄悄地开了，不记得它往年是否也是这个时节绽放，还是更早。等我看到它的时候，白色的花朵已经全数绽放。街上的樱花也开了，这里原来有这样大一棵樱花树的吗？马路上，有人依旧穿着厚厚的羽绒服，已是春暖花开的天气，他们的春装呢？是找不到了，还是来不及翻找，还是压根忘了春天已经到来？

去年这个时候，我跟学生说：“教室外那棵树，冬天秃得像块假山石，你们成天拿它晾拖把，看，人家在春天这么好看！”今年这棵树熬过了独自丑陋的冬天，又要寂寞地度过独自美丽的春天了。孩子们是不会记得它的，他们有自己的事务和烦恼，我或许能看到比他们多的风景，却还是难免会偶尔遗漏这棵树，和其他什么。

一句话难以概括这个冬天。它枝丫横生，一个人就是一段漫长的故事。对我和我身边绝大多数熟人来说，这是一段单调重复的空白，像两个乐章之间稍显长一些的过渡留白。我的父母戴着口罩买菜，在无人的午后散步，即使世界停摆，他们的发条依然有条不紊地转动；小姐妹们每天在网上讨论今天学了什么新菜式，什么时候复工，烦恼归烦恼，快乐归快乐；外婆打来电话，希望邮一些糖果过去；“小布尔乔亚”们拍了新的vlog，展示自己新买的牛油果和鲜花……我们单调地快乐着，单调地盼望着春天。我的丈夫大概是其中比较奇特的一位，只有他每天单调地忧虑着，总觉得这个冬天漫长到无法结束。他总是忧心忡忡，但也偶尔会忘怀，毕竟可享乐的事到底还是有的。

我们单调地遗忘着。

一定有不一样的故事，我知道。有人不能遗忘，有人无法遗忘，有人的快乐和盼望夹杂着别的东西，有人的忧虑不只是忧虑。有人回首看来，这段故事绝不仅是一个过渡章，而是新乐章的开始，或是充满强音和快节奏的高潮段。

这些故事离我们太远了，远到即使它振聋发聩，在我们听来，也缥缈得难以捕捉。甚而，每一段故事都太遥远了，远方的乐声飘散在风里，当人们听到它们的时候，早已只剩下零星片段。于是我们的叹息声或担忧的呼唤，也成了微弱的风，在这头吹啊吹，落不到地上，只能吹动一两点尘埃。

就好比我连我的丈夫都无法安抚。越是理解他的忧虑是有道理的，越是难以找到合适的措辞去安慰他，越是知道风中的故事是真实的，越是感觉山长水阔，相隔遥远，无能为力。

最近偶然刷到一首歌，叫*Go West*。歌曲旋律高昂，节奏轻快，迪斯科风格的电子合成器音效混合雄浑的男声和声，每一句开头都嵌着两拍和声：Go west！向西走，一直走！

听起来很带劲。歌词也很带劲，告诉听众一切都会变好，我们会手牵手，到一个天更蓝、更美好的新境界中去，只要一直走，一切都会变好。

关于这首歌的解读有很多，也有不少人说它充满了隐喻，但我只是单纯想把它分享出来。给我的丈夫听一听，给远方的人们听一听。我觉得这首歌很好，想让他们听到。因为无论如何，我们只有相信“we will feel just fine（我们将会感到舒畅）”，无论往哪个方向走，一直走下去，大概总有一天，春天会真正到来的。

即使遗忘了很多事情，只要记得一直走，一直走，那些被忘记的，会重新一一被记起。

不想老去

人生中的绝大多数时候，我们总比一些人年长，同时又比一些人年轻。我偶尔会听到身边某人向我炫耀自己比我年轻、纤细、白净，转头又能听到有人对着我念叨：你总有一天也会像我一样老去，骨架变大、身材走形，总有一天的。这两种声音喜剧般的在我生活中交汇，荒谬得宛如谎言，可这的确是我的真实遭遇。

小时候的我，可能比以上种种还要荒谬。青春期初期，成长的喜悦渐渐从童年期的混沌中冒出头的阶段，我在某天突然感受到自己正在经历的一切是多么美好：无忧无虑的生活，充满可能性的未来，柔软结实、可塑性极强的身体。一切的快乐都源于时间的恩赐，年轻就是宝藏。反观上了年纪的人，尤其是女性——主要是女性，她们不美丽，不快乐，思虑重重，被框死在人生轨道上，失去一切可能性，即使拥有快乐，也是一眼望得到底的快乐，实在可怕。于是我有感而发，写下了这样的QQ签名：花在盛时败，人在年少死，最是恰到好处！然后，我被我妈狠狠骂了一顿。那条签名只来得及存在数个小时。

那时候的恐惧，和我身边的那些声音实际指向了同一种焦虑：对老去的焦虑。没有人能轻易接受老去，不分性别。对“老”的焦虑源于对神秘的死亡本能恐惧，只不过女人们的焦虑，要更多一层。

这多出来的一层是什么呢？是对女性魅力、吸引力衰减的担忧，是生产、育儿等对时间和精力的负面影响，社会资源的分配，事业发展天花板……人各不相同。上了年纪的女人恐吓年轻的人，年轻的人鄙夷上年纪的人，这是一种代代相传的恐吓与自我恐吓。女人们本能地相信年轻就能拥有更多，而时间只会夺取我们的所有之物，这是毫无道理的。这是受到了谁的愚弄，以至于不相信时间的力量，不相信成长的价值？

不纤细，不白净，又如何？骨架变大，身材走形，又何妨？总有比这更有价值的东西，它藏在时间背后，心灵深处，需要潜入海底才能发现。然而我们自己漂浮在海面上，或是被迫停留在浅海，只能看到海面上一点点的浮光，便以为深海里没有宝藏。

我现在不再畏惧老去，倒不是因为潜入了“深海”，而是看到也有人以美丽的神采老去，欣然宽慰。我依然停留在海面，尽力地窥探深海。希望有一日能冲破束缚，对更年轻的女孩子说：你将快乐地成长，老去，怀抱着时间赐予你的无尽宝藏，欢欣鼓舞地踏过人生每一级阶梯，奔向死亡。

平凡的一天

最近注意到了一些很特别的Vlog视频。在一众“小资”色调和轻爵士配乐中，他们以淳朴极简的风格脱颖而出，成为当下Vlog视频里的异类。时下流行的极简主义风格往往并不是真正意义上的“简单就好”，那些“极简主义生活”的视频看上去素淡轻简，实际上往往经过了精心的画面布置和剪辑编排，“看似不经意的用心”。

我所关注到的那些视频，是真正意义上的“简”：没有技术，没有主题，没有布置，也谈不上剪辑技巧与拍摄手法，其中大部分拍摄者甚至连普通话都不是很标准，它们平淡得几乎没有任何仔细看的价值。

其中有一位拍摄者，是个离婚不久的单身妈妈，带着儿子勉强度日，拍的视频主要是和儿子平淡的一日三餐。她做的菜看上去并不怎么特别，也不像特别美味的样子。她在视频里坦言，自己拍视频就是为了钱，儿子想学画画，自己没有钱，如今视频拍了一年有余，可以给孩子交齐一年的兴趣班学费了。某天视频中，儿子在外地，她一个人吃饭，菜是一盘鸭血，主食是早上剩下的粥，她吃了半盘鸭血，突然停下筷子："我不能再吃了，再吃明天没菜吃了。"

冰箱里半袋鱿鱼圈快过期了，她拿出来炸好端给儿子，儿子也兴高采烈地吃了，视频的评论里观众"哈哈哈哈"笑，笑她儿子傻乎乎，笑她可爱狡黠，笑她说话时露出的虎牙。

还有一对夫妇，儿子先天身体残疾且患有自闭症，孩子父亲失业一年有余，也是为了钱而开始拍视频，每天拍的都是儿子，儿子今天好好吃饭了，儿子今天发脾气了，儿子昨晚吵闹了，儿子乖乖睡觉了……某个视频里，他说儿子得了咽喉炎，下个视频里他又兴高采烈地报告儿子炎症好了，非常感谢大家的关心，"感谢"后面用了好几个感叹号。

还有得了暴食症的女孩子，对着镜头努力细嚼慢咽，习惯正常的吃饭节奏，一边吃一边絮絮叨叨地聊日常闲话，有时候有人留言陪她聊，有时鲜有人问津，她也不是很在意。

或许是镜头拉远了时空上的距离，赋予了人们安全感，在这些视频中充斥着笃定和平静，人们直奔一个至真至简的目标——活下去，没有怨言，没有杂念，专心致志。看的人也很平静，没有人嫌弃单亲妈妈菜做得一般还拿来拍视频，也没有人建议病儿的父亲要把家里布置得整洁美丽些，拍视频才更好看。

我的生活好像越来越多地被美丽的生活们环绕着，人人都是生活家，他们精致，美好，热衷高雅和美丽。我也很久没看到这样还原其本来面貌的生活：美丽几乎没有，鸡毛铺了一地，庸俗的烦恼比高雅的快乐多得多，可日子还得继续。

毛不易《平凡的一天》里唱道："这是最平凡的一天啊，你也想念吗？不追不赶慢慢走回家，就这样虚度着年华，没牵挂。"

虚度不虚度我不了解，如何叫"不虚度"我也说不清，但平凡的日子挺伟大，能把每个日子都过成"平凡的日子"更伟大。生活被赋予了太复杂和沉重的定义，我们也越来越频繁地想拔高它，想着生活不能仅仅是活着，想有滋有味，有光有彩地装饰日子，可所有的生活的本质最初不都只是活下去吗？绵绵风雨下，我们都是狼狈赶路人，需要一步一步地走，既有风雨也有晴。

埋头赶路的人是可敬的，但愿他们能驱散风雨；追求美丽者也是了不起的，希望他们能不负晴光。我们是陌路人，也是同行者，前行是我们都必须做的事。

希望那个父亲每天都能收获到足够点击量，好让他的儿子每天都有肉汤喝。也希望那位单亲妈妈的儿子，能画得开心。

迷迭香

好久没写音乐了，今天正经写一篇只跟音乐有关的文章。

重听周杰伦的老歌，其中有一首我特别喜欢的，叫《迷迭香》。论及周杰伦在华语流行音乐方面的引领性，我一定会最先想起这首歌。爵士不是一个非常新的类别，它为摇滚奠定了基础，然后默默退出流行舞台，一些年后又在一些国家和地区重新流行起来，起起伏伏，可谓长盛不衰。

然而在那个时代，千禧年刚过，华语世界对爵士是相当陌生的。或许其中有人了解甚至熟知爵士，但大众是完全陌生的。大众听民谣，听简单浅显的金属摇滚，听台湾岛飘来的“芭乐”，爵士太遥远，风格也与东方音乐常用的调式差别甚远，最关键的是，几乎无人推广。

莫文蔚是唱爵士唱得很好的，但她绝大多数的代表作仍然是抒情歌，小众爵士乐手更遑论，我都不确定那时中国是否的确有这样的人。在这样的氛围里，周杰伦在他实体专辑卖得最好的那几年推出了这样一首迷幻爵士风格的歌——《迷迭香》。

以前，中国尚没有网络歌曲这一说，最初，唯一非实体的音乐形式就是手机彩铃，你需要发短信给运营商，付费然后才能用，酷狗音乐平台，则是挺靠后的故事了。总之没有花样繁多的盗版途径，那时歌手们的处境比现在好得多，实体专辑卖得都挺不错，周杰伦是不是天王还得稍后再议，然而论有底气出什么歌都受欢迎的歌手，未必有人比得过周杰伦。其他歌手也很优秀，但销量起起伏伏，风格千试百试，总有哑炮的时候，只有周杰伦，销量和口碑都很稳定，于是说起要推广什么小众音乐风格，好像也只有他来做。

《迷迭香》的曲和词很衬，“软性的饮料，上升的气泡”。编曲就真的击出一串轻巧的节奏，像透明饮料瓶里剔透的小气泡，细小轻快，一眨眼就没了。“迷迭香的味道”“薄荷味的微笑”这两种味道用得很妙，和曲子里十分爵士风格的和弦也很相配。迷迭香的味道很多人都未必闻过，但没关系，光是看名字就足够迷幻了，奇特、陌生，足够的异国风情，又很美；薄荷味是人们熟悉的，清凉微甜，和“软性的饮料”应和。

迷幻爵士的曲风柔软轻滑，自由又曼妙，不经意间流露出的精致感。不是每首迷幻爵士都是甜的，但它们一定都是曼妙的，所以用迷幻爵士写“优雅得像一只猫的女郎”，性感慵懒的红唇女，真是刚刚好，这女人怕不是歌幻化成的。如若真如此，一首歌幻化成美女，对你装作不经意地卖弄她非凡的风情，让你意识到她的魅力，那是一定要多少散发出一些甜蜜的气息的，毕竟要让你爱上她。这么一想，更觉得曲和词顺理成章了。

当然，以上纯属我在胡说，更可信的猜测是写歌的人大概那阵子正陷入爱河，这首歌简直将坠入爱河的那一瞬间描写得淋漓尽致——或许是酒吧喝酒的时候看上了隔壁座位独饮的女郎，或许是看表演的时候被台上的女舞者勾了魂，又或者是对爱人身姿的大胆想象。

每次想到什么爵士最好懂，最易唱，最能使人轻易进入情景，那一定是这首歌，可惜后来再无这样的作品。或许有好的，但在我心中不可比。此后我再听爵士，或许是受此启蒙了。

突然想起小时候读的《一千零一夜》，那故事里面写到阿拉伯地区的集市，里面写了当地各色陌生的花朵、瓜果、香料，气味和颜色被文字混杂在一起，五光十色，绚丽夺目，风情万种，从此开启了我对文学的兴趣。那些文字，在我心中，也是有气味的，有它们独特的色彩与神色。

人的心就是这样奇怪，说不准会被什么迷住。

现实世界的美丽童话
——重读《丑小鸭》

一只小“鸭子”因为长得太丑，受尽白眼和欺凌。他在基本上对生活绝望的时候，突然间蜕变得非常美丽，由此开启了生命的新篇章——相信，这样的故事大多只有在童话故事里才会存在，譬如说《丑小鸭》。

我第一次看这个故事的时候，实在是很小。小到故事里的很多地方都不太能理解。那些鸡鸭们琐屑般烦人的恶言恶行，老太婆家那只老母鸡的喋喋不休……这些已足够耗尽我的耐心了。于是，多少年来，我所记得的有关于《丑小鸭》的情节，大抵也就是我开头所写的这么多了。

直到高中时，我无意间心血来潮重翻《安徒生童话集》，一遍翻下来，居然出了一身冷汗。细看下来，童话的背后，往往是对现实生活绝望的大人们，他们假借童话梦幻的外衣，笔下却是用来逃避现实自我安慰的产物，字里行间总有浓浓的怨愤、不甘与消极萦绕——《丑小鸭》便是这样的一篇作品。安徒生甚至将此当作了变相的自传。贫困的、暗夜般的童年，为了理想呕心沥血的青年，以及终于重见光明的未来，如此心境如此作者，岂是不更事的稚儿能够理解的。而重读这“童话”的我，虽未经生活历练，却在理想与现实的偏差中满心茫然，在拼尽全力却仍无法够到目标的现状下，自卑、自傲、自怜混杂在一起，使得我有了一种复杂的心境，得以发现一些过去所不曾发现的，解读一些曾经所无法解读的。

那只初生的、懵懂的“鸭子”，他初临人世，不谙世事，还是一个年轻得不能再年轻的孩子，母亲已开始教导他如何在冷漠的世道中自保，如何向权势低头，以换得一份微小的庇佑。然后他开始因为长相而早早地直面这世界的丑陋。作者给出的解释是：因为他长得太丑了。因为丑陋的长相受尽欺凌？我想，其实作者想说的是，因为他是一只卑微的鸭子，而且，他又很丑。你看，如果丑小鸭一开始就出生在天鹅窝里，哪里会有这些鸡鸭猫之类的角色？由此，安徒生想告诉世人的极有可能是：如果你是一只天鹅，即使生在鸭窝里也能成才。

这句话听上去很有道理，但是对世人没什么借鉴价值，这是安徒生的人生经验，不是我们的。我们没有惊人的天分，出身当然也一般。怀揣着飞上高空的远大理想，我们所直面的冷酷与残忍兴许不比丑小鸭少多少。那只灰扑扑的小家伙，在持续地被嘲笑、被驱逐之后，在所有亲友的排挤后，在陌生人令人窒息的冷眼下，最终拥有了一个可以想见的美好的未来——只因他本就有这个天资。不要忘了，自始至终，丑小鸭并没有付出太多的努力，他只是活到了最后而已。而我们呢？我们缥缈的目标定是被嘲笑过，无望的努力也不被亲友师长所看好，同时，我们中的大多数是没有那份难得的天资的，但我们依然无法放弃心中对高远天空的渴望。我们不是丑小鸭，我们不可能一夜之间彻底蜕变，我们无法指望这个。唯有每天，为那个目标而苦苦挣扎，大概是年轻的、平凡的我们所能指望的全部。我们重复着这样的人生，但我们都没有怨言——尽管一切听起来都很糟糕。

有人做过这样一个假设：假如丑小鸭本就是一只长得不好的鸭子，而非天鹅，这个故事的结局又将如何？

哪里有这样的假设，这简直就是在问我们自己：假如你注定只能是一个普通人，你会如何？会继续无望的努力吗？还是像丑小鸭一样，低下自己的头，羞惭地说出“请你们弄死我吧”？

不如，挺起胸膛，去做一只最不同凡响的鸭子吧。

这个世界不是童话，乞怜的卑微姿态不会得到生活的同情。不如以自己能做到的最美好姿态来面对残酷的现实和平凡的自己。接受理想的不可企及，不奢求，不贪妄，同时记住，我们不是丑小鸭，我们是人。

我们是人，生活在现实的世界里的、普通的、有梦想的人。这是一个和童话近似冷酷的现实世界，一个没有童话里虚幻美好的结局的现实世界，一个努力或许没有结果，但不努力就一定没有结果的现实世界。原谅我用这样消极的笔触来解读童话。这个故事有一个美丽的结局，但它同样有一个非常不美丽的过程，一如我们的生活，过程中诸多不美丽在所难免，但是请不要忘记那份理想，那份坚持。

因为坚持，所以不美丽无所谓；因为坚持，所以没有大团圆的结局无所谓；因为坚持，所以世事坎坷现实冷漠我们也能一往无前，因为这份坚持就已足够美丽。

在这样一个鲜有奇迹的世界里，一切都是现实的、没有任何戏剧性的，这是一个平凡人的现实世界，脚下坎坷不断而前路渺茫，但我们依然将它读成一个童话，因为我们不是丑小鸭，是人。我们不会放弃，不会气馁，我们足够坚韧，来笑对我们注定平凡的人生，以及，永远怀揣着一份绝不平凡的梦想。

这就是这个现实世界里最美丽的童话。

（载 2012 年 12 月 18 日《南通日报》）

青春并不“约等于”爱情
——电影《致青春》观后

电影《致我们终将逝去的青春》（简称《致青春》），改编自辛夷坞的同名小说。就一本小说来讲，它也就是书店里青春文学类架上千万本之中普通的一本，但是赵薇把它翻拍成了电影，于是，一本书像一条河流，流经广大70、80后的回忆，里面洒满每个人祭奠的泪水。

无论是影视还是文学，青春简直是最安全的话题了。青春里有爱情，有友情，有亲情，有悔恨，有不羁……无论你有怎样的人生，至少有一点一定会戳中你的心窝。在这样的大前提下，《致青春》这部电影取得成功并不是什么很冷门的事情。赵薇挑选这样的剧本，打的无非是“全民回忆”的牌——来啊，来看你的曾经，或是你向往过的曾经，或是你曾经不敢想象的曾经。故意为之的缅怀，说是“70”后、“80”后的敝帚自珍也丝毫不为过。

就电影艺术来讲，这部作品如果能就青春话题进行深挖，挖掘出年轻人爱情悲剧后掩盖的时代缺陷，那才是一部真正的作品（比如日本电影《关于莉莉周的一切》）。或者干脆如美国青少年电影一样，通过讲述青春传递正能量，以达到教育的目的。然而《致青春》不论是原作者、编剧还是导演，统统都只停留在小女生关于爱情的自怜自艾上。这样的趣味，很难拥有令人称道的厚重感。

小群人的悲剧终究只属于一小群人，不论这群人多具代表性。更不用说《致青春》里的这群人根本不能为“70”后、“80”后代言。作为一名“90”后，我有一群“70”后、“80”后的哥哥姐姐。据我所知，他们有的在图书馆里挥洒梦想，有的四处旅行丰富青春，有的在青春里寻找未来的出路，打工、考研、考托福或是为工作做准备，没有谁的青春只是约等于爱情。

讲述一个故事，不如老老实实将它就这么讲出来，还原它最原本、最真实的面目，即使它可能不美丽不惊人，但是它真实，故而惊心动魄。总的说来，《致青春》试图讲述一个真实的故事，这很好。可是在讲述时，作者试图在其中加入浪漫色彩，从而使得本可以纯真感人的故事变得脸谱化和夸张化，成为具有典型性的“某个青春”。更令人遗憾的是，电影剧本的改编将原作中人物的性格变得更歇斯底里，命运更坎坷，泛滥的狗血湮没了生活本有的质感。

《致青春》空前成功的一个重要原因，不得不说的是时光的力量。青春渐行渐远，那回忆里头顶牡丹的小燕子，那和“70”后、“80”后们一起成长的赵薇，那遗落在岁月角落、空余模糊轮廓的初恋，那曾经的悸动……即使相去甚远，只要能抓到一个影子，也足以令人泪下。红了樱桃绿了芭蕉，时光的力道摧枯拉朽。

缘此，一部“为赋新词强说愁”的三流电影，因钻了时光的空子，有了一流的票房。

（载2013年5月28日《南通日报》）

爱是漫长的等待

混血女歌手安吉拉亚纪曾为她的年轻粉丝写过一首歌，叫《闪耀的人》。歌里这样唱道：“想成为闪耀的人／闭上眼睛去想象／有很多欢笑／也有着恋情／一定幸福吧／一定幸福啊／你必须爱自己／因为别人看到的自己／就是镜中所映出的自己／闪耀的人在自己的心中／一定要找寻到她／闪耀的人在自己的心中／坚信她一定存在／有很多的欢笑／也看到了梦想／一定能够幸福的啊。”

孤独的人是难以真正地闪耀的。一个人在泥沼中挣扎，因为挫败感而自我厌弃的时候，内心一定如同黏湿的阴雨天。

如果能有个不离不弃的存在陪伴自己熬过每一场灾难该多好，可是我们大概在最年轻最脆弱的时候，必须独自一人走过很长一段夜路。

亚纪说没关系，一定幸福的。自己先爱自己的话，就能成为闪耀的人，就能等到接过这份爱的人。

昨晚看了一部奇妙的短片。故事的女主角和男友友树即将结婚，却日益频繁地争吵与冷战。某天晚上7点，女主角在常去的餐馆就餐时目睹了时光停滞的神奇场景，与此同时，一位老人独自出现在她的面前。对方自称是她来自未来的丈夫。老人熟知她的爱好、过去，甚至少女时的所有秘密，她逐渐相信了老人的话。她认为老人就是未来的友树，于是每天对友树越发温柔体贴，忍受他越来越过分的挑剔和冷淡，每到晚上7点，准时来到老地方听“未来的友树”讲述他们婚后幸福的生活。

可是那位爱吃蛋黄酱拌饭的“丈夫”和讨厌蛋黄酱的友树怎么可能是同一个人呢？

她直到与友树分手那一天才发现了这一点，同一天晚上老人留下一封信消失，再也没有出现。

信上说：“我从未来回来寻到你，是为了在你我相遇之前，鼓励那个处于人生低谷的你。你要相信，世界上一定会有一个你的爱人，无论你此刻正被光芒环绕，还是正孤独地走在街道上被大雨淋湿，他穿越世界上汹涌的人群，怀着一颗用力跳动的心脏走向你。他一定会找到你，你要等。”

平静地怀着期待的心情度过了一段时光，某天她终于在熟悉的餐馆偶遇了一位点了蛋黄酱拌饭的男士。

你看，幸福它总会裹挟着时光的洪流以不可当之势出现在你面前，总有人即使老了，睡思昏沉，也愿意抱你在怀，将你的黄昏连同那些未及参与的年少时光一同照拂与怜惜。

爱情是人类生命发展过程中衍生出来的奇迹，它是隐含在每个人的骨血中，蛰伏于生活的某个不经意的转角。爱情或许会绑架人的理智，或许正如毒品，触碰之人都变得软弱、卑微，甚至将生命踩在脚下。可是当它以正确的姿态出现时，这就是你的救赎，是对你过去数十年所忍受的一切的补偿。

你值得为此顶着风雨前进。你值得为了那个将在你余下的人生里拥抱你的全部的人，去成为一个更好的自己。

你可以擦干眼泪，然后因为新的磨难而留下新的眼泪，再继续擦干它。你可以不断与每一个过去告别，因为一定有一个幸福在未来等着你。

生命最不可缺少的就是幸福，而人类能够将幸福具现化为一个鲜活温热的存在，这难道不是只有人类才能创造的奇迹么？

“经历过很多欢笑，也做过梦后，一定能幸福吧？在未来的某一天，我也会那样。”

（载 2015 年 3 月 10 日《南通日报》）

会心一笑似曾识
——汪曾祺小说印象

汪曾祺的文字是属水的，慢悠悠地淌，不紧不慢地流到哪儿算哪儿。某种程度上，这几乎可以算是种毛病了，尤其是就小说而言。老先生下笔不慌不忙，无论大事小事大人物小人物，统统自盘古开天地讲起，待终于正式切入正题时，也大概离结束不远了。

汪老的小说以短篇为主，打眼一扫就能看出这是个老人家写的东西。你看这波澜不惊的格调，看这温水煮青蛙般的劲儿！温暾过头的时候，让人找不到重点摸不着头脑，缓过劲儿来时直想指着这老小孩儿哭笑不得。譬如那篇《迷路》，通篇看下来，横找竖找，恨不得把书给拆开来也愣是没能找到高潮，于是自以为眼花脑拙，再三看再四品，生怕错过什么暗示深意，反复折腾后终于反应过来："嗨，就是一篇老头儿的闲话而已！瞎琢磨！"

但奇怪的是，尽管如此，汪曾祺的故事还是让人读了就不舍放下。其内容大俗，而其语言大雅，大俗大雅两相冲击之间，倒也不让人觉得有多刺激——大概是汪老骨子里的那股淡然太过于强烈了罢——只让人觉得平淡得厉害，平淡又好玩。那感觉大抵就像是坐在自家门前，捧着一搪瓷缸的叶末子茶，听一个老头用带着点儿喘的苍老声音，有一搭没一搭地讲从前村子里阿猫和阿狗的某场小打小闹。没什么大意思，但也足够打发时光了，难得的是岁月沉淀下，老人家悠远沙哑的那把黄沙淘过似的破锣嗓子，和皱纹里沟沟壑壑间筛下的那道儿淡泊宁静的眼神，参透红尘道尽光阴一般，红了谁的樱桃绿了哪家芭蕉，无以言说。

唯有那似曾相识的看客，读罢掩卷，会心一笑，足矣。

（载 2012 年 11 月 6 日《南通日报》）

美是生命的流动
——读汪曾祺小说《昙花·鹤·鬼火》

汪曾祺写的儿童文学实在是少见，但几乎篇篇精品，《受戒》算一个，《昙花·鹤·鬼火》算一个。

《昙》秉持了汪氏小说的一贯风格，漫不经心地边走边讲，像是某个小山村里不合格的临时导游，沿着李小龙的足迹，从越塘讲到菜地，而后草草掠过石头路、牌坊、苇荡子、傅公桥……洋洋洒洒又不着边际地讲了许多，才猛然醒悟一般切回了题。昙花、鹤和鬼火，三者之间毫无关联，段落和段落之间几无承前启后——这算什么？没有耐心的读者或许不待看完就该扔书了。大概只有足够耐心的人才会发现，其实汪老真正想写的，并非题目里提及的三个意向，而是故事里这个名叫李小龙的孩子。以儿童眼看儿童，以儿童心感儿童，以儿童手写儿童，汪曾祺的的确确是放任了自己的一颗童心，一路踢踢踏踏地跟着这个小孩儿，这儿逛逛那儿看看，关注着他在昙花的盛放、野鹤的孤飞、鬼火的幽舞中得到了关于美的启蒙。

这个孩子确实是个天真的、了不得的美学家。放学回家的那段走了无数次的短途，他走了一路，发现了一路惊心动魄的美。牌坊那叽叽喳喳的碎语是何等地昭示着生命的力度，农田里高壮的稻子是何等地富有生活的质感，而那大雪里玫瑰一样艳丽的红色河水，简直是缪斯遗落在人间的一幅珍品！李小龙觉得“是雪把河水变红了”，这可以说是令人惊愕的敏锐和想象力了。他在平凡的日常生活中默默地体味，发现那些不经意间星星点点的美，然后在目睹了这一片红白色时醍醐灌顶，明白了美的真谛。

美从不是孤零零遗世而独立的。世间万物相伴而生，有了陪伴，有了关切，有了爱人之心，才显出格外的美来。一如那昙花，正是有李小龙天天挂她在心，那刹那的盛开才更慑人心魄 ；再说那野鹤，如非有澄远的天空和古旧的城墙为衬，如非有人怜它凄凉羡它神秘，又如何称得上那般的感人至深？又似那鬼火，在苇荡中一丛一丛地忽聚忽散，不似人间物，但若没有那几户农家的灯光驱散了李小龙的惧意，他又如何静对雨夜，花了整晚想想自己的小小胜利，想想那遍野碧绿的光斑，是如何美了一整片夜色？

美是那回忆中不可溯的感动。美是生命的流动。美是成长。

（载 2012 年 10 月 19 日《南通日报》）

痕迹

每个人的终点都是一样的。生前住着豪宅或是草屋，死后，大家都只需要一个小小的黑盒子就够了。

所以很多人在行色匆匆地奔赴终点的时候，总不忘仔细地留上几个深深的脚印——越多越好。他们希望别人能记住他们曾做过些什么，然后他们拼命地折腾自己，很累但心甘情愿。

这是一种对死亡的抗拒，这种想法无可厚非。可是，人生的含义是——人类自己的生活。生命的终极意义就在于人自己。“你快乐吗？”这才是根本。童年、青年、壮年、老年，一步一个脚印。当你站在终点回望过去，你最想看到的是过去的你，怎样从起点一步步地走来，脸上有泪痕也有笑容，一路上有风雨也有阳光。至于那些脚印深或浅，这并不重要，重要的是，你的心里，留下了怎样的痕迹。

有一位长寿的老人，吃斋念佛，厚厚的棉袄裹着瘦削的身子。我见到他时，他正坐在椅子上晒太阳，鹤发童颜。我问他这漫长的一生是否艰辛，时光的流逝是否使他烦躁。他咧开没牙的嘴笑了起来，似乎是在笑我的问题的幼稚。他说：“我有儿有女，天天吃得饱，还有太阳可以晒，日子这么幸福，我为什么要烦躁？我的每一天都很开心，我的生活谁都比不上。”

临行前，这位走过了一个世纪的老人教给了我一堂最重要的课：快乐，知足，享受生活。

每一天，我们行走在世界上，渴望带走些什么，更渴望留下些什么。你以为，你在世界里，在生命中留下痕迹，其实你只是在你自己的心里留下痕迹——快乐或是不快乐。

上学的时候，碰到一道有趣的题，也许你花了一个晚上还没有解出来，可是你最好微笑，因为你觉得这题目真好玩，学习真好玩；写作文的时候，文思泉涌，心里的话喷涌而出，你激动极了，也许老师并没有给你高分，不过你应该大笑，因为你觉得写作文真是痛快；画画的时候，你沉迷于自己的世界，专注地绘出了你心中的仙境，可能你的画没有得奖，但是你应该眯起眼会心而专注地笑，因为你觉得沉醉于梦幻的感觉真是让人回味无穷……

我希望在将来老了的时候，我能摸着自己心中那些熟悉的痕迹，喃喃自语：啊，我曾经这样笑过，我曾经那样雀跃过，这儿是我的所爱，那儿是我的依恋……我的生命，比谁都美好。然后，我会微笑着，对着曾经的一切，谢幕。

学会享受

日子不可能每一天都这么美好，回忆不可能每一刻都如此珍贵。总会有一些人、一些事，横拦着，令我们不快，妨碍我们享受生命的美好。于是，我们得学会享受。

享受是一门学问，很复杂。有的人一辈子也没能学会。他们削尖了脑袋在人海里横冲直撞，碰见形形色色的人。于是他们开始争吵、抢夺，相互怨恨——为了一些本属于自己的东西和本不属于自己的东西。如此下来，他们在终于闯出了一番自己的天地的同时，也终于被弄得遍体鳞伤。在经历了暴风雨的洗礼之后，他们才终于开始淡视一切，放下了心中的欲望和负担，开始享受生活——而这时，命运之神留给他们的时间往往已经不多了。

学会享受，学会淡然地生活，像一个优秀的侦探，不去理会那些杂乱的、毫无用处的线索，找到真正对自己有用的以及自己所向往的东西，从而一步一步，找到属于自己的美丽人生。

但淡然不是淡漠。淡漠的人，同样也无法了解享受的真谛。他们总是冷冷地观望着这个世界，面无表情。任何事情都激不起他们心中的涟漪，没有梦想，没有乐趣，机械地生活，像一个人偶。享受这个词，也许从来都不曾在他们的脑海中出现过——或者，他们以为自己正在“享受生活”，殊不知，他们心中的情感，正一点一点因了无波澜的生活而被侵蚀了去。

学会享受，用多彩的心情去探索多彩的世界。去感受，去微笑，去小小地忧虑一下，然后转身面对金灿灿的太阳深深地吸一口气。被子上太阳的香味，窗台上一个斑驳的光点，校门口一杯热腾腾的奶茶，朋友一个偶然而令人愉悦的电话……这些，都值得我们去感激上天。用感激的心情去拥抱每一刻的美好，你才会解何为享受。

埋头苦算的科学家，彻夜不眠的作家，终日关在办公室内的医学博士……在很多人眼里，他们似乎与享受无缘，然而事实上，与那些袖着手整天东游西逛的人相比，他们才是真正地在享受。他们热爱自己的事业，名和利并不重要，他们只希望干自己爱干的事，永远永远像孩子一样玩着自己的沙堡——这样的人，是天真无邪而又可爱的。在《银河铁道999》里，有一个专门为这类人而存在的星球。他们死后，会来到这个星球，继续自己的事业。当我看到挖道专家一刻不停地挖、漫画家画了几百年没有人看的漫画时，我深深地被感染了——我多么希望能像他们这样，单纯而专一地享受生活啊！

这是享受的极致了。

学会享受，淡然地为人，感恩地处世，然后，做一个单纯而专一的人，执着于自己的事业，忠诚不贰地去热爱它。这便是享受这门学问的全部了。

（载 2009 年 5 月 21 日《江海晚报》）

冬日回想

冬日终于来到的时候，朋友从英国回来了。她带回了一个英俊的、出身不凡的男生。那个男生有着优越的眉眼和温驯的神情，举止间没有野性，也没有什么惊人的气质或是出众的礼仪，但那出自富裕家庭的和顺安逸的神色和无戒心的言行，却足以博得大多数女性的欢心。

我的朋友，从大女孩成长为一个女人了。她将不复是原来的那个她，她将被这个男性所影响，终将成为我所不熟悉的另一个人——我如是想着，却摆出了与往日无异的笑容。无论如何，她定是我的朋友。她和我说起她在伦敦过的圣诞节，却遗漏了春节。她说她在去年冬天从英国开始，行经意大利，走过了一小半的西欧。她说起伦敦的冬天：玻璃上弥漫雾气的咖啡馆，摆着圣诞老人玩偶的橱窗，平安夜餐桌上的蜡烛和甜点，积雪的屋檐下斑斓斑驳的涂鸦墙……她带着骄傲的、朝圣般的语气说起欧洲的种种，看都没有看一眼扬州东关街的白墙青瓦。她慎而又慎地叮嘱我：无论怎样，一定要去欧洲念书！

我回首遥望了一眼扬大的方向，回过头仰脸问朋友："你喜欢这个城市吗？"朋友温柔地看着我笑："不喜欢。扬州的街道千篇一律，白色的墙黑色的顶。冬天尤为单调。"走在我们后面几步的男生难得地发声表示同意。他们一言一语地交谈，不觉间，落在后面的那个人变成了我。

我慢悠悠地跟在朋友后面，身边是东关街汹涌的人潮，心中却是寂寞和酸楚。这个古老的城市，多少年前，她是中国最美最繁华的都市，多少年后，她的成熟的风韵依然令我着迷。我为朋友的不理解而难过。我所爱的人不爱我所爱的城市。扬州的冬天，当然和欧洲的冬天截然不同。在江苏地区，扬州的冬天可以算是最冷的。清晨的寒气中，早茶店里蒸包子的雾气，小贩嘴里哈出的白气，配合着车辆的鸣笛声，学生上学的叫喊声，菜场里隐约传来的叫卖声……冷到刺骨的天气里，气氛确实从一大早便热着。中国南方的冬天，是那种阴森森的湿冷，风一吹，寒气直往你脖颈里钻。于是便有了校门口贩卖围巾和棉鞋耳罩的小摊，以及操场上形形色色晨练的人。早起从宿舍去往食堂，在经由操场的路上，能碰到遛狗（现在被禁止进入了）的人，晨跑的人，抖空竹的人，打太极的人，竞走的人，甚至是练气功的人。看到他们，不仅能使你感受到扬州人对过日子的那种满腔的热情和层出不穷的主意，更多的，是生活的美好和生命的生生不息。

在扬州上学，我最怕的是冬天下雨，最爱的也是下雨。怕的是，一场雨浇熄了冬日来之不易的暖阳；爱的是，雨色里灰色的扬州和潋滟的水色古城。“最好是一场小雨呀。”——是了，当然是小雨最好。扬州的色调本就不算太鲜亮，在阴沉沉的雨幕中，更显出了几分浅浅的郁郁，似是带了三四分忧愁的美人，倚了水边小榭小小地叹出口气。旁人自是不用问这份忧愁来自何方，只管享受雨丝钻入颈中的格外寒意、瘦西湖上小小的点点雨窝和响彻整个古城的清冷冷的雨声便是。这份清冷的美是要用受点冻作为代价，来换取这清冷古朴的诗意，大概不算亏——只是不要感冒便好。

这是我所爱的扬州的冬日，或许不只是扬州，中国的很多古城大概也都有类似美丽的冬日——但，伦敦是决计不会有的。青石板上的回想难道不比酒吧里的CD声更有韵味？桂花糖藕的甜暖香气难道不比熏香蜡烛的味道更诱人？兴致勃勃地舞着空竹的老人的身影不是比金发美女的身姿更令人向往……或许伦敦有伦敦的美，但至少扬州的美，是不应被抹杀的。

就像是我们挑选爱人。温驯的、漂亮的、优越的爱人自是惹人爱，但总会有人爱那貌不惊人的、粗心而又脾气火爆的糙人，只为了他那睥睨天下的野心和气概；或是，偏爱那宛如人海中一滴水般平凡的一人，为了那深藏于心底的、无意中显露的诗意。我的朋友爱那温顺的人和多彩的城市，而我却并不甚喜过分温顺的爱人，并寄深情这颜色浅淡的扬州。我不喜朋友对欧洲都市超乎国籍的热爱，以及对于古都的不屑一顾，但却无障碍地接受她。无论如何，我对朋友的爱，是不会因任何事而改变的。正如，我对扬州，对古老的中国的爱，是不会因为任何人的不屑而有所动摇的。

冬日的风景不会因严寒而减损，因为心之所在即为爱之所在，爱之，然后美之。

“童子军讨薪”要不得

据20日《扬子晚报》报道，近日，13名5至14岁儿童举着各式标语站在大理市南国城门前，帮助父母向开发商追讨工钱。

农民工工资拖欠问题已是屡见不鲜，也曾有过“跳楼讨薪”“裸体讨薪”等各式各样的追讨手段，但将战火波及农民工子女，实属第一次。这些孩子最小的5岁，最大的14岁，眼神懵懂脸色严峻地在马路边上排排站，如果不是手上“还父母血汗钱”的标语，路人都会以为孩子们是被老师罚站了。本该是在暑假里流着鼻涕到处疯的年纪，现在却在大太阳底下，掺和在大人里面搞“示威”，这样的场景着实刺眼得让人心酸。

据报道，此次事件是由某建筑劳务有限公司策划的，其本意是为了引发社会关注。出发点可以理解，但是有没有人想过这些被罚站的孩子的感受？他们或许原先并不觉得自己与别的孩子有什么差别，但是经过了这样一件事情，所有的这些小小参与者，甚至所有的农民工子女，都会更深刻地觉察出“农民工”这个词背后的辛酸与沉重。社会不公会早早地在未成形的心灵上烙下烙印，那些曾经的天真与无猜也许就此不复存在……这些代价，不是简单的一句“被逼无奈”就可以搪塞过去的。

大人们很无奈，大人们很辛苦，大人们被生活的大山沉沉地压着……我们可以让孩子成熟得早一点，我们应该让他们理解并体谅父母的工作艰辛，但是笔者认为，一个年龄就该有一个年龄该做的事情，如果让现实过早地磨灭了孩子们的天真，那我们还剩下些什么？这个社会一直在通过各种渠道，有意无意地向孩子们展示、宣扬着生活的残酷，现在，又让他们亲身体验这种残酷，到最后，他们或许会在未来成为这残酷的一部分，这真的是这些所谓策划者以及拖欠工资的业主所想看到的结果吗？

大人的问题大人负责。针对“农民工讨薪”现象，应是相关部门及时制定并完善法律法规，监督业主依法及时支付农民工工资 ；应是由有关单位依法建立严格的监督、惩罚机制，以强有力的手段保障实施；农民工也要学会正确运用法律武器，确保自身权益不受侵害。总之，不要让孩子为大人的问题买单。

（载 2012 年 8 月 22 日《江海晚报》）

今天你被“刷”了吗

前几天，有朋友向我介绍兼职。我兴致勃勃地询问详情后，大吃一惊——竟是给网店当“托儿”，冒充消费者，帮店家刷信誉。理所当然地，我拒绝了朋友。

相信很多消费者和我一样，在逛网店的时候，总会习惯性地先点开评论，想通过别人的意见来判断店家的货物质量和信誉度，然后再决定是否购买。可是，这种写假评论、刷信誉的欺骗行为，无疑会让消费者在网购时受到蒙骗。

在这个网络化的时代，人们在日常生活方面开始越来越多地依赖互联网。购物、学习、交友、阅读、娱乐追星……这些都可以通过网络实现便利化。然而深究下来，在这些“便利”的背后，却是让人心寒的虚假。不光有网购时的“刷”信誉，还有明星开博客时“刷”粉丝，有作家在网上连载作品时“刷”点击量，有选秀比赛时“刷”投票……虚拟世界的各种“刷”，已经深深影响到了现实社会。

明星“刷”粉丝、选秀“刷”投票，并不会给公众带来什么实质性的伤害，但有些“刷”则不然。比如作家“刷”点击量。如果我们兴冲冲地点开某文学网站，花钱充了值，去读排行榜前列的某本“畅销书”，结果越读越倒胃口，发现所谓的“畅销”只是作者和网站编辑合起伙来搞的一场骗局，那就真正是浪费时间、浪费生命了。有些网络小说会被印成实体书卖给读者，为了推动实体书的销量，编辑会在网站上大肆“刷”点击量，生生地把一本名不见经传的书给“刷”

成了全国第一的“畅销书”，且网站只在网络上提供部分摘选内容。很多读者受“畅销”名号的误导，迫不及待地买来实体书看，结果看到最后，发现所谓“畅销书”或内容索然无味，或庸俗无聊，实在是名不副实。这个时候，读者们除了大呼上当，别无他法。

其实，“刷”的危害更多在于网购。真正好的店家，不需要“刷”信誉，而需要“刷”的店家，大多货物质量、服务态度有问题。在高信誉的假象下，有的店家卖假货、山寨货；有的店家发货太迟，导致食品到达时已经过期；有的店家甚至发错货、忘发货。买主相信卖主，结果却不仅浪费了钱，误了事，甚至有可能因为食品变质而损害了自身健康。

网络世界的各种“刷”，给社会诚信带来了危机。一方面，消费者要擦亮眼睛，保持理性。网络给我们带来便利，因噎废食、完全否定是不明智的，但是也不应当过度地依赖网络。同时，要想大部分人不被“刷”、少被“涮”，被骗者应该勇于运用法律的武器维护权益，并敢于大胆地曝光，将欺骗者公之于众，利用舆论压力使其受到压制，将真实情况反映给其他消费者，防止更多人受骗。另一方面，政府有关部门也有责任将监督的触角延伸至网络世界，加强对网上交易的监管，依法打击“刷”的行为。如果真能做到这点，那么在不久的将来，会再没有人敢“刷”，再没有什么会被“刷”，而公众也会生活得更安心。

（载 2012 年 2 月 13 日《南通日报》）

但愿旧瓶“再就业”不难

据19日《扬子晚报》报道，南京某论坛上有网友发帖爆料，称在句容某醋厂用旧啤酒瓶装醋，此番“旧瓶装新酒”引发了广大网友热议，并由此延伸出“旧瓶回收难”的老话题。

众所周知，废旧玻璃瓶回收可大大提高能源利用率，在节能和资源回收方面大有好处。但事实上，旧瓶回收在城市里正遭遇尴尬境地。不论是回收点的服务人员还是消费者，理由都只有一个——太麻烦。长此以往，一些超市、小卖部甚至废品站等原有的回收点都渐渐停止了旧瓶回收，回收渠道越来越少。

从环保角度讲，该醋厂“旧瓶装新酒”的举动弥补了回收点不足的缺陷，提高了旧瓶回收率，对节能环保大有裨益。但从另一方面讲，如果回收的瓶子不能彻底地消毒的话，这一举动将后患无穷。据调查，该厂曾一度因产品不合格而遭停产，如此生产质量，让人怎能放心？更让人忧心的是，据爆料，很多规模、产品质量均不达标的小厂家也都喜欢“旧瓶装新酒”。难道在经历了“毒大米”、地沟油之后，我们又要因为一个小小的瓶子而再次遭遇安全危机？

旧瓶再利用本身无可非议，但如果牵涉食品安全问题，就值得人们仔细思索、谨慎对待了。笔者认为，旧啤酒瓶无论是回炉熔化后做成建筑材料，还是用于重新盛装酱油、醋、啤酒等可使用液体，都需要有关部门加以规范与干预。据了解，目前我国垃圾回收分类体系尚不完善，玻璃制品无法得到妥善的统一回收。这是造成目前旧瓶回收遭遇如此窘境的一个重要原因。如果有关部门能够在充分进行调研、论证的基础上，对旧瓶回收利用制定出相应的政策、措施，进行有效的集中处理，并监督得到“二次利用”的啤酒瓶仔细消毒彻底清洁，统一分配给质量过关、卫生合格的放心厂家，如此下来，旧啤酒瓶“再就业”将不再是难题。

（载 2012 年 8 月 23 日《南通日报》）

一票否决

市教育局马局长新官上任屁股还没坐热，迎头便撞上一件麻烦事——

市级机关刚刚结束公车改革，教育局机关六名驾驶员需转岗。经过前任局领导班子研究，决定其中两人留在机关，其余四人转到局下属的培训中心。培训中心远在县区，地处一座江心小岛上，距离市区足足一个半小时车程，自然谁也不愿意前往。局里按照公正公平、公开透明的原则，依据各人资历、表现，结合群众评议情况，对六人进行了打分排序，结果小李名列第一，老郑、大陈并列第二。并列的两人中必须选择一去一留，麻烦由此而生。这不，打分结果刚公布，又遇到局里主要领导调整，这筐烫手山芋便传到马局长手上。

那天，马局长刚刚与前任做了交接，时间已是晚上七点多，正准备关灯回家吃晚饭，却被大陈堵在了门口。

“马局长，我的家庭情况特殊，请您务必高抬贵手，让我留在局机关。”

马局长赶紧退回，让座、倒茶，静听其详。

大陈叙述的家庭情况确实特殊：父母年近古稀，一个患有老年痴呆，一个中风偏瘫半身不遂，全靠他这个独生儿子照料打理。大陈的老婆在超市做销售，工作两班倒，或早出或晚归，多数家务事需要大陈操心动手。

“培训中心虽说每天也有班车往返，可毕竟距离市区那么远，在路上耽搁的时间比较长，又经常要值班不能回来。父母把我养大不容易，现在他们生活不能自理，我这个做儿子的哪能撒得开手呢？”大陈眼里泪水几欲脱眶而出。

马局长耐心听完，安慰大陈道：“你说的情况我知道了。难得你是个大孝子！放心吧，你的事局里会认真考虑。”

辞别大陈回到家，晚饭还搁在桌子上，客厅沙发上齐刷刷站起老郑妻小三人。郑夫人未言先哭，一对双胞胎儿女跟着起哄呼应。

“马局长啊，你可要救救我们家老郑哪！”郑夫人的哭声不仅揪人心肺，而且刺人耳膜。

“嫂子快别哭，咱们有事说事。”马局长好不容易才劝住了对方。

根据郑夫人的描述，老郑当年在部队当兵时，因为连续参与抗洪救灾，落下较为严重的关节炎，每遇气候异常变化，尤其是空气潮湿，腿膝关节便如针刺般疼痛。

“培训中心在江上，空气湿度那么大，像老郑那样的病痛怎么能吃得消呢？把他往那儿送，等于推他下火坑哪！”郑夫人哭声又起。

“老郑的事，容局里再商量。如果情况属实，我们一定会考虑！”马局长口气笃定。

送走郑家老小三口，马局长的晚饭吃得无滋无味。

三天后，马局长主持了到任后的首次局党委会，专题讨论驾驶员的去留问题。

对于排名第一的小李，大家意见完全一致——小李在教育局开车十二年，保持无一例事故的完美安全纪录；因为行车途中抢险救人，获得省、市见义勇为荣誉称号；多次年终考核被评为先进个人，群众评议得到九成以上的优秀票。综合打分结果，小李在六人中遥遥领先。

有关老郑、大陈的情况，局领导层都知道，大家也都表示同情。至于他们谁去谁留，意见分歧较大，讨论来讨论去，没有一个相对统一的意见，最终甚至出现了渐趋激烈的争执。

“要说家庭有困难，并非只有大陈一家。如果照顾了他一个人，对其他同志就不公平不公正！”

“驾驶员身体不好也不只有老郑一个，一碗水端不平，局党委的威信就会丧失！”

……

这时，一直没有发表意见的马局长终于开腔，而且一开口便石破天惊：“我的意见，考虑到老郑、大陈都有客观实际困难，而且两个人并列第二，就让他们俩留在局机关。排名第一的小李发扬一下风格，让他去培训中心吧！”

马局长的话如同扔下一枚炸弹，立即在党委会上炸开了——

“这怎么行！小李是硬碰硬、实打实的第一，让他离开机关到培训中心，道理上说不通哪！”

“是啊，让人家发扬风格，也要有个勉强说得过去的理由呀！”

“即使有个理由，也得有人愿意去做小李的说服动员工作嘛！”

……

“大家放心，这个工作由我负责做。”马局长笑道，“大家可能不知道，小李是我的亲外甥女婿，他把名额让给老郑和大陈，这个理由说得通。”

“这可不行，外甥女婿不是直系亲属，不存在回避的问题。在这件事上，马局长您可没有一票否决的权利！”有人还是不赞同。

“不错，在这件事上我是没有回避的义务，也不具备一票否决的权力。可是，我很喜爱我的外甥女，她也最听我的话。在她面前，我这个舅舅任何时候都有一票否决的权力。而她，对小李同样具有绝对的一票否决权。昨天晚上，小李的工作已经做通了。喏，这是他亲笔写的书面申请，愿意放弃留在机关！”

马局长话毕，先是一阵长时间静默，接着便是更长时间的掌声！

（获2016年南通市校园廉洁文化活动征文教工组特等奖）

纯 钧

纯钧没有姓，他只知道娘是当年红极一时的花魁，爹是一个小倌，至于到底是哪个，连他都不知道，娘到死都没肯说。当年的事在扬州闹得挺大，人人都知道名妓林巧心和湘雨阁的一个小倌好上了，那小倌据说是死了，但没人知道他到底是谁。林巧心带着孩子就这么消失了。

纯钧被沈文析捡到的时候只有 6 岁大。沈文析眼睛毒，一眼就认出来这是林巧心的孩子，因为孩子的爹，就是湘雨阁那小倌，是沈文析手底下的。沈文析是谁？沈文析是湘雨阁老板。调教出来的小倌和花娘都是出了名的妙人。纯钧被收归沈文析门下，专学调教风月中人。沈文析把纯钧既当徒弟又当儿子，让他跟着自己姓沈。纯钧大了，沈文析总也舍不得让他接客，于是就专管调教。除了风月中人，外人基本上不大知道沈纯钧的存在。

纯钧长到 19 岁，盛京那处照例请沈文析派人去宫里调教新选的才人妃嫔。沈文析这次没有亲自去，他派沈纯钧去。临行吩咐说京城派了人来接应了，让纯钧好好跟着人家，别跑丢了，还说难得出门，让他好好玩玩。纯钧懵懵懂懂地出发了。

师父说了，京城来的人在百味楼等他。师父还说，那人叫燕玖卿，是官府的一个挺厉害的捕头，前阵子犯了错，所以才不让他办案，给派了这么个护卫的任务让他将功抵过。

但是师父忘了说那人长什么样，连穿什么衣服都不知道。纯钧到了百味楼，楼上楼下乌压压一片人，看着都像捕头，都像京城的犯了错的捕头。纯钧茫然了一下，迅速做出了决断。他站在门口仰头冲楼上楼下一声喊："燕玖卿！京城捕头燕玖卿！"满楼的人都愣了一下，忽而"哄"的一声笑开了，角落里站起来一人，边笑边摇头地走过来，拍拍沈纯钧脑袋，说："别吼了小家伙，我就是京城捕头燕玖卿。吃过午饭没？先跟我去吃点。"沈纯钧想说自己吃过午饭了，但那人笑眯眯看着他，也只好"嗯"了一声乖乖跟上。

燕玖卿几个月前接手了一个挺严重的案子，本来犯人都抓到关进牢里了，结果那人太狡诈，居然偷偷从牢里逃了。按理说这事儿不该怪燕玖卿，至少不该全怪他，但他觉得郁闷，把错全往身上揽，自请降罪，府尹拗不过他，只好撤了他手上的案子，让他先去找找那滑得泥鳅似的在逃犯人，顺便把去扬州接人的事儿塞给了他。总而言之，燕玖卿对于受罚是心甘情愿的，对于此行也是毫无微词的，甚至说，他是有点期待的。燕玖卿不是没有逛过花街柳巷章台路，湘雨阁的名字于他也是响得很的。沈纯钧此人，在风月圈里也是相当有分量的，燕玖卿出发前找了几个相熟的花娘打听过，磨破了嘴皮子也只知道了此人擅长调教，但不亲自做皮肉生意，其余的再问也只道是不清楚了。燕玖卿怀着极大的好奇心到了扬州，一路上少不了种种想象猜测，结果来了一看，原来是这么个傻乎乎的小家伙，一出场就把燕玖卿给逗得不轻。

燕玖卿端着酒杯，趁沈纯钧低头吃菜的工夫细细打量。这小孩儿长得格外干净，细伶伶的身子骨，水洗样的黑白分明的大眼睛，眼神无辜得像只小鹿，鼻梁纤细挺直，鼻尖不算尖，甚至有点孩子特有的肉感，一双唇也肉乎乎的饱满得很，沾了油星水润润的，唇形干净简洁，唇色鲜亮，衬得白细的皮肤更加白嫩软滑。燕玖卿费了好大的劲儿才忍住了伸出手去捏一捏沈纯钧脸颊的冲动——这孩子，不是都快及冠了吗，还是在章台路长大的，怎么看上去纯真成这个样子？还是说真人不露相？

燕玖卿一边不停歇地给纯钧夹菜一边可劲儿地盯着他看，纯钧低头吃，碗里的菜怎么也不见少，还感觉前面老有人在盯着自己看，只看得心里毛毛的，猛一抬头，燕玖卿猛低头，沈纯钧只看到燕玖卿埋着脑袋手捂着嘴像是在闷笑。这捕头，怎么这么喜欢笑，京城的捕头都这样？纯钧疑惑地歪歪脑袋。

燕玖卿玩投喂游戏玩得再起劲，沈纯钧终究吃得有限，十分不好意思地告知实在吃不下去了。燕玖卿温和地笑，说：“走吧。”一路不停走，纯钧脚程有限，燕玖卿也不敢走太快，快黄昏了才到了武州。武州人尚武，善武者为上。像燕玖卿这样身怀绝技的人，到了武州人人都敬他几分，而像沈纯钧这种连马步都没好好扎过的，自然是没人拿正眼看的。两人找了个干净的客栈就打算打尖住下了。刚拎了包袱准备上楼，突然小二鬼鬼祟祟地拉着燕玖卿到了角落里，悄悄耳语道：

“这位爷，看您也是功夫不浅的，但您的伴儿就有点儿……奉劝二位一句，天黑以后别乱逛，这武州城的晚上诡得很呢！还有，城郊那片儿荒山别去。除此之外，倒也没了。”

我们的几句话（代后记）

爱女丁洪晶、女婿倪天楠定在今年国庆举行婚礼。值此大喜，我们夫妇商量，要给女儿一份特别的礼物，于是决定帮她出版这样一本小集子。

集子中的绝大多数文字，来源于女儿的个人微信公众号“音乐私语”，其中又大都发表于《南通日报·紫琅茶座》版的同名专栏。2017年底，女儿创立了这个公众号，起意纯属自娱，点击阅读范围仅限熟悉的亲友圈。承蒙南通日报副刊部周权、毛雨森二位主任的鼎力提携，自2019年元旦起，专门在《南通日报·紫琅茶座》版开辟了名为《音乐私语》的专栏，每周从公众号中选择一篇文章发表。为此，女儿给自己起了个笔名：维愚。除此，书末的一些文字，主要是她参加工作前的作品，写于高中和大学时期，多数在报纸上刊登过，也有的在征文竞赛中获过奖。

作为父母，选择为女儿出版这样一本小集子，主要是希望表达这样两层意思：

其一，对我们的女儿而言，这是父母赠送的一份特别礼物，也寄托了我们的一份特别期望。女儿心地善良，为人真诚，处事坦率，自幼热爱读书与写作，从教后挚爱自己的学生与职业。这些特点，无不体现于日常言行，并通过点滴文字记录下来。我们将她的这些文字整理集纳成册，作为礼物送给她，希望她记住自己的过往与成长足迹，勿忘来路，继续秉持这些优长。同时，女儿集子中的文字，大多记述平常人事，弘扬平常善美与平常快乐。希望书中文字，可以作为一面镜子，让她和倪天楠在今后漫长的人生之路上，永远记得做善良而平凡的好人，过好平常普通的日子，营造并享受平常的幸福。

其二，借助这本小册子，向帮助和关心过我们的所有亲朋好友，真诚地道一声谢谢！我们夫妇，一个出身农村贫穷家庭，一个成长于城市普通人家，一路走来，得到很多亲朋好友的热情关怀与无私帮助。我们的女儿，生长于普通人家，资质天分平常，能够走到今天这一步，更是离不开众多长辈、老师、朋友的倾心关爱。尤其是，每逢女儿成长的关节点，每当我们遇到困难之时，总有一双双温暖的援手及时伸来，贵人相助，雪中送炭，令我们铭刻心底、没齿难忘。在此，借助这本小册子，既向诸亲友汇报女儿的成长点滴，也借此表达我们全家衷心的感谢！

女儿年轻，文字难免粗糙稚嫩。这本集子的出版，倾注了很多师长、挚友的心血。这里，特别要感谢南通报业传媒集团编委朱一卉先生，他和众多师友的辛勤工作与帮助，成就了集子的顺利出版。

最后，祝女儿晶晶、女婿天楠婚姻幸福美满！

丁邦文、洪晓翔

2020年春

图书在版编目（CIP）数据

私语 / 丁洪晶著. -- 南京 : 江苏凤凰文艺出版社，
2020.8（2023.5重印）
ISBN 978-7-5594-5009-8

Ⅰ. ①私… Ⅱ. ①丁… Ⅲ. ①散文集－中国－当代
Ⅳ. ①I267

中国版本图书馆 CIP 数据核字（2020）第 116400 号

私语

丁洪晶 著

责任编辑　白　涵
装帧设计　岳招军
责任印制　刘　巍
出版发行　江苏凤凰文艺出版社
　　　　　南京市中央路 165 号，邮编：210009
网　　址　http://www.jswenyi.com
印　　刷　三河市同力彩印有限公司
开　　本　787mm × 1092mm 1/32
印　　张　8.125
字　　数　155 千字
版　　次　2020 年 8 月第 1 版
印　　次　2023 年 5 月第 2 次印刷
书　　号　ISBN 978-7- 594-5009-8
定　　价　49.80 元